Sur l'auteur

Après des études de lettres anglaises et d'histoire, Harald Gilbers a travaillé comme journaliste pour les pages culturelles d'un magazine puis comme metteur en scène indépendant. Lauréat du prix Friedrich-Glauser pour son premier roman policier *Germania*, l'auteur a aussi reçu le prix *Historia* du roman policier historique pour *Les Fils d'Odin* en 2016. *La Vengeance des cendres* est la quatrième enquête du commissaire Oppenheimer. Harald Gilbers vit près de Munich.

Du même auteur
aux Éditions 10/18

GERMANIA, n° 5046
LES FILS D'ODIN, n° 5184
DERNIERS JOURS À BERLIN, n° 5416
LA VENGEANCE DES CENDRES, n° 5666

HARALD GILBERS

LA VENGEANCE DES CENDRES

Traduit de l'allemand
par Joël Falcoz

10/18

CALMANN-LÉVY

Titre original :
Totenliste

Cet ouvrage a été proposé à l'éditeur français
par l'agence EDITO DIALOG, Lille.

ISBN 978-2-264-07789-9
Dépôt légal : mai 2021

PROLOGUE

Weydorf, zone d'occupation soviétique
Lundi 6 mai 1946

Oswald Klinke se figea brusquement. Il croyait avoir entendu quelque chose derrière lui. Un bruit qui n'avait rien à faire là où il se trouvait.

Nerveux, il jeta un coup d'œil alentour. Il semblait être seul au milieu du vaste champ d'orge. Un amoncellement de nuages menaçants avait masqué le soleil printanier. Le vent charriait l'odeur de l'orage naissant et faisait frémir les épis. Non loin de là se dressait un mannequin de paille, coiffé d'un chapeau et vêtu de haillons flottants. Son visage sans yeux paraissait se moquer du promeneur inquiet. Mais ce n'était pas lui qui avait attiré l'attention de Klinke. D'ordinaire, les épouvantails ne respiraient pas bruyamment.

L'inconnu était-il déjà à ses trousses ? À cette pensée, Klinke frissonna. Il revenait d'un enterrement. Depuis Pâques, le glas avait déjà sonné quatre fois. Et, à présent, il devinait que la cloche ne tarderait pas à tinter de nouveau s'il ne se montrait pas vigilant.

Il avait commis une erreur en coupant à travers champs pour rentrer chez lui. S'il avait longé la grand-route, il aurait été en sécurité parmi les habitants du village. Mais ici, il ne pouvait compter sur personne.

Mieux valait peut-être feindre de ne rien avoir remarqué. Maintenant qu'il était prévenu, c'était lui qui bénéficiait d'un certain effet de surprise sur son poursuivant. De manière ostensiblement nonchalante, il marcha jusqu'à un arbre qui s'élevait au bord du chemin et se pencha pour refaire ses lacets. Du coin de l'œil, il scruta le champ d'orge.

Klinke essaya de maîtriser sa respiration. Malheureusement, il n'était pas homme de sang-froid – du moins lorsqu'il était livré à lui-même.

Malgré tout, il était préparé. Un pistolet de la Wehrmacht était caché dans la poche de son costume noir. Durant les jours agités qui avaient suivi la défaite du Reich, il avait trouvé le Walther P38 et un uniforme dissimulés dans un fossé non loin du village. Officiellement, les Allemands n'avaient plus le droit de posséder une arme à feu. Si les occupants soupçonnaient quelqu'un de faire partie des derniers partisans d'Adolf Hitler, le malchanceux était aussitôt arrêté et disparaissait à tout jamais dans une prison soviétique. Mais comme il était très rare qu'une patrouille russe fasse irruption à Weydorf, Klinke avait préféré s'emparer du pistolet. Depuis, il le portait constamment sur lui. Après tout, il devait pouvoir se défendre.

Comme il était le seul médecin dans ce coin retiré, c'était lui qui avait examiné les quatre personnes mortes récemment afin d'établir les certificats de décès. Il avait vu les signes laissés par le meurtrier, mais il avait été incapable de les interpréter. Et maintenant qu'il comprenait ce que tout cela signifiait, il était probablement trop tard.

La main prête à glisser dans la poche de son veston, il attendit que son adversaire se rue sur lui. Mais rien ne se passa. Au bout d'un moment, il perçut un bruit de sabots sur le sentier. Une charrette tirée par un cheval efflanqué avançait vers lui en cahotant.

Klinke poussa un soupir de soulagement. Le visage rond de l'homme qui menait la carriole lui était familier. C'était le vieux Richter. Comme toujours, ses cheveux hirsutes jaillissaient de sous le rebord de son chapeau. Vêtu de son complet du dimanche, il rentrait sans hâte chez lui. Présent lui aussi à l'enterrement, il n'avait manifestement aucune raison de se presser.

— Puis-je vous raccompagner, Herr Doktor ? s'enquit-il en immobilisant sa charrette.

Le médecin s'empressa d'accepter l'invitation et grimpa sur le banc du véhicule. Richter fit claquer les rênes ; pesamment, la carriole s'ébranla.

Klinke souleva son chapeau pour essuyer son front dégarni avec un mouchoir. Le malheur qui s'était subitement abattu sur le village avait transformé sa vie en cauchemar. Toutes ses certitudes avaient été balayées. Les lieux et les gens qui l'entouraient étaient toujours les mêmes, mais plus rien ne serait comme avant.

Richter semblait ruminer des pensées similaires. Après quelques instants de silence, il émit un grognement rageur.

— Je sais, murmura Klinke en guise de réponse. C'est déjà le quatrième.

— Le quatrième d'entre nous, précisa Richter.

Klinke se contenta d'acquiescer de la tête.

Le premier cadavre avait été retrouvé dans une écurie, le crâne fracassé par le sabot d'un cheval. Le médecin avait d'abord cru à un accident tragique. Puis, cinq jours plus tard, une autre victime était décédée dans l'incendie d'une grange. À Weydorf, les pompiers volontaires n'étaient plus assez nombreux. La plupart des hommes dans la force de l'âge étaient partis pour le front. S'ils n'étaient pas tombés pour Adolf Hitler, ils étaient portés disparus ou croupissaient dans un camp de prisonniers allié. Tous les habitants du village avaient donc accouru pour combattre le feu. Seule une personne avait manqué à l'appel : le propriétaire de la grange. Au bout de quelques heures, on avait retrouvé son corps calciné dans les débris fumants du bâtiment.

Dès le lendemain, le bruit avait circulé dans le bourg que ces décès avaient quelque chose d'étrange. Les deux suivants avaient confirmé la rumeur. Le troisième défunt s'était empalé sur une faux, et le villageois qu'on venait d'enterrer avait eu la gorge tranchée. Klinke ne doutait plus un instant qu'un meurtrier sévissait à Weydorf.

Richter savait qu'il pouvait parler avec franchise au médecin. Tous deux partageaient de sombres secrets.

— Ce salopard ne prend même plus la peine de maquiller ses crimes, marmonna-t-il d'un ton rageur. Maintenant, il zigouille tranquillement nos gens en toute impunité. Est-ce vous qui avez ordonné que le cercueil reste fermé à l'église, Herr Doktor ?

Klinke opina.

— Que pouvais-je faire d'autre ? Je ne voulais pas courir le risque de provoquer une panique dans le village.

Il aurait été impossible de dissimuler le cou lacéré de la victime sous le col de sa chemise. La vue de cette plaie béante avait hanté Klinke ces derniers jours. Une atroce paire de lèvres qui lui avait jeté un sourire railleur durant tout le temps où il avait examiné le cadavre.

— C'est exactement ce que cherche le meurtrier, reprit le médecin. Il veut semer la peur parmi nous. Sinon, il ne s'amuserait pas à graver ces maudits signes sur la porte des maisons où vivaient ses proies.

Richter secoua la tête avec véhémence.

— Des gamineries. Ce sont sûrement de petits vauriens des environs qui ont fait ça.

Lorsque Klinke était allé présenter ses condoléances à la famille de la première victime, il avait remarqué un symbole gravé sur la porte de l'habitation. Comme le signe grossièrement sculpté n'avait aucun sens au premier regard, il n'y avait guère prêté attention.

La peur était venue plus tard, après le troisième meurtre. C'était à ce moment-là que le médecin avait compris. Traversant fébrilement le village, il avait observé que toutes les maisons des hommes assassinés étaient marquées d'une étrange figure.

— Je ne crois pas aux coïncidences, rétorqua-t-il. Le meurtrier sait exactement ce qui s'est passé ici. Il pense que nous sommes coupables. Et à présent, il nous élimine l'un après l'autre.

Ayant soudain du mal à respirer, Klinke desserra son nœud de cravate et ouvrit le premier bouton de sa chemise.

Richter grimaça.

— Mais que signifient ces satanés symboles ? Pourquoi le salaud chercherait-il à se trahir ? Pour nous pousser à alerter les flics ?

— Il sait que nous n'irons pas voir la police.

Richter garda le silence. Puis il approuva lentement du chef.

Les deux hommes parcoururent le reste du chemin sans un mot. Klinke ne cessait de jeter des coups d'œil autour de lui. Mais il eut beau scruter le paysage, il ne vit aucune trace de son poursuivant.

Richter tira sur les rênes en arrivant devant le domicile du médecin. Ce dernier descendit de la charrette et traversa son potager. Derrière lui, il entendit l'attelage se remettre en branle.

Au même moment, le soleil de midi perça les nuages. Légèrement ébloui, Klinke glissa la main dans la poche de son pantalon pour sortir son trousseau de clés. Lorsque ses yeux se furent habitués à la soudaine clarté, il s'immobilisa. Un symbole était gravé sur sa porte d'entrée.

S'arrachant à sa stupeur, il fit un pas en avant. C'était la même figure qu'il avait remarquée chez les quatre victimes.

Elle représentait un être humain. Cette fois, le tueur avait fait preuve de plus d'application, et Klinke s'aperçut qu'il s'agissait d'un homme doté d'une paire d'ailes.

Il frissonna. Ainsi, l'assassin voulait l'avertir. C'était la fin. Il s'était trop longtemps bercé d'illusions.

Virevoltant sur lui-même, il s'élança dans la rue pour rattraper la carriole qui s'éloignait. Il agita furieusement les bras et poussa des cris.

Surpris, Richter se retourna. En voyant le médecin affolé, il arrêta son cheval.

Klinke le rejoignit et posa la main sur le flanc de la charrette.

— Il faut prévenir les habitants du village, glapit-il, hors d'haleine. C'est moi, le prochain sur la liste ! Nous devons partir d'ici. Sur-le-champ !

1

Berlin
Lundi 9 décembre 1946

— Tenez ! Voici d'autres noms commençant par la lettre *L.*

Sur ces mots, Frau Scholz déposa une pile de fiches cartonnées devant Oppenheimer. Fidèle à ses habitudes, elle avait noué ses cheveux bruns en un chignon très haut qui semblait toujours sur le point de s'effondrer. Rajustant ses lunettes, elle adressa un joyeux clin d'œil à l'ancien commissaire, comme si elle attendait une récompense pour lui avoir apporté du travail supplémentaire.

— Hum, oui, merci beaucoup, marmonna-t-il en la regardant distraitement s'éloigner entre les rangées de bureaux.

Puis il examina la montagne de cartes sous ses yeux. D'expérience, il savait qu'il lui faudrait environ trois heures pour les trier. Ce constat lui fit prendre une longue inspiration. Même si la guerre était terminée depuis un an et demi, il flottait toujours dans l'air une odeur de béton et de poussière de pierre.

Le flot de demandes ne tarissait jamais, ce qui n'était pas étonnant, car on estimait que près d'un Allemand sur quatre cherchait un proche ou était lui-même recherché. De nombreux habitants des villes s'étaient réfugiés dans les campagnes pour échapper aux pluies de bombes. À leur retour, ils n'avaient trouvé que des ruines. Plus de dix millions de soldats de la Wehrmacht et de la SS étaient retenus en captivité depuis la fin du conflit. Les Alliés avaient commencé dès la mi-mai 1945 à libérer des prisonniers, mais la plupart de ceux-ci étaient encore internés dans des camps ou considérés comme disparus.

Il y avait aussi les quatorze millions de réfugiés qui avaient fui les anciens territoires de l'Est. Sous le national-socialisme, on appelait *Volksdeutsche* – les Allemands ethniques – les minorités germanophones vivant en dehors des frontières de l'État nazi, afin de les distinguer soigneusement des Allemands du Reich. À présent, on les nommait officiellement « rapatriés ».

Dès la première conférence alliée de Téhéran en novembre 1943, Roosevelt, Churchill et Staline s'étaient mis d'accord pour que la frontière soviéto-polonaise suive la ligne Curzon après la fin de la guerre. En dédommagement des territoires cédés à l'Union soviétique, le futur État polonais s'agrandirait vers l'ouest en intégrant certaines régions orientales de l'Allemagne. Sur le papier, cela semblait être plutôt simple. Mais ces décisions politiques avaient causé de gros problèmes dans la pratique. Il avait fallu déplacer les populations allemandes pour permettre aux familles polonaises chassées de leurs terres à l'Est de venir s'installer à l'autre bout du pays.

D'un seul trait de plume, on avait provoqué une migration ethnique d'une ampleur insoupçonnée – une solution technocratique dont personne ne se souciait de savoir si elle était applicable ou non. À la conférence de Potsdam, les trois puissances victorieuses avaient certes décrété que ces déplacements de population devaient s'effectuer en bon ordre et avec humanité, mais Oppenheimer avait pu constater lors des derniers mois que les belles intentions des Alliés n'avaient pas été suivies sur le terrain. Les transports se faisaient dans le plus grand chaos, et on avait souvent recours à la violence pour accélérer les choses.

Tous les jours, l'ancien commissaire voyait apparaître sur son bureau le destin tragique de ces personnes malmenées, car il travaillait depuis six mois au Service allemand de recherche, situé à Dahlem dans le secteur américain.

Il frotta ses mains engourdies. Heureusement, Lisa avait réussi à lui procurer des mitaines, qui permettaient de manipuler les fiches sans que celles-ci glissent constamment entre les doigts.

Oppenheimer et ses collègues portaient tous des manteaux et des gants, car la température s'était brusquement refroidie depuis quelques jours. Si le mois de novembre avait été plutôt supportable, l'hiver semblait s'être désormais installé à Berlin. Avec une hauteur de plafond de six mètres, la vaste salle où ils travaillaient était inchauffable. Du moins tant que la pénurie de combustible se poursuivrait dans l'ancienne capitale du Reich.

Il reprit son tri. Certains jours, il avait l'impression d'être une abeille ouvrière, mais cela ne le dérangeait pas. Il appréciait de passer inaperçu au milieu de ses collègues. Avec cinquante autres personnes, il était employé par la Croix-Rouge, Caritas et la Mission protestante de Berlin. Leur catalogage permettait de retrouver des disparus et de réunir des familles.

Penché au-dessus de son bureau, il travaillait consciencieusement huit heures par jour. Il n'avait aucune envie de réintégrer la police. Plutôt que d'être coincé entre les Alliés qui ne cessaient de se quereller, il préférait rester avec ses fiches. Le triage était une activité sans ambiguïté. Apolitique.

Lang, Lange, Längefeld, Langemack, Langenbach, Langenberg. Il devait plisser les yeux pour déchiffrer les patronymes griffonnés sur les cartes. Malgré les hautes fenêtres qui flanquaient la salle à droite et à gauche, le ciel morose ne délivrait pas suffisamment de lumière. Au plafond, les trois rangées de suspensions ne faisaient office que de décoration depuis que la municipalité avait été contrainte de décréter des coupures de courant début novembre. Oppenheimer craignait que l'approvisionnement de Berlin ne connaisse la même débâcle que l'hiver précédent. L'électricité avait été strictement rationnée, parce que les centrales électriques manquaient cruellement de charbon.

La situation n'avait fait qu'empirer depuis que l'administration militaire soviétique s'était déclarée incapable d'assurer le ravitaillement de toute la ville. Chaque puissance d'occupation devait donc s'occuper de l'approvisionnement en nourriture et en combustible de son secteur. L'opération était délicate puisqu'il n'existait pour l'instant qu'une seule voie ferrée reliant Berlin aux zones occidentales. Malgré tout, Oppenheimer essayait de rester positif. Même si l'hiver devait s'installer, il avait au moins une paire de mitaines chaudes.

Il prit une douzaine de cartes et les tria par ordre alphabétique. Puis il se pencha pour les classer dans les fichiers de bois clair qui se trouvaient sous son bureau.

Plongé dans son travail, il ne remarqua pas immédiatement que quelqu'un s'était approché de lui. Il se redressa en entendant un raclement de gorge dans son dos.

— Herr Oppenheimer, vous avez de la visite.

Tournant la tête, il reconnut Furmannek, l'un de ses collègues. Portant un cache-œil noir, celui-ci était toujours impeccablement habillé afin de ne pas ressembler à un corsaire. Son manteau sombre était fermé, mais Oppenheimer se doutait que l'employé portait comme d'habitude une chemise avec un col amidonné et une cravate nouée avec soin.

— Qu'y a-t-il ? Je ne peux pas m'absenter maintenant. La pause de midi n'est que dans une heure.

— Cela semble urgent, répondit Furmannek. Il est arrivé quelque chose à une femme prénommée Hilde. Vous la connaissez ?

Oppenheimer se leva brusquement.

— Que s'est-il passé ?

Furmannek haussa les épaules avant de montrer du doigt le service courrier. Oppenheimer déposa ses fiches sur son bureau et marcha en direction de la porte indiquée par son collègue.

Dans la pièce attenante, il régnait une atmosphère de salon de thé. Une demi-douzaine de femmes étaient assises devant une montagne de fiches – de nouvelles demandes de recherche que triaient ces dames en bavardant gaiement. Près d'elles se tenait un homme moustachu qui triturait son chapeau.

Il s'agissait d'Otto Seibold. Les joues empourprées, le pharmacien rajusta ses lunettes. Sa moustache frissonnait nerveusement. Oppenheimer ne se rappelait pas l'avoir vu aussi bouleversé depuis qu'ils avaient sauvé leur bonne amie Hilde, opposante acharnée au régime nazi, des griffes du Volksgerichtshof[1].

1. Volksgerichtshof (« Tribunal du peuple ») : créé par Hitler en 1934, ce tribunal spécial était habilité à juger les crimes les plus graves commis contre l'État. Sa sévérité s'accroît avec le temps. En 1944, un accusé sur deux est condamné à mort. *(Toutes les notes sont du traducteur.)*

Seibold poussa un soupir de soulagement en apercevant l'ancien commissaire.

— Ah, Richard, te voilà ! s'exclama-t-il.

Les femmes assises derrière l'immense pile de papiers se turent. Sentant leurs regards curieux, Oppenheimer entraîna Seibold dans un couloir adjacent.

— Qu'est-ce qui t'amène ici, Otto ? Un problème avec Hilde ?

Visiblement remué, Seibold chercha ses mots.

— J'ignore ce qui s'est passé exactement. Mais Hilde est retenue à Schöneberg, au Bureau d'aide sociale. Elle a envoyé quelqu'un pour me prévenir. Apparemment, ils ne veulent plus la laisser partir. Elle croit que tu es le seul à pouvoir la tirer de ce pétrin.

Le pharmacien avait parlé à toute vitesse. Oppenheimer écarquilla les yeux.

— Au Bureau d'aide sociale ? répéta-t-il, incrédule. Qu'est-ce qu'elle a encore fait ? Pourquoi la retient-on là-bas ? A-t-elle insulté quelqu'un ?

Seibold leva les mains en signe d'excuse.

— Désolé, je n'en sais pas plus. Le mieux serait d'aller au plus vite à Schöneberg.

Hilde était une femme débrouillarde. Si elle n'arrivait pas à s'en sortir toute seule, l'affaire devait être sérieuse. Inquiet, Oppenheimer était à deux doigts de se ruer dehors. Mais il ne pouvait pas abandonner son poste comme un voleur.

— Ce n'est pas aussi simple, marmonna-t-il. Je dois d'abord demander l'autorisation de partir plus tôt.

S'il disparaissait sans rien dire, cela pourrait être mal interprété. Durant les mois d'été, bon nombre de ses collègues s'étaient livrés à l'absentéisme. Surtout le vendredi et le samedi. Ils préféraient se rendre à la campagne à bord de trains bondés pour se procurer des vivres. Naturellement, ces voyages étaient interdits si l'on ne possédait pas de tickets de rationnement. Mais la police se montrait de plus en plus coulante et les gens se précipitaient donc dans les gares.

Des experts en nutrition avaient calculé qu'un adulte avait besoin de deux mille deux cents calories par jour. Toutefois, en raison du médiocre ravitaillement, l'administration de la ville n'avait cessé de réduire la quantité de denrées alimentaires que l'on pouvait obtenir avec une carte. Les habitants de Berlin ne recevaient que la moitié de la ration nécessaire pour vivre sainement. Dans les magasins, il n'y avait la plupart du temps que du pain et des pommes de terre. Dans le secteur soviétique, la ration de viande était souvent remplacée par des harengs ou du fromage blanc. On n'obtenait presque jamais de légumes frais ni de beurre.

En cette période de disette, beaucoup se retrouvaient face à un dilemme. Devait-on aller au travail afin de pouvoir prétendre à une carte de rationnement, dans l'espoir de trouver quelque chose à acheter dans les magasins ? Ou n'était-ce pas plus judicieux d'investir deux jours de son temps dans un voyage à la campagne pour aller faire des provisions ?

Mais maintenant que l'hiver approchait et que les paysans n'avaient plus grand-chose à vendre, le taux d'absentéisme avait reculé. Oppenheimer pensait qu'il lui serait plus facile d'obtenir la permission de quitter son poste durant quelques heures. Après tout, il ne mentirait pas en arguant qu'il devait s'occuper d'une affaire administrative.

Il entraîna Seibold vers la salle où il travaillait.

— Suis-moi, Otto. Tu vas répéter à Herr Suhr ce que tu viens de me raconter.

— Qui est donc ce Herr Suhr ? s'étonna le pharmacien.

— Mon supérieur.

Pourquoi avait-il accepté de venir ici ? Georg Hüttner fixa le papier défraîchi qui tapissait le mur. Comme toujours, il était nerveux lorsqu'il se trouvait dans le secteur américain. Même s'il n'était qu'à quelques kilomètres de la zone soviétique, il s'exhorta à rester vigilant. Commettre une erreur dans le territoire des impérialistes occidentaux pouvait avoir des conséquences désastreuses. En temps normal, il ne s'y aventurait qu'en compagnie d'un autre camarade. C'était plus prudent afin de ne pas être soupçonné de collaborer avec les capitalistes.

Mais Hüttner gardait des secrets qui ne devaient en aucun cas être divulgués. Il avait donc été obligé de se risquer seul dans la gueule du loup ce matin-là.

Il regrettait déjà sa décision.

— Veux-tu un thé ?

La question anodine de son frère Josef l'arracha à ses sombres pensées. Il se força à sourire et hocha la tête. Pourtant, cette offre généreuse avait un goût d'amertume, car c'était lui qui avait apporté le thé. En plus des conserves de viande, du sucre et des pommes de terre. Sans compter les allumettes et le combustible.

Il aurait préféré partir sur-le-champ, mais se força à faire profil bas. Il savait pertinemment que Josef le tenait à sa merci. Hüttner avait fini par se résigner à ce chantage. Mieux valait donner l'illusion d'une simple visite familiale et rester encore quelques minutes pour ne pas éveiller les soupçons. Il essaya de s'installer confortablement dans un vieux fauteuil à oreilles, ce qui n'était pas facile puisque son postérieur sentait tous les ressorts du siège miteux.

Josef se rendit dans la kitchenette. À l'instar du reste de l'appartement, la pièce était pauvrement aménagée. Près d'un fourneau en faïence, surmonté d'une longue cheminée, on avait fixé au mur avec deux vis un évier en métal dont l'émail se craquelait. Un énorme baquet trônait au milieu de la pièce ; il ne faisait pas office de baignoire, mais servait à récupérer les gouttes d'eau qui tombaient du plafond.

Spacieux, le logement mansardé disposait malgré tout d'un vestibule et de W.-C. particuliers – un luxe par les temps qui couraient.

Hüttner observa son frère qui s'affairait devant la cuisinière. Sentant un courant d'air glacial sur sa nuque, il regretta aussitôt d'avoir retiré son pardessus. Il s'empressa d'aller le chercher dans le vestibule. Au moment où il s'approchait du portemanteau, il crut entendre un bruit derrière la porte d'entrée.

Il s'arrêta net. Quelqu'un était peut-être en train de les espionner.

D'un geste brusque, il ouvrit le panneau de bois. Personne. Le couloir était désert.

Il poussa un soupir de soulagement. Ses sens lui jouaient des tours. Rien d'autre. Il s'emmitoufla dans son pardessus et retourna dans le living.

— J'avais froid, répondit-il d'un ton désinvolte en captant le regard interrogateur de son frère.

Après s'être rassis, il contempla tristement la modeste table en bois sur laquelle se trouvait le paquet rempli de vivres qu'il avait apporté.

Même si lui-même n'avait pas à se plaindre, Hüttner était conscient de la détresse de la population. Il savait que, malgré les abondantes importations en provenance de l'étranger, la faim régnait dans la ville. Le manque de combustible poussait les habitants à abattre les arbres dans les parcs et à dévaliser les transports de charbon.

Il avait gardé une tout autre image de Berlin. Mais les longues années d'exil avaient peut-être contribué à embellir ses souvenirs.

Hüttner se sentait comme un étranger dans sa cité natale. Baptisé Jurka en Russie, il ne s'était toujours pas habitué à être de nouveau appelé par son ancien prénom. Il avait été loin de s'imaginer cela lorsqu'il avait quitté Moscou quelques mois après la fin de la guerre pour retourner à Berlin. En Union soviétique, désireux de combattre le régime nazi, il avait travaillé pour la station de radio Allemagne libre. Pourtant, malgré les nombreuses formations politiques qu'il avait suivies, il n'avait pas été préparé à la situation complexe qui l'attendait dans l'ancienne capitale du Reich.

Staline collaborait avec les Alliés occidentaux, même si, en dehors de leur ennemi commun, il ne partageait aucune conviction idéologique avec eux. Hüttner avait été fortement ébranlé en découvrant le champ de ruines qu'était devenu Berlin. Mais il avait été encore plus choqué en entendant parler des crimes commis par les soldats de l'Armée rouge. Au début, il avait été convaincu que les gens mentaient. Ses camarades étaient également persuadés que ces histoires de viol et de pillage n'étaient que de la propagande anticommuniste inventée par les Occidentaux pour saper leur travail de refondation. Les troupes russes avaient combattu pour une cause juste, et les récits qui circulaient ne cadraient pas avec cette image.

Cependant, les certitudes de Hüttner avaient commencé à vaciller au cours des mois suivants. Mais le chemin de la délivrance était rarement une promenade de santé. Et il lui appartenait peut-être de donner un sens à ces horreurs en travaillant pour un futur meilleur.

Il eut l'impression d'attendre une éternité avant de voir apparaître sous ses yeux un gobelet fumant. Ne possédant aucun autre siège, Josef s'assit en face de lui sur le lit et s'enveloppa dans un manteau bien trop grand.

— Je n'ai jamais voulu te faire du mal, lâcha finalement son frère pour tenter de se justifier. Mais il faut bien survivre. Tu me comprends, non ?

— Ça n'a plus d'importance maintenant, grogna Hüttner.

Il n'avait pas soif, mais but quand même une gorgée de thé. Au moins, il pouvait se réchauffer les mains en tenant son gobelet. D'un geste agacé, il remonta le col de son pardessus. Il détestait le froid. Lors de son exil, il avait compris que la plupart des Russes partageaient son aversion. À son arrivée, il avait cru que les températures arctiques ne leur faisaient rien, comme si un feu intérieur leur tenait constamment chaud. Il s'étonnait à présent d'avoir été aussi naïf.

— Fais une liste de tout ce que tu m'apportes, proposa Josef. Je te rembourserai.

Hüttner sourit intérieurement. Son frère ne serait jamais en mesure de payer ses dettes.

— Je ne pourrai pas revenir régulièrement, le prévint-il. Je prends de gros risques en m'aventurant jusque chez toi.

— Dans ce cas, donnons-nous rendez-vous dans le secteur russe.

Il réfléchit un instant. Naturellement, cela faciliterait les choses, mais que se passerait-il si ses camarades le surprenaient ? S'ils avaient vent de cette affaire, cela provoquerait à coup sûr des complications.

Il inventa une réponse évasive. Au moment où il s'apprêtait à la formuler, un tumulte s'éleva dans la rue.

On entendit un hurlement de sirènes au loin et un vrombissement de moteur. Puis des voix excitées retentirent.

Hüttner écarquilla les yeux. Ses pires craintes étaient sur le point de se réaliser. Il bondit du fauteuil et courut à la fenêtre. L'un des carreaux, cassé, avait été remplacé par un morceau de carton, mais on pouvait tout de même voir ce qui se passait dehors.

Deux voitures de police s'arrêtèrent dans un crissement de pneus devant l'immeuble.

Hüttner se sentit trahi. Était-ce la raison pour laquelle Josef avait tenu à le voir dans le secteur américain ? À l'évidence, son frère ne voulait pas le faire chanter, mais se venger. Il n'y avait pas d'autre explication.

— Sale faux jeton ! siffla-t-il en ramassant son chapeau.

— Pas par la cage d'escalier !

Ignorant l'avertissement, Hüttner se précipita hors de l'appartement et jeta un coup d'œil par-dessus la rampe.

En bas, quelqu'un frappait rudement à la porte d'entrée.

Sa seule chance était de s'échapper par la cour. Sans hésiter, il dévala l'escalier. Au rez-de-chaussée, il bouscula une vieille dame qui sortait de chez elle, alertée par le tapage.

— Hé ! Faites attention ! lui cria la voisine indignée.

Les coups contre le panneau de bois redoublèrent.

Hüttner s'élança dans l'étroit corridor menant vers l'arrière de l'immeuble.

Arrivé devant la porte de la cour, il se figea. Il ignorait ce qui l'attendait de l'autre côté. S'il jouait de malchance, la police avait déjà encerclé le bâtiment.

Il entrebâilla prudemment le battant. Une odeur de brûlé lui monta alors aux narines. Quelqu'un semblait avoir oublié son repas sur un fourneau.

Au milieu des gravats, il ne vit que des poubelles et un enchevêtrement de cordes à linge.

Rassuré, il enfonça son feutre sur les yeux et se glissa dehors. Réprimant son envie de courir pour ne pas attirer l'attention, il se dirigea vers le bâtiment bombardé qui se dressait de l'autre côté de la cour.

Tandis qu'il approchait des décombres, il tressaillit en entendant dans son dos une voix autoritaire l'interpeller :

— Arrêtez-vous ! Police !

Sans se retourner, Hüttner força l'allure. L'immeuble en ruine n'était plus qu'à quelques mètres. Une fois à couvert, il pourrait aisément semer ses poursuivants.

Les yeux rivés sur l'édifice éventré, il trébucha sur un objet dur et tomba de tout son long. Comme il essayait fébrilement de se relever, il se déchira les paumes sur le sol jonché de débris et d'éclats de verre.

Des pas rapides retentirent derrière lui. L'instant d'après, deux hommes l'empoignèrent pour le redresser. Il se débattit avec hargne, mais finit par s'avouer vaincu lorsqu'il sentit une matraque se poser sur sa nuque.

Ses assaillants portaient les shakos réglementaires de la police berlinoise. Contre toute attente, ils le relâchèrent brusquement.

— Merde ! jura l'un d'eux.

Ils se penchèrent sur l'obstacle qui avait fait trébucher Hüttner. Celui-ci suivit leur regard et resta pétrifié.

Sur le sol poussiéreux, un bras dépassait entre deux seaux à ordures. La peau nue était couverte de symboles. De là où il se trouvait, Hüttner ne pouvait pas les déchiffrer. Le reste du corps, étrangement disloqué, était étendu derrière les poubelles. Dépouillé de ses vêtements, l'inconnu avait les cheveux grisonnants, et sa bouche grande ouverte était noire comme du charbon. Au lieu d'un cri, un filet de fumée s'échappait de sa gorge.

Hüttner comprit qu'il se trouvait dans une situation critique. La police l'avait appréhendé à côté d'un homme fraîchement assassiné. Dans le secteur américain par-dessus le marché.

Sauf miracle, son sort était scellé. Il ne pourrait pas révéler ce qu'il faisait ici. Et encore moins nommer des témoins à décharge. À cette pensée, il sentit son estomac se nouer.

2

Lundi 9 décembre 1946

Oppenheimer plissa les yeux. De plus en plus de gouttes de pluie s'écrasaient sur son visage. Pressé de secourir Hilde, il pédala de plus belle. Pour le moment, le vélo restait le meilleur moyen de locomotion en ville. Il roulait sur une antique bicyclette qu'il avait trouvée sur un trottoir juste après la reddition de Berlin. Il avait dû la réparer tellement souvent qu'il ne savait même plus si elle avait encore une pièce d'origine.

Sur le bord de la route, il vit un groupe d'enfants qui poussaient devant eux de gros pneus en riant. Alors qu'il se demandait avec étonnement où les gamins avaient déniché ces précieuses pièces automobiles, il aperçut quelques centaines de mètres plus loin une voiture posée sur quatre piles de briques. Son propriétaire l'avait sans doute laissée sans surveillance, et les passants en profitaient pour dérober tout ce qui avait un peu de valeur. Oppenheimer s'irritait de voir que les actes de vandalisme se banalisaient. Mais cette dépravation des mœurs n'était pas un phénomène nouveau ; l'ancien commissaire en avait déjà vu les signes précurseurs durant les dernières années de la guerre. Quand ils n'arrivaient pas à obtenir certaines choses de manière légale, les gens n'hésitaient pas à les voler. À Berlin, il n'existait pas un café-restaurant dans lequel les clients n'avaient pas escamoté les ampoules des lampes.

Parfois, Oppenheimer avait l'impression d'avoir échoué dans un monde intermédiaire qui ne connaissait plus aucune règle. À vélo, il croisait de plus en plus de silhouettes grises qui se faufilaient tête baissée entre les monceaux de gravats. Des « hommes des ruines », comme ils se nommaient souvent eux-mêmes. Ces troglodytes involontaires des temps nouveaux portaient sur leurs épaules un fardeau invisible. Pour la première fois depuis la fin de la guerre, un découragement général gagnait les habitants. L'Allemagne proprement dite n'était plus un État. Le Reich avait été divisé en secteurs. Il n'y avait plus ni drapeau ni hymne national. Les usines qui n'avaient pas été démontées ne pouvaient plus rien produire, faute de fournisseurs. À Berlin, une nouvelle municipalité – élue démocratiquement par les habitants – était entrée en fonction quatre jours plus tôt, mais les décisions importantes continuaient d'être prises par les Alliés.

Oppenheimer n'avait pas compris pourquoi les Allemands n'avaient pas fêté avec allégresse la victoire sur le national-socialisme. Même ceux qui avaient ardemment désiré durant de longues années être libérés du joug nazi n'envisageaient l'avenir qu'avec un optimisme restreint. À l'évidence, la plupart des gens ne pouvaient s'empêcher malgré tout de considérer la défaite militaire comme un camouflet.

Après quelques remous, le largage des deux bombes atomiques sur Hiroshima et Nagasaki – qui avait profondément bouleversé Oppenheimer – avait vite été oublié par l'opinion publique. La presse, contrôlée par les Alliés, s'était montrée très réservée à ce sujet. Les journalistes s'étaient contentés de mettre en évidence l'incroyable force de destruction que possédait cette nouvelle arme, en précisant que ce type de bombe n'avait pas été conçu pour mettre un terme à la guerre dans le Pacifique, mais pour être employé contre l'Allemagne. Parmi la population, c'était donc avant tout le soulagement de l'avoir échappé belle qui primait. Les armées de Hitler avaient été battues juste à temps, ce qui avait évité au pays une catastrophe d'une ampleur sans précédent. Le Japon, malheureusement, n'avait pas eu cette chance.

Mais à Berlin, peu de gens s'intéressaient à ce qui se passait dans le reste du monde. On ne cherchait même plus à savoir ce qu'il advenait des quartiers voisins. Chacun se préoccupait en priorité des choses touchant à son propre quotidien. Dans ce contexte, on craignait surtout de pâtir des dissensions grandissantes entre l'Est et l'Ouest.

La plus haute autorité berlinoise s'appelait l'Allied Kommandantura. Un étrange nom tiré du russe et de l'anglais qui laissait présager combien les partenaires étaient peu assortis. Et dans les faits, la coopération était tout sauf harmonieuse. L'administration militaire soviétique refusait par exemple de soumettre à un contrôle commun l'université berlinoise qui se trouvait dans sa zone ; elle n'acceptait pas non plus de gérer avec les Occidentaux la Maison de la radio, que l'Armée rouge avait conquise à la fin de la guerre et qui se trouvait désormais en secteur britannique. En réponse, Américains et Britanniques avaient fondé leur propre station en langue allemande pour concurrencer le programme radiophonique russe.

Oppenheimer passa près d'une épicerie devant laquelle s'étirait une longue file d'attente. L'immeuble qui abritait le magasin n'était plus qu'une ruine. Sur la façade éventrée, quelqu'un avait peint en lettres blanches le message acerbe « Voilà ce que nous a apporté la guerre ».

— Quelle belle merde ! grogna une femme âgée, coiffée d'un foulard.

Pour attendre plus confortablement, elle s'était installée sur une vieille cuvette de toilettes qu'elle avait sans doute dénichée dans les gravats.

Le propriétaire du commerce apparut brièvement sur le seuil lorsqu'il ouvrit la porte à une cliente élégante. Sa blouse blanche était impeccable, mais personne n'était dupe ; il était évident qu'il n'avait pas assez de denrées pour satisfaire les besoins des chalands. Dans la vitrine étaient exposés des articles de luxe que personne ne pouvait s'offrir. Les produits de la vie quotidienne étaient vendus sous la table.

La dame élégante qui venait de sortir de la boutique portait de coûteux bas de nylon. Elle s'attira de nombreux regards envieux quand elle passa devant la file d'attente avec ses sacs remplis de vivres.

La femme au foulard lui lança d'un ton acrimonieux :

— Et c'est ça qu'on appelle la démocratie ?

Le nouveau régime politique officiel était devenu en un tournemain synonyme d'insulte. Et dans chaque secteur, les Berlinois étaient bien sûr convaincus que la puissance occupante dont ils dépendaient était la pire de toutes. Ici, à Schöneberg, les gens se plaignaient des Américains, tandis que les habitants de Charlottenburg et Wilmersdorf critiquaient allègrement les Britanniques. Dans le Nord, à Wedding et Reinickendorf, on vitupérait contre les Français. Dans les arrondissements de l'Est comme Lichtenberg ou Friedrichshain, c'étaient les Russes qu'on maudissait.

Mais, si absurde que cela paraisse, ceux qui se considéraient comme de véritables victimes étaient les anciens partisans reconnus de Hitler, parce qu'ils n'avaient plus le droit d'occuper de hautes charges et qu'ils étaient contraints de prendre part au déblaiement de la ville. En tant que travailleurs forcés, ils avaient droit à de plus grandes rations alimentaires que s'ils avaient exercé leur métier premier, toutefois ils refusaient délibérément de profiter de cet avantage.

Beaucoup de compatriotes d'Oppenheimer s'étaient installés dans ce rôle de martyr avec une fatuité qu'il exécrait profondément.

Il longea la Potsdamer Straße, qui finit par déboucher sur la Hauptstraße. Lorsqu'il aperçut au loin la tour ronde de l'église Paul-Gerhardt, dont l'architecture rappelait plutôt un château d'eau, il sut qu'il était presque arrivé à destination.

Quelques instants plus tard, il repéra devant une succursale de la Dresdner Bank une banderole sur laquelle était écrit en lettres blanches « Mairie de Schöneberg ». Comme leur bâtiment avait été détruit, les services de l'administration municipale étaient provisoirement abrités dans une agence bancaire.

Oppenheimer ralentit et mit pied à terre. Son vélo sous le bras, il entra dans le bâtiment. Il se mit aussitôt en quête du Bureau d'aide sociale. Au détour d'un couloir, il découvrit finalement Hilde qui patientait devant une porte en compagnie d'une dizaine d'autres personnes.

Au milieu des silhouettes grises, l'aristocrate détonnait. Elle portait un chapeau suranné et une cape de pluie qui avait déjà vu des jours meilleurs. Pareils vêtements auraient pu lui donner un air de matrone, mais les cheveux permanentés qui dépassaient de son feutre soulignaient son élégance coquette. En apercevant son ami, elle fronça les sourcils.

— Te voilà enfin ! Saperlotte ! Ça fait des heures que je prends racine ici !

Oppenheimer s'avança vers Hilde.

— Mais que s'est-il passé ?

En guise de réponse, elle lui tendit une liasse de papiers.

— Tiens ! J'en ai assez ! Tu vas demander maintenant ta carte OdF[1]. Et pas de discussion !

Durant un instant, il resta bouche bée. Puis il comprit qu'il était tombé dans un piège.

— C'est uniquement pour ça que tu m'as envoyé ce pauvre Seibold ? grogna-t-il avec irritation. Pour m'attirer ici afin que je demande cette carte ridicule ?

— Ce n'est pas une carte ridicule. Et ne joue pas les héros avec moi, tu as tout à fait le droit de l'obtenir. Ce serait stupide de ne pas en profiter !

Oppenheimer laissa échapper un soupir d'agacement.

— De toute façon, avec ou sans tickets de rationnement, on trouve à peine de quoi manger.

— Ce n'est pas une excuse, rétorqua Hilde. Avec une carte OdF, tu as droit à de plus grandes rations.

Les comités OdF avaient été fondés peu après la fin de la guerre dans les quatre zones d'occupation. Ces organisations avaient pour but d'aider les personnes qui avaient été persécutées sous le national-socialisme à cause de leurs convictions politiques. En plus de meilleures rations alimentaires, elles distribuaient des vêtements et des chaussures, et donnaient accès à des soins médicaux. Parfois, elles procuraient même des logements.

1. *Opfer des Faschismus* : « victimes du fascisme ».

Mais tout le monde savait que parmi les personnes qui revendiquaient la carte OdF, nombreux étaient ceux qui, même avec la meilleure volonté du monde, ne pouvaient pas être considérés comme des victimes ou des opposants au régime nazi. Par conséquent, toutes les demandes étaient désormais examinées soigneusement et les prétendants étaient classés dans différentes catégories.

— Tu vas maintenant entrer dans ce bureau, ordonna Hilde. J'ai déjà tout rempli pour toi. Le traitement des dossiers dure déjà assez longtemps.

Oppenheimer resta immobile, la main sur son vélo. Les autres personnes qui se tenaient autour d'eux lui jetèrent des regards suspicieux. Un homme était même venu avec la tenue rayée des prisonniers de camp de concentration pour démontrer la légitimité de sa demande.

En le voyant, Oppenheimer sentit sa gorge se nouer. Même si, après l'entrée en vigueur du paragraphe aryen, il avait été renvoyé de la police et avait vécu plusieurs années dans une maison juive, il avait l'impression d'être un charlatan à côté d'un survivant des camps. Durant un temps, son mariage avec Lisa l'avait protégé. Pourtant, s'il n'était pas entré dans la clandestinité après l'affaire Lutzow, il aurait certainement été arrêté lors de la vague finale de razzias et déporté dans un camp d'extermination.

Si Oppenheimer s'en était sorti, c'était aussi grâce à l'aide d'amis, et notamment Hilde. Heureusement, le cauchemar hitlérien était terminé. Il voulait à présent tirer un trait sur cette période difficile et regarder vers l'avenir.

— Mais je m'en suis sorti, protesta-t-il faiblement.

Hilde ne prit même pas la peine de lui répondre. Elle

lui arracha le vélo des mains et tendit le doigt vers la porte du bureau.

Oppenheimer grimaça avant de céder. Bien sûr, Hilde ne voulait que son bien. Et comme toujours, quand elle avait quelque chose en tête, il était inutile de faire de la résistance.

Après avoir frappé, il se glissa dans le bureau.

Lorsque l'ancien commissaire revint deux heures plus tard au Service de recherche, d'autres surprises l'attendaient. Ayant mauvaise conscience de s'être absenté aussi longtemps, il se hâta de rejoindre son poste tête baissée. Au moment où il arrivait près de sa table de travail, il découvrit son supérieur assis sur une chaise.

Le front plissé, Herr Suhr rajusta son nœud papillon et se leva d'un bond.

— Si vous voulez bien me suivre.

Oppenheimer remarqua que ses collègues observaient la scène en échangeant des commentaires à voix basse.

Visiblement nerveux, Suhr le conduisit dans le couloir et s'arrêta devant la porte des toilettes.

— Il y a quelqu'un qui souhaite vous voir. Cette personne vous attend depuis presque une heure.

— De qui s'agit-il ? s'étonna Oppenheimer.

— C'est un Russe ! explosa son supérieur, incapable de se maîtriser plus longtemps. Un militaire de haut rang, d'après son uniforme.

L'apparition d'un officier soviétique dans le secteur américain faisait toujours sensation. Oppenheimer frissonna. Venait-on l'arrêter pour l'expédier en Union soviétique ? L'idée n'avait rien d'aberrant. Après la sévère défaite du SED[1] aux élections municipales d'octobre 1946, les Russes avaient commencé à appréhender dans leur zone des ouvriers spécialisés, des experts techniques et des scientifiques qu'ils envoyaient vers l'Est pour une destination inconnue.

Il se rassura en se disant qu'il était un ancien commissaire de la police criminelle, et non un ingénieur du secteur de l'industrie.

— Connaissez-vous le nom de cet homme ? s'enquit-il. Et le motif de sa visite ?

Furieux, Suhr serra les poings.

— Non. Ce monsieur ne parle pas un traître mot d'allemand. Il a tout simplement confisqué mon bureau. Vous vous rendez compte ? Il a même eu l'impertinence de poser ses bottes crottées sur ma table de travail !

Pour un fonctionnaire prussien, un geste pareil était le comble de l'incorrection. Ne sachant que répondre, Oppenheimer se contenta de hocher la tête d'un air compatissant.

Lorsqu'il entra dans le bureau de Suhr, l'air était saturé d'une odeur infecte qu'il identifia aussitôt comme étant celle du machorka, le tabac qu'affectionnaient les Russes. Un homme courtaud aux cheveux ras se redressa au milieu d'un nuage de fumée bleutée.

— *Moï droug Oppenheimer !* s'exclama l'officier avec un large sourire, découvrant plusieurs couronnes en acier poli qui étincelèrent dans sa bouche.

C'était le colonel Aksakov.

Oppenheimer se sentit immédiatement soulagé. Le Russe paraissait d'excellente humeur et l'avait salué en employant le mot « *droug* », qui signifiait « ami ».

1. Sozialistische Einheitspartei Deutschlands : le Parti socialiste unifié d'Allemagne.

Plus d'une année s'était écoulée depuis leur dernière rencontre. À l'évidence, le colonel ne manquait de rien à Berlin, car son visage s'était encore arrondi.

Aksakov s'avança pour serrer virilement l'ancien commissaire dans ses bras. Tous deux avaient travaillé ensemble durant plusieurs semaines pour arrêter le déserteur Grigoriev et sa bande, mais Oppenheimer ne se souvenait pas d'avoir déjà été accueilli aussi chaleureusement par le Soviétique. Ce qui ne pouvait signifier qu'une chose : Aksakov avait besoin de lui. L'instant d'après, il sut qu'il avait vu juste. Sans aucune explication, le colonel le prit par l'épaule et l'entraîna dans le couloir.

Oppenheimer n'eut même pas le temps de prévenir son supérieur. Mais Herr Suhr serait sûrement ravi d'être débarrassé de l'encombrant officier russe.

3

Lundi 9 décembre 1946

Oppenheimer crut d'abord qu'une escouade de frelons en furie s'était introduite dans l'habitacle. Mais ce n'étaient que les hélices d'un avion qui volait en rase-mottes au-dessus des toits de l'ancienne capitale du Reich. Ils devaient donc se trouver à proximité de l'aéroport de Tempelhof.

Assis sur la banquette arrière d'une imposante berline, il pouvait observer dans le rétroviseur intérieur les traits asiatiques de Serjoscha, le chauffeur d'Aksakov. Le colonel ne lui avait pas révélé leur destination et, au milieu des montagnes de ruines, il était facile de perdre le sens de l'orientation.

Des experts avaient estimé qu'il y avait dans les rues de Berlin cinquante-cinq millions de mètres cubes de terre et de pierre, onze millions de mètres cubes de bois et plus d'un million de tonnes d'acier. Le volume total des ruines représentait environ soixante-quinze millions de mètres cubes. En d'autres mots, évacuer tous les débris des bombardements risquait de prendre plus d'une vingtaine d'années. D'après certains, avec les décombres de la ville, on aurait pu construire jusqu'à Cologne un mur de trente mètres de large sur cinq de haut.

Oppenheimer avait remarqué qu'ils roulaient vers l'est. Il finit par se repérer lorsqu'ils abordèrent le rond-point de la Belle-Alliance-Platz, rebaptisée Franz-Mehring-Platz en hommage à l'un des fondateurs du KPD[1].

L'aide de camp d'Aksakov ralentit l'allure en entrant dans le dédale de rues qui environnaient la Hermannstraße. Ils se trouvaient à Neukölln, un quartier considéré comme plutôt bourgeois avant la guerre. Mais les bombardements et les combats ne l'avaient pas épargné ; ici aussi, les routes étaient bordées de monceaux de gravats et les façades des immeubles criblées d'impacts de balles. Oppenheimer avait supposé à tort qu'Aksakov l'emmènerait dans la zone soviétique. Il avait beau se creuser la tête, il ne comprenait pas ce qu'ils venaient faire dans le secteur américain.

Serjoscha se gara sur le bas-côté sans couper le moteur. S'abstenant de tout commentaire, Aksakov se hissa hors du véhicule. Oppenheimer l'imita et suivit le colonel qui se dirigeait d'un pas vif vers un bâtiment d'habitation sérieusement endommagé. Ils contournèrent l'immeuble en empruntant un étroit passage pour déboucher dans une arrière-cour où attendaient trois hommes.

En voyant arriver Aksakov, l'un d'eux lança avec agacement :

— Alors, on peut continuer maintenant ?

Il ôta son chapeau pour essuyer son front dégarni avec un mouchoir à carreaux. Comme il était manchot, l'opération s'avéra toutefois malaisée.

— Billhardt ? lâcha Oppenheimer en s'approchant.

1. Kommunistische Partei Deutschlands : le Parti communiste d'Allemagne.

L'interpellé remit son feutre avant de s'exclamer avec étonnement :

— Bigre de bigre ! Oppenheimer !

— En chair et en os. Comme tu le vois, moi aussi, je m'en suis sorti. As-tu réintégré la police ?

Oppenheimer fit un signe du menton vers un coin de l'arrière-cour. Bien que surpris de retrouver ici son ancien collègue de la Kripo[1], il avait immédiatement avisé le cadavre à demi dissimulé derrière les poubelles de l'immeuble.

— Ma foi oui, marmonna Billhardt. Ils ont bien voulu me reprendre.

Le policier ne semblait pas trop savoir comment saluer Oppenheimer. Il finit par lui serrer la main avec un sourire embarrassé.

La gêne de Billhardt était compréhensible. Deux ans plus tôt, il avait confessé dans un moment de faiblesse à son vieux compagnon qu'il avait dû exécuter de nombreux civils sur le front de l'Est. S'il avait fini par échapper au tourbillon de la violence, c'était uniquement parce qu'une grenade lui avait arraché le bras.

Oppenheimer avait entendu dire que la police veillait à ne réintégrer dans leurs fonctions que des hommes ayant fait preuve d'un comportement irréprochable durant la guerre. Il ne put s'empêcher de ressentir une certaine curiosité. Comment son ex-collègue avait-il réussi à cacher son passé ? Billhardt semblait inquiet, craignant sans doute d'être dénoncé. Si les autorités de police apprenaient qu'il avait participé à des crimes de guerre, il risquait d'avoir de gros ennuis.

Pour détendre l'atmosphère, Oppenheimer décida de changer de sujet et adopta un ton léger.

1. Kriminalpolizei : la police criminelle.

— Et comment va cette chère Dorothée ?

— Bien. Heureusement, elle n'était pas à Berlin quand les Russes…

Billhardt se tut avant de lancer un regard en coin à Aksakov. Visiblement, il préférait ne pas évoquer devant le colonel la vague de viols qui avait frappé la capitale au moment de l'arrivée de l'Armée rouge.

— Enfin, tu vois ce que je veux dire. Dorothée n'a pas été limée. Elle n'est rentrée de la campagne qu'après la libération de la ville. Et Lisa ?

Durant un instant, Oppenheimer sentit son rythme cardiaque s'emballer. Sa femme avait eu moins de chance que Dorothée Billhardt, et il ne s'en était pas encore tout à fait remis. Même s'il avait réussi à coincer le violeur, le mal était fait. Il se contenta de répondre :

— Lisa travaille maintenant à Charlottenburg chez les Britanniques. Comme traductrice. Elle était professeur d'anglais avant la guerre, tu te rappelles ?

Billhardt acquiesça du chef.

— Et toi, pourquoi ne demandes-tu pas à réintégrer la police ? Ils cherchent justement des gens comme toi. D'anciens flics avec de l'expérience, et qui n'ont rien à se reprocher.

— Pour le moment, je suis occupé ailleurs, esquiva Oppenheimer en promenant son regard autour de lui.

Comme souvent à Berlin, l'arrière-cour donnait l'impression de former un espace hermétiquement clos à ciel ouvert. Dans un coin se dressait un petit abri où les habitants pouvaient ranger leurs vélos. Au-dessus de l'appentis, des échelons en métal fixés au mur permettaient d'accéder au toit de l'immeuble. Le bâtiment qui fermait l'autre côté de la cour était en ruine. À travers les décombres, on pouvait apercevoir la rue qui se trouvait derrière.

— Que savez-vous sur ce cadavre ? s'enquit-il en désignant le corps étendu non loin d'eux.

Billhardt haussa les épaules.

— Une affaire plutôt étrange. Et ce qui est encore plus étrange, c'est que nous n'avons pas le droit de déplacer le macchabée avant l'arrivée d'un soi-disant spécialiste. Aucune idée de qui ça peut être. Les gars du service de l'Identité judiciaire ont déjà terminé leur boulot. Il n'y a plus rien à faire ici, mais nous poireautons depuis plus d'une heure. Tu me diras, mieux vaut en rire. Partout, on nous met des bâtons dans les roues. Le nouveau quartier général de la police se trouve à l'Est, alors que la prison préventive de Moabit et tous les juges d'instruction sont dans le secteur britannique. Je te laisse imaginer les emmerdes qui en découlent. Pour chaque transport de prisonnier, les Russes doivent accorder une autorisation spéciale. Mais ils nous causent toujours des problèmes.

Cette réponse confirma les soupçons d'Oppenheimer.

— Peut-être que le colonel Aksakov pourra nous en dire plus sur ce mystérieux spécialiste, suggéra-t-il.

Billhardt réfléchit quelques secondes, puis se retourna vers ses collègues, des hommes à l'allure grise et aux traits maussades comme on en voyait partout en ville. Ils s'entretinrent brièvement à voix basse, et l'un d'eux fit un pas vers Aksakov pour lui poser une question dans un russe écorché.

— C'est Wenzel, mon adjoint, expliqua Billhardt en guise de présentations.

Lorsque son subalterne traduisit la réponse laconique du Soviétique, il s'esclaffa.

— Naturellement ! gloussa-t-il en pointant du doigt Oppenheimer. C'est toi, le fameux spécialiste. Tu ne te doutais de rien ?

— On m'a emmené ici sans me donner la moindre précision, rétorqua l'ancien commissaire.

Lorsqu'il jeta un regard interrogateur à Aksakov, celui-ci hocha la tête et tendit l'index en direction du cadavre.

— *Davaï ! Davaï !* ordonna le Russe avant de tourner les talons.

Oppenheimer remarqua que les trois policiers se décontractèrent aussitôt qu'Aksakov eut disparu.

— Le colonel veut vous revoir demain, indiqua Wenzel. Il attend de vous un premier rapport.

— Le camarade colonel semble te tenir en grande estime, commenta Billhardt avec un sourire railleur. Qu'as-tu donc fait pour le mettre dans ta poche ?

N'ayant aucune envie d'entrer dans les détails, Oppenheimer haussa les épaules.

— J'ai déjà enquêté pour lui.

Le sourire de Billhardt s'élargit.

— Je vois. Chassez le naturel, il revient au galop. Bon, tu peux jeter un coup d'œil à notre client. Ce matin, nous avons reçu à neuf heures moins le quart l'appel d'une habitante de l'immeuble. Une patrouille est venue ici, et nos gars ont découvert le corps.

Durant sa carrière à la Kripo, Oppenheimer avait examiné bon nombre de cadavres, mais il n'avait jamais vu une mise en scène aussi étrange. Le défunt semblait avoir dans les soixante-dix ans. Complètement nu, il gisait derrière les poubelles dans une pose contorsionnée. Le regard braqué vers le ciel, les bras en croix, il ressemblait à un Icare des temps nouveaux qui aurait terminé sa chute vertigineuse dans cette cour.

L'homme avait les bras et les jambes couverts de signes alphabétiques. La partie inférieure de son visage était noire comme du cirage.

Oppenheimer s'agenouilla pour observer avec attention la bouche grande ouverte de l'inconnu. Derrière deux rangées de dents en piteux état, il découvrit des restes de papier carbonisé.

— À quoi rime une telle mise en scène ?

Billhardt s'approcha.

— Pauvre type. Quelqu'un a bourré sa bouche de papier avant d'y mettre le feu. Quand la voisine l'a trouvé, ça brûlait encore. Elle a eu une belle frayeur. Bizarrement, hormis quelques égratignures, notre macchabée n'a ni marques de coup ni blessures visibles. On ne peut donc pas exclure une mort naturelle. Mais il ne s'est sûrement pas allongé ici en costume d'Adam. Et quant au papier calciné dans la bouche, il est possible que quelqu'un ait voulu réduire le corps en cendres.

— Je ne crois pas qu'on puisse brûler un cadavre avec un peu de papier. Pour ça, il faut un accélérateur de feu.

— Le pétrole et l'essence sont des denrées rares de nos jours, fit remarquer Billhardt. L'assassin n'avait peut-être rien d'autre sous la main.

Oppenheimer braqua son regard sur les caractères irréguliers qui couvraient les bras et les jambes du mort.

— Et ces tatouages ? L'homme était peut-être un ancien marin.

— Ce ne sont pas des tatouages. Quelqu'un a écrit ces lettres à l'encre noire sur la peau du pauvre type. En regardant d'un peu plus près, on voit qu'il s'agit d'une liste de noms.

Serrée et enchevêtrée, l'écriture était à peine lisible. En se penchant, Oppenheimer parvint à déchiffrer quelques noms. *Max Erdmann*, *Andreï Kuprianov*, *Sigmar Baer*, *Günter Altmann.* Il ne connaissait aucun de ces patronymes.

— Tout ceci ne me plaît guère.

Sur ces mots, il se releva.

— Oui, cette affaire ne présage rien de bon, approuva Billhardt. On dirait que quelqu'un veut se payer notre tête.

— Si c'est le cas, la farce est de très mauvais goût.

— Nous avons appris que la victime s'appelait Orminski. Jakob Orminski.

Oppenheimer dressa l'oreille.

— Un Prussien de l'Est ?

— Exactement. Avec un nom pareil, on peut supposer que c'était un Volksdeutscher. Il habitait dans l'immeuble, mais pas de manière officielle. Pour le moment, c'est tout ce qu'on a.

Lentement, Oppenheimer décrivit un demi-cercle autour de la dépouille. Contre toute attente, le vieil homme ne montrait aucun signe de malnutrition. Au contraire, en ces temps de pénurie alimentaire, il paraissait étonnamment bien nourri.

Après avoir observé le cadavre quelques instants encore, Oppenheimer se tourna vers son ancien collègue.

— J'en ai assez vu. Tu peux le faire transporter à la morgue. Avez-vous déjà fouillé son appartement ?

Orminski habitait au troisième dans un minuscule studio. Les fenêtres étaient tellement crasseuses que la lumière du jour avait du mal à pénétrer dans la garçonnière. Un lit rouillé était disposé à côté d'un poêle en faïence blanche. Le reste du mobilier se composait d'une table basse surmontée d'un broc, d'un tabouret et d'une petite armoire murale dont les portes vitrées avaient survécu à la guerre sans dommage.

Lorsque Oppenheimer entra dans l'appartement en

compagnie de Billhardt, il dut faire attention où il mettait les pieds. Entre des piles de bois de chauffage, un fatras de vaisselle et de bocaux de toutes sortes jonchaient le sol. On avait tendu à travers la pièce une corde à linge ; quelques chemises pendaient sur des cintres.

Oppenheimer alla se placer dans un coin à peu près dégagé pour contempler le logement exigu.

— Si Orminski vivait ici, pourquoi l'a-t-on retrouvé dans l'arrière-cour ? s'interrogea-t-il à voix haute. Et pourquoi était-il complètement nu ?

— Quand nous sommes arrivés, la porte de l'appartement était verrouillée, expliqua Billhardt. Et la nuit dernière, la température est descendue au-dessous de zéro. Quoi qu'ait fait Orminski dehors, on ne peut pas exclure qu'il ait perdu sa clé. Si ça se trouve, il est peut-être mort de froid parce qu'il était dans l'impossibilité de rentrer chez lui.

Oppenheimer fit une moue sceptique.

— C'est très improbable. La manière dont le corps est disposé dans la cour est une véritable mise en scène. Je pense qu'il s'agit bien d'un crime.

Le regard rivé sur les cintres suspendus à la corde, il ajouta :

— Le complet d'Orminski semble manquer. Il n'y a que des chemises ici. Notre homme était donc habillé au moment où il est sorti. Ce qui signifie qu'il n'a sans doute pas été tué dans son logement.

Prenant garde de ne pas trébucher sur l'un des innombrables objets éparpillés sur le sol, il alla jeter un coup d'œil sous le lit.

— Tiens, tiens. Qu'avons-nous là ?

Les lattes du plancher grincèrent lorsque Billhardt approcha. Oppenheimer tira de sous le cadre métallique une grande valise couverte d'éraflures.

— Aurais-tu par hasard un couteau ?

Billhardt fouilla l'une des poches de son manteau et en sortit un canif qu'il tendit à son vieux compagnon.

Oppenheimer crocheta les deux serrures du bagage sans trop de peine. Avec précaution, il ouvrit ensuite le couvercle. Ce qu'il découvrit lui coupa le souffle. Près de lui, Billhardt poussa un sifflement de surprise.

Ils avaient sous les yeux une petite fortune. La valise était remplie à ras bords de Lucky Strike. Comme l'ancien reichsmark ne valait presque plus rien, les cigarettes étaient devenues la meilleure monnaie d'échange. Et Orminski en possédait une importante réserve.

— Voilà pourquoi notre victime était aussi bien en chair, commenta Billhardt, sidéré.

Oppenheimer leva les yeux vers son ancien collègue.

— Alors, si on résume : Orminski habitait cet immeuble, mais n'était inscrit sur aucun registre public. Et sans domicile légal, on ne peut pas obtenir de carte de rationnement. Il vivait donc grâce au marché noir, non ?

— C'est certain, confirma Billhardt. Cette valise explique aussi pourquoi il pouvait loger ici sans problème. Il graissait la patte au propriétaire avec des cigarettes.

Lentement, Oppenheimer se remit debout et épousseta les jambes de son pantalon.

— Nous pouvons en déduire qu'il ne s'agit pas d'un vol qui aurait mal tourné. Sinon, les Lucky auraient disparu.

Le policier manchot fit mine de réfléchir.

— Hum. Ton raisonnement se tient. Et ça colle bien avec notre suspect, qui n'est vraiment pas une personne dans le besoin.

Oppenheimer le considéra d'un air agacé.

— Vous avez déjà un suspect ? Pourquoi suis-je ici dans ce cas ?

— Pourquoi crois-tu qu'Aksakov ait fait appel à toi ? rétorqua Billhardt avec un clin d'œil amusé. Notre suspect s'appelle Georg Hüttner. Et tiens-toi bien : c'est un moscoutaire.

Déconcerté, Oppenheimer secoua la tête. Moscoutaire, c'était le surnom que la population donnait aux exilés rentrés de Russie après la guerre qui entretenaient d'étroits liens politiques avec le SED.

— Laisse-moi deviner. Hüttner est un personnage important ?

Billhardt opina.

— Au quartier général, les téléphones ne cessent de sonner. Vu le ramdam qu'a causé son arrestation, on peut vraiment dire que Hüttner est une huile.

Oppenheimer comprit enfin quelle tâche Aksakov lui avait assignée.

— Mais bien sûr, grommela-t-il. On me demande de disculper Hüttner.

Billhardt lui donna une tape amicale sur l'épaule.

— Maintenant, nous sommes tous les deux dans la même merde. Et, quoi que nous décidions de faire, nous ne pouvons que commettre des erreurs.

4

Mardi 10 décembre 1946

Oppenheimer se réveilla avant le lever du soleil. Il n'avait presque pas fermé l'œil de la nuit parce qu'il se sentait tiraillé. Enquêter pour le compte d'Aksakov sur une affaire susceptible d'avoir des implications politiques et diplomatiques lui paraissait un honneur plus que douteux.

Agité, il se tournait et se retournait tandis que Lisa dormait paisiblement à côté de lui. Leur chambre dans la villa de Hilde étant pleine de courants d'air en hiver, ils étaient allongés sous une pile de couvertures.

Lorsque les premières lueurs du jour éclairèrent peu à peu la pièce, Oppenheimer vit que les fenêtres étaient couvertes de buée. À l'évidence, la température extérieure était tombée au-dessous de zéro cette nuit. Si le mercure chutait encore, des cristaux de glace se formeraient bientôt sur les vitres.

Incapable de se rendormir, il décida de se lever. Alors qu'il essayait de s'habiller en faisant le moins de bruit possible, Lisa ouvrit les yeux. Il s'assit sur le bord du lit et se pencha pour l'embrasser sur la joue.

— Dors encore un peu. Je dois m'entretenir avec Hilde.

Sa femme se redressa.

— Pour lui demander son avis à propos de l'affaire que veut te confier Aksakov ?

Il acquiesça.

— Es-tu obligé d'accepter ? s'enquit Lisa. Il ne faudrait pas que cela te cause des problèmes au travail.

— En fait, j'ai du mal à évaluer la situation. Le Service de recherche entretient de nombreux contacts avec le secteur soviétique. Bon nombre d'informations sont échangées en secret. Nous devons coopérer avec les Russes, ne serait-ce que pour les prisonniers de guerre qui croupissent encore dans leurs camps. Mais je crains que Suhr n'apprécie guère qu'un officier de Staline vienne faire la loi dans son bureau. Tous mes collègues doivent maintenant croire que je suis un agent bolchevique.

Lisa pouffa.

— Un espion démasqué au Service de recherche. C'est un véritable scandale.

Oppenheimer sourit avant de reprendre son sérieux.

— Je m'inquiète surtout pour toi. Il ne faudrait pas que cette histoire t'attire des ennuis.

— Avec les Britanniques ? Bah, ça m'étonnerait. Carruthers ne cesse de me répéter combien il apprécie mes talents d'interprète.

Carruthers était un officier du génie qui avait été affecté comme expert en construction au département Public Works and Utilities de l'administration militaire britannique, basée à Charlottenburg. Lisa avait travaillé au quartier général durant quelques mois comme traductrice, puis on lui avait assigné la tâche d'accompagner Carruthers lors de ses tournées d'inspection à travers Berlin. Il s'occupait principalement de la reconstruction des ponts de la ville, et Lisa l'aidait à communiquer avec les équipes d'ouvriers allemands. Elle passait donc ses journées en compagnie de l'officier, qui naviguait d'un chantier à l'autre.

Oppenheimer savait que le Britannique s'était porté volontaire pour participer aux travaux de reconstruction. Expert en désamorçage d'explosifs, il avait pourtant assisté aux premières loges aux terribles destructions qu'avaient causées les bombardiers de Hitler en Angleterre. La noblesse de cœur dont faisait preuve un héros comme Carruthers vis-à-vis de ses anciens ennemis touchait profondément Oppenheimer.

— À ce soir, murmura-t-il en caressant les cheveux de Lisa.

Il sortit de la chambre et referma la porte derrière lui. Le couloir était étrangement sombre ce matin-là. Intrigué, il se retourna vers la fenêtre. Ce qu'il vit le fit tressaillir.

Une silhouette imposante, coiffée d'un casque d'acier, se dressait devant l'encadrement.

L'homme, qui regardait dehors, virevolta brusquement. Lorsqu'il aperçut Oppenheimer, il claqua des talons et fit le salut hitlérien. Mais le colosse n'était plus que le fantôme d'un soldat de la Wehrmacht. Le visage raviné, le menton mal rasé, il avait le regard vide.

Le spectre silencieux n'était autre que Herr Vogt, qui habitait deux chambres plus loin. Il avait survécu à l'horreur des combats et réussi à revenir auprès de sa famille. Son esprit, lui, était resté au front.

Frau Vogt avait découpé l'uniforme de son mari pour en faire des chiffons, mais celui-ci refusait de se faire déposséder de son casque, auquel il se cramponnait comme un naufragé. Tous les jours, il le nettoyait soigneusement et le mettait ensuite pour faire sa ronde quotidienne en bras de chemise. Il patrouillait constamment dans la villa à la recherche d'ennemis imaginaires. Fort heureusement, on lui avait retiré ses armes.

— Bonjour, Herr Vogt, le salua Oppenheimer en s'efforçant de prendre un ton calme. On dirait qu'il a encore gelé cette nuit.

Muet, Vogt le détailla avec des yeux écarquillés. Sa bouche s'ouvrit deux fois, comme s'il voulait répondre. Oppenheimer avait l'impression que le cerveau du vétéran tournait à plein régime sous le casque d'acier, mais que les pensées ne parvenaient pas à se transformer en paroles.

Les enfants du voisinage prenaient un malin plaisir à crier des ordres à Vogt, qui les exécutait comme un automate. Les habitants de la villa veillaient donc à ce qu'il ne mette pas les pieds dehors. Oppenheimer savait que l'ancien soldat retournait à sa routine dès qu'on lui disait « repos ». Mais il ne voulait pas entrer dans ce jeu-là. Il croyait qu'on pourrait peut-être guérir Vogt de sa folie en lui parlant normalement.

Avant de s'éloigner, il se força à lancer d'une voix neutre :

— À ce soir, Herr Vogt. Passez une bonne journée.

Son malaise ne se dissipa qu'en sortant de la demeure. D'un pas vif, il se dirigea vers la maisonnette où vivait autrefois le chauffeur du défunt oncle de Hilde.

Depuis qu'il la connaissait, l'aristocrate vivait dans cette dépendance. Pendant la guerre, les nazis lui avaient ordonné de loger des sinistrés dans sa maison. De crainte d'être espionnée, elle avait préféré s'installer à l'écart dans l'ancien logement de fonction. La villa s'était vidée quand l'Armée rouge était entrée à Berlin, et Hilde avait eu l'idée d'y accueillir ses amis.

Ainsi, Oppenheimer et Franz Schmude étaient venus

vivre avec leurs proches au domaine juste après la capitulation. Barbe, une ancienne codétenue de Hilde à la prison de Moabit, y avait également une chambre qu'elle partageait avec sa jeune compagne Gerda. Trafiquante à ses heures perdues, celle-ci portait des habits d'homme et travaillait comme videur au Rio Bar, le cabaret d'Ed le Mastard.

Seul Otto Seibold avait eu des problèmes lorsqu'il avait voulu s'installer avec sa famille dans la villa. L'administration britannique lui avait confisqué du jour au lendemain son appartement à Charlottenburg pour y loger des soldats. Dans ces cas-là, toute protestation était vaine. Le pharmacien avait dû vider les lieux en quarante-huit heures.

Lorsqu'il avait demandé aux autorités militaires l'autorisation d'emménager dans le secteur américain, on l'avait contraint à un véritable marathon bureaucratique. Hilde et Oppenheimer avaient même été convoqués au comité antifasciste de leur quartier pour attester que Seibold n'avait jamais soutenu le régime hitlérien. Heureusement, l'affaire s'était bien terminée.

Hilde avait été toutefois forcée d'accueillir sous son toit d'autres gens. En raison des fortes destructions qu'avait connues Berlin, les services du logement n'hésitaient pas à assigner des sans-abri aux propriétaires non sinistrés quand ils estimaient que les maisons étaient suffisamment grandes. Et dans le cas de l'imposante demeure que l'oncle opulent de Hilde avait fait ériger à Schöneberg, on avait jugé qu'au moins vingt personnes pouvaient y vivre. Deux familles supplémentaires – qui n'avaient aucune affinité avec les amis de l'aristocrate excentrique – étaient donc arrivées au domaine.

Certains jours, la promiscuité avec autant d'inconnus

donnait à Oppenheimer l'impression d'habiter un poulailler bondé. Craignant les vols, Lisa et lui veillaient toujours à fermer à clé leur chambre quand ils sortaient. Dans la pièce, ils avaient aménagé derrière une boiserie une petite cachette pour entreposer des provisions de bouche et de combustible.

Lorsque Oppenheimer arriva devant la maisonnette du chauffeur, la porte était fermée. Médecin, Hilde travaillait à l'hôpital, et elle était peut-être de service ce matin-là.

Au même moment, il entendit du bruit à l'intérieur et un juron retentit. Soulagé, il frappa contre le battant, qui s'ouvrit aussitôt.

Il avait à peine franchi le seuil que son amie lui lançait un journal avec une moue irritée.

— Que contient cette gazette pour mériter pareille grimace ?

— Sacrebleu ! pesta Hilde en resserrant son peignoir autour de sa taille. Dans la presse, on ne parle depuis des jours que des histoires de cette bécasse d'Eva Braun. Mélodrame dans le bunker du Führer ! Incroyable ! Il y a pourtant des choses plus importantes que de savoir quelles femmes le Gröfaz[1] a tringlées.

Oppenheimer parcourut du regard la première page du quotidien.

— En soi, c'est assez intéressant. Hitler feignait toujours d'être chaste.

— Bien sûr ! Il se prenait pour le nouveau Messie ! Mais les journalistes ne se rendent pas compte combien

1. Acronyme de « *Größter Feldherr aller Zeiten* », « le plus grand stratège de tous les temps ». Ce titre décerné à Hitler par la propagande nazie sera tourné en dérision à partir de 1943 sous sa forme contractée.

il est dangereux de colporter ces scènes pathétiques. Le mariage avec Eva avant le suicide, les dernières paroles de Hitler. On décrit même de long en large son dernier souffle ! Comme dans un roman de bas étage. Qu'est-ce que ça nous apporte ? Rien. En plus, c'est son image qu'on modifie. Cet ignoble dictateur devient une personne attendrissante. Et quand on éveille la sentimentalité des gens, ils oublient tout le reste. Si la presse veut empêcher que la racaille brune ne revienne un jour, elle doit revoir sa copie !

Hilde se dirigeait vers le salon quand la lumière s'éteignit brusquement.

— Bon sang, j'en ai assez de ces maudites coupures de courant ! Toujours au mauvais moment. On se demande parfois à quoi sert la nouvelle administration municipale. Il faut encore que je gratte une allumette. Sais-tu combien coûte une boîte au marché noir ? Dix marks !

Elle avança à tâtons vers la porte.

À Berlin, l'électricité était rigoureusement rationnée. Le tableau des coupures quotidiennes était publié presque tous les jours dans les journaux, mais il était tellement compliqué que personne ne le comprenait. En fin de compte, les habitants craignaient sans cesse d'avoir consommé plus d'énergie que ne l'autorisaient les prescriptions. Les rumeurs les plus folles couraient sur les sanctions que l'on pouvait recevoir en cas d'infraction. Par précaution, on n'utilisait que des ampoules de faible puissance et on ôtait des douilles toutes celles qui n'étaient pas nécessaires.

Au bout de quelques instants, les yeux d'Oppenheimer s'habituèrent à la pénombre.

— Je viens de croiser Vogt dans la villa. Je ne sais

jamais s'il va éclater en sanglots ou se ruer sur moi pour me rouer de coups.

— Dans son cas, les deux options constitueraient un progrès, répondit Hilde, qui avait réussi à gagner le salon. Vogt semble avoir perdu tout lien avec la réalité. Je l'ai examiné plusieurs fois, mais je ne peux rien faire. En matière de psychologie, je ne suis qu'une amatrice. Savoir comment l'esprit humain fonctionne est une chose, le soigner en est une autre.

— Au fait, pourquoi ne rouvres-tu pas ton cabinet ici ?

— Peut-être plus tard, quand la situation se sera améliorée, éluda l'aristocrate en allumant une bougie Hindenburg[1]. À l'hôpital, c'est le foutoir. Heureusement, les gens ont été vaccinés contre le typhus. La plupart des patients qui nous arrivent maintenant souffrent de malnutrition, ou ils chopé une bonne blenno. On a beau coller des affiches pour alerter la population contre les maladies vénériennes, les Berlinois s'en fichent. Beaucoup de femmes préfèrent faire commerce de leurs charmes plutôt que de participer aux travaux de déblaiement. Et les soldats considèrent ça comme un délit mineur. Dans leur langue, les Américains emploient l'abréviation « VD » pour désigner les maladies vénériennes. Mais une blague circule parmi les GI. VD ne signifierait pas « *veneral disease* », mais « *Veronika, danke schön !* ».

Elle s'approcha du poêle en fonte sur lequel était posée une bouilloire et prépara deux tasses d'ersatz de café. Elle en tendit une à son ami, puis s'assit à la table qui se trouvait autrefois dans la cuisine attenante. Depuis que l'aristocrate organisait fréquemment des

1. Pain de suif, rond et plat, cerclé de carton (ancêtre de la bougie chauffe-plat).

réunions féminines, elle avait déplacé le meuble massif dans son salon.

Tenant le récipient à deux mains pour se réchauffer, Oppenheimer s'installa en face d'elle. Au fond de lui, il comprenait que les femmes n'aient guère envie de déblayer les montagnes de gravats qui s'élevaient dans les rues. Au début, les puissances occupantes avaient surtout astreint les prisonniers de guerre et les anciens nazis à ces travaux pénibles, probablement en guise de punition. Mais afin de venir à bout des millions de tonnes de ruines, il fallait plus de main-d'œuvre. À Berlin et dans la zone soviétique, on recrutait à présent activement des « travailleuses dans le secteur du bâtiment ». Normalement, les ménagères se trouvaient dans la catégorie la plus basse pour l'attribution de tickets de rationnement. On leur promettait d'accéder à la deuxième plus haute classe si elles participaient au déblaiement. Malgré tout, rares étaient celles qui acceptaient cette besogne épuisante. Quand on le pouvait, on cherchait plutôt un autre travail. Les métiers traditionnellement masculins étaient de plus en plus souvent exercés par des femmes, parce qu'il y avait pénurie d'hommes. Et elles avaient l'embarras du choix ; parmi les rescapés, bon nombre avaient en effet la fâcheuse tendance à vouloir esquiver toute activité pénible.

— Aksakov est venu me trouver au bureau hier, annonça Oppenheimer sans préambule.

Hilde se figea en entendant le nom du colonel.

— Que s'est-il passé exactement ? Raconte !

Il lui décrivit en détail les événements de la veille. Tout en parlant, il buvait son breuvage brûlant à petites gorgées. Hormis la misérable ration à laquelle la carte d'alimentation donnait droit, il était presque impossible de se procurer des grains de café. Même un accro à la caféine comme Oppenheimer n'avait pas les moyens d'acheter au marché noir sa dose quotidienne à des prix exorbitants. Il avait donc convenu tacitement avec son amie de ne consommer cette précieuse denrée que le dimanche. Le liquide brunâtre qui se trouvait dans sa tasse était obtenu à partir de faînes ramassées par Hilde. Celles-ci étaient torréfiées en suivant une procédure complexe pour être ensuite moulues. Mais malgré tous ces efforts, le succédané avait un goût très fade.

— Pourquoi diable est-ce précisément toi qu'Aksakov vient voir ? s'enquit Hilde.

Oppenheimer soupira.

— Je suis sans doute le seul enquêteur qu'il connaisse.

— Si Orminski trempait dans certains trafics, l'affaire est plutôt simple. Il a probablement été éliminé par un concurrent.

— Possible, mais il est encore trop tôt pour le dire. Billhardt est un bon flic. Il trouvera la solution de l'énigme. Si j'ai bien compris ce qu'on attend de moi, je dois veiller à ce que cette enquête soit menée correctement. Elle peut avoir des retombées politiques puisque le principal suspect est un moscoutaire.

Hilde hocha la tête d'un air entendu.

— Je vois. Les Soviétiques tiennent à ce que leur protégé soit disculpé.

— Je n'ai pas encore pu parler à Hüttner. J'aimerais le tâter avant de prendre une quelconque décision.

— À ta place, je n'aiderais pas cette crapule d'Aksakov, grogna l'aristocrate. Il n'a pas levé le petit doigt pour retrouver Michalina.

En entendant ce nom, Oppenheimer sentit un élancement au cœur. Hilde s'était liée d'amitié avec la jeune femme durant son séjour à la prison de Moabit. Mais, quelques semaines après la capitulation de Berlin, la

Polonaise avait brusquement disparu. Par un enchaînement de circonstances, il avait finalement retrouvé sa trace dans un camp d'internement du NKVD, la police secrète soviétique. Contrainte tout d'abord de travailler pour les nazis comme ouvrière étrangère, Michalina avait ensuite été accusée par les Russes de collaboration. Malgré tous les efforts d'Oppenheimer pour la faire libérer, elle avait été transférée ailleurs – sans doute dans un camp de travail soviétique. Cette injustice flagrante était l'une des raisons pour lesquelles il n'avait pas souhaité réintégrer la police quand Aksakov le lui avait proposé. Il ne voulait pas soutenir un régime politique dans lequel on employait à tout-va des mesures de répression arbitraires.

Il s'éclaircit la voix.

— En tout cas, Aksakov m'a sorti de ce camp d'internement.

— Oui, ricana Hilde. Il l'a fait parce qu'il avait besoin de toi.

Songeur, Oppenheimer fit tourner sa tasse entre ses mains.

— Tu as raison. Le colonel est probablement un opportuniste. Mais il a des relations. Voilà pourquoi je préfère le savoir de mon côté.

— Décidément, tu as le chic pour t'attirer des ennuis, grommela Hilde en se levant.

Une bougie à la main, elle s'approcha des étagères qui couraient le long des murs du salon. Son regard se promenait sur les tranches des ouvrages alignés.

Autrefois, les rayons débordaient de livres. Seule une fraction de la bibliothèque de Hilde traitait de médecine ; celle-ci était principalement constituée d'œuvres condamnées en 1933 à brûler sur les autodafés.

Les rangées s'étaient considérablement éclaircies.

Juste avant son arrestation fin janvier 1945, Hilde était parvenue à cacher sa précieuse collection. Mais elle était tellement occupée qu'elle n'avait pas encore eu le temps de déballer tous ses livres pour les remettre à leur place.

En revanche, les nombreux exemplaires de *Mein Kampf*[1] qu'elle avait emmagasinés durant des années avaient disparu. Ils avaient servi de combustible l'hiver précédent pour chauffer la maisonnette.

De temps à autre, Hilde devait également se séparer d'autres ouvrages, qu'elle troquait au marché noir contre des produits de première nécessité.

— Hum, voyons. À ton avis, que pourrais-je obtenir en échange de *La Jeune Fille en soie artificielle* ?

Oppenheimer réfléchit un instant. Le roman d'Irmgard Keun avait été un best-seller avant l'arrivée au pouvoir de Hitler. Il mettait en scène une jeune secrétaire qui voulait mener une vie libérée mais qui, par manque d'argent, finissait par devenir dépendante des hommes. L'œuvre avait été ensuite classée par le NSDAP comme un ouvrage nuisible montrant des tendances antiallemandes. Ce qui n'avait rien d'étonnant, tant le contraste était criant entre l'héroïne de Keun et l'image idéale de la jeune fille du BDM[2] véhiculée par les dirigeants nationaux-socialistes.

— C'est une bonne idée. Tu pourras échanger ce roman sans problème.

Hilde secoua la tête d'un air songeur.

1. *Mein Kampf – Mon combat* d'Adolf Hitler a été imprimé à près de onze millions d'exemplaires entre 1925 (date de la première publication) et 1944. À partir de 1936, l'ouvrage était offert par l'état civil à chaque ménage contractant un mariage.

2. « Bund Deutscher Mädel » : Ligue des jeunes filles allemandes, équivalent féminin des Jeunesses hitlériennes.

— Je devrais plutôt prendre cet essai d'Ernst Bloch. Je vais garder les auteurs les plus populaires pour plus tard, dans le cas où la situation empirerait. Il me reste encore quelques bouquins de Erich Kästner, Heinrich Mann et Kurt Tucholsky.

Oppenheimer considéra son amie avec attention. Elle ressemblait à un boucher étalant sa marchandise. À vrai dire, il ne l'avait jamais vue feuilleter l'un de ses nombreux livres. Il supposait que collectionner des ouvrages proscrits était pour elle avant tout un acte politique, un moyen de contourner la mise au pas imposée par Hitler. Et à présent que l'ère du national-socialisme était révolue, il paraissait tout à fait logique qu'elle veuille leur rendre leur liberté.

— Ça ne te fait pas un peu mal au cœur ? demanda-t-il prudemment. Tu t'es démenée pour rassembler tous ces bouquins, tu as risqué ta tête en les dissimulant, et maintenant tu es forcée de les bazarder les uns après les autres.

Hilde retira l'essai de Bloch de l'étagère et le glissa dans un grand sac à main.

— Que veux-tu y faire ? Je n'ai pas le choix. De plus, ce n'est pas si tragique. Si quelqu'un est prêt à échanger quelque chose contre des livres, c'est qu'il a envie de les lire. Mieux vaut ça que de les laisser prendre la poussière sur une étagère.

Elle alla se resservir du café avant de se rasseoir.

— En ce qui concerne Hüttner, tu pourras sûrement soutirer quelques informations à Franz ce soir. Il connaît bien les moscoutaires.

L'idée fit sourire Oppenheimer. Franz Schmude avait adhéré au SPD[1] quelques mois plus tôt, et il détestait

1. Sozialdemokratische Partei Deutschlands : le Parti social-démocrate d'Allemagne.

les hommes politiques qui s'étaient exilés en Union soviétique pendant la guerre.

— J'aborderai le sujet avec lui. Mais je sais déjà ce qu'il va me répondre. (L'ancien commissaire poussa un soupir.) Pourquoi les Russes ne me laissent-ils pas tranquille ? Billhardt peut très bien se débrouiller tout seul dans cette affaire.

Il savait, hélas, que ce n'était qu'un vœu pieux.

5

Mardi 10 décembre 1946

Comme à l'accoutumée, il faisait humide dans la grande salle. Oppenheimer contempla tristement les murs gris de son lieu de travail. Heureusement, son bureau se trouvait au milieu de la pièce, si bien qu'il ne sentait pas trop le froid qui s'insinuait par les vieilles fenêtres non étanches.

Après avoir malaxé quelques instants ses doigts engourdis, il reporta son attention sur la pile de cartes devant lui. Il s'était arrêté la veille à Langenberg. Venaient maintenant Langensteiner, Langenberger, Langenbucher, Langenveld, Langendorf… Il ramassa les fiches et commença à les classer par ordre alphabétique. Comme souvent, il sombra au bout de quelques minutes dans une sorte de transe. Ainsi absorbé par son travail, il lui arrivait même parfois d'oublier son estomac qui hurlait famine. C'était pareil autrefois à la Kripo. Lorsqu'il se retrouvait face à une énigme, il pouvait se détacher complètement du monde autour de lui. Mais son poste au Service de recherche avait un avantage : Oppenheimer ne rapportait aucun dossier à la maison. Tout au long de sa carrière de policier, il avait toujours eu du mal à mettre de côté durant son temps libre les affaires dont il s'occupait. Aujourd'hui, il n'avait plus ce problème.

Pendant les heures qui suivirent, il continua de trier soigneusement sa pile de cartes. Il en était arrivé à Leinweiser lorsqu'un raclement de gorge l'interrompit brusquement. En levant la tête, il reconnut Herr Furmannek.

— Vous avez encore de la visite, annonça son collègue au cache-œil noir. La personne vous attend au service du courrier.

— Décidément, ça devient une mauvaise habitude, grommela Oppenheimer, persuadé qu'il s'agissait du chauffeur d'Aksakov.

Le colonel le mandait certainement pour obtenir son avis sur l'affaire Orminski.

Il se mit debout et frotta son derrière endolori. Cette histoire commençait déjà à lui taper sur les nerfs. Pressentant qu'il ne reviendrait pas à son bureau ce jour-là, il rangea les fiches classées avec précaution.

Après s'être brièvement étiré, il se rendit au service du courrier. Comment allait-il faire pour concilier son travail avec la mission qu'Aksakov voulait lui confier ? Il avait beau réfléchir, il n'en avait pas la moindre idée. Une chose était sûre : quand le Soviétique mettait quelqu'un à contribution, il ne tolérait aucun atermoiement.

Contre toute attente, ce n'était pas Serjoscha qui l'attendait dans la salle attenante, mais une inconnue. Frêle, la jeune femme portait un manteau noir avec un col en fourrure pelée. Quelques boucles brunes s'échappaient de son chapeau. Visiblement nerveuse, elle serrait dans ses mains gantées la poignée de son sac à main.

Oppenheimer eut la vague impression de l'avoir déjà vue auparavant. Il n'eut toutefois pas le temps de fouiller dans sa mémoire ; la voix flûtée de Frau Scholz l'arracha à ses pensées.

— Ah, vous voilà, Herr Oppenheimer ! Dites-nous, est-ce vrai que vous avez travaillé pour la Kripo ?

Surpris, il se tourna vers sa collègue.

— Les nouvelles circulent vite, à ce que je vois.

Frau Scholz lui sourit, prenant cette réponse pour une confirmation.

— Un homme perspicace ! Vous êtes exactement la personne qu'il nous faut. Nous avons ici quelqu'un qui a besoin de votre aide. Puis-je vous présenter Fräulein Dargel ?

Elle montra du doigt la visiteuse. Oppenheimer s'approcha de celle-ci pour lui serrer la main.

— De quoi s'agit-il ?

Avant que l'intéressée n'ait le temps d'ouvrir la bouche, Frau Scholz s'empressa de répondre :

— La Fräulein est à la recherche de sa tante.

Elle hocha la tête pour donner plus de poids à ses paroles, faisant osciller dangereusement son chignon haut.

Curieuses, les autres trieuses de lettres qui travaillaient dans la salle braquèrent toutes les yeux sur l'ancien commissaire.

Oppenheimer n'avait aucune envie d'être observé comme une bête de foire par ses collègues.

— Sortons quelques instants si vous le voulez bien, proposa-t-il à la jeune femme.

Fräulein Dargel accepta volontiers et le suivit hors de la pièce.

Lorsqu'ils eurent pris place sur l'un des deux bancs de bois qui meublaient le couloir, elle demanda timidement :

— Vous êtes de la police criminelle ?

Oppenheimer leva les mains en signe de dénégation.

— Plus maintenant, éluda-t-il. Avec la guerre, vous savez…

Il s'était habitué à ne jamais jouer cartes sur table avec des inconnus. L'élite nationale-socialiste avait été déboulonnée, mais cela ne signifiait pas pour autant que tous les préjugés antisémites avaient disparu du jour au lendemain. Hitler et son ministre de la Propagande, Goebbels, s'étaient évertués pendant des années à ancrer la haine des Juifs dans la tête des gens, et il était difficile d'estimer les séquelles de cette politique parmi la population. Oppenheimer préférait donc éviter toute allusion à ses origines.

— En fait, je suis déjà allée voir la police, expliqua Fräulein Dargel. On m'a immédiatement envoyée au Service de recherche.

— Vous auriez pu faire une demande par courrier. Il suffit de remplir une carte double en indiquant l'adresse à laquelle vous êtes joignable. Vous trouvez ces fiches dans n'importe quel bureau de poste. Je vous assure que nous traitons toutes les requêtes.

— Je me disais qu'il était préférable de venir en personne. C'est vraiment important, vous savez.

Oppenheimer tourna la tête pour détailler la demoiselle.

À Berlin, il ne restait plus rien de l'atmosphère chargée d'érotisme des années vingt. Le froid hivernal et le manque de vivres atténuaient sensiblement les pulsions amoureuses. Les jeunes filles comme Fräulein Dargel paraissaient plutôt ternes et anodines. Était-ce une conséquence de la vague de viols qui avait touché la ville peu après la capitulation ? Le romantisme ne les intéressait pas ; pour elles, l'amour n'était synonyme que d'embarras. Et, à vrai dire, elles étaient surtout occupées à joindre les deux bouts. Pour nombre d'entre elles, l'acte sexuel n'était rien d'autre qu'une activité commerciale.

Il se demanda si la visiteuse faisait partie de celles qui se jetaient au cou des soldats pour gagner une ration de vivres ou un paquet de cigarettes américaines. Des femmes qui se donnaient en pensant qu'il suffisait de se laver pour tout oublier.

Soudain, Oppenheimer comprit pourquoi son interlocutrice lui semblait vaguement familière. Elle ressemblait de manière frappante à La Jana, une vedette de cinéma. Originaire d'Autriche, celle dont le véritable nom avait été Henriette Margarethe Niederauer était devenue célèbre en exécutant devant la caméra des danses exotiques dans des tenues légères. La Jana avait succombé à une pneumonie en 1940 alors qu'elle sillonnait l'Europe pour soutenir le moral des troupes allemandes. Les traits fins et harmonieux, la fossette au menton, le regard profond – Fräulein Dargel était son portrait craché. Mais contrairement à l'actrice, la jeune femme avait une opulente poitrine.

Oppenheimer s'irrita contre lui-même d'avoir remarqué ce détail. Il releva aussitôt les yeux du beau décolleté, mais l'expression amusée de la visiteuse indiqua qu'elle avait capté son regard.

Pour briser le silence, il se racla la gorge et dit :

— Si j'ai bien compris, vous recherchez votre tante ? Puisque vous êtes ici, je vais commencer par prendre vos coordonnées.

Il alla prendre au service du courrier un stylo et une carte double.

— Alors, comment s'appelle votre tante ? s'enquit-il après s'être rassis.

La jeune fille se pencha en avant.

— Margret Dargel. Ma famille est originaire de

Bromberg. Je suis venue habiter à Berlin il y a un bon moment. Mais ma tante est restée en Poméranie. Elle a déménagé à plusieurs reprises. La dernière fois que j'ai eu de ses nouvelles, c'était il y a deux ans. Elle s'est peut-être enfuie avant l'arrivée de l'Armée rouge. Dans le cas contraire, elle a sûrement été chassée de chez elle par les Russes. Enfin, si elle n'a pas été…

Elle ne termina pas sa phrase, les larmes aux yeux.

Oppenheimer lui adressa un regard compatissant.

— Si votre tante habitait dans les anciens territoires de l'Est, vous pouvez vous adresser directement au Service de recherche pour la zone d'occupation soviétique. Il est situé dans la Kanonierstraße.

C'était encore une des nombreuses absurdités du quotidien : il existait dans le secteur oriental un second service qui accomplissait exactement la même tâche que celui d'Oppenheimer. À l'instar de beaucoup d'autres domaines, les Alliés n'avaient pas réussi à se mettre d'accord pour créer un seul bureau de recherche centralisé. Et rien n'avait été prévu pour faciliter l'échange d'informations entre les deux organismes.

— Je me suis déjà rendue là-bas, murmura Fräulein Dargel. Ils ne l'ont pas retrouvée.

Oppenheimer hocha la tête.

— Dans ce cas, vous avez raison de déposer une demande chez nous. Notre manière de fonctionner est plutôt simple dans le fond. Nous partons du principe que toute personne désireuse de retrouver un proche est elle-même recherchée. Voilà pourquoi nous utilisons des cartes doubles. Sur la carte souche sont inscrites les coordonnées du requérant. Celles du parent disparu apparaissent sur l'autre, la carte de recherche. Les deux fichiers sont fréquemment comparés. Lorsque nous trouvons une carte souche correspondant à une carte de recherche, le problème est résolu. Nous appelons ça une « rencontre ».

Il commença à remplir l'une des fiches.

— Connaissez-vous la date de naissance de votre tante ?

Fräulein Dargel fronça les sourcils.

— Je n'ai jamais réfléchi à ça. Connaissez-vous l'âge de vos oncles et tantes ?

— C'est seulement pour avoir un ordre d'idée, la rassura Oppenheimer.

— Elle est un peu plus jeune que ma mère. Elle doit avoir la quarantaine, maintenant.

— Très bien.

Il posa quelques questions complémentaires, puis tendit la carte souche à la demoiselle. Il ne voulait pas se montrer indiscret en lui demandant des informations personnelles.

— Veuillez remplir votre fiche, s'il vous plaît.

À cet instant, la porte donnant sur la rue s'ouvrit à toute volée. Un coup de vent s'engouffra dans le couloir, et un homme apparut sur le seuil. Fräulein Dargel se figea en apercevant la silhouette massive.

Revêtu d'un uniforme impeccable, le nouvel arrivant avait des traits asiatiques. Il s'agissait bien sûr du chauffeur d'Aksakov. Un large sourire aux lèvres, le Kalmouk fit un signe vers l'extérieur.

— J'arrive, lui lança Oppenheimer. J'en ai pour une minute.

Serjoscha parut comprendre. Croisant les mains dans le dos, il resta près de la porte.

— Je dois partir, Fräulein, s'excusa l'ancien commissaire. On m'attend.

La jeune femme le retint avec une légère pression de la main.

— Pourriez-vous vous occuper personnellement de ma demande ? implora-t-elle à voix basse. Je m'inquiète beaucoup pour ma tante.

Il était toujours difficile de faire des promesses. D'un autre côté, Oppenheimer n'avait pas le cœur à la renvoyer chez elle sans une parole rassurante.

— Bon, je vais regarder ça dans les prochains jours. Mais vous ne devriez pas vous faire trop d'espoirs.

Fräulein Dargel remplit sa fiche en hâte et la rendit à Oppenheimer.

— J'ai noté mon adresse. La plupart du temps, vous me trouverez chez moi en fin d'après-midi. Si je suis absente, vous pouvez me laisser un mot.

Elle lui saisit brusquement la main.

— Me préviendrez-vous dès que vous aurez trouvé une piste ?

Oppenheimer se rappela pourquoi il avait choisi un travail de bureau. Il détestait ce genre de questions pièges.

La porte se ferma lourdement derrière lui. Le bruit se répercuta un instant entre les murs gris, puis le silence retomba dans la salle. Oppenheimer leva les yeux vers la fenêtre munie de barreaux. Par l'encadrement surélevé, on ne pouvait apercevoir qu'un carré de ciel.

Il n'avait jamais apprécié l'atmosphère oppressante des prisons, mais il se sentait de bonne humeur. La veille, Billhardt s'était plaint qu'on entravait sans arrêt le travail de la police. Et pourtant, cela ne semblait pas toujours le cas. Deux heures à peine s'étaient écoulées depuis que Serjoscha avait fait irruption au bureau. À présent, Oppenheimer se trouvait dans le parloir du centre de détention provisoire de Moabit pour rencontrer Georg Hüttner, l'homme qu'on soupçonnait de meurtre.

Après avoir pris congé de son supérieur, Herr Suhr, il avait suivi Serjoscha. Le Kalmouk l'avait conduit en trombe à Karlshorst, le quartier général de l'administration soviétique. Cette fois-ci, Aksakov avait fait appel à un interprète pour leur entretien.

Comme il s'y attendait, on lui demandait de veiller à ce que l'enquête de police touchant à l'affaire Orminski ne soit pas bâclée. Le colonel tenait surtout à ce qu'on trouve des preuves pour disculper Hüttner. En cas de besoin, Oppenheimer devait les chercher de sa propre initiative. Le Soviétique lui avait fait comprendre que les ordres venaient de très haut. Depuis la fusion du NKVD et du SMERSH[1], il travaillait pour un nouvel organe appelé MVD – le ministère des Affaires intérieures. Il y poursuivait ses activités de contre-espionnage.

Avant d'accepter cette mission, Oppenheimer avait exigé de rencontrer Hüttner. Aksakov, surpris, avait fini par accéder à sa demande. Serjoscha l'avait donc déposé devant la prison de Moabit.

L'ancien commissaire n'avait même pas eu besoin de solliciter une autorisation de visite. En temps normal, obtenir pareil document prenait des jours. Mais, quand il avait frappé à la porte du centre de détention, on l'attendait déjà.

À l'évidence, Aksakov avait le bras long. Son influence s'étendait jusqu'au secteur britannique, où se trouvait la maison d'arrêt.

1. Acronyme russe signifiant « Mort aux espions ! », employé pour désigner le contre-espionnage militaire qui était placé directement sous l'autorité de Staline pendant la guerre.

Oppenheimer s'assit à la table placée au centre de la pièce. S'armant de patience, il garda les yeux braqués sur la porte. Au bout d'un moment, le verrou fut tiré de l'extérieur. Hüttner entra, escorté par un gardien.

Le prisonnier s'approcha d'un pas leste et s'installa à la table. Il avait environ trente-cinq ans. Un âge étonnamment jeune pour un moscoutaire de haut rang. Oppenheimer avait imaginé rencontrer un homme grisonnant avec un front de penseur et une barbichette, mais il s'était complètement trompé. Hüttner avait des cheveux de jais et une épaisse mèche d'artiste qui retombait sur son front à intervalles réguliers.

Les événements ne semblaient pas l'avoir intimidé. Il avait plutôt l'air d'un aventurier qui venait de pénétrer dans un endroit inconnu et mystérieux. Comme en témoignait sa mâle assurance, il se sentait visiblement intouchable.

Rejetant la tête en arrière, il demanda d'un ton rogue :

— Qui êtes-vous ?

— En ce moment, je suis votre unique ami. Le colonel Aksakov m'a chargé de surveiller l'enquête en cours. Je m'appelle Richard Oppenheimer.

Le jeune homme considéra son vis-à-vis avec une moue méfiante.

— Une enquête est inutile. Je suis innocent. De plus, on m'a déjà fait subir un interrogatoire.

Oppenheimer soupira intérieurement. Il n'avait pas encore eu le temps de s'entretenir en détail avec Billhardt. Ne connaissant pas les tenants et les aboutissants de l'affaire, il allait devoir improviser.

— Pourtant, nous avons un cadavre. Et vous êtes enfermé ici. Apparemment, vous n'avez pas réussi à convaincre le commissaire Billhardt de votre innocence.

Hüttner grimaça.

— Vous êtes quoi au juste ? Un flic ? Un camarade ? Ou les deux ?

Oppenheimer n'aimait pas le tour que prenait la conversation. Hüttner, en se montrant hostile, lui faisait perdre un temps précieux. À Moabit, les visites ne duraient pas plus d'une heure, et il ignorait quand il aurait de nouveau l'occasion de parler au prisonnier.

Il réfléchit quelques secondes. Comment persuader rapidement son interlocuteur de coopérer ? En cas de doute, mieux valait jouer la carte de la sincérité. S'éclaircissant la gorge, il raconta brièvement son passé à la Kripo, sa rencontre avec Aksakov et la mission dont on l'avait chargé. Hüttner l'écouta avec une mine indifférente. Une fois ses explications terminées, le silence retomba.

— Les fascistes vous ont viré parce que vous êtes juif ? demanda finalement le jeune homme.

Oppenheimer était resté évasif concernant la fin de sa carrière dans la police, mais le moscoutaire était suffisamment perspicace pour tirer les bonnes conclusions. Il acquiesça de la tête.

— Toutefois, je n'ai aucun lien avec le SED ou l'un de ses mouvements précurseurs. Je suis ici seulement en ma qualité d'expert.

Un sourire narquois se dessina sur le visage de Hüttner.

— Bien sûr, c'est très intelligent de la part d'Aksakov. Vous devez être impartial. Si vous prouvez mon innocence, personne ne mettra votre jugement en question.

— Mais pour vous disculper, j'ai besoin d'en savoir plus, rétorqua Oppenheimer. Que s'est-il passé exactement ? Pourquoi étiez-vous à Neukölln au moment du meurtre ?

Hüttner réfléchit quelques secondes avant de lâcher :

— C'est personnel.

— Quand êtes-vous entré dans l'immeuble d'Orminski ? Quelqu'un vous a-t-il conduit là-bas ? Y a-t-il des témoins susceptibles de corroborer vos dires ?

— Je loge avec deux autres membres du comité central dans un appartement situé Bellermannstraße. C'est très pratique, parce que notre siège se trouve à deux pas, dans la Prinzenallee. Ce matin-là, je suis sorti de chez moi à sept heures. Un chauffeur m'a déposé sur l'Alexanderplatz. Comme je n'avais pas le temps d'attendre le tramway, j'ai continué à pied. J'ai marché environ une heure.

Oppenheimer se figura la carte de Berlin. Environ quatre kilomètres séparaient l'Alexanderplatz du lieu de découverte du cadavre. Cela cadrait avec le temps indiqué par Hüttner pour couvrir la distance. Mais quelle était la véritable raison de cette marche matinale ? Le suspect ne semblait pas disposé à la révéler.

— Vous êtes donc arrivé vers huit heures et demie ?

— À peu près, grommela le moscoutaire.

— Si vous avez marché une heure, vous avez quitté l'Alexanderplatz vers sept heures et demie. Bien. Nous pouvons retenir ça pour l'enquête.

Par précaution, Oppenheimer avait pris plusieurs feuilles de papier au bureau. Sortant son stylo, il griffonna quelques notes.

— Avez-vous rencontré des gens entre l'Alexanderplatz et Neukölln ?

— Une foule. Mais personne ne se souviendra de moi. Je n'ai pas croisé de connaissances en chemin.

— Quand vous êtes entré dans le bâtiment, quelqu'un vous aurait-il vu par hasard ?

— À vous d'interroger les voisins, grogna Hüttner en croisant les bras.

Oppenheimer constata avec agacement que le prisonnier se refermait comme une coquille dès qu'il était question de l'immeuble d'Orminski.

Les yeux rivés sur ses notes, il s'appuya contre le dossier de sa chaise. Il avait beau tourner et retourner ce qu'il savait, les faits n'étaient pas en faveur du suspect. Environ un quart d'heure après l'arrivée de Hüttner, une voisine avait appelé la police pour signaler la découverte du cadavre. À neuf heures et quart, le moscoutaire avait été arrêté dans l'arrière-cour. Et pour ne rien arranger, personne ne savait ce qu'il était venu faire à cette adresse.

— Êtes-vous sûr de ne pas vouloir me donner plus d'éléments afin que je puisse prouver votre innocence ?

Hüttner secoua la tête.

— Je croyais avoir été clair. C'est personnel.

— À vrai dire, je commence à me demander ce que je fais ici, avoua Oppenheimer. Je ne comprends toujours pas pourquoi on m'a chargé de chapeauter cette enquête. Y aurait-il quelqu'un qui voudrait vous nuire ?

Le moscoutaire esquissa un sourire.

— Quelques centaines de millions d'impérialistes, ça ne vous suffit pas ? Ils envient au communisme son succès.

Il jeta un coup d'œil au gardien avant de reprendre :

— Pour eux, c'est une aubaine qu'un fonctionnaire du secteur soviétique soit impliqué dans une histoire de meurtre. A-t-on falsifié des preuves pour me discréditer ? Je l'ignore, mais ce n'est pas impossible. La propagande occidentale se servira de tout ce qu'elle trouvera sur moi pour alimenter les préjugés qui circulent déjà dans la zone ouest. Je les entends d'ici crier : « Encore un méchant communiste à la solde de Staline. Tous des assassins ! » Oui, j'ai quitté l'Allemagne pour fuir les nazis et je me suis réfugié en Russie. Mais je suis avant tout un communiste *allemand*. Seulement ça, les gens ne veulent pas le comprendre.

Gagné par la colère, Hüttner avait haussé le ton sans se soucier du gardien derrière lui.

— Moi et d'autres camarades, poursuivit-il en gesticulant, nous avons conseillé l'administration militaire soviétique durant les premiers mois qui ont suivi la capitulation. Si les Berlinois ont eu quelque chose à manger, c'est grâce à nous !

Oppenheimer arqua un sourcil. D'après ce qu'il savait, les Russes avaient très rapidement mis sur pied une municipalité, dont les membres étaient inconnus du grand public. Ils avaient nommé un certain Arthur Werner bourgmestre. Ingénieur de profession, cet ancien opposant au régime nazi avait soixante-sept ans quand on l'avait chargé de prendre en main le destin de Berlin. Malheureusement, il s'était révélé incapable de mener à bien sa mission. Selon une rumeur persistante, c'était son premier adjoint, Karl Maron, qui avait tiré les ficelles. Celui-ci faisait partie du premier cercle de moscoutaires autour de Walter Ulbricht.

— Mais pourquoi avoir dissous les comités antifascistes ? s'enquit Oppenheimer. Ils s'occupaient de toutes les paperasseries administratives.

Hüttner balaya l'objection d'un geste de la main.

— Ces comités étaient noyautés par les nazis. Le camarade Ulbricht avait des preuves irréfutables. Nous partons du principe que nos ennemis les utilisaient comme couverture. Ne me comprenez pas mal : il y avait aussi des gens compétents dans ces organisations.

Nous leur avons offert l'opportunité de venir travailler à la municipalité.

Oppenheimer était un peu surpris par l'explication du moscoutaire. Au moment où les comités antifascistes avaient poussé comme des champignons dans tous les quartiers de Berlin, c'était la rumeur inverse qui avait circulé parmi la population. On racontait que ces organisations étaient à la solde de Staline et qu'elles avaient été créées pour aider l'ogre russe à s'emparer de la ville dès que les Alliés occidentaux auraient plié bagage.

Aucune des deux versions ne convainquait Oppenheimer. Pour obtenir l'autorisation d'emménager à Schöneberg, il avait dû se présenter devant l'un de ces comités. À cette occasion, il avait fait la connaissance de plusieurs membres. Des hommes qui avaient activement participé à la résistance contre les nazis et dont l'idéalisme ne pouvait être remis en question. Du reste, la suppression des comités concordait parfaitement avec la volonté de centralisation de l'Union soviétique. Au plus haut niveau de l'État, on voulait écarter à long terme toute concurrence susceptible de nuire à l'administration officielle.

Hüttner remarqua le regard incrédule d'Oppenheimer.

— Je suis conscient que le chemin menant vers une société socialiste est semé d'embûches, enchaîna-t-il d'un ton plus modéré. Nous ne pourrons éviter une transition bourgeoise. Dans un premier temps, nous avons besoin d'une démocratie en Allemagne, surtout après une dictature fasciste aussi longue. Et croyez-moi, Staline est bien décidé à coopérer avec les Alliés dans ce sens. Nous aussi, nous avons organisé dans notre zone des élections démocratiques. Nous avons même autorisé la formation de groupes politiques avant l'Ouest. Mais, contrairement aux Américains, nous ne pensons pas de manière unidimensionnelle. Quand nous faisons des plans d'avenir, nous gardons en tête plusieurs options. Malheureusement, ça ne plaît pas à tout le monde et beaucoup de gens nous soupçonnent de trahison.

Oppenheimer sourit intérieurement. La situation était loin d'être aussi simple, et la collaboration entre l'Est et l'Ouest avait ses limites. En avril, dans la zone soviétique, le SPD avait été réuni de force au KPD pour former le SED. Mais, dans les secteurs occidentaux de Berlin, cette fusion avait été interdite par les Alliés.

Lors des élections municipales, le SPD – qui n'avait pas pu présenter de candidats à l'Est – avait finalement obtenu près de quarante-neuf pour cent des voix, ce qui faisait de lui le premier parti de Berlin. Après cette claque électorale, l'administration soviétique n'avait fait aucun commentaire.

Pensif, Oppenheimer frappa deux coups sur la table. Il n'avait plus de montre – un soldat russe ivre la lui avait volée peu avant la capitulation –, mais il savait qu'il était en train de perdre de précieuses minutes.

— Tout cela est très intéressant, mais cela ne nous fait pas avancer. Revenons à l'enquête. Pour l'instant, nous ignorons toujours l'heure à laquelle Herr Orminski a été assassiné. Pouvez-vous me dire ce que vous avez fait la veille de la découverte de son corps ? Cela nous aidera peut-être à y voir plus clair.

Hüttner plissa les yeux.

— J'ai sillonné Berlin toute la journée avec mon chauffeur, répondit-il en écartant pour la énième fois sa mèche rebelle de son front. Vous pouvez vérifier. Je ne suis revenu à la Prinzenallee que vers vingt heures. Après avoir dîné, j'ai discuté deux heures avec des camarades, puis je suis allé me coucher. Je devais me lever tôt le lendemain.

— Vous étiez seul cette nuit-là ?

Le moscoutaire se crispa un instant. Puis il parut comprendre qu'Oppenheimer cherchait un témoin pour le disculper.

— Oui, j'étais seul.

— D'accord. Autre question : connaissez-vous Günter Altmann ?

Hüttner prit un air blasé.

— Jamais entendu parler.

— Max Erdmann peut-être ? Sigmar Baer ?

Il s'agissait des noms qu'Oppenheimer avait réussi à déchiffrer sur la peau nue d'Orminski. Malheureusement, la réaction du prisonnier n'était pas celle qu'il avait espérée.

— À quoi jouez-vous ? gronda Hüttner avec agacement. Aux devinettes ?

Oppenheimer se leva. Le jeune communiste se trompait. Ce n'était pas un jeu.

Bien au contraire, l'affaire était très sérieuse.

6

Mardi 10 – mercredi 11 décembre 1946

Posséder plusieurs paires d'yeux était un avantage non négligeable. Malheureusement, dans sa nouvelle existence, il devait se contenter d'un corps qui ne disposait pas d'un tel atout. S'il se débrouillait bien, il réussirait néanmoins à remplir sa mission avec deux yeux. À cette pensée, il ne put s'empêcher de sourire.

Ses pas étaient si légers qu'il avait parfois l'impression de flotter au-dessus du sol. Rien à voir avec avant. Autrefois, il avait eu un corps trapu, bien nourri, avec des muscles d'acier. Dans une autre vie au bord de l'oubli.

Mais, peu à peu, il s'était familiarisé avec les capacités dont disposait le nouvel être qu'il était devenu, et il osait à présent en faire usage.

Un justicier devait pouvoir tirer profit de tout.

Le mauvais temps jouait en sa faveur. Depuis le matin, le soleil était resté invisible derrière d'épais nuages gris. Et le jour tombait déjà en cette fin d'après-midi.

Dans la pénombre envahissante, l'humidité qui couvrait le sol commençait à geler. Les flaques d'eau figée craquaient mollement sous ses semelles.

À quatre ou cinq pas devant lui, un homme marchait

sans se douter qu'il était suivi. Chapeau enfoncé sur les yeux, col relevé, il cheminait sans se presser à travers les rues de Berlin. Il se sentait tellement en sécurité dans le tumulte de la grande ville qu'il portait encore son ancien nom. Rolf Richter.

Richter était sa prochaine cible.

La chasse continuait. Les événements à Weydorf n'avaient été qu'un début, une période d'apprentissage. Le traqueur s'était perfectionné. Maintenant, il était prêt à réaliser son chef-d'œuvre. La phase finale de son plan avait démarré. Impossible de faire marche arrière.

Richter avait un corps obèse et un visage rose qui le faisaient ressembler à un porc. Un cochon bien gras avec une montre-bracelet qu'un simple mortel n'aurait jamais pu se payer, même avant la guerre. Se mettrait-il à couiner comme un goret face à la mort, quand il comprendrait pourquoi il devait mourir ?

Le chasseur avait suivi Richter des jours entiers pour observer son quotidien. Il savait désormais comment fonctionnait sa victime. Comme beaucoup de gens, Richter était quelqu'un de routinier. Il fréquentait invariablement les mêmes endroits. En semaine, il se rendait tous les jours vers quatorze heures au marché de troc de la Brunnenstraße. On trouvait ce genre de bourses dans chaque quartier. La plupart du temps, elles étaient organisées dans des magasins vides. Une foule de particuliers venaient y échanger des biens. En guise de rémunération, les propriétaires des locaux exigeaient une commission de cinq à dix pour cent sur la valeur des transactions. Ces marchés étaient très appréciés, car on y dénichait presque tout ce qu'on voulait. Seul le trafic de denrées rares comme les pneus, les cigarettes et les produits alimentaires était formellement interdit par les Alliés, et la police militaire veillait au grain.

Mais cela ne dérangeait pas les gens comme Richter. Prenant place dans un coin sombre du magasin, il n'hésitait pas à proposer aux chalands des marchandises prohibées. Le chasseur attendait ainsi tous les après-midi devant la boutique. À la fermeture du marché, quand sa proie ressortait, il la suivait.

Aujourd'hui, tout était prêt. Il avait garé à l'aube sa voiture non loin de l'appartement de Richter. Ainsi, il n'aurait aucun problème à transporter sa victime à travers la ville sans être repéré. Il avait même trouvé une solution miracle pour éviter de se faire voler son véhicule. Cela ne pouvait être un hasard. Non, il en était convaincu. C'était bien son destin qu'il était en train d'accomplir.

Les automobiles qui circulaient sur l'avenue très fréquentée avaient déjà leurs phares allumés. Plusieurs jeeps alliées passèrent en trombe dans une puanteur d'essence, slalomant entre les charrettes et les gazogènes. La pluie avait redoublé et lui fouettait le visage, mais il n'osa pas enfoncer sa casquette de gavroche sur ses yeux. Suivre Richter au milieu de la foule de passants et de cyclistes n'était pas chose aisée ; même s'il connaissait sa destination, il ne voulait pas le perdre de vue.

Ne se doutant de rien, le trafiquant bifurqua à droite et s'engagea dans une rue sombre et déserte. Sur les façades des immeubles qui la bordaient, seules quelques fenêtres étaient éclairées.

On ne pouvait rêver meilleures conditions. À la faveur de l'obscurité, il pourrait se rapprocher sans se faire remarquer.

Comme Richter arrivait chez lui – un bâtiment orné de multiples balcons de pierre –, le chasseur accéléra le pas.

C'était le moment idéal pour frapper.

Glissant la main dans la poche intérieure de son manteau, il sortit une matraque. Il savait comment manier cette arme pour faire perdre connaissance à sa victime. Un coup d'œil à droite et à gauche. Personne. Richter était à sa merci.

Il serra la poignée de sa matraque. Son cœur se mit soudain à battre la chamade, et une étrange excitation le gagna. Il avait mis du temps avant de pouvoir définir ce sentiment.

Il sentait le pouvoir qu'il avait sur sa proie.

Durant de longues années, il n'avait été qu'un jouet entre les mains d'autres gens. Il s'était juré que cela n'arriverait plus. À présent, c'était lui qui décidait. Et là, pendant quelques instants, il avait droit de vie ou de mort sur l'homme qu'il poursuivait. L'assommerait-il ou le laisserait-il s'échapper ?

Ses lèvres s'étirèrent en un rictus moqueur. Comme lors de ses précédentes attaques, il éprouvait du plaisir à retarder le moment fatidique.

Non, l'heure n'était pas encore venue. Il accorderait un sursis à sa cible.

Il ralentit son allure, laissant Richter s'éloigner. Ce dernier ouvrit la porte de son immeuble et entra dans le vestibule plongé dans les ténèbres.

Au moment où le battant allait se refermer, le chasseur se glissa à l'intérieur comme une ombre. S'adossant contre le mur, il tendit l'oreille.

Les marches de l'escalier grinçaient sous le poids de Richter, qui respirait bruyamment.

Il avait découvert que sa victime habitait au deuxième étage.

Un long moment s'écoula avant que le trafiquant ventripotent n'atteigne son appartement.

Fébrile, le chasseur attendit encore quelques minutes, puis il avança à tâtons pour agripper la rampe. Il monta lestement jusqu'au palier de Richter. Des rais de lumière brillaient sous plusieurs portes, mais il savait exactement où se trouvait celle de sa proie. Il s'approcha et palpa le mur près de l'encadrement. Quand il eut repéré l'endroit adéquat, il s'agenouilla, sortit son canif et se mit au travail dans l'obscurité.

Nul besoin de voir la paroi pour creuser. Ses doigts et son imagination étaient amplement suffisants.

Il voulait laisser le sort décider. En interprétant correctement son avertissement, Richter parviendrait peut-être à s'en sortir.

Mais les chances de ce dernier étaient minimes, car le chasseur était persuadé d'avoir le destin de son côté. Il ne pouvait que remporter ce jeu cruel.

Un sourire aux lèvres, il tailla dans le mur son symbole. Celui qu'il avait déjà gravé tant de fois et qu'il graverait encore souvent.

L'image de l'homme ailé. Son image.

— Bonjour, camarade Seibold ! lança Schmude gaiement en entrant dans la villa de Hilde.

Oppenheimer, qui descendait l'escalier du grand hall, fut témoin de la réaction du pharmacien. Un tas de bois dans les bras, celui-ci s'apprêtait à monter à l'étage. Tournant la tête vers la porte, il grommela :

— Te préparerais-tu à aller vivre dans un kolkhoze, camarade Schmude ?

Visiblement irrité, il gravit les marches d'un pas vif et passa près d'Oppenheimer sans même lui adresser un regard.

Schmude et Seibold connaissaient Hilde depuis

plus longtemps que le commissaire. Ensemble, tous les trois avaient monté dans les années trente une cellule de résistance pour aider les Juifs et les opposants au régime national-socialiste. Mais maintenant que l'ennemi commun était vaincu, ils découvraient entre eux des divergences insoupçonnées. Seibold, partisan inconditionnel du Zentrum[1], avait été ulcéré d'apprendre que son compagnon de lutte avait adhéré au SPD, un « ramassis de socialistes dépravés » selon ses propres mots. Il n'avait toujours pas digéré ce choc, et Schmude prenait un malin plaisir à le taquiner.

L'ancien avocat se baissa pour tirer à l'intérieur de la maison une grosse caisse à claire-voie. La tâche n'était guère aisée, puisqu'il portait une main de mannequin au bout du bras droit à la suite d'une blessure de guerre. Cette prothèse était un souvenir du magasin de vêtements qu'il avait tenu durant plusieurs années après avoir quitté le barreau. Comptant parmi les rares juristes n'ayant pas adhéré au parti nazi, il n'avait eu aucun mal à obtenir un très bon poste dans la nouvelle administration municipale.

— As-tu besoin d'aide ? demanda Oppenheimer en descendant l'escalier.

Il remarqua que la caisse n'était autre qu'un poulailler de fortune dans lequel caquetaient six volailles.

Tous deux soulevèrent l'abri et le posèrent dans le hall.

— Il fait trop froid pour les poules dans la remise, expliqua Schmude. Les températures sont de nouveau en train de chuter. Nous devons aussi rentrer les

1. Deutsche Zentrumspartei (« le Parti du centre ») : organisation politique conservatrice, fondée en 1870, qui défend les intérêts de la population catholique.

pommes de terre de Hilde. Il ne faudrait pas qu'elles gèlent.

Comme l'aristocrate possédait un vaste domaine, elle avait commencé pendant la guerre à cultiver des légumes pour compléter les maigres rations alimentaires qu'ils recevaient. Après la capitulation, Hilde et ses compagnons avaient transformé presque tout le jardin en champ de pommes de terre.

Six familles habitaient actuellement dans la villa – y compris le couple formé par Barbe et Gerda. Tout le monde réclamait sa part de la récolte. Malgré les protestations récurrentes, Hilde ne consentait à donner qu'un demi-tubercule par tête et par jour, même si pareille quantité était loin d'être substantielle. Elle avait calculé qu'ils pourraient ainsi tenir jusqu'à la prochaine récolte. Les poules, quant à elles, pondaient six ou sept œufs par semaine ; ceux-ci étaient soigneusement distribués aux occupants de la demeure selon un plan établi à l'avance.

Tandis que Schmude et Oppenheimer reprenaient leur souffle, l'un des nombreux enfants qui peuplaient le domaine s'approcha. Il s'agissait de Martin. Le garçon de six ans vivait tout en haut dans l'une des mansardes avec ses deux sœurs et sa mère. Frau Schneider, veuve de guerre, travaillait comme conductrice de tramway. En dehors de ses heures de travail, elle passait le plus clair de son temps à faire la queue devant les magasins d'alimentation. Martin avait les cheveux si blonds qu'ils brillaient à la lumière. Il se pencha et glissa un doigt dans une maille du grillage, ce qui fut commenté par un caquètement indigné.

— Attention, intervint Oppenheimer en essayant de le faire reculer. Tu vas recevoir un coup de bec.

Le gamin ignora la remarque et recommença à agacer

les poules. Il se figea en apercevant soudain Gerda qui était apparue près dc lui.

— Ne devrais-tu pas être déjà parti pour l'école ? demanda la jeune femme d'un ton sévère.

Martin, intimidé, décampa.

Oppenheimer se redressa et détailla Gerda. Comme d'habitude, celle-ci était tirée à quatre épingles. Ses cheveux étaient impeccablement rasés sous son borsalino, et elle portait une élégante cravate. Sur le côté gauche, sa veste formait une bosse, ce qui indiquait qu'elle était armée de son grand couteau de chasse.

— Que fichent ici ces volatiles ? grogna-t-elle en jetant un regard méprisant aux animaux.

Schmude lui adressa un large sourire.

— Comme on dit : mieux vaut manger un œuf tous les jours qu'une poule au pot une fois par semaine ! Tiens, Gerda, je voulais te poser unc question. Pourrais-tu nous dégoter une Brennhexe ?

Une Brennhexe était un petit fourneau en tôle de fer, doté de plaques de cuisson amovibles. Ces cuisinières rudimentaires étaient très appréciées parce qu'on pouvait les utiliser dans un appartement sans devoir forcément les raccorder à un conduit de cheminée.

Gerda se dirigea vers la porte. S'arrêtant sur le seuil, elle répondit sans se retourner :

— D'accord, mais ce ne sera pas gratuit.

— Je pourrais dénicher quelques rations de cigarettes, et je demanderais aux autres d'apporter leur contribution.

La trafiquante réfléchit un instant avant d'acquiescer.

Oppenheimer s'approcha d'elle. Il voulait prendre des nouvelles d'Ed le Mastard. Cela faisait plusieurs mois qu'il n'avait pas vu le truand.

— Comment vont les affaires au Rio Bar ? J'ai entendu dire qu'Ed s'était bien remis de sa blessure.

— Oui, il va mieux, répondit-elle laconiquement.

Voyant qu'Oppenheimer attendait plus de détails, elle ajouta :

— Et ses filles continuent de s'effeuiller en musique.

— Comme ça, tu as quelque chose à reluquer au boulot, railla Schmude.

Gerda ignora la remarque grivoise avec une mine impassible. Poussant un soupir, elle sortit de la villa.

— Où mettons-nous les poules ? s'enquit Oppenheimer.

Schmude s'agenouilla devant la caisse.

— Installons-les dans la cave à charbon. En fait, j'aimerais faire de la cuisine au sous-sol une vraie pièce à vivre. Chauffer toutes ces chambres ne me paraît pas la bonne solution. On a beau allumer des petits poêles, la chaleur se perd.

Ils soulevèrent à deux le poulailler.

— Voilà pourquoi tu veux une Brennhexe ? haleta Oppenheimer en se dirigeant à reculons vers l'escalier.

— Nous nous servons de toute façon de la grande cuisinière. Si nous installons un deuxième fourneau, la chaleur se répartira mieux et nous pourrons utiliser toute la pièce.

— Reste à savoir s'il y aura de la place pour tout le monde.

Ils déposèrent la caisse dans la cave à charbon. Oppenheimer avait envie d'une tasse d'ersatz de café en guise de récompense. Au moment où il s'apprêtait à entrer dans la cuisine située juste à côté, Schmude le retint.

— J'ai entendu dire que tu devais tirer un moscoutaire du pétrin ?

— Hilde t'a déjà parlé de l'affaire ? L'homme s'appelle Georg Hüttner. Pas vraiment coopératif, le bougre.

Il cache quelque chose, et il ne fait pas le moindre effort pour essayer de se disculper. Le connaîtrais-tu par hasard ? Apparemment, malgré son jeune âge, il est déjà haut placé dans la hiérarchie du SED.

Schmude parut surpris.

— Bon sang ! C'est Hüttner, ton suspect ? Un vrai chien hargneux, celui-là. Il exécute tous les ordres d'Ulbricht sans poser de questions. Même les plus absurdes. Voilà sans doute pourquoi on le considère comme l'une des étoiles montantes du parti.

À son retour d'exil, Walter Ulbricht s'était aussitôt attelé à reformer le KPD dans la zone d'occupation soviétique. Cela fait, il avait imposé dans la foulée la fusion du parti communiste avec le SPD, sous prétexte d'instaurer un « Front unique antifasciste ». À l'Ouest, les sociaux-démocrates comme Schmude avaient vivement critiqué cette union forcée. Persuadés qu'Ulbricht était l'homme de confiance de Staline, ils le soupçonnaient de vouloir établir une dictature à l'Est.

Oppenheimer hocha la tête.

— Oui, vu la manière dont Hüttner parle d'Ulbricht, ils se connaissent personnellement.

— Tous les moscoutaires sont comme cul et chemise, maugréa Schmude. Mais on ne sait pas grand-chose de Hüttner. Ce qui est sûr, c'est qu'il est originaire de Berlin. Aucune idée de ce qu'il a pu faire pendant son exil. En tout cas, en 1943, quand le Comité national pour une Allemagne libre a été fondé en Russie, il y a participé.

Oppenheimer avait du mal à suivre son ami.

— Quel comité ?

— Le bureau politique en exil du parti communiste allemand voulait former un large front contre Hitler. Le Comité national pour une Allemagne libre avait son propre programme radiophonique et publiait des journaux en langue allemande. Dans les zones de combat, ses membres faisaient circuler des véhicules de propagande équipés de porte-voix pour saper le moral des troupes allemandes. Tout le monde pouvait participer à leur action, même les prisonniers de guerre, quelles que soient leurs convictions politiques. Il suffisait de partager leurs idées antifascistes. L'objectif était de mettre un terme au régime hitlérien pour créer une nouvelle Allemagne. En novembre 1945, cette organisation a été dissoute. Moscou considérait qu'elle avait atteint son but puisque la guerre avait été remportée. Ulbricht et une poignée de fonctionnaires du KPD ont été renvoyés à Berlin pour participer à la fondation de la zone soviétique. Hüttner les a rejoints peu de temps après.

Oppenheimer regarda le poulailler d'un air pensif.

— C'est étrange qu'on sache aussi peu de chose sur Hüttner. Ce type est de Berlin, quelqu'un devrait le connaître.

Schmude éclata de rire.

— Là où il n'y a aucun doute, c'est que Hüttner espère bientôt entrer dans le cercle d'intimes d'Ulbricht. C'est son vœu le plus cher. En tout cas, ce serait un sacré revers pour les stalinistes allemands si l'un d'eux était accusé de meurtre et condamné par un tribunal. Au fond, tu as une bonne carte à jouer. Ils réussiront d'une manière ou d'une autre à disculper leur copain. Que tu contribues ou non à sa libération, ça ne changera pas grand-chose. Mais si tu les aides, tu pourras peut-être obtenir quelques faveurs.

Le pragmatisme de son ami surprit un peu Oppenheimer. Pourtant, il avait appris ces dernières années qu'il était préférable d'agir vite quand une opportunité se présentait. Schmude, lui, avait accepté sans rougir la proposition d'Ed le Mastard, qui avait repris sa boutique de mode pour la transformer en cabaret. Et il ne l'avait jamais regretté.

— Merci, murmura Oppenheimer en donnant une tape amicale à l'ancien avocat. J'y vois un peu plus clair grâce à toi.

En entrant dans la cuisine, il croisa les deux enfants de Schmude. Emmitouflés dans de gros manteaux, Kurth et Bettina montèrent l'escalier en courant. Les gamelles et gobelets qu'ils avaient attachés à leurs sacs à dos pour le repas à l'école tintaient gaiement.

Quelques instants plus tard, en sirotant son ersatz de café dans un coin de la grande pièce, Oppenheimer décida d'accepter la mission d'Aksakov. Il y avait une chose qui le hantait depuis des semaines. Et seul un officier des services secrets soviétiques pouvait l'aider. S'il s'acquittait consciencieusement de sa tâche, il disposerait d'un levier pour convaincre le colonel d'intervenir en sa faveur.

7

Mercredi 11 décembre 1946

En contemplant le front plissé de Herr Suhr, Oppenheimer songea à du parchemin froissé. Ce matin-là, son supérieur ne l'avait même pas laissé s'asseoir à sa table de travail et l'avait prié dès son arrivée de le suivre.

Ils étaient à présent installés dans le bureau de Suhr. Après avoir longuement tourné autour du pot, le directeur finit par se jeter à l'eau.

— Herr Oppenheimer, au regard des derniers événements, nous devons procéder à quelques changements.

L'ancien commissaire se doutait qu'on l'avait convié à cet entretien à cause de ses rapports avec Aksakov. La veille, Serjoscha l'avait emmené sans lui laisser le temps d'avertir ses collègues ; Suhr, avec son âme de bureaucrate scrupuleux, ne pouvait pas laisser passer pareil manquement au règlement.

— Des changements ? Que voulez-vous dire ?

Herr Suhr se mit à balbutier.

— Je… Très sincèrement, il m'a fallu prévenir les autres directeurs et, après concertation, nous sommes arrivés à la conclusion qu'il serait préférable pour tout le monde que vous vous consacriez à votre ancien domaine d'activité.

Oppenheimer se redressa sur sa chaise. Cela signifiait

que ses jours derrière un bureau étaient comptés. Après avoir renoncé à son poste d'éclairagiste au Rio Bar, il avait été embauché par le Service de recherche pour travailler sur le terrain. Ainsi, sur la demande de la communauté juive de Berlin, il avait collecté un certain temps les données personnelles des déportés rescapés. Au printemps de cette année, quand la deuxième vague de réfugiés en provenance des territoires de l'Est était arrivée, il avait fait la même chose dans les camps d'accueil. De temps à autre, le Service de recherche l'avait également envoyé interroger des soldats fraîchement libérés par les Russes. L'Union soviétique, qui n'avait pas signé la Convention de Genève, ne donnait aucune information sur ses camps de prisonniers. Pour obtenir des renseignements sur les militaires disparus sur le front de l'Est, on n'avait guère d'autre choix que d'aller questionner directement les rapatriés. Lors de ces interrogatoires, il fallait faire preuve de beaucoup de patience et de tact. Les années d'expérience d'Oppenheimer à la Kripo avaient été alors très utiles. Peu à peu, grâce à lui, les employés du Service de recherche avaient réussi à localiser les différents camps de détention sur le sol russe. C'était un travail essentiel, mais très éprouvant, car on était confronté quotidiennement à la misère humaine. Oppenheimer ne pouvait s'empêcher de voir cette décision de le renvoyer sur le terrain comme une punition.

— Et comment voulez-vous que je concilie ce travail avec les investigations que je dois mener pour l'administration soviétique ? s'enquit-il.

Suhr écarta l'objection d'un geste.

— Vous vous contenterez d'aller recueillir les données de nos différentes antennes et de les rapporter ici au siège à Dahlem. À vous de vous organiser. Cela devrait vous laisser du temps pour vos… autres activités.

Oppenheimer eut un pincement au cœur en sortant du bureau de Suhr. Naturellement, son supérieur n'avait pas perdu de temps. Sa table de travail était déjà occupée par quelqu'un d'autre.

Il ne se faisait aucune illusion. Le directeur l'avait dans son collimateur. À la moindre erreur, on le congédierait sur-le-champ. Il avait presque l'impression d'être victime d'un complot. Autour de lui, tout le monde semblait se liguer pour le pousser entre les griffes d'Aksakov et le forcer à mener de nouveau une enquête policière alors qu'il aurait préféré se tenir à l'écart.

En arrivant sur le trottoir, il s'arrêta quelques instants, désorienté. Puis il enfourcha son vélo et appuya sur les pédales. Comme il avait désormais beaucoup de temps libre, il pouvait en profiter pour rendre visite au commissaire Billhardt.

L'Alexanderplatz ressemblait encore à un champ de ruines. La gare située sur la place n'était plus qu'une carcasse de métal. Devant des colonnes de pierre à moitié effondrées s'élevait un enchevêtrement de barres d'acier qu'on avait retirées des débris. L'Alex, célèbre immeuble de bureaux aux lignes galbées, était couvert de suie. Derrière les fenêtres brisées, l'intérieur de l'édifice était plongé dans des ténèbres épaisses. Sur la façade éventrée du grand magasin Tietz, les occupants soviétiques avaient accroché deux immenses panneaux sur lesquels étaient représentés les visages des maréchaux Tolboukhine et Koniev.

Entre l'Alexanderstraße et la Dircksenstraße se dressaient encore les vestiges du Praesidium, la préfecture de police. Surnommé également la Forteresse rouge, celui-ci était autrefois le deuxième plus gros bâtiment de la ville après le château de Berlin. Il avait à présent triste allure. De larges brèches dans la façade laissaient apparaître des piliers métalliques et des cloisons à demi éboulées. D'après ce qu'Oppenheimer avait entendu, l'édifice fortement endommagé abritait encore le poste de la Kripo et une annexe du tribunal pénal de Moabit. À l'intérieur, personne ne put lui dire cependant où se trouvait le bureau de Billhardt.

Heureusement, au bout de quelques minutes d'errance, il tomba par hasard sur le commissaire dans le hall d'entrée. Flanqué d'un collègue, Billhardt portait sous le bras de longues planches, sans doute les restes du chambranle d'une porte. Le flic manchot déposa son fardeau contre un mur pour s'épousseter.

— Vous vous êtes reconvertis en ouvriers ? demanda Oppenheimer d'un ton moqueur.

Son ami sourit.

— Non, cette vieille bâtisse ne sera pas rénovée. Plus personne ne veut y travailler depuis que la Gestapo a sévi ici. Mais il y a encore pas mal de bois à récupérer. Ça nous fait du combustible. Nos nouveaux bureaux sont juste à côté. Tu te souviens de l'entrepôt de Karstadt dans la Keibelstraße ? Là où se trouvait l'Office statistique du Reich ?

L'homme qui l'accompagnait était Wenzel, le policier qui avait servi d'interprète à Neukölln pour Aksakov. Oppenheimer comprenait pourquoi Billhardt l'avait pris avec lui. Wenzel était une vraie armoire à glace qui pouvait défoncer n'importe quel encadrement de porte à coups d'épaule.

Comme beaucoup, Wenzel était entré dans la police par pur hasard. Tandis que les trois hommes se dirigeaient vers la Keibelstraße, il raconta qu'en se promenant un jour sur l'Alexanderplatz il avait remarqué une longue file d'attente devant le Praesidium. Il s'agissait de postulants à la Kripo, et aucun n'avait jamais travaillé pour les forces de l'ordre. Comme Wenzel cherchait alors un emploi, il avait décidé de se porter candidat. Une heure plus tard, il était aspirant-inspecteur.

— Pour Orminski, je me suis trompé, déclara Billhardt lorsqu'ils arrivèrent devant l'ancien entrepôt reconverti en commissariat. C'était bien un Volksdeutscher, mais il ne faisait pas partie des personnes déplacées. Il habitait déjà ici depuis deux ans. Il a vécu quelques mois à Berlin, puis il a été embauché comme ouvrier agricole. Travailleurs étrangers, vieillards – les nazis les faisaient bosser à la campagne. Tous les hommes en âge de se battre étaient au front. Il fallait bien de la main-d'œuvre pour faire tourner l'agriculture. Sa dernière adresse postale se trouve dans un village situé à une cinquantaine de kilomètres à l'ouest de Berlin. L'endroit s'appelle Weydorf.

Oppenheimer réfléchit un instant.

— Depuis deux ans, dis-tu ? Dans ce cas, Orminski a fui vers la capitale après l'effondrement du front de l'Est.

— Possible. Mais c'était peut-être un déserteur. Un homme de son âge aurait dû être incorporé au Volkssturm[1]. Si ça se trouve, Orminski n'est même pas son vrai nom. Mais on ne pourra pas vérifier. On ne mettra

1. Volkssturm : milice populaire créée en octobre 1944 pour défendre le territoire du Reich.

jamais la main sur les documents administratifs du Gau[1] de Prusse-Orientale.

Ils entrèrent dans le nouveau Praesidium de la Keibelstraße. Sur l'invitation de Billhardt, Oppenheimer déposa son vélo dans l'arrière-cour. Un commissariat était bien l'un des rares endroits à Berlin où l'on pouvait laisser son deux-roues sans surveillance. Il préféra toutefois cadenasser sa vieille bécane.

Alors que les trois hommes arpentaient les couloirs du bâtiment, il reprit le fil de la conversation :

— Je ne crois pas qu'Orminski ait voulu dissimuler son identité. Si ça avait été le cas, il aurait choisi un nom plus passe-partout. Mais laisse-moi deviner : il est encore inscrit sur les registres de Weydorf ?

Billhardt acquiesça.

— Bien sûr. Officiellement, il n'a jamais déménagé. La chambre qu'il occupait à Neukölln était louée depuis un an et demi par un certain Herr Tetzlaff. Orminski s'y est installé en mai dernier. Et maintenant, tiens-toi bien.

Le commissaire s'arrêta pour ménager son effet. À cet instant, un homme visiblement pressé le frôla. Coiffé d'un feutre, il portait une épaisse moustache noire et son nez était surmonté d'un binocle. Il salua rapidement Billhardt et Wenzel d'un mouvement de tête avant de s'éloigner. Des fragments de bois dépassaient de sa serviette en cuir, ce qui ne cadrait pas avec son allure soignée.

Billhardt leva le doigt pour regagner l'attention d'Oppenheimer.

— Orminski avait disparu sans laisser de traces sept jours avant son meurtre. Quand il a réapparu, c'était un macchabée.

1. Gau : division territoriale et administrative du Reich, administrée par un représentant politique du NSDAP.

— Reste à savoir où il était pendant ce laps de temps.

— Nous obtiendrons peut-être quelques informations utiles à la morgue, enchaîna Billhardt d'un ton enjoué. Mais d'abord, allons déposer toutes ces planches.

Oppenheimer avait travaillé plus de dix ans à l'Alex, l'ancien Praesidium. Il se souvenait très bien de l'ordre qui régnait dans les locaux. Tout était soigneusement rangé, hormis le bureau de son mentor, Ernst Gennat. L'antre de son ex-patron, saturé de relents de cigare, ressemblait à un cabinet de curiosités à cause des nombreux objets macabres qu'il contenait – notamment une hache d'armes et une tête de femme naturalisée. Véritable capharnaüm, le bureau de Billhardt pouvait soutenir la comparaison. Son autre adjoint – également présent à Neukölln quand Oppenheimer avait examiné le cadavre d'Orminski – avait transformé l'une des deux tables de travail en établi. À l'aide d'une scie, il était en train de découper en morceaux une longue planche. Les bûches serviraient à alimenter le minuscule poêle en fonte qui se trouvait dans un coin de la pièce.

En entrant, Oppenheimer jeta un coup d'œil autour de lui.

— Je constate que tu as encore la porte de ton bureau.

Billhardt tapota le battant en souriant.

— Je la garde en réserve. L'hiver est loin d'être fini.

Le commissaire présenta son deuxième collègue, également aspirant-inspecteur. L'homme aux joues hâves et au nez bourgeonnant s'appelait Reinmann.

Une fois que Wenzel eut déposé son fardeau, Billhardt entraîna Oppenheimer dans le couloir.

— Allons à la morgue de la Hannover Straße. Prenons les vélos, ce sera plus rapide. Le mien se trouve aussi dans la cour.

Oppenheimer lui jeta un regard étonné.

— Vous n'avez pas de véhicules d'intervention ?

— Bien sûr que si. Ils sont même équipés d'une sirène et d'un gyrophare. En revanche, on ne les emploie que lors des opérations de grande envergure. Pour les petits trajets, je préfère m'épargner toute la paperasserie que ça implique. C'est comme pour les armes. Les commissariats ont reçu des pétards, mais il faut faire une demande officielle pour en obtenir un. Et seulement dans le cas d'une mission dangereuse. Après, il faut rendre son flingue illico. En revanche, on a des menottes à la pelle.

— Cette prudence n'est-elle pas un peu exagérée de la part de l'administration ?

Billhardt haussa les épaules.

— Ils n'ont pas tort. Nous avons encore beaucoup de collègues inexpérimentés. Sais-tu ce qui s'est passé en mars dernier dans la caserne de police située dans la Kleine Alexanderstraße ? Une grande quantité de munitions étaient stockées dans la cour. Et un jour, durant une séance d'entraînement physique, un imbécile a voulu montrer comment fonctionnait une grenade à main. Le type était tellement idiot qu'il l'a dégoupillée et l'a lancée sur les munitions. Lors de l'explosion, les bâtiments de la caserne, miraculeusement restés intacts pendant la guerre, ont été entièrement détruits et un passant a été tué par des débris qui sont retombés dans la rue. Cette histoire a fait un scandale. Bien entendu, les Russes, on les connaît, ont immédiatement crié au sabotage. Tous les policiers ont été mutés dans de petits commissariats de quartier.

Ils étaient arrivés dans l'arrière-cour. Tandis qu'Oppenheimer décadenassait son vélo, Billhardt alla chercher le sien dans une remise.

— Si tu comptes revenir travailler ici un jour, tu dois te méfier du type que nous avons croisé dans le couloir, murmura le commissaire en poussant son deux-roues vers le passage qui permettait d'accéder la rue.

— Le moustachu avec son pince-nez ?

Billhardt hocha la tête.

— C'est Möller. Nous avons bien sûr un chef de service, mais il ne peut quasiment rien faire sans l'approbation de Möller. Tu l'ignores peut-être, mais les Russes ont imposé la présence dans chaque brigade d'un rescapé de KZ[1] ou d'un communiste reconnu. Ce sont ces gens-là qui décident, maintenant, chez nous. Surtout en ce qui concerne le recrutement.

— Et qu'en est-il de Möller ? Est-ce un ancien déporté ou un communiste convaincu ?

— Il n'a pas été envoyé en camp de concentration, mais on l'a forcé à servir dans la 999e division légère Afrika. C'était une unité disciplinaire dans laquelle se trouvaient uniquement des opposants au régime. Au bout de quelques semaines, il a été grièvement blessé et rapatrié à Berlin. Il a pu voir le spectacle de la défaite de ses propres yeux.

Oppenheimer arqua un sourcil.

— Je comprends qu'on permette à des gens comme Möller de donner leur avis. Au moins, on peut être à peu près sûr qu'ils ne sont pas d'anciens nazis. Et si on veut rebâtir la police sur des bases saines…

Il s'interrompit en sentant Billhardt se raidir. Vu le passé de son ancien collègue, le sujet était délicat. Ne voulant pas commettre d'impair, il enfourcha sa bicyclette et lança :

— En route pour la morgue.

1. *Konzentrationslager* : camp de concentration.

Les cheveux du Dr Gebert étaient d'un blanc aussi immaculé que sa blouse. Le légiste n'avait presque pas changé depuis qu'Oppenheimer le connaissait. La guerre, la faim, le froid, tout cela avait glissé sur lui sans laisser la moindre trace. Gebert semblait se conserver aussi bien que ses préparations anatomiques alignées sur une étagère derrière son bureau dans des bocaux. Manifestement, son aversion pour Oppenheimer était également intacte.

— Naturellement, commenta-t-il d'un air ironique en le voyant entrer en compagnie de Billhardt dans son cabinet de travail. J'aurais dû me douter que vous viendriez tôt ou tard m'honorer de votre présence.

— Vous vous souvenez du commissaire Oppenheimer ? fit Billhardt. Enfin, il n'est pas ici en tant que commissaire. Il est devenu conseiller pour la police.

Gebert leva les bras d'un geste théâtral en arborant une moue méprisante.

— Que voulez-vous que ça me fasse ? De quelle affaire s'agit-il ?

Agacé, Oppenheimer fit un pas en avant.

— Jakob Orminski, un individu d'environ soixante-dix ans. Arrivé chez vous il y a deux jours.

— Le noyé ?

Oppenheimer et Billhardt échangèrent un regard perplexe.

— Nous ne devons pas parler du même cadavre, Herr Doktor.

— Au contraire, rétorqua le légiste, visiblement content de son effet. C'est l'homme qu'on a retrouvé nu comme un ver à Neukölln, à quelques centaines de mètres de la Hermannplatz. Celui avec les gribouillis sur les bras et les jambes.

Oppenheimer acquiesça en silence.

— Je peux vous assurer que cet homme est mort noyé, reprit Gebert. Il avait de l'eau dans les poumons, et celle-ci était altérée. Nous ne parlons donc pas d'un accident dans une baignoire. Il a péri dans une rivière ou un étang. Et il y a d'autres indices intéressants. Suivez-moi.

Le médecin se leva et sortit de son bureau. Il conduisit les deux visiteurs jusqu'à la salle d'autopsie.

Quelques minutes plus tard, l'un de ses assistants arriva en poussant devant lui un brancard sur lequel était étendu un corps recouvert d'un linge. Oppenheimer avait encore du mal à croire qu'il s'agissait réellement d'Orminski. Mais, quand Gebert souleva la pièce de tissu, ses doutes s'envolèrent.

C'était effectivement l'homme qu'il avait examiné à Neukölln.

— Herr Orminski était bien nourri, entama le légiste, mais il n'a presque rien mangé durant ses derniers jours. Son estomac était vide. Il est mort à une heure du matin dans la nuit de dimanche à lundi.

Oppenheimer souffla bruyamment. Les choses se présentaient mal pour Hüttner. À ce moment-là, le moscoutaire prétendait qu'il était en train de dormir dans son appartement. Il n'avait cependant aucun témoin pour corroborer son affirmation.

— Souhaitez-vous nous faire part de quelque chose ? releva Gebert.

Ignorant la remarque, Oppenheimer montra du doigt le cadavre.

— Avez-vous trouvé sur lui des marques laissées par des entraves ou des coups ?

— Non, il avait seulement quelques égratignures. Toutefois, sa peau présente à plusieurs endroits des piqûres avec des traces de rouille. Probablement des lésions dues à un fil barbelé. Au niveau des genoux, il y a une accumulation frappante d'hématomes. On dirait qu'avant de mourir il a marché assez longtemps à quatre pattes.

— Qu'en est-il des caractères qui couvrent ses bras et ses jambes ? intervint Billhardt.

Le légiste dodelina de la tête.

— Ils n'ont pas été écrits avec une encre normale. En plus des pigments de couleur, nous avons retrouvé des restes de gomme-laque. Il doit donc s'agir d'une encre résistante à l'eau, du genre de celles qu'utilisent les ingénieurs et les architectes pour leurs dessins techniques. Sous les lettres, la peau est légèrement entamée. J'en déduis qu'on a employé une plume d'acier. Seuls des noms masculins ont été inscrits. Je joindrai la liste complète au rapport d'autopsie. Bien entendu, tout a été photographié.

Songeur, Oppenheimer s'approcha du brancard. Dans la pièce carrelée, il avait l'impression que ses pas étaient désagréablement sonores.

— De l'encre résistante à l'eau. Quelle que soit la personne qui a écrit ces noms, elle tenait à ce qu'ils ne s'effacent pas de sitôt.

— Nous devrions creuser cette piste, fit remarquer Billhardt. L'encre nous mènera peut-être jusqu'au tueur.

— Possible. Mais seulement si l'assassin ne l'a pas achetée au marché noir.

Oppenheimer tira le drap pour examiner à nouveau les bras d'Orminski.

— De notre perspective, les lettres sont à l'envers, constata-t-il.

Gebert opina.

— Oui, c'est pareil sur les jambes. Du reste, il n'y a aucune inscription sur le dos des cuisses et sur les mollets.

Concentré, Oppenheimer se pencha en avant. Après avoir comparé les deux bras, il se redressa.

— Tout semble indiquer qu'Orminski ait écrit lui-même ces noms. Il était droitier, il a donc utilisé sa main gauche pour le bras droit. On voit que, de ce côté justement, l'écriture est très incertaine et de travers.

Billhardt dénuda les jambes du cadavre et poussa un grognement approbateur.

— L'hypothèse est très plausible. Il faudra comparer avec un échantillon d'écriture.

— Reste à savoir ce que signifient ces noms.

Oppenheimer se tourna vers Gebert, mais le légiste leva les mains.

— Trouver la réponse à cette question est de votre ressort, messieurs. Néanmoins, j'ai encore quelque chose qui va sûrement vous intéresser.

Le médecin montra du doigt un dossier posé sur une table à côté de lui.

— Une affaire similaire. Un autre noyé. La police fluviale de Scharfe Lanke me l'a apporté le mois dernier.

Billhardt s'avança pour compulser le rapport.

— L'homme s'appelait Aribert Storm, déclara Gebert. Il a été repêché dans le lac de Tegel, non loin des usines Borsig. Tout laissait penser à un accident.

— Contrairement à Orminski, il était habillé ? supposa Oppenheimer.

Billhardt parcourut le dossier.

— Il est écrit ici que la victime portait une chemise et un pantalon. Une tenue plutôt légère pour un mois de novembre.

— Storm présentait des fractures du larynx, poursuivit Gebert.

Les mains dans les poches, il commença à se balancer doucement d'avant en arrière. À l'évidence, il prenait grand plaisir à exciter la curiosité des deux commissaires.

— Il a peut-être essayé de se pendre et n'y est pas parvenu. Ou, autre possibilité, quelqu'un a voulu le tuer. Mais les indices étayant l'hypothèse d'un étranglement étaient trop ténus. L'affaire a été classée. Officiellement, c'est une noyade accidentelle. En ce qui concerne les fractures du larynx, on considère que Storm a pu tomber d'un ponton. Pourtant, il n'avait pas une goutte d'alcool dans le sang.

Oppenheimer secoua la tête.

— Tout ça est passionnant, docteur. Mais, hormis le fait que Storm se soit noyé, quel est le lien avec Orminski ?

Billhardt poussa un sifflement. Il venait de découvrir les clichés du cadavre de Storm. Gebert afficha un sourire satisfait.

— Ce n'est pas un hasard, marmonna le flic manchot en tendant l'une des photos à son ancien collègue.

Oppenheimer plissa les yeux. Le bras gauche de Storm semblait couvert de caractères.

Soudain fébrile, il alla s'emparer du dossier.

— À la fin du rapport, il y a un gros plan, indiqua Gebert.

Oppenheimer feuilleta les documents et finit par tomber sur un cliché où apparaissait nettement le bras gauche de la victime.

Sortant brusquement de la salle d'autopsie, il se rua vers l'une des fenêtres du couloir. Il voulait observer l'image à la lumière du jour.

Quelques instants plus tard, on lui tapota l'épaule. Lorsqu'il se retourna, il vit Billhardt agiter une loupe.

— Tiens, de la part de Gebert.

Oppenheimer prit l'instrument pour étudier soigneusement la photographie.

Sur la peau blanche étaient griffonnés à l'encre noire des dizaines de noms. Gebert avait vu juste. Les deux affaires étaient sans doute liées.

Mais un autre détail attira son attention.

— Que vois-tu ici, sur l'avant-bras gauche ? demanda-t-il en désignant une série de chiffres aux contours nets qui détonnaient au milieu des caractères tracés maladroitement.

Billhardt fronça les sourcils.

— Ce n'est pas Storm qui a écrit ça. C'est un tatouage. (Se redressant lentement, il confirma le soupçon d'Oppenheimer :) On dirait que ce gars-là a fait un séjour en camp de concentration.

8

Mercredi 11 décembre 1946

Il pleuvait, mais Oppenheimer était heureux de prendre l'air. Debout près du portail en brique de la morgue, il respira profondément. Après sa visite chez le Dr Gebert, son regard sur l'affaire Orminski avait changé de manière radicale. Pourtant, il n'arrivait pas à ordonner les pièces du puzzle dans sa tête.

Ce fut Billhardt qui brisa finalement le silence.

— J'ai interrogé plusieurs voisins d'Orminski. Tous prétendent qu'il était un nazi convaincu. Apparemment, il répétait en boucle les vieux slogans du parti comme un disque rayé. Et il rabâchait sans cesse les mêmes insultes envers les Russes. En soi, c'est un mobile pour Hüttner.

Oppenheimer secoua la tête, sceptique.

— Je ne pense pas que Hüttner ait tué Orminski uniquement parce que celui-ci était un nazi. Dans ce cas, il lui resterait encore la moitié de la ville à liquider. Si les deux hommes s'étaient connus personnellement, à la rigueur, mais vous n'avez trouvé aucun élément en ce sens, n'est-ce pas ?

— Non, en effet, admit le flic manchot.

— Tout ça ne tient pas debout. Et d'après Gebert, le meurtrier aurait déjà frappé une fois.

— Les deux affaires se ressemblent, on ne peut pas le nier.

— Mais seul le bras gauche de Storm était couvert de caractères, objecta Oppenheimer. Il n'a rien écrit sur son bras droit ni sur ses jambes. Comme si la mort l'avait emporté avant qu'il n'ait le temps d'achever son travail. C'est un véritable casse-tête. Un survivant des camps de concentration et un Volksdeutscher à la botte des nazis. Quel est le dénominateur commun ?

Il se mit à faire les cent pas sur le perron.

— Je vais me procurer le dossier d'enquête sur Storm, dit Billhardt. Histoire de voir ce que les collègues ont trouvé.

Levant les yeux, Oppenheimer s'arrêta en remarquant que la façade du bâtiment était criblée d'impacts de balles.

— Et puis il y a cette histoire d'eau dans les poumons d'Orminski, murmura-t-il d'un air pensif. Existe-t-il un bassin ou un étang à proximité de son domicile ?

Billhardt réfléchit un instant.

— Je ne vois que la pataugeoire pour enfants qui se trouve à côté de l'aérodrome. Il y a aussi le réservoir pour collecter l'eau de pluie sur le Columbiadamm, mais c'est à plus de deux kilomètres.

— Si c'est le même meurtrier, il est mobile, et il dispose probablement d'un véhicule pour transporter les cadavres. Les usines Borsig, où la première victime a été découverte, se trouvent à plus de quinze kilomètres de Neukölln. C'est à l'autre bout de la ville.

— Entre Tegel et Neukölln, il y a un bout de chemin, mais rien n'exclut qu'un même tueur frappe à deux endroits diamétralement opposés, approuva Billhardt. En tout cas, ça nous faciliterait les choses si Hüttner pouvait nous fournir un alibi solide pour le moment où le meurtre de Storm a eu lieu.

Oppenheimer soupira.

— Rien n'est moins sûr. Hüttner n'est pas un bavard.

Il eut soudain envie de fumer une cigarette, mais il ne pouvait se permettre un tel luxe. Le tabac était bien trop précieux pour le gaspiller bêtement.

— Nous voilà bien avancés, maugréa Billhardt. Nous avons maintenant deux meurtres sur les bras et une flopée de questions insolubles.

Comme Oppenheimer n'avait plus d'horaires de bureau à respecter, il pouvait désormais commencer plus tôt à faire la queue devant les magasins d'alimentation. Sur le chemin du retour, il avait ainsi réussi à trouver une épicerie qui avait encore des légumes déshydratés en stock. Une fois arrivé à la villa, il avait aussitôt dissimulé son butin dans la cachette qu'il avait aménagée dans sa chambre.

À cette heure-ci, Lisa n'était pas encore rentrée du travail. Il prit donc quelques pommes de terre et décida d'aller se préparer à manger dans la cuisine. Au pied de l'escalier, il entendit le bruit d'un moteur qui approchait.

En jetant un coup d'œil par la fenêtre du hall d'entrée, il vit une berline noire se garer dans la cour. La carrosserie brillait dans la pénombre hivernale.

Il n'eut aucun mal à identifier la voiture. Aksakov connaissait son adresse et Serjoscha avait dû apprendre qu'il ne travaillait plus à Dahlem.

Cette visite impromptue n'avait rien d'étonnant. Il n'avait toujours pas accepté officiellement la mission qu'on lui proposait. Le colonel, il le savait, n'aimait pas attendre.

Quelques minutes plus tard, il était assis sur la

banquette arrière du véhicule et traversait Berlin à toute allure. Comme la demeure de Hilde était glaciale, il portait déjà son manteau quand Serjoscha avait sonné à la porte. Pressé par le Kalmouk, il avait fourré les pommes de terre dans ses poches avant de monter dans l'automobile.

Dans l'habitacle surchauffé, il avait commencé à transpirer dès que la voiture s'était ébranlée. Malgré tout, il ne regrettait pas son vélo et appréciait de sillonner la mer de ruines sans grelotter au moindre coup de vent.

Ayant atteint Karlshorst en un temps record, Serjoscha montra son laissez-passer à un planton et entra dans le quartier général de l'administration militaire soviétique. Après s'être garé devant la maison qu'occupait Aksakov, l'aide de camp conduisit Oppenheimer dans la salle de réception de son chef. Puis il se retira, laissant seul l'ancien commissaire. La décoration de la pièce était incroyablement disparate. Aksakov avait sans doute réquisitionné tout son mobilier dans les bâtiments des alentours ; il semblait avoir une prédilection presque maladive pour le pseudo-baroque. Sur un mur était accroché l'un des objets d'ornement les plus curieux d'Allemagne – un coucou de la Forêt-Noire.

Pour inciter son hôte à la coopération, le colonel avait cette fois fait dresser la table, sur laquelle s'amoncelaient des mets de toutes sortes. C'était du moins l'impression d'Oppenheimer, qui mourait de faim.

Pareille quantité d'aliments aurait permis de nourrir une famille de trois personnes pendant une ou deux semaines. Un appétissant rôti bardé était disposé sur un grand plateau. À côté se trouvait une grosse boîte de conserve ouverte contenant des pêches. Une demi-douzaine d'anguilles fumées entouraient une soupière remplie à ras bord et, un peu à l'écart, d'autres conserves étaient empilées.

Instinctivement, Oppenheimer avait saisi une assiette, mais il hésita. Ce repas avait-il été préparé pour lui ? Avait-il le droit de se servir ?

Derrière lui, une porte s'ouvrit en grinçant. Une voix familière lança en allemand :

— Le camarade colonel nous rejoindra plus tard. Vous pouvez déjà commencer à manger.

Oppenheimer fit volte-face. Bouche bée, il en délaissa la nourriture.

— Jascha ?

Toujours aussi élégant, le jeune officier aux cheveux de jais s'approcha en souriant pour lui serrer la main.

— Où étais-tu passé ? demanda Oppenheimer. De l'eau a coulé sous les ponts depuis notre dernière rencontre.

— Les correspondants de guerre voyagent beaucoup. Je suis à Berlin depuis une semaine, mais je ne sais pas combien de temps je vais rester.

Le Soviétique prit lui aussi une assiette et se servit du rôti.

Oubliant toute gêne, Oppenheimer suivit son exemple. Il poussa un soupir d'aise après avoir avalé une première bouchée. C'était un plaisir indescriptible pour le palais de manger une viande aussi délicate.

Jascha sourit en voyant l'expression de bonheur sur le visage de l'ancien policier. Puis il redevint brusquement sérieux.

— Comment va Rita ?

De toute évidence, la brève mais intense aventure qu'il avait eue avec l'une des danseuses du Rio Bar lui trottait encore dans la tête. Après la capitulation, Rita avait logé quelque temps dans la maisonnette de

Hilde. Toutefois, personne ne l'avait vue depuis plusieurs semaines. Oppenheimer supposait qu'elle se faisait entretenir par l'un des nombreux admirateurs de ses formes. Il ne put s'empêcher de sourire intérieurement en songeant à un soir où Rita était rentrée à Schöneberg soûle comme une grive, vêtue en tout et pour tout d'un manteau de fourrure flambant neuf et d'escarpins.

Mieux valait néanmoins taire ce genre d'anecdotes à Jascha.

— Bah, tu la connais, esquiva-t-il.

Le correspondant de guerre hocha la tête avant de piquer un morceau de viande avec sa fourchette.

Ils continuèrent de manger en silence. Après avoir englouti une première tranche de rôti, Oppenheimer se rendit compte qu'il avait eu les yeux plus gros que le ventre. Mais, refusant par principe de laisser son assiette à moitié pleine, il se força à terminer et fit descendre le tout avec un verre de vin que lui avait servi l'officier soviétique.

Au bout d'un certain temps, Aksakov se joignit à eux. Il était entré sans bruit, et Oppenheimer ne remarqua sa présence qu'au moment où le colonel se laissa tomber sur une chaise à côté de lui. Le Russe avait défait les premiers boutons de son uniforme, probablement pour signifier que leur rencontre n'avait pas de caractère officiel.

Aksakov salua d'un mouvement de tête son invité et lui resservit à manger sans le consulter. Même s'il avait le ventre lourd, Oppenheimer ne protesta pas.

Les Soviétiques échangèrent quelques mots.

— Le camarade colonel demande si vous avez eu le temps de vous occuper de l'affaire, traduisit ensuite Jascha.

Oppenheimer sentit son estomac s'alourdir encore un peu plus. Il s'éclaircit la gorge avant de répondre :

— Je suis allé rendre visite à Hüttner. Il cache quelque chose et, à ses yeux, ce secret semble plus important que les soupçons de meurtre qui pèsent sur lui. Aucune idée de ce que ça peut être. Toujours est-il qu'un criminel ne se comporterait pas de manière aussi suspecte. Si Hüttner avait assassiné Orminski, il nous aurait déjà fourni un alibi quelconque.

— Vous le considérez donc comme innocent ? s'enquit Aksakov par l'intermédiaire de Jascha.

Oppenheimer secoua la tête.

— Il est encore trop tôt pour l'affirmer avec certitude. Mais rassurez-vous, le commissaire Billhardt est un enquêteur très fiable, il n'omettra aucune piste dans cette enquête.

En entendant ces paroles, Aksakov s'agita nerveusement sur sa chaise.

— Le camarade colonel dit n'avoir confiance qu'en vous, expliqua son interprète. Vous avez travaillé avec lui sur l'affaire Grigoriev, il connaît vos méthodes.

Oppenheimer but une gorgée de vin. Sa place au Service de recherche ne tenait plus qu'à un fil, mais il ne voulait pas pour autant vendre ses services au rabais.

— Je vois, commença-t-il d'un ton neutre. (Il éprouva une certaine satisfaction en voyant les deux Russes suspendus à ses lèvres.) Dans ce cas, je peux bien sûr me pencher plus précisément sur cette affaire. Cela dit, je ne vous garantis pas de pouvoir disculper Hüttner. Et si des éléments compromettants le concernant devaient apparaître, ça pourrait nuire à l'image de l'administration soviétique. C'est le danger d'enquêter plus en profondeur sur Hüttner. En tout cas, je ne dissimulerai aucune information aux autorités de police, vous devez en être conscients. Mener cette enquête n'a de sens pour moi que si j'ai les mains libres.

Jascha eut besoin d'un peu de temps pour rapporter ces explications. Oppenheimer en profita pour étudier les réactions d'Aksakov. Le colonel acquiesça d'abord de la tête. Puis, peu à peu, son visage se rembrunit. Il paraissait soudain comprendre que l'affaire était plus compliquée que prévu.

— Avez-vous déjà trouvé des indices à décharge ? demanda-t-il finalement.

— Rien de tangible. Le mois dernier, un cadavre ressemblant à celui d'Orminski a été retrouvé. Il est possible que les deux hommes aient été tués par la même personne. Si Hüttner peut nous donner un alibi pour ce premier meurtre, ce sera déjà un progrès. Mais, pour l'instant, tout ça n'est que spéculation.

Aksakov écouta en silence la traduction de Jascha. Après quelques instants de réflexion, il frappa des deux mains sur la table.

— Vous allez mener l'enquête, Herr Kommissar, annonça-t-il. Que voulez-vous en contrepartie ?

Sans attendre de réponse, le Soviétique se leva. Il prit deux boîtes de conserve pour les offrir à son invité. Lorsqu'il essaya de les glisser dans les poches du manteau d'Oppenheimer, il sentit les pommes de terre qui s'y trouvaient déjà. À la vue des misérables tubercules, Aksakov partit d'un grand éclat de rire et pria Jascha d'aller chercher un sac à dos.

Oppenheimer sut que c'était le moment de négocier.

— J'accepte de vous aider, déclara-t-il quand Jascha fut de retour dans la pièce. En échange, je souhaiterais obtenir des informations. Je veux savoir ce qui est arrivé à Michalina Wozniak.

Aksakov lui jeta un regard dubitatif.

— S'agit-il de cette Polonaise qui était détenue à Hohenschönhausen en même temps que vous ? interrogea prudemment Jascha.

Croisant les bras sur sa poitrine, Oppenheimer acquiesça d'un air féroce.

— En effet. Elle était enfermée comme moi dans ce camp de prisonniers. On lui reprochait d'avoir collaboré avec l'ennemi. Mais elle était une travailleuse forcée, la SS a même enlevé ses enfants. Je peux vous nommer plusieurs témoins de moralité pour Michalina.

Il s'efforça de rester calme, car Aksakov ne devait pas prendre cela comme un reproche personnel.

Sans commentaire, le colonel prit le sac qu'avait apporté Jascha. Après avoir glissé quelques briquettes à l'intérieur, il le remplit de conserves. Ses mouvements saccadés donnaient à penser qu'il n'appréciait guère la requête d'Oppenheimer. Il finit par marmonner quelque chose. Puis, laissant Jascha traduire, il s'empara d'une bouteille et versa un liquide transparent dans deux verres.

— Le camarade colonel accepte votre proposition.

Aksakov tendit l'un des verres à son hôte. Levant le sien, il regarda Oppenheimer dans les yeux.

L'ancien commissaire se doutait qu'on lui avait servi de la vodka ou, pire encore, du samogon – l'affreux tord-boyaux que même Hilde redoutait. Il frissonna d'horreur à l'idée d'avaler ce poison. Il savait néanmoins que c'était une offense mortelle chez les Russes de ne pas vider son verre après un toast. Et si cette épreuve permettait d'aider Michalina, il était prêt à l'affronter.

Oppenheimer leva à son tour son verre et, pour sceller leur accord, les deux hommes trinquèrent.

— À la population progressiste de Berlin ! lança Aksakov en russe avant de vider d'un trait son eau-de-vie.

Retenant son souffle, Oppenheimer en fit autant.

9

Jeudi 12 décembre 1946

Environ douze heures plus tard, Oppenheimer reprit conscience dans son lit, allongé sous une pile de couvertures. Il ignorait complètement comment il était rentré chez lui la veille au soir. Mais quelque chose avait changé. L'esprit encore embrumé par le sommeil, il mit un moment à trouver ce que c'était.

Son estomac ne criait plus famine comme d'habitude. Lorsqu'il se tourna sur le côté, il eut l'impression d'avoir le ventre plein de pierres. Il rassembla ses forces pour se redresser. Déjà debout, Lisa s'approcha du lit.

— D'où viennent toutes ces conserves ? demanda-t-elle en brandissant le sac à dos rempli de victuailles. C'est Aksakov ?

Il confirma son hypothèse d'un hochement de tête.

— Serjoscha m'a porté jusqu'ici ?

— Oui, avec l'aide de Franz.

Pris soudain de vertige, il ferma les yeux. Il avait une fameuse gueule de bois et doutait de pouvoir remarcher un jour.

— Tu ne vas pas au travail ce matin ? s'étonna Lisa en enfilant son manteau. Je dois filer. Carruthers m'attend pour une inspection.

— J'ai le temps, marmonna-t-il. On m'a renvoyé sur le terrain.

Après le départ de sa femme, il traîna encore un peu au lit. Une demi-heure plus tard, il parvint à se lever et à tituber jusqu'au broc posé sur la commode. Au moment de se laver le visage, l'eau lui parut particulièrement glaciale.

Une fois les conserves soigneusement rangées dans la cachette derrière la boiserie, Oppenheimer songea à son enquête. Pour commencer, il lui fallait réexaminer le domicile d'Orminski. Certains détails lui avaient peut-être échappé lors de sa première visite.

Sous un ciel de suie, il enfourcha sa bicyclette et sortit du domaine de Hilde.

Au milieu des monceaux de gravats bordant la rue, des cheminées se dressaient çà et là vers les nuages alors que les immeubles s'étaient effondrés depuis longtemps. Pour construire les nouveaux logements dont la ville avait tant besoin, il fallait d'abord démolir les ruines qui n'étaient plus habitables. Mais on manquait cruellement d'engins de chantier. La force musculaire restait donc un élément essentiel, surtout lorsqu'il s'agissait de récupérer et de nettoyer les briques intactes pour les empiler ensuite soigneusement.

En roulant vers la Hermannstraße, il passa près d'un coin de rue où s'élevait quelques jours plus tôt une montagne de débris. Des ouvriers avaient commencé à déblayer l'endroit et avaient mis au jour une colonne Litfaß[1]. Enseveli sous une avalanche de pierres, le cylindre de béton penchait fortement. Pourtant, même s'il menaçait de tomber, il était couvert d'affiches

1. Équivalent en Allemagne des colonnes Morris, dont le premier modèle fut créé en 1854 par Ernst Litfaß, imprimeur et éditeur.

récentes. Un placardeur audacieux était en train de déplier une échelle pour en coller de nouvelles.

Le moindre espace publicitaire était utilisé, car la vie culturelle n'avait jamais été autant animée à Berlin. Après la capitulation, il ne restait plus que quatre théâtres ouverts. Un an et demi plus tard, leur nombre était passé à deux cents, sans compter deux opéras donnant des spectacles réguliers. Souvent, les salles n'étaient que des caves où l'on avait aménagé des scènes de fortune. En hiver, les spectateurs étaient bien avisés de garder leurs manteaux et de prendre des couvertures. On demandait au public d'apporter un peu de combustible pour chauffer les lieux, mais c'était rarement suffisant et, la plupart du temps, les comédiens souffraient du froid.

L'offre culturelle avait explosé depuis la chute du régime hitlérien. Et les Berlinois étaient avides de pièces et de films interdits par l'impitoyable censure nazie. De nouvelles perspectives s'ouvraient. On pouvait voir des pièces de Maxime Gorki, Thornton Wilder et Jean-Paul Sartre. Les cinémas projetaient les films sonores à succès d'Alexander Korda, David Selznick et des studios Mosfilm. Pour *La Ruée vers l'or* de Chaplin, il fallait faire la queue à partir de midi si l'on voulait assister à la séance de dix-sept heures. Malgré tout, bon nombre d'habitants auraient préféré un programme culturel moins dense et plus de produits alimentaires dans les magasins.

Oppenheimer était presque arrivé à destination lorsque des notes de musique lui parvinrent. Devant un amas de décombres, un homme coiffé d'un bonnet en laine tricotée jouait d'un orgue de Barbarie. À travers les verres épais de ses lunettes, il regardait en souriant quelques femmes qui avaient interrompu leurs travaux de déblaiement pour danser deux par deux sur la mélodie entraînante.

À côté de la porte d'entrée de l'immeuble d'Orminski, le mur était couvert des habituelles inscriptions à la craie. Les familles qui avaient changé de logement indiquaient ainsi leur nouvelle adresse aux personnes susceptibles de les chercher – un mari revenu de captivité ou un proche. Ici, les messages n'étaient pas récents, ce qui signifiait que personne n'avait déménagé dernièrement.

Oppenheimer alla jeter un coup d'œil aux bouts de papier accrochés sur l'immeuble adjacent en ruine. Les façades de bâtiments inhabités étaient souvent utilisées par les voisins comme support pour leurs petites annonces. Ce qu'il lut le fit sourire. On proposait d'échanger un véritable tapis persan contre une montre-bracelet, une perruque cherchait un nouveau propriétaire, et quelqu'un souhaitait même troquer une cabine téléphonique. Les forces d'occupation passaient elles aussi leurs annonces de la sorte. En témoignait une petite affiche sur laquelle l'administration militaire britannique faisait savoir qu'elle était à la recherche de balles de golf. Mais en règle générale, la plupart des annonces tournaient autour de deux sujets principaux : la recherche de travail et le troc d'aliments.

Rien n'était en lien avec Orminski, ce qui n'était guère étonnant. Oppenheimer retourna donc vers la porte d'entrée.

Il se demandait où déposer son vélo quand quelqu'un le tira par la manche. C'était un garçon d'une dizaine d'années, emmitouflé dans un manteau bien trop grand pour lui. De longues mèches sales d'une couleur indéfinissable dépassaient de son bonnet à rabats. Mais ce qui frappa le plus Oppenheimer, c'étaient ses yeux. Le gamin le scrutait avec le regard d'un vieillard. Il tenait quelques cigarettes dans le creux de la main.

— Z'en voulez une ?

Oppenheimer examina les rouleaux blancs tordus d'où s'échappaient des brins de tabac.

Avec un peu de chance, celui-ci avait été cultivé dans le quartier. En été, les façades des immeubles éventrés se transformaient en plantations de tabac suspendues. Les habitants ramassaient ensuite les feuilles, les faisaient sécher et les broyaient. Mais rien n'était moins sûr. Les cigarettes avaient peut-être été faites avec des restes de tabac extraits de mégots qu'on avait mélangés à des copeaux de bois.

Les ongles noirs du garçon donnaient à penser qu'il n'attachait pas grande importance à son hygiène corporelle. Mieux valait donc ne pas fumer une de ses cigarettes.

— Non, merci, répondit Oppenheimer. J'essaie d'arrêter.

L'enfant hocha la tête sans laisser paraître la moindre déception. Lorsqu'il ouvrit son manteau pour remettre les roulées dans la poche de la doublure, Oppenheimer vit quelque chose scintiller. Des médailles étaient accrochées sur son pull troué et un manche de couteau dépassait de sa ceinture. Tous ces objets étaient ornés de croix gammées et de runes SS. Après la bataille de Berlin, les soldats allemands s'étaient vite débarrassés de leurs insignes et de leurs armes. Quand on fouillait les ruines, on pouvait trouver d'innombrables décorations et poignards nazis.

— Évite de montrer ça aux Russes, commenta Oppenheimer en désignant les médailles. Sinon, ils te prendront pour un loup-garou[1] et tu finiras au trou.

1. *Werwolf* en allemand : organisation de partisans, composée de petites unités formées aux activités de guérilla. Ses membres étaient chargés de mener des opérations pour entraver la progression des Alliés sur le territoire du Reich.

Le garçon renifla avant de répondre d'un ton désinvolte :

— Ils m'auront pas. Et au cas où, j'ai celle-là.

Il referma son manteau. Au revers était accrochée une étoile rouge sur laquelle brillaient un marteau et une faucille. À n'en pas douter une décoration soviétique.

Sur ce, le garçon planta là Oppenheimer. L'ancien commissaire le regarda s'éloigner, ébahi.

Reprenant ses esprits, il se tourna vers la porte d'entrée de l'immeuble et appuya sur plusieurs boutons de sonnette.

Une vieille dame portant un tablier fleuri vint lui ouvrir. Après avoir indiqué qu'elle s'appelait Frau Reiser, elle désigna du doigt le vélo d'Oppenheimer.

— Mettez votre vélo dans le vestibule. Mais n'oubliez pas de le cadenasser. On ne sait jamais.

Tandis qu'il suivait son conseil, elle ne le lâcha pas d'une semelle.

— Vous êtes de la police, pas vrai ?

Oppenheimer lui expliqua qu'il enquêtait sur la mort d'Orminski et qu'il souhaitait inspecter son logement.

— Pourquoi ne faites-vous rien contre ces vauriens qui entrent ici comme dans un moulin ? Ils volent tout ce qui traîne !

Oppenheimer dressa l'oreille.

— Cela arrive-t-il souvent que des inconnus pénètrent dans l'immeuble ?

Frau Reiser mit les poings sur ses hanches en prenant une moue agacée.

— Notre cage d'escalier est plus fréquentée que la Potsdamer Platz ! Au dernier étage, il y a sans arrêt des gens qui vont et viennent. Je ne sais pas ce qu'ils font là-haut, mais ça ne me paraît pas très chrétien.

— Qui loue l'appartement sous les combles ?

Secouant la tête, la vieille femme glissa les mains dans les poches de son tablier.

— Il s'appelle Tetzlaff ou quelque chose dans le genre.

Oppenheimer avait déjà entendu ce nom.

— Le même Tetzlaff qui loue la chambre où habitait Herr Orminski ?

— Oui, il a deux logements ici. Vous imaginez ? Schmidt, notre syndic, lui a accordé des conditions particulières. C'est honteux ! Deux familles doivent se partager les grands appartements du bas. Mais Tetzlaff, lui, peut faire ce qu'il veut. Je suis sûr qu'il a arrosé Schmidt.

Oppenheimer ne put vérifier cette assertion. Herr Schmidt était momentanément absent, et le gérant de l'immeuble était malheureusement le seul à pouvoir ouvrir la porte de la chambre d'Orminski.

N'ayant rien de mieux à faire, il décida d'interroger les voisins du défunt. Dans le bâtiment, il y avait dix appartements, dans lesquels logeaient quarante-six adultes au total. Mais il était peu probable que l'un d'entre eux ait vu quelque chose le jour du meurtre ; le matin, la plupart allaient travailler ou faire des courses. Personne ne savait exactement combien d'enfants vivaient ici.

Il apprit tous ces détails d'une femme d'un certain âge aux longs cheveux d'ébène. Tout en parlant, elle observait l'ancien commissaire à travers un monocle attaché à une chaînette qu'elle portait autour du cou. Elle essayait sans doute de se donner un air mystérieux, car Mme Bersowski – comme elle se faisait appeler – était une cartomancienne et une diseuse de bonne aventure.

— C'est étrange que tout le monde prétende que Herr Orminski avait déjà disparu une semaine avant sa mort, confia-t-elle soudain en minaudant. Je pensais l'avoir aperçu dernièrement au volant de sa voiture.

— Sa voiture ? s'étonna Oppenheimer.

— Oui, il la garait dans une remise qu'il louait dans le quartier. Ne me demandez pas la marque, ce n'est pas du tout mon rayon. (Elle gloussa avec affectation, avant d'ajouter :) Mais je ne risque pas d'oublier sa couleur. Un rouge rutilant.

— Quand l'avez-vous vu ?

— C'était… (Mme Bersowski fronça le nez) ah oui, le week-end dernier. Samedi soir, pour être précise. J'avais organisé une soirée privée, et j'ai raccompagné mes derniers invités jusqu'à la porte de l'immeuble. Ce devait être vers vingt-deux heures.

Il réfléchit à toute allure. Si la voyante ne se trompait pas, Orminski était donc repassé chez lui la veille de son assassinat.

— Êtes-vous certaine que c'était bien votre voisin ?

Mme Bersowski replaça son monocle sous l'arcade sourcilière.

— Non, je n'en mettrais pas ma main à couper. Il faisait beaucoup trop sombre. Mais en tout cas, j'ai reconnu sa voiture.

Oppenheimer essaya tant bien que mal de se faire décrire le véhicule et nota les indications sommaires de la cartomancienne dans son calepin – un petit cahier d'école jauni que lui avait récemment offert Hilde.

— Nous cherchons à savoir ce qu'a fait Herr Orminski durant la semaine qui a précédé son meurtre, expliqua-t-il après cela. C'est très important. Vous souvenez-vous d'un autre détail ?

Les yeux de Mme Bersowski se mirent à briller.

— Nous devrions lui poser la question !

Oppenheimer la regarda sans comprendre.

— Poser la question à qui ?

— À Herr Orminski, naturellement ! (La voyante le prit par le bras pour l'attirer dans son appartement.) Si vous voulez, nous pouvons faire une séance. Je suis un médium expérimenté. Je peux contacter Herr Orminski dans l'au-delà, et vous aurez toutes les réponses à vos questions.

Peu friand de spiritisme, il se dégagea des griffes de Mme Bersowski.

— C'est très aimable à vous, mais je ne veux pas abuser de votre temps. Merci pour votre offre, je reviendrai sûrement vers vous.

Après cette promesse en l'air, il esquissa une révérence et tourna les talons. La cartomancienne n'insista pas.

Une fois que Mme Bersowski fut rentrée chez elle, Oppenheimer poussa un soupir de soulagement. Comme il se trouvait au troisième étage, il fit quelques pas vers la porte de la chambre d'Orminski. C'est alors qu'il avisa sur le mur, près de l'encadrement, une marque sombre.

En s'approchant, il constata qu'on avait entaillé le crépi. Comment avait-il pu rater ce détail lors de sa première visite ?

Il s'agenouilla pour examiner les encoches. Celles-ci n'étaient pas dues au hasard. Quelqu'un avait gravé un symbole miniature sur la paroi. Un homme doté d'une paire d'ailes. Ce n'était pas l'œuvre d'un enfant maladroit. Celui qui avait réalisé cette figure possédait un certain talent.

Oppenheimer remarqua de la poussière blanche sur le sol et, quand il toucha la gravure, la pulpe de ses doigts se couvrit de particules de chaux. Le symbole était à coup sûr très récent. Se redressant, il eut l'impression d'avoir fait une découverte importante.

Au même moment, des pas retentirent dans la cage

d'escalier. Oppenheimer rajusta son manteau. D'après les grincements des marches, plusieurs personnes étaient entrées dans l'immeuble.

Quelques instants plus tard, il vit apparaître un couple sur le palier. Chapeau enfoncé sur les yeux, un homme accompagnait une courtisane à la beauté fanée. Celle-ci tira une clé de son sac à main et passa près d'Oppenheimer sans le regarder.

Tous deux poursuivirent leur ascension jusqu'au dernier étage. Un bruit de serrure. Une porte s'ouvrit, puis se referma. Les inconnus étaient entrés dans l'appartement de Tetzlaff.

— Je suis prêt à parier ma chemise que c'est une chambre de passe, murmura Oppenheimer.

Et si le mystérieux Tetzlaff était un maquereau, il était plus que vraisemblable qu'il entretienne des liens privilégiés avec la pègre berlinoise.

Par chance, Oppenheimer savait à qui s'adresser pour obtenir des informations sur lui.

10

Jeudi 12 décembre 1946

— Ça faisait un bail, Herr Kommissar, dit Ed en écartant les bras à la vue d'Oppenheimer.

Le truand chauve n'avait pas changé. Il était toujours aussi replet.

Comme d'habitude à midi, Karlheinz, le barman du Mastard, avait ouvert la porte du Rio Bar pour aérer la salle. Et, comme d'habitude, cette mesure n'avait qu'un effet très modéré. Lorsque Oppenheimer était entré dans le bouge obscur aux fenêtres murées, des relents d'alcool et de tabac froid lui étaient montés aux narines. Il n'était pas revenu au cabaret depuis qu'il avait donné sa démission à Ed. À présent, il se demandait comment il avait pu supporter cette atmosphère viciée pendant des mois.

Le Mastard se tenait devant la scène sur laquelle s'effeuillaient tous les soirs ses danseuses. Assises sur des chaises à côté de lui, quatre jeunes musiciennes élégamment coiffées accordaient leurs instruments. Visiblement, il avait renvoyé les deux pauvres hères chargés autrefois de l'accompagnement sonore.

Oppenheimer fit un signe du menton en direction du quatuor féminin.

— Tu te renouvelles ?

— Je suis toujours à la recherche d'attractions inédites, répondit Ed avec un large sourire en venant à la rencontre du commissaire. Les demoiselles vont nous faire une petite démonstration. Et vous savez quoi ? Elles peuvent même jouer du *swing*.

En prononçant le mot insolite, le gangster envoya une bordée de postillons. Oppenheimer s'écarta de la trajectoire balistique.

— Enfin, c'est qu'elles disent, poursuivit le Mastard en baissant la voix. Je ne sais pas si je dois les croire. Elles sortent toutes du conservatoire. Là-bas, elles ne jouaient que du Beethoven, je parie. Pas de swing. Mais écoutons-les.

— Du swing ? Tu veux attirer les Américains dans ton cabaret ?

Ed haussa les épaules.

— Ce sont eux qui ont du pèze. Avec les Ruskofs, on ne gagne pas grand-chose. (Il jeta de nouveau un coup d'œil aux musiciennes.) Même si les poulettes ne sont pas douées, elles sont agréables à regarder. Mais je devrais peut-être les faire jouer en sous-vêtements ?

Il se tourna vers Oppenheimer. Lorsque celui-ci comprit que la question lui était adressée, il ne sut d'abord que répondre.

— Ce serait effectivement un régal pour les yeux, convint-il après quelques secondes de réflexion. Toutefois, ces jeunes femmes seront assises à côté du public. Sur la scène, tes danseuses disposent d'une certaine distance de sécurité. Si des musiciennes à moitié nues jouent près des clients, ceux qui auront trop bu finiront tôt ou tard par les tripoter, c'est certain. Et quand on est habitué à jouer du Beethoven, on n'est pas préparé à ce genre de choses. Ça risque de faire rapidement du grabuge.

Ed parcourut du regard le mobilier de la salle en se grattant le menton d'un air pensif. Il était sûrement en train de calculer ce que pouvaient lui coûter quelques tables et chaises cassées.

— Nous sommes prêtes, lança soudain l'une des musiciennes en soulevant sa contrebasse.

— Alors, allez-y ! ordonna le Mastard.

Il s'installa à une table et fit signe à Oppenheimer de s'asseoir à côté de lui.

Les jeunes femmes commencèrent par une fanfare inattendue. Le brusque mouvement vif et rythmé faillit faire tomber le commissaire de sa chaise. Puis elles enchaînèrent avec une version très dynamique du morceau de Glenn Miller *In the Mood*. Un large sourire se dessina sur le visage du Mastard, et Oppenheimer ne tarda pas à battre la mesure du pied.

À la fin de la chanson, le truand frappa avec satisfaction sur la table.

— Ça met de bonne humeur, pas vrai ?

Oppenheimer ne put qu'approuver. Les quatre filles jouaient incomparablement mieux que leurs prédécesseurs.

— On fait une pause ! cria Ed à ses nouvelles recrues avant de se tourner vers Oppenheimer. Pourquoi êtes-vous venu, Herr Kommissar ? Vous savez que je suis toujours content de vous voir, mais…

Il n'eut pas besoin d'achever sa phrase. Les deux hommes se connaissaient depuis très longtemps. Lorsque Oppenheimer travaillait autrefois à la Kripo, le Mastard lui donnait régulièrement des tuyaux sur le milieu interlope de Berlin. Il était donc inutile de tourner autour du pot.

— Connais-tu un certain Tetzlaff ?

Comme le gangster ne réagissait pas, Oppenheimer précisa :

— Il a un appartement du côté de la Hermannstraße où il loge des prostituées. Dans le même immeuble, il loue une autre chambre, occupée jusqu'à récemment par un type qui trempait dans des histoires de marché noir. Je pense que Tetzlaff ne se borne pas à ça, il a certainement d'autres activités illégales. Voilà pourquoi il devrait être connu de la pègre berlinoise.

— Je peux me renseigner, répondit Ed. Mais auparavant, il faut que vous m'expliquiez plus en détail de quoi il retourne.

Oppenheimer lui fit un résumé de l'affaire Orminski. Quand il eut terminé son récit, le Mastard fronça les sourcils.

— Si je vous suis bien, vous ne voulez pas revenir officiellement chez les cognes, mais vous travaillez quand même pour eux, commenta le truand d'un ton neutre. Soit. Ce que je ne comprends pas, c'est pourquoi ce Hüttner reste muet.

Oppenheimer leva les yeux au ciel.

— Je n'en sais rien. Je pensais qu'il avait rendu visite à l'une des filles de Tetzlaff et voulait le dissimuler, mais ça ne tient pas debout. Je ne crois pas que ce genre de broutilles lui cause des ennuis auprès de ses camarades.

— Et qu'attendez-vous de Tetzlaff si j'arrive à mettre la main sur lui ?

— Il n'a rien à craindre. Je ne veux pas l'arrêter, seulement lui poser quelques questions sur Orminski. S'il pouvait me dire par exemple laquelle de ses poules travaillait dans la mansarde dans la nuit de samedi à dimanche, ça me serait utile. La fille a peut-être remarqué certaines choses qui ont échappé aux autres locataires de l'immeuble. En revanche, si c'est lui qui a refroidi Orminski, je ne pourrai pas le protéger.

Ed acquiesça, songeur.

— Dans ce cas-là, personne ne pourra le tirer du pétrin. (Puis il se leva brusquement.) Je vais me rencarder. Dès que j'apprends quelque chose, je vous le ferai savoir par l'intermédiaire de Gerda. Si ça ne vous dérange pas.

— Non, c'est une bonne idée. Qu'elle me prévienne, et je passerai ensuite au Rio Bar.

— Très bien, Herr Kommissar. Patientez encore un instant, j'ai une surprise pour vous.

Sur ce, le Mastard sortit de la salle et disparut dans le couloir qui menait à la cave, où se trouvait sa réserve d'alcool.

En attendant son retour, Oppenheimer observa le quatuor. Les femmes s'étaient levées, et l'une d'entre elles distribuait des partitions. Il se demanda si elles savaient vraiment à quoi elles s'engageaient. Mais cela leur était probablement égal, tant qu'on les payait. Et chez Ed, elles n'auraient jamais de problème de ce côté-là.

Le truand revint quelques instants plus tard avec une épaisse mallette qu'il déposa avec précaution sur la table devant Oppenheimer.

— Pour vous.

D'un geste, il invita le commissaire à l'ouvrir.

Lorsque celui-ci fit sauter les fermoirs, il se doutait de ce qu'il y avait à l'intérieur. Levant le couvercle, il découvrit une platine tourne-disque protégée par un feutre. Le bras de lecture était rabattu sur le côté. Sur la face interne du couvercle, il y avait même un compartiment pour ranger des vinyles. Il s'agissait d'un phono-valise comme on les fabriquait avant-guerre.

Au marché noir, un appareil de ce genre valait une petite fortune.

Oppenheimer resta bouche bée. Il n'arrivait pas à croire qu'Ed puisse lui faire un cadeau pareil.

— Pour moi ? répéta-t-il prudemment.

— Bien sûr, Herr Kommissar. C'est bientôt Noël. Un client me l'a apporté récemment pour éponger ses dettes. Je ne sais pas quoi en faire. Je ne suis pas mélomane, et mes oreilles souffrent déjà assez du bastringue ici.

Le commissaire n'en revenait toujours pas. Les déserteurs de Grigoriev avaient volé sa collection de disques dans la cave de la brasserie où il s'était caché avec Lisa. Heureusement, à la fin de la guerre, Ed avait réussi à en récupérer une partie.

Et à présent, le truand lui offrait un phonographe avec lequel il pourrait enfin réécouter ses précieux enregistrements. Oppenheimer était profondément ému.

— Je ne sais pas comment te remercier. Et je n'ai même pas de cadeau de Noël pour toi.

Magnanime, le Mastard balaya la remarque d'un geste de la main.

— Ce n'est pas grave. Disons que vous me devez un service. À un moment ou à un autre, vous me renverrez l'ascenseur. Chaque chose en son temps.

Si le gangster avait bon cœur, il était également quelqu'un de calculateur. Il ne faisait pas l'ombre d'un doute qu'Ed demanderait un jour une contrepartie.

Cette pensée n'était guère rassurante, mais, d'ici là, Oppenheimer pourrait au moins écouter de la bonne musique.

Billhardt le regarda d'un air grave. Puis il poussa vers lui un petit sac en tissu.

— Ouvre. Sinon, tu ne me croiras pas.

Ils se trouvaient dans le bureau du flic manchot. L'après-midi touchait à sa fin, car Oppenheimer était tout de suite rentré chez lui après sa visite au Rio Bar pour mettre en sûreté son phonographe. Ne voulant pas prendre le risque de l'abîmer, il l'avait attaché sur son porte-bagages et avait parcouru à pied les cinq kilomètres jusqu'à la villa de Hilde en poussant sa bicyclette avec prudence.

Après cela, il était reparti au Praesidium de la Keibelstraße pour faire le point avec Billhardt. Manifestement, Storm n'était pas aussi innocent qu'ils le croyaient. Le contenu du petit sac en tissu en était la preuve.

S'asseyant sur le bord du bureau, Oppenheimer prit l'objet pour le soupeser. Étonnamment lourd, il tintait gaiement lorsqu'on le secouait, comme si des bijoux s'entrechoquaient. L'ancien déporté était-il un voleur ?

Lentement, il dénoua la cordelette qui maintenait le sac fermé et retourna celui-ci.

Des dents en or roulèrent sur la table de travail.

Oppenheimer retint son souffle.

— Bigre !

Billhardt hocha la tête.

— Au total, il y a six dents entièrement en or, et douze dents plombées avec des couronnes en or.

— Elles appartenaient à Storm ?

— Nous ne savons pas exactement. Storm avait un colocataire nommé Dobisch. C'est lui qui s'est fait arrêter avec le sac. Il a voulu vendre ces dents à un marchand d'or qui a trouvé ça très louche et a prévenu les collègues.

— Dobisch cherchait donc à se remplir les poches.

Billhardt s'appuya sur le rebord de la fenêtre.

— Il prétend avoir découvert les dents dans une cachette qu'avait aménagée Storm. Bien entendu, après que son compère a été tué.

— Mais comment Storm a-t-il mis la main sur cet or ?

— Au moment où ces dents ont été arrachées, les gens qui les portaient étaient encore vivants, expliqua Billhardt d'un ton amer. C'est une quasi-certitude. Nous savons maintenant que Storm a été interné au camp de Sachsenhausen. Et d'après certains indices, il y était probablement kapo. Affecté au dépôt de vêtements.

En entendant cette révélation, Oppenheimer s'assit sur une chaise. Fermant les yeux, il se massa les tempes durant quelques secondes. Si c'était vrai, Storm n'était pas seulement une victime.

Oppenheimer savait que, dans les camps de concentration, certains détenus étaient choisis par les SS pour encadrer les autres prisonniers. Avec leur humour typiquement méprisant, les nazis nommaient ces surveillants *Kameradschaftspolizisten* – camarades policiers –, en abrégé kapos. Ces derniers étaient craints des déportés ordinaires. Souvent, il s'agissait de détenus de droit commun ou d'anciens membres de la SA. Nombre d'entre eux n'hésitaient donc pas à défendre leurs privilèges avec une brutalité démesurée.

— Je vois où tu veux en venir, dit-il. À leur arrivée au camp, on enlevait aux déportés tous leurs vêtements et leurs objets de valeur. On leur arrachait sûrement dents et couronnes si elles étaient faites avec des métaux précieux. Ce genre d'atrocités est tout à fait digne des nazis. Et tu supposes que Storm a détourné un certain nombre de ces prothèses.

— Je n'ai pas de preuves concrètes, reconnut Billhardt, mais ça m'en a tout l'air.

Oppenheimer essaya immédiatement d'établir un lien avec l'affaire Orminski.

— Ainsi, nos deux noyés auraient un point commun. Storm a collaboré dans un camp de concentration avec les nazis tandis qu'Orminski passait pour un fervent adepte de Hitler.

Billhardt fronça les sourcils.

— Ça ne prouve pas que les deux affaires soient liées.

— Bien sûr que non, mais c'est un début. Qu'en est-il de Dobisch, le voisin de Storm ? A-t-il un alibi pour la nuit où son colocataire a été assassiné ? Après tout, les dents qu'il a raflées valent une petite fortune. C'est un mobile suffisant.

— J'ai déjà interrogé Dobisch. Un type bizarre. Il raconte qu'il a passé toute la nuit dans un bar à picoler. Reinmann et Wenzel sont en train de vérifier. En attendant, il reste en cellule. (Billhardt se redressa et s'avança vers son vieil ami.) Tu sais encore te débrouiller en sténo ?

— Euh… je suis un peu rouillé, mais ça peut aller.

— Alors, prends du papier et un crayon. Nous allons rendre une petite visite à Dobisch. Comme il marine depuis un moment, il sera peut-être un peu plus bavard.

Oppenheimer prit de quoi écrire et suivit son ancien collègue dans le couloir.

— Tu veux que je rédige le procès-verbal de l'interrogatoire ?

Billhardt émit un grognement approbateur.

— Ce n'est pas réglementaire, objecta Oppenheimer.

— Nous n'avons pas suffisamment de personnel. Que suis-je censé faire quand il n'y a personne de disponible ? En plus, tôt ou tard, tu voudras cuisiner Dobisch. Faisons d'une pierre deux coups.

— Et si quelqu'un se plaint ?

— Je me ferai alors un plaisir d'envoyer cet emmerdeur chez Aksakov, rétorqua Billhardt en affichant un sourire désinvolte.

Les années de privation et les horreurs du front avaient laissé des traces indélébiles sur les traits de Dobisch. Des ombres creusaient son visage hâve, et ses cheveux sales étaient parcourus de mèches grises. Sous les paupières lasses, ses yeux ressemblaient à des têtes d'épingle noires. Des yeux durs et froids, qui rappelaient ceux d'un requin.

Il parlait d'une manière indistincte, et Oppenheimer devait se concentrer pour comprendre ses paroles. Pendant les derniers combats sur le front de l'Est, Dobisch avait réussi à s'esquiver en douce. Lorsque Billhardt lui demanda des précisions, le colocataire de Storm décrivit sa désertion d'un ton monotone et blasé. L'homme donnait l'impression d'avoir vécu trop d'atrocités pour croire encore aux fables de Hitler sur l'amour de la patrie. La guerre lui avait appris que seule la survie comptait.

Oppenheimer ne tarda pas à déceler chez lui les symptômes d'une névrose traumatique. Il jouait sans arrêt des mâchoires et paraissait extrêmement tendu, comme s'il craignait d'être attaqué à tout moment.

— Notre position a été touchée par un tir de mortier, expliqua-t-il à voix basse. Avec quelques camarades, nous sommes partis en courant. Un peu plus loin, nous avons trouvé une maison inhabitée. Nous sommes restés cachés à l'intérieur pendant un moment. Puis nous avons dû fuir parce que les Popov passaient la zone au peigne fin. Nous avons décidé de rentrer au pays. En chemin, nous avons rencontré d'autres soldats qui avaient été évacués vers l'arrière. Nous avons fait la route ensemble.

— Vous avez retrouvé un travail depuis votre retour ? s'enquit Billhardt.

— Je bosse chez un maréchal-ferrant à Wittenau. Il y a encore beaucoup de chevaux à Berlin.

Ce quartier de Reinickendorf se trouvait à quelques kilomètres de l'endroit où le cadavre de Storm avait été découvert.

— Et votre patron vous paie bien ?

Soudain, Dobisch fut secoué de tremblements. Son corps paraissait en état d'alerte.

Puis la panique repartit comme elle était venue, et il répondit à la question de Billhardt calmement :

— Le travail est dur, mais le salaire n'est pas mirobolant.

Oppenheimer se demanda à quoi pouvait-on reconnaître une âme brisée. Pour quelqu'un comme Herr Vogt, la réponse était assez évidente. Dobisch, lui, malgré son comportement étrange, semblait s'en sortir au quotidien. Il avait un travail, des amis. Et pourtant, cet homme représentait potentiellement un danger. Il était impossible d'estimer le nombre d'anciens combattants souffrant des mêmes symptômes que lui. Oppenheimer sentait que les conséquences de la guerre, comme la précédente, marqueraient encore longtemps la société civile.

Billhardt se pencha en avant.

— Vous avez déclaré que vous étiez dans un bar la nuit où votre colocataire a été tué. Pour fêter avec un peu de retard votre anniversaire. Vous avez invité quelques connaissances et payé plusieurs tournées. Est-ce correct ?

Dobisch hésita, comme s'il flairait un piège. Puis il répondit laconiquement :

— Oui.

— Comment avez-vous pu payer toutes ces bouteilles ? Certainement pas avec le peu d'argent que vous donne votre patron. Avez-vous vendu quelques dents en or ?

— Je vous l'ai déjà dit, rétorqua Dobisch avec agacement. Ça ne fait que quelques jours que je les ai trouvées dans la cachette d'Aribert.

Oppenheimer se demanda qui était Aribert, avant de se souvenir que c'était le prénom de Storm.

Dobisch poursuivit :

— À ce moment-là, il était déjà mort depuis longtemps. Je n'ai même pas réussi à vendre une seule de ces foutues dents. Vous m'avez arrêté avant.

Billhardt secoua la tête.

— Ça n'explique pas comment vous avez pu régler votre note dans le bar.

Le suspect haussa les épaules.

— J'avais fait une belle opération en compensant.

Assis en dehors du champ de vision de Dobisch, Oppenheimer haussa les sourcils en entendant cette explication cousue de fil blanc. Billhardt lui fit un signe de tête imperceptible.

« Compenser » signifiait échanger ses rations de nourriture et de tabac au marché noir en essayant de faire la meilleure affaire possible. Cette activité était devenue lors des derniers mois un véritable sport populaire à Berlin.

Dobisch espérait s'en tirer ainsi parce que son assertion était invérifiable.

— Qu'avez-vous troqué ? demanda Billhardt. Racontez-nous.

— Pas très loin de chez moi, il y a une usine de construction mécanique. Les Russes l'ont dévalisée, mais ils ont oublié des trucs. J'ai ramassé des clous encore en bon état, et je les ai redressés avec quelques coups de marteau.

Dobisch collectait donc des objets pour les échanger ensuite au marché noir. Les clous faisaient partie des produits très recherchés.

— Contre quoi les avez-vous troqués ? insista Billhardt.

— Des pommes de terre, que j'ai refilées à un distillateur contre du schnaps. Et avec le schnaps, j'ai pu me procurer des Lucky Strike. Les clopes m'ont permis de payer mes tournées au bar.

— Comment s'appelaient les personnes avec lesquelles vous avez commercé ?

— Aucune idée. Je ne connais pas leur nom.

— Même pas celui du distillateur ?

Dobisch secoua la tête d'un air ferme.

Après cela, essayant d'établir un lien entre les deux meurtres, Billhardt l'interrogea au sujet de Jakob Orminski. Mais le déserteur répondit aux questions de manière très évasive.

Une demi-heure plus tard, les deux enquêteurs étaient de retour dans le bureau de Billhardt. Le flic manchot se mit à faire les cent pas tandis qu'Oppenheimer s'asseyait près du poêle.

— Nous sommes dans une impasse, maugréa Billhardt. Nous devons attendre que Wenzel et Reinmann aient vérifié l'alibi de Dobisch. Et jusque-là, rien ne prouve qu'il connaissait Orminski. Il me faudrait plus de gars pour enquêter sur ces deux affaires. Et qu'est-ce que j'ai ? Deux bleus qui n'ont jamais mené une investigation.

Billhardt arpenta encore quelques instants la pièce en grommelant avant que Reinmann ne fasse son apparition.

L'aspirant-inspecteur ouvrit son manteau et sortit deux morceaux de bois qu'il glissa dans le poêle.

— L'alibi de Dobisch tient la route, annonça-t-il en ôtant son chapeau. Deux de ses amis ont confirmé qu'ils étaient bien avec lui au moment de la mort de Storm. Et le tenancier du bar se souvient de la petite fête, parce que Dobisch s'est montré très généreux.

— Dans ce cas, il n'y a plus aucune raison de le garder ici, résuma Oppenheimer, déçu.

— Quelle poisse ! pesta Billhardt en s'affalant sur une chaise. Bon, laissons-le filer. (Découragé, il leva les yeux au plafond.) Pff… J'aurais dû choisir un autre boulot. Boulanger, ou quelque chose dans le genre…

11

Vendredi 13 décembre 1946

Ici, ils étaient tranquilles. Personne ne les dérangerait.

La forme humaine recroquevillée dans l'une des deux cages poussa un gémissement. Rolf Richter était en train de reprendre peu à peu connaissance. Dans la lueur de la lampe à pétrole, son corps bougea légèrement.

De la pièce d'à côté provenait un grondement sourd. Depuis l'arrivée de Richter, les chiens étaient nerveux. Ses enfants, comme l'homme les appelait affectueusement. Il n'avait pas le cœur à les laisser dans le chenil. Il avait eu une bien meilleure idée. C'était maintenant l'endroit réservé aux criminels comme Richter. Ses enfants avaient senti l'odeur de l'inconnu et marchaient de long en large. Le bruit de leurs griffes raclant le plancher parvenait jusqu'à lui.

L'homme poussa une chaise devant la cage et s'assit. Richter était désormais son prisonnier. Quelques mois plus tôt, une telle chose lui aurait paru invraisemblable. Mais il était à présent plus fort que jamais.

Le tremblement de ses mains lui indiquait qu'un reste d'adrénaline circulait encore dans son corps. C'était dans des moments comme celui-là qu'il réalisait combien il était vivant – un sentiment grisant.

L'exact contraire de la mort. Autrefois, c'était tout au plus quand il s'accouplait avec une femme qu'il éprouvait quelque chose de semblable.

Beaucoup d'événements s'étaient produits depuis cette époque lointaine. Les criminels avaient élargi son horizon avec brutalité. Richter faisait partie des coupables. Et il ne le savait même pas.

Se débarrasser de son ancien moi avait été un long et pénible processus. Mais les métamorphoses étaient toujours difficiles. Ce n'étaient pas seulement la chair et les os qui se détruisaient avant de prendre une nouvelle forme, non, l'esprit devait être lui aussi mis en pièces. L'homme avait dû d'abord mourir afin de découvrir le but de son existence. Il avait été élu pour tenir le livre des morts. Depuis qu'il avait compris cela, il évoluait dans un royaume intermédiaire. Il n'appartenait plus au monde des vivants ni à celui des défunts. Rien ne pouvait l'atteindre.

De nouveau, il perçut le grondement en provenance d'à côté. Puis un grattement fébrile sur la paroi de bois. Ses enfants voulaient entrer. Ils sentaient le corps de Richter, l'odeur de transpiration séchée. Et bientôt, ils humeraient autre chose. Le parfum de la peur.

Mais il était encore trop tôt. Ses enfants devraient patienter un peu avant de pouvoir s'approcher de Richter.

L'homme sourit en songeant que son prisonnier allait lui aussi subir une métamorphose. Toutefois, dans son cas, celle-ci serait relativement simple. Richter quitterait le monde des vivants pour rejoindre les rangs des morts.

Mais, auparavant, il aurait l'occasion de se purifier. Pour cela, il devait comprendre à quels crimes il avait participé. L'homme devinait qu'il lui faudrait faire preuve de beaucoup de persuasion s'il voulait convertir son prisonnier.

Il sortit un paquet de cigarettes de la poche intérieure de son manteau. Chez Orminski, il avait cédé à la tentation et emporté deux cartouches. Maintenant, il pouvait enfin se relâcher. Faire une courte pause avant que le jeu ne reprenne. Il glissa une cigarette entre ses lèvres, l'approcha de la flamme de la lampe à pétrole et tira jusqu'à ce que le tabac s'embrase. Puis il ajusta le réflecteur latéral pour orienter le faisceau de lumière sur Richter.

Il était fier d'avoir accompli sa mission cette nuit-là. Heureusement, tout s'était passé sans la moindre anicroche. Richter n'avait même pas remarqué l'avertissement gravé à côté de la porte de son appartement.

Comme les soirs précédents, il l'avait suivi jusqu'à son domicile. Le souffle court, il s'était furtivement rapproché de lui dans la petite rue obscure. Et cette fois-ci, il avait exploité le moment favorable.

Tout s'était déroulé très vite. Il savait ce qu'il avait à faire. Quelques pas rapides, un coup sec avec sa matraque, et il avait neutralisé sa proie. Traîner le criminel inconscient jusqu'à sa voiture avait été une autre paire de manches. Cela lui avait pris au moins quatre ou cinq minutes. Richter était lourd comme un âne mort. Il en avait encore mal aux lombaires.

Un son plaintif s'échappa de la gorge du prisonnier. Presque aussitôt, les grondements reprirent de plus belle derrière la cloison.

Richter tressaillit en reconnaissant le bruit menaçant. Il essaya de se redresser, mais la cage ne mesurait qu'un mètre cinquante de haut. Sa tête heurta violemment les barreaux. Instinctivement, il tendit la main pour garder l'équilibre et les barbelés qui garnissaient la grille latérale labourèrent sa paume.

Le criminel hurla de douleur. En réponse, des aboiements rageurs retentirent dans la pièce adjacente. Les chiens se mirent à cogner furieusement contre la paroi en bois.

Richter se tourna d'un air effrayé vers la cloison qui vibrait sous les chocs.

Parvenant finalement à contenir sa peur, il examina sa cage avec incrédulité.

— Ohé ! Qu'est-ce que ça veut dire ? Où suis-je ?

Questions banales venant d'un individu banal.

— Tu devrais demander à Stanislav Kaczmarek. Il pourra te répondre.

Ébloui par la lumière, Richter mit sa main en visière pour essayer de distinguer qui se trouvait derrière la lampe à pétrole.

— De quoi parlez-vous ? Je n'ai jamais entendu ce nom.

— Et Erich Dill ?

— Je ne connais pas cette personne !

— Kurt Graf, Pierre Robert, Leopold Czerny, Siegmund Mangold ?

— Je ne comprends pas ce que vous voulez ! cria Richter. Je ne connais pas ces gens. Ce doit être une erreur !

L'homme constata avec satisfaction que son prisonnier s'était agenouillé devant lui comme un mendiant. Toutefois, il devait être prudent. Il était dangereux de sous-estimer les criminels. Storm, par exemple, s'était montré récalcitrant jusqu'à la fin.

— Pourquoi faites-vous ça ? gémit Richter, les yeux écarquillés. Pourquoi êtes-vous si cruel ?

Ce cloporte n'avait aucune idée de ce que signifiait réellement le mot cruauté. Il commença à geindre comme un enfant effarouché.

— Laissez-moi partir. Je vous en prie ! Je ne suis pas un animal !

— Tout être humain peut devenir un animal. Mais le chemin est long avant d'atteindre ce point-là. Tu peux me croire, je m'y connais.

— Je ne comprends pas ce que je fais ici, répéta Richter.

L'homme se leva. Il ne voulait plus entendre de faux-fuyants. Cela lui donnait la nausée. Pour mettre un terme à la discussion, il lâcha :

— Assez maintenant. Il est inutile de parler avec un mort.

Richter eut une mine terrorisée. Bien sûr, les gens comme lui se faisaient une fausse idée de la mort. Il comprendrait dans quelques jours que celle-ci n'était pas la fin.

Et la cage voisine ne resterait pas vide longtemps.

Le geignard ne le savait pas encore, mais il serait très utile pour retrouver la trace des criminels restants.

Hüttner s'accommodait mal du quotidien carcéral. Le contraste avec l'image qu'il avait donnée de lui lors de la première visite d'Oppenheimer était frappant. Lorsqu'un gardien avec des bacchantes de morse ouvrit bruyamment la porte, le moscoutaire entra dans le parloir l'échine courbée. Il était enfermé à Moabit depuis à peine quatre jours, mais son regard combatif s'était déjà émoussé.

Oppenheimer se dit que lui aussi ne devait pas paraître très frais. Ses yeux lui piquaient depuis le matin et la sensation de démangeaison semblait s'aggraver à chaque battement de cils. Mais il y avait une raison à cela. Après sa discussion avec Billhardt la veille, il était aussitôt rentré à Schöneberg pour tester le phonographe du Mastard.

Dans sa chambre, il avait sorti de sous le lit la grosse caisse en bois remplie de disques et avait passé plusieurs heures à épousseter les pochettes. Ce faisant, il avait écouté plusieurs de ses enregistrements préférés. Par chance, les déserteurs de Grigoriev n'avaient pas touché aux symphonies de Beethoven et de Schubert. En revanche, les vinyles de musique dansante étaient complètement rayés.

C'était un tel bonheur de pouvoir enfin réécouter ses précieux disques qu'Oppenheimer en avait oublié de manger. Son estomac l'avait finalement rappelé à l'ordre. Préférant garder en réserve les conserves d'Aksakov, il s'était rabattu sur les restes d'une miche rassie.

Quand elle était rentrée du travail, Lisa avait découvert avec surprise son mari, les yeux rougis par la poussière, en train de mastiquer du pain dur en écoutant de la musique qui jaillissait d'un magnifique phonographe.

En se réveillant le lendemain, Oppenheimer avait décidé de retourner parler à Hüttner. Enveloppé dans son épais manteau d'hiver, il avait bravé le froid matinal pour se rendre à Karlshorst. Grâce à ses relations, le colonel Aksakov lui avait obtenu une autorisation de visite pour le jour même.

En voyant combien la captivité pesait à Hüttner, Oppenheimer eut d'abord envie de le réconforter. Puis il se ravisa et décida de s'en tenir aux faits.

— Nous avons découvert qu'un meurtre semblable à celui d'Orminski a eu lieu au mois de novembre, annonça-t-il à brûle-pourpoint. Nous n'avons pas encore de preuves tangibles reliant les deux affaires, mais c'est la seule piste que j'ai actuellement pour vous innocenter.

Les yeux de Hüttner se mirent à briller, et il s'agita sur sa chaise. La nouvelle avait ranimé son courage.

Comme la dernière fois, leur entretien était surveillé. Même si Oppenheimer n'avait aucune raison de se méfier du gardien, il se pencha instinctivement pour reprendre à voix basse :

— L'homme qui a été tué s'appelait Aribert Storm. Il a disparu lundi 18 novembre. Son corps a été retrouvé quatre jours plus tard, le vendredi 22. Si vous pouviez me dire ce que vous avez fait durant ce laps de temps, et me donner éventuellement des témoins, ça pourrait m'être utile.

Le moscoutaire réfléchit quelques instants.

— Vous me demandez mon emploi du temps pour l'avant-dernière semaine de novembre, c'est bien ça ?

Oppenheimer acquiesça.

— C'est simple, répondit Hüttner en souriant. J'ai fait une tournée d'inspection à travers la Saxe avec deux camarades. L'année dernière, nous avons imposé une réforme agraire. Nous voulions nous informer sur les bénéfices réalisés par les agriculteurs. Au fond, il s'agit de savoir si nous pouvons accélérer la collectivisation. Les petits paysans constituent en Allemagne un nouveau groupe social, et ils sont bien sûr les alliés naturels du SED. Ce sont eux qui profitent du démantèlement des grandes exploitations. Nous devons poursuivre notre combat dans les campagnes, pas seulement dans les villes, c'est impératif.

Le commissaire leva les mains pour interrompre le discours politique de Hüttner.

— Vous étiez donc toute la semaine dans la Saxe ? Vos collègues sont-ils restés en permanence avec vous ?

— Oui. Nous étions logés à Bautzen. Notre programme était chargé. Le jour, nous avons sillonné la région pour visiter de nombreuses fermes. Aucun de nous n'a eu l'occasion de s'éclipser.

— À quelle distance de Berlin la zone que vous avez inspectée se trouve-t-elle ? Entre deux cent cinquante et trois cents kilomètres ?

— Un peu moins, je dirais.

Oppenheimer se frotta les mains. Il ne fallait pas se réjouir trop vite, mais ce qu'il venait d'apprendre était très positif.

— Bon, disons quatre cent cinquante kilomètres aller et retour. Trop loin pour faire un saut à Berlin sans que les autres le remarquent.

— Comme je vous l'ai dit, personne ne s'est absenté.

Le commissaire se redressa et s'appuya contre le dossier de sa chaise.

— Alors, nous tenons quelque chose qui nous aidera à vous disculper. Mais seulement si l'enquête établit un lien incontestable entre les deux affaires. Je suppose que vos collègues confirmeront votre alibi ?

— Évidemment, grommela le prisonnier, surpris qu'on puisse mettre en doute sa parole.

Tandis qu'Oppenheimer prenait des notes dans son calepin, Hüttner remua nerveusement.

— Il y a encore un point que je souhaiterais aborder. (Le moscoutaire lança un bref coup d'œil vers le surveillant.) Manifestement, la police compte un voleur dans ses rangs, et j'ai bien l'intention de me plaindre.

Oppenheimer fronça les sourcils.

— Que s'est-il passé ? Avez-vous perdu quelque chose ?

— Ce n'est pas un objet de grand prix, mais il a une valeur sentimentale pour moi. J'exige qu'il me soit rendu. Il s'agit d'un insigne honorifique que j'ai reçu à Moscou. Je me suis rendu compte de sa disparition en arrivant à la prison.

Le commissaire nota l'incident dans son carnet.

— À quoi ressemble cet insigne ?

— C'est une décoration en bronze. Une étoile rouge ornée du marteau et de la faucille.

Oppenheimer cessa d'écrire. Il avait la vague impression d'avoir déjà vu cette étoile quelque part.

— Êtes-vous sûr de ne pas l'avoir perdue avant votre incarcération ? s'enquit-il avec prudence.

Hüttner croisa les bras sur sa poitrine.

— C'est arrivé au moment de mon arrestation. J'en suis certain.

— Je vais me renseigner, promit Oppenheimer en rangeant son calepin et son stylo dans la poche de son manteau. Mes collègues du Praesidium ont peut-être retrouvé votre insigne entre-temps. On ne sait jamais.

Le vendredi 13 fit honneur à sa mauvaise réputation car, hormis l'entretien avec Hüttner, rien ne se passa comme l'avait prévu Oppenheimer. Il avait eu l'intention de raconter brièvement à Billhardt l'alibi du moscoutaire et de s'acquitter ensuite de ses tâches pour le Service de recherche. Même si Herr Suhr l'avait aiguillé sur une voie de garage, Oppenheimer avait mauvaise conscience parce qu'il n'avait pas eu le temps les jours derniers d'aller collecter les listes de noms actualisées auprès des antennes. Pourtant, ce jour-là, il n'en aurait pas l'occasion.

Le ciel chargé de nuages ne laissait pas passer un seul rayon de soleil, si bien que le thermomètre restait au-dessous de zéro à midi. Le bureau de Billhardt ressemblait encore à un capharnaüm ; après les gelées nocturnes, Wenzel et Reinmann tentaient de colmater les fissures dans les cadres des fenêtres. Pour ce faire, les deux recrues avaient déniché dans un marché de troc des bouts de tissu, mais ils n'avaient pas trouvé de clous. Ils utilisaient donc de vieilles agrafes pour fixer les morceaux d'étoffe. Enfoncer les petites tiges de métal dans le bois avec un vieux marteau n'était pas un exercice facile, et les policiers se cognaient sur les doigts à intervalles réguliers. Billhardt se tenait à l'écart pour superviser le travail. Avec un seul bras, il n'était d'aucune aide.

Après avoir écouté le rapport d'Oppenheimer, le flic manchot se gratta le menton.

— C'est bon à savoir. Mais, pour le moment, le lien entre les deux meurtres me paraît trop mince.

Oppenheimer soupira.

— Je sais.

— Nous avons un autre problème, poursuivit Billhardt. Le Comité de sécurité publique de la Kommandantura alliée me mène la vie dure en ce moment. Ils surveillent de près le travail de la police à Berlin. En soi, ce n'est pas un mal, mais ils viennent de me coller aux basques un officier américain. Il s'appelle Lathrop. Ce type veut s'immiscer dans notre enquête pour rendre compte à ses supérieurs du moindre détail.

— Un haut fonctionnaire communiste est soupçonné d'avoir commis un meurtre dans le secteur américain. À vrai dire, je suis plutôt étonné que les Alliés t'aient laissé aussi longtemps le champ libre.

Billhardt acquiesça en grimaçant.

— En tout cas, je voulais te prévenir. Lathrop est déjà au courant que les Russes t'ont chargé de suivre l'affaire. Je ne lui ai pas encore révélé que tu enquêtais aussi de ton côté. C'est un peu délicat et j'ignore comment les Américains vont le prendre. En bref, Lathrop veut te…

Il n'acheva pas sa phrase. Les yeux braqués sur la porte, il referma la bouche et se raidit imperceptiblement.

Lorsque Oppenheimer se retourna, un militaire de petite taille en uniforme vert olive se tenait sur le seuil. Lathrop devait avoir environ vingt-cinq ans. Son calot posé légèrement de travers et son uniforme impeccable lui donnaient un air fringant. Des galons d'argent brillaient sur son col et ses épaules tandis que plusieurs cordons colorés d'ordres honorifiques bardaient sa poitrine.

L'Américain examina attentivement Oppenheimer.

— Est-ce lui ? demanda-t-il en allemand avec un fort accent.

Billhardt avala sa salive avant de bégayer :

— Euh… oui. C'est Oppenheimer. Enfin, Herr Oppenheimer.

Avec une mine impassible, Lathrop entra dans la pièce. Lorsqu'il posa la main sur l'épaule de l'ancien commissaire, celui-ci eut l'impression d'être pris dans un étau.

— *Let's take a ride.*

12

Vendredi 13 décembre 1946

Oppenheimer était heureux d'avoir une écharpe. Même si Lathrop avait abaissé la capote de sa jeep, un vent mordant s'engouffrait à l'intérieur de l'habitacle. L'officier fonça à vive allure jusqu'à la Potsdamer Platz, puis prit la direction du sud-ouest.

Ils passèrent devant d'innombrables magasins. Tremblants de froid, les gens qui faisaient la queue dehors se balançaient d'un pied sur l'autre, les bras serrés autour de leur poitrine. Certains lançaient des regards curieux au véhicule frappé d'une étoile blanche sur le capot – signe manifeste de son appartenance à l'armée américaine.

Contrairement à toutes ces silhouettes grises et efflanquées, Lathrop rayonnait de santé. Il conduisait avec désinvolture, comme s'il sillonnait les rues de sa ville natale. À cause du bruit assourdissant du moteur, les deux hommes n'avaient pas échangé un mot depuis leur départ. Oppenheimer ignorait quelle était leur destination. Jetant de temps à autre des coups d'œil vers l'officier, il se sentait de plus en plus mal à l'aise.

Durant les semaines qui avaient suivi la fin de la guerre, les Berlinois avaient attendu impatiemment la venue des Américains. On considérait les GI comme des sauveurs, des annonciateurs d'une vie meilleure. Et ce, malgré la propagande soviétique qui n'avait cessé d'exhorter à la méfiance, arguant que les impérialistes imbus de victoire tenteraient inévitablement de mettre au pas les Allemands vaincus. Personne, Oppenheimer y compris, n'avait pris au sérieux les avertissements des Russes. À leur arrivée, les troupes américaines ignoraient pourtant qu'elles étaient adulées par la population. À leurs yeux, Berlin était avant tout le berceau du mal. Une capitale ennemie qu'il fallait mater.

Ce fut un choc pour les habitants de constater qu'elles ne montraient aucune indulgence à leur égard. Après la vague de viols et les destructions perpétrées par les Soviétiques, leur absence d'empathie était une cruelle déception. Les Alliés occidentaux ne considéraient pas les Allemands comme des partenaires ; ceux-ci devaient d'abord prouver leurs bonnes intentions, car on n'oubliait pas que c'était Hitler qui avait provoqué un conflit mondial. Et quand les GI commencèrent à confisquer non seulement des immeubles, mais également des objets du quotidien comme des matelas, des lits et de la vaisselle, la déception fit place à la désillusion et à l'incertitude chez les Berlinois.

Les Américains avaient fini toutefois par se montrer moins fermes. Durant les premières semaines, tout contact direct avait été évité. Les troupes s'étaient barricadées dans des casernes et, quand les soldats sortaient, c'était uniquement arme au poing. Oppenheimer pouvait comprendre cette prudence. Au regard des masses fanatisées sous Hitler, il était certainement plus sage de sonder la situation pour se protéger d'actes de sabotage.

La vie de caserne était cependant trop ennuyeuse, et les GI avaient commencé à explorer la ville. Rapidement, ils avaient offert des sucreries aux enfants et flirté avec les jeunes Berlinoises. Et puis il y avait les militaires roublards qui faisaient des affaires au marché noir avec leurs cigarettes. Quelques semaines après l'arrivée des Américains, Rita – la danseuse vedette du Mastard – s'était mise à fréquenter un cuisinier râblé qui avait raconté à Oppenheimer qu'une cartouche contenant deux cents cigarettes coûtait moins d'un dollar au magasin PX de sa caserne. Au marché noir, une cigarette valait en moyenne quatre reichsmarks. Un GI pouvait donc revendre sans peine une cartouche huit cents marks – une petite fortune pour un Allemand.

Officiellement, tout contact avec la population était proscrit, mais, dans les faits, cet ordre était impossible à faire respecter.

Lorsque l'interdiction de fraterniser fut levée en octobre 1945, il s'agissait seulement d'une légalisation tardive des pratiques courantes. Oppenheimer avait même entendu dire que les soldats américains auraient prochainement le droit de se marier avec des Allemandes. Il était temps. Personne ne savait combien d'enfants illégitimes étaient déjà nés à Berlin depuis le début de l'occupation alliée.

Ils traversaient Schmargendorf lorsque Lathrop sortit une cigarette de son paquet mou pour la coincer entre ses lèvres. Au moment de l'allumer, il se souvint qu'il n'était pas seul. En se raclant la gorge d'un air gêné, il en offrit une à son passager. Ce n'était pas un geste amical, mais de pure convenance.

En temps normal, Oppenheimer aurait préféré garder la cigarette pour l'échanger plus tard au marché noir. Mieux valait cependant ne pas froisser l'officier. Avec un hochement de tête, il prit le briquet que lui tendait Lathrop.

Tandis qu'ils approchaient de Dahlem, Oppenheimer

devina où ils se rendaient. À l'angle de la Kronprinzenallee et de la Saargemünder Straße se trouvait le quartier général de l'armée américaine, établi dans les anciens bâtiments du centre d'opérations stratégiques de la Luftwaffe. Il abritait les bureaux du général Joseph T. McNarney, gouverneur militaire de la zone d'occupation US et commandant en chef des forces armées. Des unités de marines et plusieurs départements de l'ambassade américaine s'étaient également installés dans le complexe.

Située à deux kilomètres du quartier général, la colonie SS de Zehlendorf avait été réquisitionnée afin d'accueillir les officiers américains de haut rang. Oppenheimer songeait souvent aux charmantes maisonnettes construites par l'Office supérieur de la race et de la colonisation[1], dans lesquelles logeaient autrefois certains dignitaires de la SS. Pendant l'affaire Lutzow, le Hauptsturmführer Vogler lui avait permis de vivre avec Lisa dans ce lotissement idyllique, situé au milieu d'un bois.

Oppenheimer ne tarda pas à apercevoir le quartier général entre les ramures des majestueux pins qui bordaient la route.

Lathrop bifurqua et alla s'arrêter devant la grille d'entrée. Pendant que l'officier parlait aux gardes en faction, Oppenheimer observa les lieux avec curiosité. Tout était tiré au cordeau. Rectiligne, l'allée centrale qui menait au bâtiment principal était encadrée par

1. SS-Rasse- und Siedlungshauptamt (RuSHA-SS) : Office supérieur de la race et de la colonisation de la SS, fondé en 1931. Cette administration s'occupait des affaires raciales internes (comme l'établissement d'actes de mariage des SS), ainsi que du tri racial des populations à l'Est.

deux édifices parallèles ressemblant à des colosses de pierre. Ceux-ci étaient pourvus de portiques monumentaux qu'on avait habillés de plaques de calcaire coquillier. De chaque côté, les frontispices étaient surmontés d'un grand œil-de-bœuf.

Manifestement, le complexe n'avait pas été endommagé durant la guerre.

La grille s'ouvrit et Lathrop appuya sur la pédale d'accélérateur. Au bout de l'allée, la façade du corps de logis était rehaussée d'un long balcon peint en blanc. Les nouveaux occupants avaient bien sûr enlevé l'aigle impériale qui ornait la façade.

L'Américain se gara dans la cour d'honneur et descendit de la jeep. Oppenheimer le suivit.

— Par ici, indiqua Lathrop.

C'étaient les premiers mots qu'il prononçait depuis trois quarts d'heure. Il conduisit Oppenheimer vers le bâtiment principal. Au milieu de la cour se dressait un mât surmonté du drapeau américain. Officiellement, tous les Allemands devaient se découvrir devant la bannière étoilée. Oppenheimer ignorait si cette directive était encore d'usage. Désirant faire preuve de bonne volonté, il ôta son chapeau et, l'air grave, s'arrêta un instant, la main posée sur la poitrine. Lathrop se figea en s'apercevant que le commissaire ne lui emboîtait plus le pas. Un sourire amusé passa fugacement sur son visage lorsqu'il vit son invité remettre son feutre.

Les deux hommes pénétrèrent dans le QG. Si, malgré sa monumentalité, l'édifice paraissait plutôt sobre d'extérieur, son aménagement intérieur offrait une tout autre image. Ce complexe avait été l'une des toutes premières commandes de Hitler, et l'architecte n'avait pas lésiné pour plaire au nouveau maître de l'Allemagne. Oppenheimer eut le souffle coupé en voyant les matériaux précieux qu'on avait employés ici. Murs et colonnes étaient habillés de marbre noir et de pierre naturelle dans des tons de jaune. Au fond du hall se trouvait une imposante baie vitrée. De part et d'autre s'élevaient deux escaliers au galbe gracieux.

— Bon sang, maugréa Oppenheimer. Quel étalage de luxe.

Lathrop franchit une arche permettant d'accéder à un long corridor bordé d'innombrables portes.

Il finit par s'arrêter devant l'une d'entre elles. Sur la plaque, on pouvait lire « Col. J. Krause ».

L'officier frappa, et une voix sourde l'invita à entrer.

Assis derrière son bureau, le colonel Krause braqua ses yeux d'un bleu arctique sur Oppenheimer tandis que Lathrop le saluait avec une certaine nonchalance. Même si celui-ci respectait l'étiquette, il faisait preuve d'une étonnante décontraction. Oppenheimer n'avait jamais vu un soldat allemand se comporter de manière aussi désinvolte face à un supérieur. Chez les Américains, cela semblait fonctionner, sans que l'autorité du colonel soit mise en question. Cela rendait les deux hommes plutôt sympathiques.

Krause devait approcher de la cinquantaine. Son visage était labouré de rides et il portait une raie soignée au milieu de ses cheveux châtains. D'un signe de tête, il invita Lathrop à se mettre au repos. Puis il se leva et s'avança vers Oppenheimer.

Le colonel n'avait manifestement aucune envie de bavarder. S'arrêtant à quelques centimètres de son visiteur, il attaqua sans préambule :

— *Are you a commie now or a nazi or what ?*

Malgré son patronyme allemand, Krause ne semblait pas maîtriser la langue de ses ancêtres. Oppenheimer fut pris de court. À l'école, il avait appris quelques notions d'anglais, mais la pratique lui manquait.

Heureusement, Lathrop endossa le rôle de l'interprète. Afin de démontrer qu'il n'était ni communiste ni nazi, Oppenheimer secoua vivement la tête.

— Ni l'un ni l'autre. Je n'ai jamais été membre d'un parti politique. Le colonel Aksakov m'a prié de suivre l'enquête sur le meurtre d'Orminski parce que nous avons déjà travaillé ensemble sur une affaire. (Prenant un air désolé, il précisa :) C'était avant que l'armée américaine n'arrive à Berlin.

— Qui est Aksakov ? demanda Krause par l'intermédiaire de Lathrop.

— Quand je l'ai rencontré, il était au NKVD. Maintenant, cela s'appelle le ministère des Affaires intérieures.

— *So he's a spy*, résuma le colonel.

Oppenheimer haussa les épaules.

— On ne choisit pas toujours les personnes qu'on rencontre.

Krause le considéra d'un œil scrutateur. Il était évident que le colonel doutait de l'intégrité de son interlocuteur. S'appuyant sur son bureau, il marmonna quelque chose.

— Pourquoi devrions-nous vous faire confiance ? traduisit Lathrop avec un temps de retard. Pourquoi vous a-t-on demandé de surveiller cette enquête ?

Oppenheimer évoqua en quelques mots sa carrière de commissaire à la Kripo. Il insista ensuite sur le fait qu'il avait accepté la mission d'Aksakov seulement après avoir obtenu l'assurance de pouvoir enquêter de manière totalement impartiale. En écoutant les explications de son hôte, Krause parut se détendre. Ils finirent par prendre place sur le canapé qui se trouvait dans un coin de la pièce. Au bout d'un quart d'heure, l'officier supérieur demanda à sa secrétaire d'apporter du café. Oppenheimer n'avait rien contre le fait d'être interrogé si on lui offrait en contrepartie une tasse de sa boisson préférée. Il répondit de bonne grâce à toutes les questions qu'on lui posa.

— Nous préférerions nous aussi que Hüttner soit innocent, avoua finalement Krause. (Fronçant les sourcils, il cherchait visiblement la meilleure formulation possible.) Nous souhaitons éviter tout malentendu avec nos alliés russes.

Oppenheimer éprouva un vif soulagement.

— Dans ce cas, tout est arrangé. Laissez-moi faire mon travail et je vous apporterai la preuve que Hüttner est innocent. Le suspect n'est pas très coopératif, mais je suis sur une piste prometteuse.

— La justice se veut équitable, souligna le colonel. Aucun innocent ne doit être condamné à tort. C'est l'un des piliers d'une démocratie occidentale. Mais je ne tolérerai pas pour autant des preuves falsifiées.

Aux yeux d'Oppenheimer, cela allait de soi. Il se demanda pourquoi l'Américain insistait sur ce point. Puis il comprit que des gens comme Krause ne connaissaient de l'Allemagne que la justice discriminatoire des nazis. Il ressentit tout à coup une certaine indignation à être mis dans le même panier qu'un gestapiste.

— Vous voulez des preuves indiscutables ? lança-t-il d'un ton mordant. Ça tombe bien, moi aussi.

Il vit les deux officiers échanger un regard, mais il était trop révolté pour s'excuser de sa brusquerie. Il aurait pu ajouter qu'il avait toujours été incorruptible durant sa carrière de commissaire, qu'on l'avait persécuté et renvoyé de la Kripo uniquement parce qu'il était juif. Au fond, il se sentait offensé parce que Krause n'avait aucune idée de tout ce qu'il avait enduré. Et parce que sa première rencontre avec des représentants de l'armée américaine ne se passait pas vraiment comme il l'avait imaginé. Oppenheimer soupira avant d'avaler une gorgée de café.

Au même moment, il eut un éclair de lucidité. Les paroles de Hüttner au parloir de la prison, le souvenir de la chambre d'Orminski. Tout prenait un sens.

Le moscoutaire était innocent, cela ne faisait plus aucun doute. Et Oppenheimer savait à présent comment le prouver.

Bouillant d'excitation, il se retint de bondir du canapé. Il se força à vider sa tasse et se leva. Sa colère s'était évanouie.

— Excusez-moi, je dois vous quitter. Il faut que je retourne immédiatement à Neukölln.

— Oui, je connais ce galopin, confirma Frau Reiser. Il s'appelle Theo. Il vient ici de temps à autre. Mais je ne peux vous dire exactement quand je l'ai vu pour la dernière fois.

Oppenheimer sentit son pouls s'accélérer. Sans le savoir, Frau Reiser pouvait l'aider à établir l'innocence de Hüttner. Il lui fallait maintenant poser les bonnes questions.

Il avait fait à la voisine d'Orminski une description détaillée du garçon qu'il avait rencontré devant la porte de l'immeuble. Le gamin aux médailles. C'était lui qui avait retrouvé l'insigne en bronze du moscoutaire.

Oppenheimer s'en voulait de ne pas avoir percuté plus tôt. À présent, il devait faire vite. Billhardt lui avait raconté que des milliers d'orphelins erraient dans les ruines de Berlin, livrés au froid et à la faim. En général, ils ne survivaient pas très longtemps, sauf s'ils se regroupaient en bandes. Beaucoup d'entre eux sombraient ainsi dans la criminalité. On les trouvait le plus souvent dans les endroits consacrés au commerce clandestin et dans les gares. Ou en prison. Rien que le mois précédent, la police avait arrêté près de trois cents enfants qui pratiquaient le vol à la tire.

— Est-ce que Theo était ici quand le corps de Herr Orminski a été découvert ? demanda Oppenheimer.

Frau Reiser se contenta d'épousseter son tablier fleuri, l'air songeur.

— Où puis-je mettre la main sur lui ?

— Vous devriez tenter votre chance sur la Hermannplatz, murmura-t-elle finalement.

Il l'observa avec étonnement avant de comprendre. Beaucoup de gens se retrouvaient devant les ruines du grand magasin Karstadt pour s'adonner au marché noir. Situé à quelques centaines de mètres de l'immeuble d'Orminski, c'était l'endroit idéal où dénicher un jeune vagabond comme Theo.

13

Vendredi 13 décembre 1946

Oppenheimer regrettait d'avoir demandé à Lathrop de le déposer devant chez Orminski, car son vélo était resté dans l'arrière-cour du Praesidium. Une épaisse couche de nuages masquait le ciel, et la nuit commençait déjà à tomber. Il grelotta de froid. Le trajet jusqu'à la Hermannplatz n'était pas long mais, sans bicyclette, il devrait prendre les transports en commun pour rentrer à Schöneberg.

Il n'appréciait guère d'attendre sur les quais bondés du S-Bahn pour se faufiler ensuite en jouant des coudes dans un wagon aux fenêtres brisées et aux sièges défoncés. À cause des bombardements, le nombre de rames s'était réduit de manière radicale et l'état du réseau était déplorable. Les retards et les interruptions de circulation étaient quotidiens. La vague de froid qui se profilait n'arrangerait sûrement rien.

Oppenheimer accéléra le pas en apercevant les vestiges du grand magasin Karstadt. Avant-guerre, le colosse de pierre ressemblait à un gratte-ciel américain. Dynamité en avril 1945 par la SS, il ne restait plus de lui que trois gigantesques blocs de béton qui se dressaient tristement dans le ciel crépusculaire.

Malgré la température glaciale, la place fourmillait

de monde. Le plus grand marché noir de Berlin, surnommé le Bazar persan, se tenait à Tiergarten, sur le parvis du Reichstag. Mais il existait dans tous les quartiers de la ville des endroits où l'on pouvait troquer de manière illicite certaines marchandises.

Ces lieux de trafic se ressemblaient tous. De-ci de-là, des Berlinois discutaient en petits groupes. D'autres déambulaient négligemment sur la place.

De la foule ainsi rassemblée s'élevait un bourdonnement confus. En approchant, Oppenheimer put distinguer les différentes formules scandées à voix basse par les vendeurs. Sur sa gauche, un homme portant une moustache broussailleuse répétait entre deux bouffées de cigarette :

— Tuiles rondes. Tuiles rondes. Tuiles rondes.

Son visage gras et sa décontraction donnaient à penser qu'il s'agissait d'un trafiquant averti.

Des enfants circulaient entre les groupes. Faisant fi de la discrétion conspiratrice des marchands adultes, ils clamaient :

— Bouteilles, bouchons, joints ! Bouteilles, bouchons, joints !

Oppenheimer remarqua une jeune femme qui murmurait en boucle :

— Américaines. Américaines.

Elle cherchait bien sûr à troquer des cigarettes.

Les acheteurs potentiels étaient faciles à reconnaître. Vêtus de manteaux miteux qui ne dissimulaient pas leur maigreur squelettique, ils marchaient sur la place en guettant les bonnes occasions à saisir.

Oppenheimer se dirigea vers un homme coiffé d'un chapeau à large bord. Entouré d'une ribambelle d'enfants curieux, celui-ci avait trois rats auxquels il avait appris un tour d'adresse. Sur son commandement, les animaux descendaient et remontaient le long de ses bras sous le regard des petits spectateurs fascinés.

Le commissaire ignorait qu'on pouvait dresser ces nuisibles. Réprimant une grimace, il examina les gamins. À sa grande déception, le garçon aux médailles n'était pas là.

Retrouver Theo au milieu de ce rassemblement hétéroclite lui parut soudain insensé. Pour avoir une meilleure vue, il décida de monter au sommet d'un amas de gravats qui se dressait au bord de la place. Escalader les blocs de béton parsemés d'éclats de tuiles se révéla cependant plus périlleux que prévu. Il avait fait ressemeler ses chaussures avec des restes de pneus, mais ce raccommodage menaçait de se rompre à tout moment.

Lorsqu'il finit par atteindre la crête du monceau de décombres, il était hors d'haleine. Il parcourut la foule du regard en espérant apercevoir le bonnet à rabats de Theo.

Oppenheimer croisa les bras sur sa poitrine en frissonnant. Un vent glacial soufflait au sommet du monticule. Au bout de quelques minutes d'observation, il était gelé jusqu'aux os. Il allait renoncer lorsqu'il vit non loin de lui un groupe d'enfants sur un autre tas de débris. Certains fanfaronnaient en fumant des mégots de cigarettes à peine assez grands pour être allumés. Mais les gamins n'étaient pas ici par hasard. Leurs regards vigilants laissaient supposer qu'ils attendaient quelque chose.

La prochaine razzia, devina Oppenheimer.

D'ordinaire, quand la police débarquait, les gens lâchaient leurs marchandises et s'empressaient de décamper les mains vides. S'ils se faisaient prendre, personne ne pouvait alors les accuser d'être impliqués dans des commerces douteux.

Les enfants profitaient de la confusion pour se précipiter sur la place et ramasser les biens abandonnés avant de s'enfuir à toutes jambes. Visiblement, c'était une affaire qui marchait, car plus d'une vingtaine d'orphelins étaient rassemblés sur les décombres.

Pourtant, ce jour-là, la police n'avait manifestement pas l'intention d'opérer une rafle. Peu à peu, les gosses quittaient leur poste et disparaissaient dans les rues adjacentes.

Soudain, Oppenheimer avisa le bonnet à rabats de Theo. Le garçon s'éloignait du groupe. Alors qu'il se dirigeait vers un bâtiment à moitié effondré, un de ses compères le rappela. Il se retourna pour échanger quelques mots. Aucun doute : c'était bien le petit vagabond qui portait l'insigne soviétique sur le revers de son manteau trop large.

Bras écartés pour tenter de garder l'équilibre, Oppenheimer dévala la montagne de gravats en essayant de ne pas perdre de vue Theo.

L'enfant quitta la Hermannplatz pour s'engouffrer dans une rue latérale. Mains dans les poches, le regard baissé, Oppenheimer le suivit discrètement.

Le garçon ne paraissait pas pressé ; il contourna tranquillement un cratère de bombe avant de s'arrêter au prochain carrefour pour proposer ses cigarettes à une passante.

Durant l'échange, Oppenheimer se glissa sous un porche et fit semblant d'examiner les inscriptions à la craie qui se trouvaient près de la porte d'entrée de l'immeuble.

Il attendit quelques instants, puis risqua un regard vers l'intersection.

La jeune femme était partie, mais Theo se tenait toujours au même endroit. Ses yeux se posèrent sur Oppenheimer.

L'orphelin avait senti qu'on le filait. Il semblait avoir reconnu son poursuivant, car un sourire railleur se dessina furtivement sur son visage. Un battement de cils plus tard, il avait disparu à l'angle de la rue.

Oppenheimer s'élança à son tour. Lorsqu'il arriva au coin, le garçon disposait déjà d'une confortable avance. Theo cavalait comme un lapin. Derrière lui flottaient les basques de son ample manteau.

La course était inégale. L'enfant connaissait le quartier comme sa poche tandis qu'Oppenheimer devait faire attention à chaque foulée de ne pas trébucher sur les gravats.

La poursuite mena le commissaire jusqu'à une pyramide de décombres. Il en fit le tour mais, quand il atteignit l'autre côté, Theo avait disparu sans laisser de traces. À bout de souffle, il s'arrêta.

Malgré le froid, il suait à grosses gouttes. Il ôta son chapeau pour s'éventer tout en regardant autour de lui.

Theo devait s'être caché dans l'un des immeubles à moitié détruits qui avoisinaient la montagne de débris. Oppenheimer scruta les façades criblées d'impacts de balles.

À cet instant, il perçut du coin de l'œil un mouvement dans l'encadrement d'une fenêtre brisée. Peu après, il y eut un bruit sourd, suivi d'un juron. Oppenheimer entendit des pas résonner dans un escalier.

L'impatience du garçon l'avait trahi. Il s'était remis en marche trop tôt, révélant sa présence.

Sans réfléchir, le commissaire entra dans le bâtiment où s'était dissimulé Theo. Le colimaçon de pierre semblait encore en bon état. Se tenant à la main courante, il tendit l'oreille. Un crissement de chaussures sur des gravats lui parvint.

Contre toute attente, son corps affaibli par les privations réussit à monter les marches à vive allure. Le quatrième étage s'ouvrait sur le paysage urbain dévasté et le ciel nuageux. Tout le toit de l'immeuble avait sans doute été soufflé lors d'une explosion. Ne restait que le plancher défoncé. Oppenheimer fut pris d'un léger vertige en faisant un pas sur la terrasse improvisée.

En tournant la tête, il aperçut Theo.

Le garçon marchait au-dessus du vide comme un équilibriste. L'immeuble contigu s'était effondré et il ne restait de la carcasse de pierre que la partie antérieure. Theo s'était engagé sur la crête de la façade pour rejoindre le prochain bâtiment.

Prudemment, Oppenheimer s'avança jusqu'au bord de la plate-forme. Il examina le mur étroit en se demandant si celui-ci supporterait son poids.

Le commissaire posa un pied sur l'ouvrage de maçonnerie avant de se raviser. Rien ne le forçait à prendre un tel risque. S'il tombait, il ferait une chute d'une bonne dizaine de mètres. C'était la mort assurée.

Restait la parole. Le garçon accepterait peut-être de l'écouter. Ne voulant pas le distraire pendant son numéro d'acrobatie, il attendit que le gamin ait atteint l'autre bâtiment pour l'interpeller.

— Theo ! Je veux seulement te poser quelques questions ! C'est important ! Tu recevras même une récompense !

L'orphelin se retourna. L'espace d'un instant, il parut songer à la proposition d'Oppenheimer.

Puis il afficha de nouveau son sourire railleur. D'un geste ostensiblement désinvolte, il sortit l'une de ses cigarettes roulées et gratta une allumette. Après avoir tiré une première bouffée, il disparut à l'intérieur de l'édifice délabré.

Oppenheimer lâcha un juron. Au moins, il savait à présent que le garçon était toujours en vie. Mais c'était une maigre consolation.

14

Samedi 14 décembre 1946

En se réveillant, Oppenheimer eut l'impression que sa couverture était étrangement dure. Lorsqu'il voulut la repousser, il constata que la partie supérieure était recouverte d'une couche de givre. Il entendit près de lui la respiration profonde de Lisa. Celle-ci dormait encore et n'avait rien remarqué.

Il grimaça. Le froid glacial s'était infiltré à travers les vieilles fenêtres de la villa pour se couler jusque dans leur lit. Heureusement, la veille, Lisa et lui avaient décidé de se coucher tout habillés en prévision des gelées nocturnes.

Le poêle était éteint depuis longtemps. Quand la température descendait au-dessous de zéro, il n'y avait pas grand-chose à faire. Oppenheimer aurait dû entretenir le feu toute la nuit afin de garder la chambre à peu près chaude, et ils n'avaient pas suffisamment de combustible pour cela. Mais peut-être était-il temps d'utiliser les briquettes d'Aksakov.

À cet instant, le commissaire s'aperçut que dehors, le jour était étonnamment clair. Lorsqu'il se leva, ses articulations se rebellèrent, le forçant à marcher avec raideur.

— Oh, non, grommela-t-il en jetant un coup d'œil par la fenêtre.

Un épais manteau de neige recouvrait le domaine, et de gros flocons continuaient de tomber du ciel chargé de nuages bas. D'humeur morose, Oppenheimer se passa la main sur le visage. L'hiver s'annonçait rigoureux. Et on l'avait chassé de son bureau pour le renvoyer sur le terrain.

Il réfléchit une seconde à se laver, mais l'eau du broc s'était transformée en un bloc de glace.

Tant pis, il irait travailler sans faire de toilette. La veille, il n'avait pas pu remplir sa tâche de collecte pour le Service de recherche à cause de Lathrop. Il prévoyait donc de s'en occuper ce matin-là.

Au moment où il s'apprêtait à sortir, Lisa murmura d'une voix endormie :

— Qu'y a-t-il ?

Oppenheimer remonta doucement la couverture de sa femme.

— Couvre-toi bien. Il y a de la neige dehors.

Dans le couloir, il tomba sur Schmude. L'ancien avocat faisait grise mine.

— Satané froid ! Nos pommes de terre ont pris un coup de gel. Il va falloir les manger rapidement avant qu'elles pourrissent. Tu devrais contrôler tes stocks.

Soudain inquiet, Oppenheimer virevolta sur ses talons pour aller inspecter ses maigres réserves dans la cachette de sa chambre. Par mégarde, il heurta Herr Vogt.

Il recula d'un pas, surpris. L'ancien soldat semblait avoir surgi de nulle part, son casque d'acier vissé sur le crâne.

Pour briser le silence oppressant qui s'était installé, Oppenheimer se racla la gorge.

— Je vous prie de m'excuser, Herr Vogt.

Puis il s'empressa de regagner sa chambre. Même

sans se retourner, il savait que le regard vide de son voisin était rivé sur lui.

Portant deux valises remplies de documents, Oppenheimer arriva plus tard que prévu au Service de recherche. Il avait dû faire un crochet par le Praesidium pour récupérer sa bicyclette. Devant le bâtiment, il avait rencontré Billhardt, qui lui avait enfin transmis la liste complète des noms inscrits sur le corps d'Orminski.

Il était midi passé. Beaucoup de ses collègues avaient déjà quitté les bureaux pour rentrer chez eux, mais Herr Furmannek était encore présent. Arborant fièrement son cache-œil noir, il inspectait la grande salle afin de vérifier si tout était en ordre avant le congé de fin de semaine.

Furmannek sortit des valises les piles de papiers et les disposa soigneusement sur une table. Lorsqu'il se retourna, Oppenheimer agita les feuilles que lui avait données Billhardt.

— J'ai un service à vous demander.

Préférant ne pas dévoiler toute l'histoire, le commissaire expliqua brièvement :

— On m'a prié de participer à une enquête de police. Les noms notés sur cette liste ont un lien avec le meurtre que nous cherchons à élucider. Auriez-vous l'amabilité de contrôler si ces personnes se trouvent dans nos fichiers ?

Furmannek fronça les sourcils.

— Je ne voudrais pas paraître impoli, mais la police ne peut-elle pas s'en occuper toute seule ? Les forces de l'ordre disposent de leurs propres fichiers où sont répertoriées les personnes disparues.

— Je suis conscient que c'est du travail en plus

pour vous, s'excusa Oppenheimer. Mais le Service de recherche possède des fichiers bien plus complets. Et le commissaire Billhardt manque cruellement de personnel.

Son collègue hésita un instant avant de prendre les feuilles.

— Bon, d'accord. Je regarderai ça lundi.

Oppenheimer le remercia avant d'ajouter :

— Il y a aussi la demande déposée par Fräulein Dargel. Je n'ai pas eu le temps de m'en occuper moi-même et je voulais m'assurer qu'elle avait été traitée.

— Dargel, vous dites ?

Furmannek s'approcha d'une étagère où étaient rangées des boîtes en carton. Il ouvrit l'une d'entre elles et se mit à feuilleter les fiches qui se trouvaient à l'intérieur.

— Ruth Dargel ? fit-il en sortant une carte double.

— Exactement. Elle cherche sa tante originaire de Bromberg.

— La demande n'a pas encore été traitée, répondit Furmannek en survolant les indications laissées par la jeune femme. Mais nous pouvons jeter tout de suite un coup d'œil.

Il marcha jusqu'à une grande armoire métallique, tira l'un des compartiments et compulsa les cartes classées à l'intérieur.

— Nous n'avons malheureusement pas de Margret Dargel ici, annonça-t-il au bout d'un moment.

Oppenheimer laissa échapper un soupir. Retrouver d'emblée la tante disparue aurait été un miracle.

— Merci quand même pour votre aide.

Il allait partir quand Furmannek posa l'index sur la carte double.

— Qu'est-il écrit ici ? Je n'arrive pas à déchiffrer.

Étonné, Oppenheimer se pencha pour lire ce qu'il avait inscrit.

— Leistner. C'est le nom de jeune fille de Margret Dargel.

— Dans ce cas, nous devrions vérifier encore une fois, déclara Furmannek en parcourant du regard les étiquettes des casiers. Parfois, les femmes donnent leur nom de naissance. Et plus particulièrement les veuves de guerre.

Une minute plus tard, il sortit une fiche avec un petit cri de joie. La brandissant fièrement, il lut à voix haute :

— Margret Leistner, née le 14 octobre 1903 à Bromberg. Elle est ici.

— Comment ça ? À Berlin ?

Furmannek plissa son œil valide.

— D'après ce que je vois, elle est arrivée il y a quelques mois avec un convoi de réfugiés. Comme elle avait déjà vécu à Berlin, on lui a accordé une autorisation de séjour. Voilà son adresse.

Il tendit la carte au commissaire. Sur celle-ci, il était indiqué que Frau Leistner habitait dans un logement provisoire à Tiergarten.

Oppenheimer décida d'aller prévenir immédiatement Fräulein Dargel. Après cela, il pourrait se concentrer sur l'affaire Orminski.

Berlin est de retour,
C'est une chanson que tout le monde chante,
Et qui maintenant
Résonne si bien dans toute la ville.

Oppenheimer avait reconnu la mélodie que sifflait gaiement le vieil unijambiste devant lui, et le refrain de la célèbre chanson lui était aussitôt revenu en tête. L'homme, plein d'entrain, marchait avec des béquilles d'un pas décidé.

Au guidon de son vélo, le commissaire regarda autour de lui pour s'orienter parmi les ruines. Il se demanda avec étonnement d'où cet invalide puisait sa bonne humeur. Celui-ci avait manifestement appris à s'accommoder de ses conditions de vie.

Tous les Berlinois connaissaient le texte de *Berlin kommt wieder*. C'était une jeune actrice du nom de Brigitte Mira qui avait chanté pour la première fois cette chanson dans un cabaret berlinois quatre semaines après la fin de la guerre. Les Alliés l'avaient rapidement interdite, sans pouvoir toutefois empêcher son succès. La ritournelle enjouée et pleine d'optimisme était devenue un refrain populaire.

Oppenheimer n'avait jamais vraiment compris pourquoi les occupants s'étaient sentis obligés de censurer une composition aussi inoffensive. On voulait refaire l'éducation des Berlinois, qui devaient apprendre les valeurs libérales et démocratiques, mais on refusait de leur accorder un peu de joie de vivre.

Rien ne semblait pourtant entamer le sens de l'humour des habitants. Ceux-ci avaient ainsi donné plusieurs sobriquets à leur cité dévastée. Ce jour-là, la neige avait transformé les montagnes de gravats en un doux paysage alpin. Oppenheimer trouvait que l'image cadrait remarquablement avec l'un des surnoms moqueurs désignant Berlin : Piz Ruin[1].

Fräulein Dargel vivait à Spittelmarkt. Situé au bord du canal de la Spree, ce quartier avait subi de lourds

1. Le Piz Buin est un sommet des Alpes qui marque la frontière entre l'Autriche et la Suisse.

dégâts durant les bombardements. L'adresse qu'elle avait indiquée se trouvait dans une rue ravagée. Oppenheimer se demandait comment des gens pouvaient encore habiter dans de pareils amas de décombres.

Il freina et descendit de sa bicyclette. Comme il était extrêmement difficile de déchiffrer les numéros sur les façades endommagées, le commissaire mit un certain temps à identifier le bâtiment où logeait Fräulein Dargel. Aux étages supérieurs, les fenêtres étaient condamnées avec des planches.

Oppenheimer s'approcha de la porte d'entrée, pourvue d'une antique sonnette en laiton avec un bouton à tourner. À côté, on avait accroché à l'aide de punaises un papier cartonné sur lequel était écrit : *Tourner une fois pour Pohl, deux fois pour Hörrmann et trois fois pour Wagner.* Rien n'indiquait que Fräulein Dargel habitait ici.

Au moment où il s'apprêtait à partir, ses yeux se posèrent sur les boîtes aux lettres. L'une d'elles portait une étiquette avec le nom « Dargel ». Oppenheimer tourna plusieurs fois la sonnette, mais personne ne répondit.

Lors de leur conversation, la jeune femme l'avait prié de déposer un message si elle n'était pas à la maison. Il écrivit quelques mots dans son calepin et arracha ensuite la page. Préférant ne pas laisser d'informations personnelles dans une boîte aux lettres, il indiquait qu'il avait des nouvelles et qu'il serait au Service de recherche lundi à midi.

Quand il souleva l'abattant grinçant de la boîte, il se sentit brusquement coupable. N'écrivait-il pas ce message uniquement dans le but de revoir la charmante demoiselle ? Étouffant ses scrupules, il glissa le papier dans la fente et s'empressa d'enfourcher sa bicyclette.

15

Dimanche 15 – lundi 16 décembre 1946

Il n'arrivait pas à se contrôler. Des bribes de son ancienne existence remontaient à la surface de sa conscience.

Parfois, tous ses souvenirs l'abandonnaient. Et d'autres jours, ils revenaient avec force.

Comme maintenant.

Selon quels principes sa mémoire classait-elle les impressions engrangées ? Pourquoi ne pouvait-il pas se souvenir des choses agréables ? Pour chasser les mauvaises pensées, il se leva et se mit à arpenter la petite chambre qu'il partageait avec ses enfants. Il finit par aller s'agenouiller près d'eux. Quand il les caressait, cela l'aidait à se calmer. Il préférait de loin la compagnie des chiens. Dans bien des cas, ceux-ci se montraient plus humains que les criminels qu'il avait rencontrés.

L'homme fouilla dans sa mémoire à la recherche d'un bon souvenir issu de sa première vie, lorsqu'il n'était encore qu'un gamin. Il y avait quelque chose dont il aimait à se rappeler. Le grand livre d'anatomie de ses parents.

Celui avec les dépliants illustrés.

Il croyait se souvenir qu'il adorait le regarder.

Sa mère le lui avait interdit, ce qui renforçait encore le plaisir.

Comme attiré par un aimant, il s'était souvent glissé furtivement dans le cabinet de travail de son père. À maintes reprises, il avait sorti le lourd volume de l'étagère pour le hisser ensuite sur le bureau et le feuilleter avec fébrilité jusqu'à ce qu'il trouve les dépliants.

Il aurait pu passer des heures à contempler les illustrations anatomiques accompagnées de légendes qu'il ne savait pas encore lire à l'époque.

Dans toutes ces planches, il avait cherché l'organe qu'on appelait l'âme. Au bout d'un certain temps, il avait fini par trouver où elle se nichait. Il était persuadé qu'elle résidait dans cette sorte de chapelet osseux dont il avait appris le nom plus tard : la colonne vertébrale.

Les gens parlaient de l'âme comme s'il y avait des preuves tangibles de son existence. Il se la représentait alors comme un mystérieux halo lumineux que chaque homme portait en lui jusqu'à la fin de son existence. Et, quand venait la mort, la lumière s'éteignait.

Une vie plus tard, il avait appris que l'âme humaine était en réalité un endroit sinistre. Bien plus sombre qu'on ne pouvait l'imaginer. Et, lorsqu'on décidait d'y entrer, c'était à ses risques et périls.

Des kobolds et toutes sortes de créatures de la nuit étaient à l'affût dans les recoins de l'âme. Il s'en échappait des cris à glacer le sang. Et, au détour d'un chemin, c'était la folie qui vous happait. Mieux valait laisser l'indicible au fond de cet antre obscur.

C'était ce que les criminels comme Richter lui avaient appris. Ils se considéraient pourtant comme des gens normaux, ignorant ce qu'ils portaient en eux.

Tous ces honnêtes citoyens, ces pères de famille et

ces filles obéissantes avaient au fond de leur être le germe de la corruption.

Supportaient-ils de regarder leur propre reflet dans une glace quand on leur arrachait des tripes l'ignoble caillot noirâtre qui n'était autre que leur âme ?

C'était une expérience intéressante. Mais plus intéressante encore était leur réaction quand ils comprenaient que quelqu'un les avait amenés ici pour juger leurs actes.

Soit ils geignaient comme Orminski et prétextaient qu'ils n'étaient pas conscients de ce qu'ils avaient fait, soit ils ne montraient aucun remords et, comme Storm, refusaient jusqu'à la fin de se soumettre.

L'homme laissa ses enfants aboyer. Il n'y avait rien de mieux lorsqu'on voulait intimider un prisonnier. Puis il poussa la porte qui menait à la pièce au chenil.

Il était temps de libérer l'âme de Richter. D'ouvrir ce poussah comme les figures dans le grand livre d'anatomie. Mais l'homme n'avait pas besoin de scalpel pour cela. Il utilisait d'autres outils. De l'encre, une plume d'acier et une liste de noms. Le prisonnier accomplissait le travail pour lui.

Jusque-là, Richter avait obéi docilement. Il copiait de sa propre main les noms sur ses bras. En récompense, l'homme lui donnait de la nourriture dans une gamelle et un peu de bois pour le poêle.

À présent, le moment était venu de se dévoiler entièrement, mais le captif avait encore besoin d'un petit coup de pouce.

La peur l'aiguillonnerait.

L'homme voyait cela comme un transfert d'énergie. La peur des criminels lui insufflait de la force. Une raison de vivre. La terreur dans leurs yeux prouvait qu'il était sur le bon chemin.

Et il savait utiliser cette peur à ses fins.

Dans le chenil, la température était sensiblement plus basse. L'homme, lui, pouvait chauffer sa chambre d'une manière correcte. Heureusement, il avait fait des provisions de bois avant la première vague de froid. La pièce où il séquestrait les criminels ne disposait que d'un petit poêle de fortune, placé entre les deux cages. À cet endroit, les barreaux n'étaient pas entourés de barbelés. Les prisonniers pouvaient donc alimenter eux-mêmes le foyer. Quand il y avait du bois. Mais à cette heure-ci, le feu était éteint depuis longtemps.

Il s'approcha des cages d'un pas lourd. Roulé en boule devant le poêle, Richter tressaillit imperceptiblement en l'entendant arriver et fit semblant de dormir.

L'homme sourit. Si Richter voulait obtenir quelques bûches pour se protéger du froid, il lui faudrait les mériter.

Lundi midi, Oppenheimer entra dans les bureaux du Service de recherche avec les yeux bouffis. Il avait dû se lever à l'aube pour aller puiser de l'eau à la pompe publique car les canalisations de la villa étaient gelées. Quand il s'était rangé au bout de la longue file d'attente, il avait appris que tout le quartier était privé d'eau. On racontait que la température était descendue au-dessous de moins vingt degrés durant la nuit ; Oppenheimer s'était demandé qui était assez fou pour sortir vérifier cela.

La veille, dimanche, Lisa et lui n'avaient pas quitté la villa de toute la journée, refusant de braver le froid polaire. Ils n'avaient pourtant pas chômé, puisqu'une partie de leurs pommes de terre avaient été victimes du gel. Frau Schneider, leur voisine, avait éclaté en sanglots parce que sa réserve de tubercules avait réduit de moitié.

La seule chose à faire était de consommer au plus vite ces patates abîmées. On les épluchait soigneusement pour les râper ensuite dans de l'eau bouillante. Comme toute la maisonnée voulait faire la même chose, la cuisine avait été prise d'assaut. La soupe ainsi obtenue – une sorte de bouillie grisâtre – devait être mangée immédiatement. Pour Oppenheimer, c'était la première fois depuis sa visite chez Aksakov qu'il avait pu apaiser sa faim – même si c'était de manière forcée.

Pendant le week-end, Schmude avait réalisé son projet et transformé la cuisine du sous-sol en une grande salle commune facile à chauffer. Gerda avait même réussi à dénicher une Brennhexe.

Ce soir-là, il était prévu que tous les habitants de la demeure partagent leurs provisions de bois et dorment ensemble dans cette pièce désormais équipée de deux fourneaux, où l'on avait entassé matelas, draps et couvertures. L'idée de passer la nuit dans un dortoir de fortune n'était pas très enthousiasmante pour Oppenheimer, mais le froid sibérien ne leur laissait pas le choix. Le reste de la récolte de pommes de terre serait dorénavant conservé là dans une grande caisse en bois.

Après cette journée dominicale agitée, Oppenheimer était heureux de fuir la maison de Hilde pour quelques heures. Lorsqu'il arriva au service courrier, Frau Scholz le salua avec un sourire pincé. Il comprit aussitôt.

— Je suppose que Fräulein Dargel est ici ?

— Dans le bureau de Herr Suhr, répondit sa collègue sèchement.

Afin de couper court à tout commentaire jaloux, Oppenheimer la remercia et se hâta de sortir.

Dans le bureau de son supérieur l'attendait un

étonnant spectacle. Suhr, d'ordinaire si gourmé, paraissait métamorphosé. Son visage rayonnait. Tel un colibri avide de nectar, il voletait avec empressement autour de Fräulein Dargel, qui avait pris place sur le siège réservé aux visiteurs. Oppenheimer se demanda si lui aussi avait un air idiot en présence de la séduisante jeune femme.

Quand Suhr remarqua que l'un de ses subordonnés l'observait, il lança d'un ton brusque :

— Qu'y a-t-il ?

Fräulein Dargel se tourna vers Oppenheimer. Son regard profond le transperça comme une flèche. Gêné, il sortit de sa poche le papier où il avait noté l'adresse de la tante disparue.

— Je voulais seulement apporter les renseignements que j'ai trouvés sur Frau Dargel.

Suhr le considéra d'un air perplexe. Entre-temps, la charmante visiteuse s'était levée. S'efforçant de garder le regard braqué sur son supérieur, Oppenheimer expliqua :

— Je parle bien sûr de la tante de Fräulein Dargel. Herr Furmannek a eu la gentillesse de m'aider à retrouver sa trace.

Avec un hochement de tête distrait, Suhr s'approcha de lui en tendant la main.

— Bien, bien. Donnez-moi ça, Oppenheimer.

Il voulut s'emparer du papier, mais le commissaire écarta le bras.

— Je tiens à préciser que la demande n'a pas été traitée de manière réglementaire. Je n'ai pas pu vérifier les informations que j'ai obtenues.

Suhr l'écouta à peine et lui arracha le papier.

— Laissez, je m'en charge. N'étiez-vous pas censé

collecter auprès de nos services extérieurs des listes de noms ? Allez les remettre à Herr Furmannek.

Sans attendre de réponse, il poussa Oppenheimer vers la porte. Celui-ci sourit intérieurement. Qui aurait cru qu'un Casanova sommeillait en Suhr ? Si Frau Scholz l'apprenait, les ragots iraient bon train au service courrier.

Tandis qu'il sortait du bâtiment, Oppenheimer se dit qu'il avait accompli son devoir. Il pouvait maintenant se consacrer à son enquête.

Le moral de Billhardt était encore plus bas que la température extérieure. Au Praesidium, tous les fonctionnaires de police étaient pelotonnés devant leurs poêles. Ils préféraient s'occuper de la paperasse en retard plutôt que de s'exposer aux gelures en partant en intervention.

Billhardt et Wenzel étaient eux aussi assis devant leur misérable appareil de chauffage. Lorsque Oppenheimer se glissa entre eux et tendit les mains, il ne sentit presque aucune chaleur.

— Où est passé Reinmann ?

— On a tiré à la courte paille, mais il n'a pas eu de bol. C'est lui qui file Dobisch.

Oppenhcimer acquiesça. Le voisin de Storm faisait toujours partie des suspects aux yeux de ses collègues.

— Et qu'en ressort-il ?

Billhardt poussa un soupir.

— J'ai l'impression que Dobisch est une impasse. Et le surveiller ne nous apporte pas grand-chose en ce qui concerne l'affaire Orminski. S'il ne se passe rien d'intéressant de son côté d'ici après-demain, nous arrêterons la filature.

Oppenheimer prit une chaise pour s'asseoir.
— Nous faisons du surplace.
— Je ne te le fais pas dire. Mais je me suis souvenu d'un détail ce week-end. J'avais déjà entendu le nom de Hüttner quelque part.
— Quel beau salopard, celui-là, grogna Wenzel.
Agacé, Oppenheimer regarda tour à tour les deux hommes.
— Est-ce que l'un de vous pourrait éclairer ma lanterne ?
— Hüttner était sans doute en cheville avec les tueurs de flics, finit par expliquer Billhardt.
Wenzel secoua la tête.
— Malheureusement, ça n'a pas été prouvé. Sinon, il aurait été arrêté après les faits.
Oppenheimer n'en croyait pas ses oreilles.
— Qu'est-ce qui vous amène à penser une chose pareille ?
— Le vieux Jensen lui a fait subir autrefois un interrogatoire en règle, répondit Billhardt. Tu te rappelles ce qui s'est passé sur la Bülowplatz pendant l'été 1931 ?
Oppenheimer hocha la tête. Lui-même n'avait pas participé à l'enquête sur l'attentat qui avait coûté la vie aux deux policiers Franz Lenck et Paul Anlauf. Mais le double assassinat avait défrayé la chronique.
Durant les dernières années de la république de Weimar, les crimes politiques s'étaient multipliés. Dans le quartier ouvrier qui s'étendait autour de la Bülowplatz, la Schutzpolizei[1] était très mal vue depuis le mois de mai sanglant de 1929, où les forces de l'ordre avaient abattu trente-trois personnes et fait près de deux

1. Schutzpolizei (« Police de protection ») : police chargée du maintien de l'ordre public, surnommée Schupo par acronyme.

cents blessés lors de manifestations non autorisées. On avait alors accusé les membres de la Schupo d'avoir sciemment tué des ouvriers par des tirs ciblés, mais aucune enquête n'avait été ordonnée. En voyant ce manquement flagrant aux principes fondamentaux d'un État de droit, Oppenheimer avait douté de sa vocation de commissaire.

S'était ensuivie une escalade de violence. En août 1931, la police était en ébullition. À ce moment-là, les Berlinois devaient décider par référendum du maintien ou de la dissolution du Parlement prussien. Les partis extrémistes de droite comme de gauche avaient organisé de nombreuses manifestations en amont pour inciter à de nouvelles élections. Sur la Bülowplatz, qui se trouvait à un jet de pierre du siège du KPD, avaient lieu tous les jours – malgré les interdictions – des rassemblements qui dégénéraient chaque fois en émeutes.

Deux mois plus tôt, un policier avait été tué lors d'un rassemblement du Stahlhelm, une organisation paramilitaire antidémocrate et antisémite.

Le 8 août, un jeune plombier du nom de Fritz Auge fut abattu par les forces de l'ordre qui tentaient de faire évacuer la Bülowplatz. Officiellement, Auge n'appartenait à aucun parti, mais il passait pour un sympathisant communiste.

Cette bavure fit naître un désir de vengeance chez les ouvriers. Le lendemain, jour du référendum, d'autres manifestations furent organisées dans le quartier. Nerveux, le sergent-chef Burkert, stationné avec ses hommes devant la Maison Karl-Liebknecht, ordonna en début de soirée l'évacuation de la Bülowplatz par crainte d'éventuels débordements. Le capitaine Paul Anlauf, qui dirigeait le poste de police du quartier, l'en empêcha en arrivant sur les lieux quelques instants plus tard. Il estimait que la situation n'était pas aussi alarmante. Flanqué du sergent August Willig et du capitaine Franz Lenck, il se dirigea vers la place pour aller observer la foule des manifestants. Au moment où ils passaient devant le cinéma Babylon, les trois hommes tombèrent dans une embuscade. Plusieurs coups de feu claquèrent. Anlauf et Lenck furent touchés mortellement. Willig, blessé, réussit à dégainer son arme et se mit à tirer à l'aveuglette sur les manifestants.

Alertés par la fusillade, les agents de la Schupo massés devant la Maison Karl-Liebknecht ouvrirent le feu à leur tour sans réfléchir. Ce soir-là, en plus des deux policiers, deux civils furent tués et trente-six autres blessés – parmi eux se trouvaient des enfants.

Durant la nuit, tous les immeubles des alentours et la Maison Karl-Liebknecht furent fouillés de fond en comble. On arrêta un suspect, et les deux armes qui avaient servi à abattre Anlauf et Lenck furent retrouvées. Malgré tous les efforts de la police, les tueurs parvinrent pourtant à s'échapper. Les deux capitaines eurent droit à des funérailles nationales en présence du ministre de l'Intérieur et du ministre du Land de Prusse. Au grand regret d'Oppenheimer, personne n'évoqua en revanche les victimes civiles.

On ne découvrit les tenants et aboutissants de l'attentat que plus tard. Une fois nommé chancelier du Reich, Hitler avait exigé que toutes les enquêtes criminelles non résolues impliquant des communistes soient rouvertes. Après avoir amnistié tous les crimes commis par ses sympathisants, le Führer avait voulu s'attaquer à ses ennemis politiques. Comme la police était désormais autorisée à jeter en prison les suspects sans la moindre preuve et à faire usage de la torture pour arracher des aveux, cela facilitait les choses.

On avait alors désigné comme instigateurs de l'attentat Hans Kippenberger, député communiste du Reichstag, et Heinz Neumann, le bras droit d'Ernst Thälmann[1]. Quant aux tireurs, il s'agissait de jeunes communistes, Erich Ziemer et Erich Mielke. Recherchés activement, les deux hommes avaient réussi à s'enfuir en Union soviétique.

Oppenheimer se mit à réfléchir. Il n'était pas étonnant que Jensen ait participé à l'enquête. Son vieux collègue avait quitté en 1931 la criminelle pour intégrer le département Ia de la police berlinoise qui s'occupait des délits politiques.

— Quelle était la tâche de Jensen durant l'enquête ?

— Comme résoudre cette affaire était devenu une priorité, expliqua Billhardt, c'est Gennat en personne qui a dirigé les investigations. Jensen l'a secondé. On supposait qu'il s'agissait d'une grande conspiration, donc les suspects étaient nombreux. Gennat a fait appel à Jensen, même s'il ne pouvait pas l'encadrer. Jensen était un dur, tu le sais, mais il avait du flair.

Oppenheimer tendit ses doigts engourdis vers le poêle.

— Et à l'époque, Jensen a soupçonné Hüttner ?

— Je ne me souviens pas des détails. Hüttner était tout jeune. Jensen l'a convoqué au Praesidium pour un interrogatoire, et il l'a ensuite laissé partir. C'était apparemment une erreur, car le vieux s'en est toujours voulu. Il a répété durant des semaines qu'il aurait dû envoyer Hüttner au trou. Le blanc-bec devait être impliqué d'une manière ou d'une autre. Dès qu'il est sorti

1. Thälmann fut président du KPD de 1925 jusqu'à son arrestation en 1933. Emprisonné sur ordre de Hitler durant onze ans, il fut envoyé en août 1944 à Buchenwald pour y être exécuté.

de l'Alex, il a disparu sans laisser de traces. (Prenant une mine sombre, le flic manchot ajouta :) Nous savons maintenant qu'il s'est réfugié en Russie durant toutes ces années.

Oppenheimer fronça les sourcils. Le départ en exil de Hüttner ne faisait pas forcément de lui un coupable.

— Existe-t-il des preuves de l'implication de Hüttner dans l'attentat ? Je ne me rappelle pas avoir vu son nom sur les avis de recherche à l'époque.

Croisant les bras, Billhardt s'appuya contre le dossier de sa chaise.

— Si tu veux en savoir plus, tu devrais aller parler à Jensen.

— Il est encore en vie ? s'étonna Oppenheimer. Il doit avoir plus de soixante-dix ans.

Billhardt haussa les épaules.

— On avait plus de chances de survivre dans les rangs du Volkssturm qu'au front. En tout cas, je l'ai revu récemment. Il avait l'air plutôt délabré, mais le contraire aurait été surprenant avec tout ce qui s'est passé ces dernières années. Je me suis trouvé nez à nez avec lui dans les ruines de la Forteresse rouge. J'ai failli avoir un infarctus en le voyant surgir au détour d'un couloir. On aurait dit le fantôme du père de Hamlet. Il venait voir les dégâts qu'avait subis notre QG. Nous avons discuté un moment, et il m'a dit qu'il habitait maintenant Andreasplatz. Tu peux aller lui rendre visite, même si je pense que c'est une perte de temps. Cette vieille histoire ne nous aidera pas à résoudre notre affaire.

Oppenheimer n'en était pas aussi sûr. Jusqu'à présent, il n'avait pas beaucoup accordé d'attention à la biographie de Hüttner. Mais cela valait la peine de creuser dans cette direction. Jensen possédait peut-être des informations qui lui permettraient de comprendre ce que faisait Hüttner dans l'immeuble d'Orminski.

Il se tourna vers Billhardt.

— Aurais-tu par hasard l'adresse complète de Jensen ?

Son ancien camarade sourit d'un air amusé.

— Tu n'as pas changé. Toujours aussi entêté qu'autrefois.

Billhardt attrapa sur une pile un vieil avis de recherche. Au moment où il s'apprêtait à écrire sur l'affiche, il se figea brusquement. Oppenheimer suivit son regard. Dans l'encadrement de la porte se tenait un homme portant une épaisse moustache et un binocle. Möller. Le collègue à la probité prétendument absolue que les Russes avaient imposé à la brigade. À l'évidence, il venait d'écouter leur conversation.

Billhardt le toisa avec hostilité.

— Vous désirez quelque chose ?

Möller parut légèrement gêné.

— Euh… oui. Mais je vois que vous êtes occupé. Ce n'est pas pressant, nous discuterons plus tard.

Sur ces paroles, il disparut dans le couloir.

Billhardt bondit de sa chaise et courut à la porte pour le regarder s'éloigner.

Puis il revint s'asseoir avec une moue désabusée.

— On a beau dire, murmura-t-il. Moscou a des oreilles partout.

16

Mardi 17 décembre 1946

— Susanne Priel, Elke Giesow, Oswald Klinke.

L'homme ne laissait pas une minute de répit à Richter. Il n'était pas question d'arrêter. Pas maintenant. Le criminel était prêt à craquer, c'était évident.

Même si Richter se retranchait dans le mutisme, il n'avait pas pu dissimuler son trouble quand il l'avait entendu prononcer ces noms pour la première fois. Après cela, l'homme les avait égrenés inlassablement presque toute la nuit.

On ne tarderait pas à apercevoir les premières lueurs du jour à travers la petite fenêtre du chenil. Mais, pour l'instant, les ténèbres régnaient encore dehors. Un froid glacial s'immisçait peu à peu dans la pièce, car le poêle était en train de s'éteindre.

Richter était épuisé après ces longues heures d'interrogatoire. Il grelottait et mourait certainement de faim.

La sinistre litanie reprit. Quelques minutes s'écoulèrent, puis le prisonnier finit par céder.

Il commença à parler. Lentement. Balbutia des excuses, chercha à se dédouaner en usant de faux-fuyants tellement grossiers qu'ils en devenaient presque risibles.

— Qu'attendez-vous de moi, à la fin ? s'écria Richter

d'un ton désespéré en levant ses bras recouverts de caractères noirs. Dois-je aussi les écrire sur ma peau ?

Non, ces noms n'étaient pas destinés à apparaître sur le corps bouffi du criminel. Jamais. Leur place n'était pas là. L'interrogatoire faisait partie de la deuxième étape. C'était uniquement pour cela que Richter était encore en vie.

— Tu connais ces gens, répondit l'homme posément. Je veux que tu me donnes leur adresse. Susanne Priel, Elke Giesow, Oswald Klinke.

Resserrant sa vieille couverture de laine autour de ses épaules, Richter se rencogna dans un coin de sa cage pour se rapprocher un peu plus du poêle tiédissant.

— Je vous en prie, j'ai froid.

Il claqua des dents ostensiblement et jeta un regard avide vers le tas de bois qui se trouvait hors de sa portée.

Même avec son épais manteau et ses gants, l'homme était lui aussi transi. Heureusement, le réflecteur de la lampe à pétrole empêchait Richter de le voir distinctement. Il ne voulait pas paraître faible. Et encore moins reconnaître qu'il pouvait souffrir du froid, de la faim et des coups.

Il s'efforça de prendre un ton autoritaire.

— D'abord les adresses, ensuite le bois.

Comme un enfant, Richter se couvrit la tête avec sa couverture.

Comme Sarah.

Les voilà qui revenaient. Les lambeaux du passé. Avec les souvenirs affluait la douleur.

Une vague d'amertume le submergea. Durant quelques instants, sa vue se brouilla.

Puis de fines gouttelettes roulèrent sur ses joues.

Les mortels appelaient cela des larmes.

Il dut réprimer la brusque pulsion sadique de se jeter dans la cage de Richter pour lui enfoncer les yeux dans le crâne. Le criminel était à sa merci. Il pouvait lui infliger tous les supplices qu'il voulait.

Mais torturer son prisonnier ne menait à rien.

Cela ne faisait pas partie du plan.

L'homme se répéta qu'il n'accomplissait pas cette mission seulement pour Sarah. Mais aussi pour les autres. Les visages grimaçants aux bouches béantes et aux yeux écarquillés de terreur qui hantaient les recoins de sa mémoire.

Il ne devait pas se perdre dans le passé. Il lui fallait garder la tête froide, sinon il salirait la mémoire des autres.

— Encore une fois. Susanne Priel, Elke Giesow, Oswald Klinke. Où sont-ils ?

Restant caché sous la couverture, Richter sanglota :

— Je ne sais pas de qui vous parlez.

Le prisonnier pouvait gémir autant qu'il voulait. Ce n'était pas lui, la victime, ici.

— Vous faites ensemble du trafic à Berlin, gronda l'homme. Susanne Priel, Elke Giesow, Oswald Klinke. Vous avez juré de vous aider mutuellement. Vous étiez sur vos gardes. Parce que vous aviez peur de moi. Mais j'ai retrouvé la trace d'Orminski. Et il a parlé.

Richter tressaillit. Il releva soudain la couverture pour crier :

— Dans ce cas, vous avez déjà ce que vous voulez !

L'homme marqua une pause avant de répondre. C'était à lui d'imprimer le rythme de la conversation, pas à son prisonnier.

— Peut-être qu'Orminski a menti. Ou peut-être toi. Tu connais les règles du jeu. Pour chaque mensonge une punition.

— Maintenant que j'y pense, balbutia Richter. J'ignore les adresses exactes, mais je peux vous donner quelques indications.

— Serais-tu en train de négocier ?

L'homme saisit la lampe et s'approcha de la cage d'un pas menaçant. Il avait déjà joué la même scène à Orminski, et cela avait fait son effet.

— Pour rester en vie, il n'y a qu'une seule solution : me dire tout ce que je veux savoir.

Lorsque Oppenheimer ouvrit les yeux ce matin-là, le soleil ne s'était pas encore levé. Il se demanda où il se trouvait. Avec un temps de retard, il se souvint qu'il avait dormi pour la première fois dans la cuisine avec tous les autres habitants de la villa.

La grande pièce était noyée dans la pénombre. Seules quelques bougies Hindenburg dispensaient une faible lueur. Encore ensommeillé, Oppenheimer remarqua un étrange phénomène. Quand les flammes vacillaient, les murs semblaient étinceler. Il tendit la main pour toucher la surface miroitante. La paroi était recouverte d'une fine couche de givre.

La veille au soir, Schmude avait fait une mine étonnée lorsque Oppenheimer lui avait donné une briquette sur laquelle était gravée en allemand la mention *Vive Staline*. Comme c'était son idée d'aménager au sous-sol une salle commune, l'ancien avocat s'était également occupé de constituer un petit stock de combustible. Néanmoins, en prévision des gelées nocturnes, Oppenheimer avait tenu à apporter sa contribution en sacrifiant l'un des précieux agglomérés d'Aksakov.

Schmude n'avait pas le génie de la technique, mais il s'était surpassé pour l'aménagement de la salle commune. Il avait placé la Brennhexe en face de la cuisinière. Un long tuyau en tôle récupéré dans la remise de Hilde reliait le petit fourneau au conduit de la cheminée, ce qui permettait de répartir encore mieux la chaleur dans la pièce.

Malheureusement, l'installation ingénieuse n'avait pas suffi. Même en alimentant toute la nuit la cuisinière et la Brennhexe, ils avaient souffert cruellement du froid. Gêné par le manque d'intimité, Oppenheimer avait eu du mal à trouver le sommeil dans ce dortoir improvisé. Pour ne rien arranger, le matelas de Herr Vogt se trouvait juste à côté du sien. Sentir près de lui le vétéran qui fixait le plafond d'un regard vide ne l'avait pas aidé à se détendre.

Oppenheimer poussa un soupir en songeant qu'il devrait bientôt partir pour aller rendre visite à Jensen.

Déjà debout, Lisa était en train de préparer le petit déjeuner. Faisant un effort sur lui-même, le commissaire repoussa ses couvertures, écarta sa bouillotte refroidie et se redressa.

Quand il sortit de la villa un peu plus tard, enveloppé dans deux manteaux, il constata que l'épaisse couche de neige qui recouvrait le sol était particulièrement glissante ce matin-là. Préférant ne pas prendre le risque de s'aventurer sur les routes à bicyclette, il décida d'emprunter le S-Bahn. Il lui faudrait jouer des coudes pour se glisser dans un wagon rempli de monde mais, une fois arrivé à la gare de Silésie, il serait en moins de dix minutes chez Jensen, car son vieux collègue n'habitait que deux rues plus loin.

Une heure plus tard, Oppenheimer sortait d'un train bondé. Levant la tête, il contempla la verrière qui s'étirait au-dessus des quais. Les vitres avaient été soufflées, mais l'ossature d'acier avait résisté aux bombes. Il prit une longue inspiration avant de plonger dans la foule.

À Berlin, on considérait la gare de Silésie comme une porte vers l'Est. Et les mois précédents, son importance s'était largement accrue sous l'occupation soviétique. Les voies avaient été élargies pour accueillir le Train bleu, express qui assurait quotidiennement la liaison ferroviaire jusqu'à Brest – première grande étape sur le chemin de Moscou. Celui-ci, destiné au transport des soldats russes, était composé de wagons qu'on avait peints en bleu clair.

Les militaires pouvaient ainsi voyager de manière relativement confortable. Rien à voir en tout cas avec les conditions de transport des Allemands originaires de Prusse-Orientale qu'on rapatriait de force dans des wagons à bestiaux.

Selon certaines estimations, pendant l'été qui avait suivi la fin de la guerre, environ quinze mille réfugiés arrivaient chaque jour à Berlin. Le flux s'était peu à peu ralenti, mais, depuis janvier 1946, les Soviétiques organisaient des transports de masse pour les populations en provenance de Pologne.

À la suite d'une décision prise lors de la conférence de Potsdam, seuls les civils munis d'une autorisation de la Kommandantura alliée avaient le droit d'entrer dans l'ancienne capitale du Reich. De fait, la ville était bouclée et les personnes déplacées n'avaient pas le droit de s'y établir. On ne faisait d'exception que pour les malades ; ceux-ci étaient soignés avant de poursuivre leur voyage.

Pour les rapatriés, Berlin n'était qu'une étape. Ceux que l'on nommait les « Allemands ethniques » étaient emmenés dans des camps d'accueil, où ils étaient officiellement confiés aux autorités allemandes. Après leur immatriculation, ils passaient une visite médicale. Une fois vaccinés et épouillés, ils étaient pris en charge par la Croix-Rouge et certaines organisations religieuses, qui s'occupaient de les conduire jusqu'à leurs nouveaux foyers.

Les réfugiés n'avaient pas le droit de choisir leur lieu d'installation. Berlin et les autres grandes villes allemandes connaissaient une cruelle pénurie de logements. Sur ordre des Alliés, ils étaient donc principalement envoyés dans des régions rurales ou dans de petites communes n'ayant subi aucun bombardement.

Les trains qui leur étaient réservés étaient mis en place à bonne distance de la gare. On voulait ainsi éviter que les personnes déplacées n'essaient de filer en se fondant dans la foule de passagers qui fréquentaient les quais. Mais cette mesure d'isolement n'était guère efficace. En réalité, il n'y avait pas assez de personnel dans les gares pour contrôler si tout se passait comme prévu.

Bon nombre de réfugiés saisissaient la moindre occasion pour tenter leur chance dans la grande ville. Ils espéraient être reçus à bras ouverts par les Berlinois, mais, sans autorisation officielle, ils n'avaient pas droit aux tickets de rationnement et ne pouvaient pas trouver d'emploi. Rongés par la faim, ils ne tardaient pas à revenir à la gare.

Des grappes de fugitifs faisaient le pied de grue devant les bureaux des organisations religieuses pour annoncer leur retour. À côté de la porte, on avait collé une affiche sur laquelle on pouvait lire : *Pour les réfugiés et soldats allemands de retour de captivité, il est inutile de se rendre sur les quais sans autorisation officielle. Ne seront autorisées à monter dans les trains que les personnes munies de leur certificat.*

Oppenheimer se fraya un chemin entre les rapatriés en essayant de ne pas trébucher sur les valises qui jonchaient le sol.

En sortant de la gare, il se retrouva dans un paysage de désolation. Le dédale de rues qui s'étendait autour de l'Andreasplatz n'avait pas été épargné par les bombes alliées. Le secteur avait longtemps été considéré comme le quartier chaud de la capitale. Seuls ceux qui n'avaient pas les moyens de vivre ailleurs habitaient ici. Avant-guerre, le taux de criminalité y était si élevé que l'endroit avait été surnommé le Chicago de Berlin. À présent, le quartier n'était plus qu'un amas de ruines.

Tandis qu'il longeait les monceaux de décombres enneigés, de sombres souvenirs lui revinrent en mémoire. C'était ici qu'avait vécu le tueur en série Carl Großmann dans les années vingt. Ce criminel enlevait des femmes pour les violer et les découper ensuite en morceaux. La police l'avait finalement pris en flagrant délit et Oppenheimer, alors jeune officier de police, avait aidé le service de l'Identification judiciaire à relever les indices dans son appartement. Il avait eu la nausée en découvrant le lit ensanglanté de Großmann où gisait le corps mutilé de sa dernière victime.

Cette expérience avait profondément changé Oppenheimer. Jusqu'à ce moment-là, résoudre des affaires criminelles avait été à ses yeux une sorte de hobby aventureux et romanesque. Un moyen d'imiter son idole Nick Carter, le célèbre détective américain dont il avait lu toutes les aventures. Confronté au crime de Großmann, il avait pris conscience qu'il existait réellement des monstres capables de commettre les pires méfaits. Après cela, il n'avait plus jamais considéré son travail comme un jeu.

S'arrêtant quelques instants, il laissa le soleil hivernal

caresser son visage. Comme toujours, songer à Großmann faisait naître en lui un malaise. Il s'ébroua pour chasser ces pensées macabres et se remit en marche. Après avoir bifurqué dans la rue nommée Grüner Weg, il traversa les rails du tramway recouverts de neige.

Jensen habitait un immeuble en piteux état qui se dressait à l'angle de l'Andreasplatz. Au rez-de-chaussée se trouvait autrefois une boutique. Le local aux vitrines fracassées était vide, et le squelette d'acier d'une enseigne lumineuse pendait sur la façade.

Contournant le bâtiment endommagé, Oppenheimer finit par trouver dans la cour intérieure une porte d'entrée. Apparemment, la partie arrière de l'édifice était encore habitée. L'appartement de Jensen était situé au deuxième étage. Comme la sonnette ne fonctionnait plus, le commissaire frappa.

Il entendit un bruit sourd, suivi d'un juron.

Puis la porte s'ouvrit dans un grincement. Jensen avait les cheveux hirsutes, mais Oppenheimer aurait reconnu le vieux flic entre mille. Celui-ci se frottait le genou en grimaçant de douleur.

— Bordel de Dieu ! Qu'est-ce que vous voulez ?

Après son entrée à la Kripo, Oppenheimer avait commencé à travailler sous la houlette de collègues plus âgés – une méthode permettant aux jeunes recrues de bénéficier de l'expérience des vétérans. Il avait collaboré à plusieurs reprises avec Jensen, mais le courant n'était jamais passé entre eux. À l'instar de beaucoup de fonctionnaires d'un certain âge, il avait commencé sa carrière comme sous-officier dans l'armée impériale. À la fin de ses années de service, Jensen s'était vu proposer un emploi dans la fonction publique. Il avait choisi la police et accompli sa tâche avec la même brutalité martiale.

Oppenheimer s'était très bien entendu avec certains de ses collègues. Au fil des ans, plusieurs d'entre eux – comme Billhardt – étaient devenus des amis. Cela n'avait jamais été le cas pour Jensen.

— Commissaire Jensen ? Je suis Richard Oppenheimer. Vous vous souvenez peut-être de moi.

Jensen plissa les yeux.

— Le Juif ? maugréa-t-il avec étonnement avant de dévisager le visiteur d'un air hostile.

Oppenheimer soupira intérieurement. Jensen était l'exemple typique de l'antisémite aigri et, selon toute évidence, la guerre n'avait rien arrangé.

— J'aimerais que vous me parliez de l'attentat de la Bülowplatz, attaqua-t-il sans préambule. Je travaille en ce moment sur une affaire qui pourrait avoir un lien avec les événements de l'époque.

Son ancien collègue parut surpris. Lâchant un nouveau juron, il s'exclama :

— Quoi ? Encore quelqu'un qui s'intéresse à cette vieille histoire ?

Jensen paraissait à première vue toujours aussi irascible, mais Oppenheimer sentait derrière cette façade une profonde lassitude. Les privations l'avaient marqué physiquement. Sale, mal rasé, il n'était plus que l'ombre de lui-même. Un pauvre hère efflanqué sous un tricot dépenaillé.

Le vieux policier l'invita d'un signe à entrer. Il vivait dans un cinq-pièces qu'il partageait avec deux familles. En boitillant, il conduisit Oppenheimer à travers le séjour. Un lustre monumental gisait sur le sol, et il expliqua qu'il s'était cogné le genou contre l'une des branches métalliques.

Une fois dans sa chambre, il indiqua un tabouret à son hôte tandis qu'il prenait place sur son lit. Sous les rayons du soleil, Oppenheimer remarqua qu'une épaisse couche de poussière recouvrait tous les meubles. Jensen avait bricolé un imposant clapier qu'il avait disposé près de son grabat. Quatre lapins étaient tapis à l'intérieur.

Le flic à la retraite se jeta une fourrure tachetée sur l'épaule gauche. Sans doute une peau de chat.

Captant le regard déconcerté de son invité, il crut devoir se justifier et grommela :

— J'ai des rhumatismes.

Oppenheimer se contenta d'acquiescer, puis exposa en quelques mots le motif de sa visite. Après une courte réflexion, Jensen commença à expliquer ce qui s'était passé en 1931.

— Même si nous avons rapidement découvert qui étaient les tireurs, nous n'avons pas pu éclaircir certains points. Plusieurs personnes étaient impliquées dans l'attentat. En plus de Mielke et de Ziemer, il y avait encore cinq hommes armés qui avaient pour mission de les aider à s'enfuir. Huit autres complices étaient postés à des endroits stratégiques pour contrarier les mouvements des policiers stationnés devant la Maison Karl-Liebknecht. (Il marqua une pause avant de poursuivre :) Nous avons soupçonné très vite Hüttner d'avoir participé à cette opération. Je l'ai interrogé à peine deux jours après les faits.

— Hüttner faisait donc partie des types censés couvrir la fuite des tueurs ?

Jensen eut un geste brusque d'agacement, qui faillit faire tomber sa peau de chat.

— Pff ! Il a fait l'ingénu, et je me suis laissé prendre. Quand je m'en suis rendu compte, il était déjà trop tard. Certains indices donnaient à penser qu'il y avait un troisième tueur. L'homme s'est sans doute dégonflé et n'a pas tiré. Après coup, j'ai compris que c'était probablement Hüttner. Mais entre-temps, il avait filé et je n'ai jamais pu prouver son implication.

Il fixa d'un œil morne les taches qui ornaient le papier peint jauni sur le mur en face de lui. À l'évidence, il n'avait pas encore digéré son échec d'autrefois.

— Juste après l'attentat, ces satanés bolcheviques ont fait passer les tueurs en Russie, reprit-il. Je ne sais pas pourquoi Hüttner n'est pas parti tout de suite. Il pensait peut-être qu'il ne serait pas soupçonné parce qu'il n'avait pas tiré. Tous les comploteurs ont ensuite fait carrière en exil. Certains sont revenus à Berlin et jouent maintenant les caïds.

Oppenheimer écoutait l'ancien policier bourru avec intérêt. Dans les années qui avaient suivi l'attentat, victime des persécutions du nouveau régime, il n'avait guère eu le loisir de suivre les rebondissements de l'enquête.

— À qui pensez-vous en particulier ? s'enquit-il.

Agacé, Jensen respira bruyamment. Il n'avait jamais su faire preuve de pédagogie.

— Tout d'abord à Walter Ulbricht en personne. Il était l'un des instigateurs de l'attentat. Après notre rapport d'enquête final, il se trouvait en quatrième position sur la liste des criminels recherchés par la police. Et le voilà maintenant à la tête du SED ! Ziemer, quant à lui, n'est pas réapparu. Staline l'a probablement fait zigouiller. Mais l'autre tueur, Erich Mielke, a connu une ascension fulgurante. Jusqu'à récemment, il dirigeait le commissariat de police de Lichtenberg. Vous vous rendez compte ? Et ce fils de pute a été nommé vice-président de l'Administration des affaires intérieures pour toute la zone soviétique. Les Ruskofs ont introduit le loup dans la bergerie ! Un tueur de flics comme lui est censé participer à la reconstruction d'un État ? C'est ridicule ! Mais Mielke ne devrait pas se réjouir trop tôt. Il finira par payer pour ses crimes !

Oppenheimer se souvint que le vieux briscard avait sous-entendu à son arrivée qu'il n'était pas le seul à s'intéresser à l'attentat de la Bülowplatz.

— Quelqu'un est en train de mener une enquête pour piéger Mielke ?

Posant la main sur son clapier de fortune, Jensen se pencha en avant.

— Quelques collègues s'efforcent de collecter des preuves contre lui, murmura-t-il d'un ton conspirateur. Ils espèrent obtenir un mandat d'arrêt. Voilà pourquoi je resterais discret à votre place. (Avec un clin d'œil, il ajouta :) Nous ne voudrions pas ameuter les rouges, n'est-ce pas ?

17

Mardi 17 décembre 1946

Maintenant que le jour touchait à sa fin, le chef des Apaches s'était retiré dans son nid d'aigle. Être exposé aux morsures du vent au dernier étage de la ruine ne le dérangeait pas. De là-haut, il avait une vue panoramique sur la mer de décombres qui s'étendait à ses pieds et pouvait guetter toutes les allées et venues autour du bâtiment. Personne ne pourrait le surprendre ici. Si les cognes arrivaient, il les repérerait aussitôt. Pas question d'être envoyé dans un maudit orphelinat.

À l'horizon, les derniers rayons du soleil éclairaient les cimes anguleuses des montagnes de débris. Cette image le fit frissonner. Quand le ciel se teinterait de rouge, nul doute que son pire ennemi reviendrait.

Le froid glacial.

À cette pensée, il resserra instinctivement les pans de son manteau et croisa les bras sur sa poitrine. Il devait essayer d'allumer un feu. Bondissant sur ses pieds, il redescendit au rez-de-chaussée, où il avait caché sa petite réserve de bois.

Tout le monde avait beau l'appeler Theo, il n'aimait pas ce prénom. Les hommes braves portaient des noms insolites, c'était bien connu. Il avait vu cela dans les livres. Le capitaine Nemo, Winnetou, Sherlock Holmes,

Old Shatterhand, Tarzan – ils étaient ses héros. Il voulait être comme eux. Et pour survivre, il devait être comme eux. Mais on ne pouvait pas se lancer dans toutes sortes d'aventures palpitantes sans avoir un nom héroïque. Malheureusement, il ne savait pas lequel adopter. Jusqu'à présent, aucun ne s'était révélé à lui.

En tout cas, il ne voulait pas s'appeler Theo. Cela ne convenait pas à un noble guerrier livré à lui-même depuis la perte de sa famille. Il vagabondait dans les rues de la capitale depuis plus d'un an. Parfois, l'amertume le submergeait. Mais être courageux signifiait aussi ne pas se lamenter sur son sort.

Au début, il avait été terrorisé. Tout seul dans un monde inconnu. Il se souvenait encore exactement du moment où il avait lâché la main de sa sœur dans la gare d'Anhalt. Une seconde plus tard, celle-ci avait été engloutie par la foule. Elle avait disparu sans laisser de traces, comme sa mère. Toutes deux avaient été emportées par ce flot ininterrompu de réfugiés fébriles cramponnés à leurs valises.

Paniqué, Theo s'était mis à courir au milieu de cette marée humaine. À plusieurs reprises, il avait cru apercevoir le foulard familier de sa mère, mais peine perdue. Il s'agissait d'autres femmes avec le même morceau de tissu noir sur la tête. D'autres mères aux visages inconnus entraînant derrière elles des enfants effrayés.

Il s'était finalement laissé porter par le courant. À la recherche de sa famille, il avait passé les quais au peigne fin, tirant les manches d'innombrables femmes étrangères coiffées d'un foulard noir. Chaque fois qu'un train quittait la gare, il avait éprouvé le sentiment oppressant que sa mère l'avait abandonné volontairement. Se sentant coupable, il avait cherché toutes les raisons imaginables. Peut-être ne voulait-on plus de lui parce qu'il était insupportable ? Tandis que les minutes s'égrenaient, la certitude qu'il ne reverrait plus jamais sa mère ni sa sœur avait grandi en lui.

Après plusieurs heures, épuisé, il s'était réfugié dans la salle d'attente bondée de la gare. Blotti entre des adultes qui sentaient la sueur et le tabac, il avait fini par s'endormir. C'était la première nuit qu'il avait passée tout seul.

Le bois brûlait enfin. Entre-temps, la nuit était tombée et Theo s'était installé devant le feu sur une couverture usée. Les branches qu'il avait ramassées étaient humides, si bien qu'une épaisse fumée s'échappait du foyer. Il devait s'asseoir tout près des flammes pour sentir un peu de chaleur. Cela avait été une erreur de choisir son refuge durant l'été. Sillonné de courants d'air, le vieux bâtiment abandonné n'était pas un lieu adapté pour passer l'hiver. Mais, pour l'instant, il ne pouvait pas faire autrement.

Il devait tenir jusqu'au petit matin. À contrecœur, il décida d'entamer sa provision de tabac. Il avait trouvé une pipe dans les ruines et s'imaginait qu'il s'agissait d'un calumet apache. Sortant deux cigarettes de sa poche, il vida leur contenu dans le petit fourneau et gratta ensuite une allumette. Il tira avec délice une grande bouffée. Sentir la fumée chaude dans ses poumons était très agréable. En plus, le tabac lui permettait de mieux supporter la faim.

Après son arrivée à Berlin, Theo était resté deux jours dans la gare d'Anhalt. Seul, avec l'infime espoir que sa mère reviendrait le chercher.

Mais elle n'était pas réapparue.

Peu à peu, l'idée d'aller explorer le monde à l'extérieur de la gare avait germé en lui. Il lui fallait trouver de la nourriture d'une manière ou d'une autre. Il avait réussi à voler un morceau de pain dans une corbeille, toutefois le quignon avait un goût de moisi.

Ses nouveaux amis ne connaissaient pas de pareilles hésitations. Il les avait rencontrés sous le grand portique de la gare. Dissimulés derrière les imposantes colonnes, les garçons jaillissaient comme des diables pour vider les poches des voyageurs.

Souvent, les petits pickpockets essayaient de dénicher du charbon, car le combustible se revendait facilement. Ils fouillaient les trains de marchandises qu'ils pillaient sans vergogne.

Theo avait fini par intégrer la bande. Durant quelques mois, il avait partagé leur quotidien et dormi avec eux dans un immeuble en ruine. Parmi ses compagnons, certains avaient un sort très enviable : ils rentraient dans leur famille le soir.

Avec le temps, l'envie avait fait naître quelque chose de sombre en lui. Les adultes appelaient cela le désespoir. Autrefois, Theo avait toujours été incapable de comprendre ce mot. C'était en l'éprouvant lui-même qu'il en avait saisi le sens profond.

Ses nouveaux camarades lui avaient appris plein de choses nécessaires à la survie. À son grand étonnement, il s'était révélé très doué pour le vol à la tire. Il était même parvenu au bout d'un certain temps à mettre ses scrupules de côté. Malgré tout, il n'aimait pas le chapardage. S'il se faisait prendre, on l'enverrait croupir dans une maison de correction, et cette perspective le rebutait.

On pouvait s'en sortir en courant moins de risques. Dès qu'il avait appris comment survivre sans voler, Theo avait quitté le groupe de pickpockets. Il avait commencé par ramasser les mégots jonchant les trottoirs pour fabriquer de nouvelles cigarettes à partir des restes de tabac. Mais il avait rapidement trouvé un moyen supplémentaire d'augmenter ses revenus. En passant les ruines au peigne fin, il trouvait des tuyaux de plomb, des robinets, des métaux non ferreux et des câbles qu'il revendait ensuite pour un bon prix. Le pillage des décombres était officiellement interdit par la loi, mais Theo s'en moquait. Sans lui, tout ce matériel était perdu. C'était aussi ce que se disaient les agents de police qui avaient pour habitude de fermer l'œil quand ils le voyaient passer avec sa vieille brouette remplie de matériaux. Et dans les ateliers où il écoulait ses marchandises, personne ne demandait leur provenance.

De cette manière, Theo réussissait en moyenne à se faire plus de cent reichsmarks par jour. Malheureusement, il ne pouvait presque rien mettre de côté ; cet argent lui servait à acheter de la nourriture. Comme il n'avait pas de tickets de rationnement, il devait payer le prix fort au marché noir, où une miche de pain pouvait atteindre les soixante-quinze reichsmarks.

La dernière braise s'éteignit dans un crépitement. Il avait brûlé toute sa réserve de bois. Instantanément, il se mit à grelotter. Il avait sous-estimé la vague de froid et, à présent, il ne lui restait plus qu'une seule issue s'il voulait voir l'aube se lever : il devait chercher un autre refuge.

Cela faisait bien longtemps que Theo évitait les salles d'attente des gares la nuit. Le soir venu, c'était là qu'échouait l'écume de la ville. Les sans-patrie, les clandestins, les trafiquants malchanceux et les vagabonds. En cas de rafle, on l'enverrait illico dans un foyer.

Il n'y avait qu'un seul adulte en qui il avait confiance. Un visage pâle que tout le monde appelait par son prénom. Josef. Son frère de sang n'hésiterait pas à l'aider. En revanche, il lui faudrait marcher un bon kilomètre. Par ce temps glacial, cette distance pouvait s'avérer sacrément longue.

Theo savait qu'il devrait se montrer prudent. Depuis qu'un macchabée avait été retrouvé dans la cour de l'immeuble de Josef, l'endroit grouillait de flics et de types louches. Il se souvenait parfaitement de l'homme qui l'avait guetté quatre jours plus tôt sur la Hermannplatz. Il n'avait échappé à son poursuivant qu'en osant une manœuvre très périlleuse. Ce drôle ne l'avait pas pisté uniquement pour lui poser quelques questions.

Theo se leva en grimaçant. Malgré la couverture, le froid avait endolori ses membres. Il renoua soigneusement son écharpe. Sous les gants troués aux mites qu'il portait, ses doigts étaient engourdis. Pour les réveiller, il fit quelques rotations des bras jusqu'à ce que le sang se remette à circuler.

Après s'être assuré que toutes ses provisions et marchandises étaient bien cachées, il s'approcha d'une brèche dans la façade et jeta un coup d'œil soupçonneux dans la rue. Cette ouverture était l'unique accès à sa forteresse. La fente était si étroite que seul un enfant pouvait s'y glisser.

Dehors, il n'y avait pas un chat. La lune décroissante éclairait les ruines environnantes d'une clarté laiteuse. Une couche de neige piétinée miroitait sur les trottoirs.

Theo se méfiait de ce calme apparent. Il tendit l'oreille, prêt à se cacher au moindre bruit suspect.

Rien, hormis le bourdonnement continu de la grande ville.

Prenant son courage à deux mains, il se coula dans la rue. C'était difficilement concevable, mais, à l'extérieur, il faisait encore beaucoup plus froid que dans son refuge éventé.

Le garçon se mit en marche d'un pas vif.

Il était dangereux de s'aventurer dehors pendant la nuit. Des patrouilles motorisées de la police militaire circulaient un peu partout en ville pour effectuer des contrôles. À Neukölln, c'étaient les Américains. Leurs casques blancs en demi-lune ornés de l'inscription MP étaient aisément reconnaissables. Theo ne devait en aucun cas tomber entre leurs mains. Les Allemands étaient obligés de porter constamment sur eux leur carte d'identité. Si quelqu'un se faisait coincer par les MP sans ses papiers, il était embarqué sur-le-champ.

Theo ralentit l'allure en arrivant au coin de la rue. Il lui fallait maintenant traverser la Hermannstraße. Mais le bruit assourdi d'un moteur lui révéla qu'il n'était pas seul.

Caché derrière le mur du bâtiment qui faisait l'angle, il avança prudemment la tête. C'est alors qu'il les vit.

Des soldats. Ils avaient garé leur jeep devant les vitrines non éclairées d'un cinéma.

Au second coup d'œil, Theo s'aperçut qu'il s'agissait de deux policiers militaires contrôlant les papiers d'une jeune femme. Visiblement transie, celle-ci sautillait d'une jambe sur l'autre dans le faisceau lumineux des phares, pendant que l'un des Américains braquait sa lampe torche sur la carte d'identité.

Le moteur du véhicule tournait, mais des bribes de conversation parvenaient jusqu'à Theo.

Il hésita. Pouvait-il se risquer à traverser la rue en courant ? Il faisait bien trop froid pour faire un détour.

Les feux de recul de la jeep brillaient comme deux yeux flamboyants. Teintés de rouge, les gaz d'échappement ressemblaient à des vapeurs sulfureuses tout droit sorties de l'enfer. Theo dissimula le bas de son visage sous son écharpe. Après une longue inspiration, il s'élança tête baissée.

Les MP ne le remarquèrent pas. Aucun cri ne retentit dans son dos. Sans se retourner, il poursuivit son chemin. Il avait l'impression que s'il s'arrêtait, il ne pourrait jamais se remettre en mouvement.

L'appartement de Josef n'était plus très loin. Theo espérait que son ami était chez lui et que personne d'autre n'occupait la chambre. Parfois, des femmes venaient avec des messieurs inconnus. Josef allait alors se promener dans le quartier en fumant des cigarettes ou attendait patiemment sur le palier.

Brisé de fatigue, Theo avait du mal à garder les yeux ouverts. Il se concentra pour poser un pied après l'autre.

Enfin, il aperçut l'immeuble. Il y avait de la lumière dans le logement de Josef.

Le garçon poussa un soupir de soulagement. Il savait comment entrer discrètement dans l'appartement sous les combles. Le cadre de la fenêtre des toilettes avait été endommagé par les bombardements et on ne pouvait plus fermer le battant. Josef tolérait que son jeune ami passe par là pour lui rendre visite de temps en temps. Mais personne ne devait apprendre que Theo connaissait un accès secret. C'était trop dangereux. Josef lui avait ordonné de disparaître dès que des étrangers arrivaient. Rongé par la curiosité, l'enfant avait cependant ignoré cette interdiction plusieurs fois. Caché dans le vestibule, il avait observé ce qui se passait de l'autre côté de la porte du salon en collant son œil contre le trou de la serrure. Quand des bruits étranges s'élevaient du lit disposé dans un coin de la pièce, cela signifiait qu'un homme était allongé sur une femme.

Il espérait que Josef le laisserait dormir chez lui

– même si des inconnus étaient là. Son ami devait comprendre que Theo n'avait pas d'autre choix.

D'un pas las, il entra dans l'arrière-cour et se dirigea vers le réservoir d'eau de pluie qui se trouvait à côté de l'abri à vélos. Theo l'avait placé là afin de pouvoir grimper sur le toit de l'appentis.

Une fois sur l'auvent, il commença à escalader l'échelle fixée au mur. Malgré ses gants, il sentait le froid glacial du métal engourdir ses doigts. Et le vent mordant le transperçait jusqu'aux os.

Au prix d'un énorme effort, degré après degré, il poursuivit son ascension. Un immense soulagement le submergea quand il atteignit enfin le toit. Deux mètres seulement le séparaient encore de la fenêtre des toilettes.

Tremblant comme une feuille, il rassembla ses dernières forces pour se hisser jusqu'au cadre et se faufiler par l'ouverture.

Il retomba avec fracas sur le sol à l'intérieur. Éreinté, il se pelotonna contre le mur. Des pas rapides résonnèrent dans le vestibule. Puis la porte des toilettes s'ouvrit avec un grincement sonore. Levant la tête, Theo aperçut une haute silhouette qui se dressait à contre-jour sur le seuil.

— Que fais-tu ici ?

Le garçon se détendit. Il connaissait cette voix. C'était celle de Josef.

— Froid, balbutia-t-il avant de sombrer dans un profond sommeil.

18

Mercredi 18 – jeudi 19 décembre 1946

Après une longue course dans le secteur britannique, Oppenheimer retourna à Dahlem au Service de recherche pour y déposer des dossiers.

Il avait l'impression que la température avait encore baissé. Fort heureusement, il avait cessé de neiger, si bien que les S-Bahn fonctionnaient à peu près normalement. Pour se rendre au camp de réfugiés de Moabit, il avait préféré prendre la ligne circulaire dans le sens des aiguilles d'une montre jusqu'à Putlitzstraße plutôt que d'emprunter le métro, ce qui lui avait épargné deux correspondances dans des stations bondées.

Située entre Perlebergerstraße et Kruppstraße, l'ancienne caserne du premier régiment d'artillerie de la garde avait été reconvertie en camp de transit pour les personnes déplacées. Dans les grandes salles communes, on avait installé des lits superposés en bois entre lesquels s'élevaient des montagnes de caisses, de vaisselle en fer-blanc et de vêtements. Au milieu de ce bric-à-brac, des femmes essayaient de ranger leurs affaires tandis que des enfants couraient en criant dans les couloirs. Dans le hall s'étirait une longue file d'attente. Le flot de nouveaux arrivants souhaitant se faire immatriculer ne tarissait jamais.

Oppenheimer déposa sur le bureau de Herr Furmannek l'épaisse pile de dossiers qu'il avait récupérée à Moabit. Son collègue au cache-œil arqua les sourcils et hocha la tête en guise de commentaire.

Le commissaire tourna les talons. Il devait se dépêcher, car on l'attendait au Rio Bar. Ed avait réussi à trouver le mystérieux bailleur d'Orminski, Herr Tetzlaff, et avait arrangé une rencontre. Avec un peu de chance, il y verrait bientôt un peu plus clair dans son enquête.

Au moment où il s'apprêtait à sortir de la pièce, un raclement de gorge le retint de franchir le seuil.

— Je dois vous parler d'une chose.

Furmannek se leva pour accompagner Oppenheimer dans le couloir. Sans doute voulait-il évoquer la liste de noms inscrits sur la peau d'Orminski.

Le corridor était désert, mais Furmannek baissa la voix.

— Il est possible que vous receviez prochainement la visite de deux fonctionnaires de police. (Prenant un air désolé, il ajouta :) J'ai été contraint de leur donner votre adresse. Ils ont certaines questions à vous poser.

— À quel propos ? s'étonna Oppenheimer.

Furmannek écarquilla son œil valide.

— Vous n'êtes pas au courant ? Margret Leistner, la femme que vous recherchiez, a disparu hier. Les voisins l'ont entendue crier, puis plus rien. La police pense qu'elle a été enlevée.

Oppenheimer s'assit sur l'un des bancs du couloir pour digérer la nouvelle. Son instinct de flic ne tarda pas à reprendre le dessus et à identifier un suspect. En l'occurrence, il s'agissait d'une femme. La séduisante Ruth Dargel.

— La nièce, murmura-t-il.

Furmannek acquiesça vivement.

— C'est ce que j'ai raconté à la police. Quelques jours avant la disparition de Leistner, une personne vient nous demander son adresse. Ça ne peut pas être un hasard.

Oppenheimer se redressa brusquement et se rendit à grands pas au service courrier.

— Frau Scholz ?

Sa collègue au chignon chancelant leva les yeux vers lui d'un air étonné.

— Avez-vous contrôlé les papiers de Fräulein Dargel quand elle est venue ici pour la première fois ?

Embarrassée, Scholz chercha ses mots.

— Ses papiers ? balbutia-t-elle. Mais pourquoi ? N'avez-vous pas vérifié son identité vous-même ?

Oppenheimer laissa libre cours à sa colère.

— C'est vous qui me l'avez présentée, bon sang ! Quand on me demande de m'occuper d'une requête, je pars du principe qu'il s'agit réellement d'une personne recherchant un membre de sa famille. Je ne peux pas tout contrôler moi-même !

À cet instant, une petite voix s'éleva du fond de sa conscience pour remarquer que c'était lui qui avait fait preuve de négligence. Ne s'était-il pas laissé distraire par les longues jambes et le décolleté de la jeune femme qui prétendait s'appeler Ruth Dargel ?

— Mais qu'est-ce qui prouve que cette fille n'est pas la véritable nièce de Frau Leistner ? rétorqua Frau Scholz, vexée.

Oppenheimer respira profondément. L'objection était pertinente. Il s'agissait peut-être d'un malencontreux concours de circonstances.

Il se promit d'élucider ce mystère au plus vite.

Trois quarts d'heure plus tard, il sortait de la station de métro Splittelmarkt. Avant-guerre, la place était dominée par le grand magasin Leineweber et son imposante façade éclatante de blancheur. Mais une bombe avait touché la partie centrale de l'édifice, creusant une large trouée à travers laquelle on pouvait à présent apercevoir le clocher fortement endommagé de l'église Saint-Pierre.

Oppenheimer longea les amas de débris avant de s'engager dans la rue latérale où vivait Fräulein Dargel. Il n'eut aucun mal à retrouver la porte d'entrée sur laquelle était placardé le papier *Tourner une fois pour Pohl, deux fois pour Hörrmann et trois fois pour Wagner*. Lorsqu'il jeta un coup d'œil vers les boîtes aux lettres, il constata que l'étiquette avec le nom « Dargel » avait disparu.

Soudain furieux, il se mit à actionner l'antique sonnette en laiton comme un forcené.

— Vous pouvez sonner longtemps !

Oppenheimer se retourna et découvrit à côté de lui une fillette engoncée dans un épais manteau. Avec ses deux couettes blondes, elle observait le commissaire d'un air critique.

— Peux-tu me dire où se trouve Fräulein Dargel ?

— Ça fait un bail que plus personne n'habite là, répliqua-t-elle d'un ton de reproche comme si tout le monde le savait. On raconte que la maison va être démolie. Ils vont peut-être la faire sauter à la dynamite. *Boum !*

Tout excitée à cette idée, elle mima l'explosion en écartant les bras.

— Tu es sûre ? Personne n'a emménagé ici récemment ?

L'enfant regarda Oppenheimer sans comprendre.

— Mais il faudrait être complètement zinzin pour vivre là-dedans ! C'est trop dangereux.

Il contempla un instant la porte d'entrée. De toute évidence, la jeune femme qui prétendait s'appeler Ruth Dargel était un imposteur. Et cette personne était sans doute de mèche avec les ravisseurs de Frau Leistner. En revanche, il n'avait pas assez d'éléments pour établir un mobile.

Au fond de lui, il enrageait de s'être laissé berner aussi facilement.

— Dans quel monde de fous vivons-nous ? pesta-t-il à voix haute avant de s'éloigner à grands pas.

L'homme caressa ses enfants. Agités, ils quémandaient leur pitance en gémissant. Mais il devait se montrer ferme envers eux. Les chiens avaient beau pleurnicher, il réduirait leurs rations. Bientôt, il leur faudrait utiliser leur flair et prouver qu'ils n'avaient rien perdu de leur instinct de prédateurs, même s'ils avaient été domestiqués.

Tandis qu'il repoussait ses couvertures, il se sentit extrêmement las. À chaque mouvement, cette maudite bouillotte s'enfonçait dans son flanc. Gelée, l'eau à l'intérieur était devenue dure comme pierre.

Il jeta un coup d'œil par l'étroite fenêtre. Dehors, le ciel s'était assombri. Il avait dormi presque toute la journée.

Cette fois, la nuit avait été très longue. Capturer Dargel s'était avéré plus difficile que prévu. La criminelle vivait dans une cabane en tôle ondulée. À travers les minces parois, on entendait le moindre bruit. Il n'avait pas pu prendre les précautions habituelles. Dans l'agglomération de baraquements, on était sans arrêt observé par les habitants. N'ayant pas pu trouver de recoin où guetter discrètement sa proie, il avait failli être repéré. Heureusement, il était parvenu *in extremis* à traîner la criminelle sans connaissance jusqu'à son véhicule et à gagner le large. Avec une pointe d'orgueil, il songea qu'il avait accompli une fois encore la mission qu'il s'était fixée.

Les coupables ne lui échapperaient pas. Richter avait confirmé les dires d'Orminski et fini par révéler l'adresse de Susanne Priel. Passer autant de temps à le cuisiner n'avait donc pas été vain.

Seul Oswald Klinke semblait avoir disparu sans laisser de traces. Il avait peut-être quitté Berlin.

Mais l'homme était confiant. Tôt ou tard, l'un de ses complices parlerait.

Lorsqu'il ouvrit doucement la porte de la pièce d'à côté, un souffle glacé le fit frissonner. À présent, les deux cages étaient occupées. Tout se déroulait comme il l'avait imaginé. Les criminels devaient endurer un traitement analogue à celui qu'il avait subi dans sa vie précédente.

Dargel ne pouvait pas savoir qu'ils s'étaient déjà rencontrés. Elle ne connaissait que son ancienne apparence. À cette époque, il marchait tête baissée comme les autres pour ne pas se faire remarquer.

Il se glissa sans bruit dans le chenil obscur et tendit l'oreille. Un murmure en provenance des cages lui parvint. Richter parlait d'un ton rassurant à sa codétenue, qui répondait d'une voix tremblante.

Les deux prisonniers étaient-ils déjà en train de forger un plan pour s'évader ? C'était peu probable. Dargel était encore trop effrayée pour comprendre ce qui se jouait ici.

L'homme se ferait un plaisir d'éclairer sa lanterne. En temps voulu.

Retenant son souffle, il avança furtivement dans la

pièce. Seules quelques braises mourantes à l'intérieur du petit poêle émettaient une faible lueur rougeoyante. Il n'avait pas pris sa lampe à pétrole. Cette fois, il resterait dissimulé dans l'ombre, son élément naturel, pour jaillir au moment propice.

Pas à pas, il se rapprocha en catimini de ses otages. Il savait exactement quelles lattes du plancher grinçaient.

Les criminels ne remarquèrent pas sa présence.

— Mais que veut-il ? geignit Dargel. Je ne suis qu'une pauvre femme sans défense. Ce doit être une erreur.

En entendant ces paroles, l'homme dut réprimer un éclat de rire. Comment cette garce pouvait-elle être aussi naïve ? Avait-elle refoulé son passé ?

Sans s'en rendre compte, il avait dû produire un bruit, car les prisonniers se turent brusquement. Leur peur était palpable. Les yeux écarquillés, ils sondaient les ténèbres autour d'eux à la recherche de leur ravisseur.

Il ne voulut pas les décevoir.

D'une voix profonde, il brisa le silence :

— Ce n'est pas une erreur, Margret Dargel ! Ton passé t'a rattrapée. Tu as pu échapper aux autres, mais j'ai réussi à te capturer. Tu n'as plus aucun ordre à donner maintenant. Cette époque est terminée. À présent, c'est moi qui ai droit de vie ou de mort sur toi. Tu devrais t'habituer à cette idée.

Ses otages ne pipèrent mot. Au bout d'un certain temps, Dargel balbutia :

— Je ne comprends pas ce que je fais ici. Qui êtes-vous ?

L'homme sourit. L'heure était venue de révéler son être véritable.

— Je suis Azraël. Les mortels m'appellent l'Ange

de la mort. Je connais vos crimes. Rien n'échappe à mes yeux. Vous avez essayé de m'anéantir, mais personne ne peut m'arrêter. Je suis venu prendre vos âmes.

D'humeur maussade, Oppenheimer pédalait sans se presser. Comme la neige avait cessé de tomber, il avait pris le risque d'enfourcher sa vieille bicyclette grinçante. Par chance, la chaussée était à peu près praticable.

Il s'était rendu au Service de recherche, mais la plupart des employés étaient restés chez eux à cause du froid perçant. Même Herr Suhr ne s'était pas donné la peine de venir travailler. Oppenheimer en avait conclu qu'il pouvait lui aussi prendre sa journée sans aucune mauvaise conscience.

Tandis qu'il rentrait à Schöneberg, il songea à l'affaire Orminski. Son enquête piétinait lamentablement. Il avait l'impression que tout le monde s'était concerté pour lui mettre des bâtons dans les roues. La veille au soir, quand il était arrivé hors d'haleine au Rio Bar, Ed lui avait annoncé que Tetzlaff s'était envolé. Le maquereau avait proposé de remettre à plus tard leur rendez-vous, mais il ne serait pas disponible avant samedi. S'il ne voulait pas rester les bras ballants pendant trois jours, Oppenheimer devait trouver un autre moyen de disculper Hüttner.

Un quart d'heure plus tard, glacé jusqu'aux os, il ne pensait plus qu'aux deux fourneaux placés dans la cuisine de la villa. Il en avait assez de l'hiver. Au fond, il n'avait envie que d'une chose : allumer un bon feu, s'enrouler dans ses couvertures et dormir jusqu'au printemps.

À Friedenau, il emprunta la Rheinstraße et passa

devant plusieurs boutiques dont les devantures avaient été parées avec des branches de sapin et des affiches peintes. On voyait peu de décorations de Noël, trop onéreuses. Une boîte de guirlandes coûtait près de neuf marks. Et si on pouvait trouver des bougeoirs à vingt pfennigs, les bougies, quant à elles, étaient hors de prix. À cause des coupures de courant récurrentes, elles faisaient partie des produits très recherchés. Au marché noir, il fallait compter pas moins de soixante-dix marks pour un lot de dix.

Malgré les efforts des marchands pour créer une atmosphère de gaieté au milieu des ruines, aucun passant ne s'arrêtait pour contempler les vitrines. On ne faisait la queue que devant les magasins d'alimentation. La rumeur courait que des rations spéciales seraient distribuées pendant les fêtes. Oppenheimer espérait que cela serait effectivement le cas.

Avant de s'engager sur le Kolonnenbrücke, pont qui enjambait la voie de chemin de fer, il aperçut une dame d'un certain âge qui traînait un tronc d'arbre sur le trottoir. L'inconnue, sèche et maigre, flottait dans son manteau. Oppenheimer n'en revint pas. Où cette femme trouvait-elle la force pour transporter un fardeau pareil ? Et il se demanda surtout de quel endroit provenait le végétal. Dans le quartier, les arbres se faisaient rares. Il poserait la question à Schmude. Quand on pouvait se procurer quelque part du combustible, l'ancien avocat était toujours le premier à l'apprendre.

Mais Oppenheimer ne devait pas revoir son compagnon ce jour-là. Dans le hall de la villa, il tomba sur l'une des trois filles de Seibold. À sa grande honte, il n'arrivait pas à distinguer les jeunes femmes et ne se souvenait jamais de leurs prénoms. La demoiselle lui sourit en enfilant un épais manteau.

— Tu sors dans le froid de ton plein gré ? s'étonna-t-il.

— Pas de mon plein gré. Mon père m'a demandé de lui apporter quelque chose. Il m'attend à la pharmacie.

Oppenheimer hocha la tête d'un air compatissant.

— Ah, j'allais oublier, fit la jeune femme. Vous avez de la visite.

— Qui est-ce ?

— Deux policiers. Ils vous attendent en bas dans la cuisine.

Il se renfrogna. Furmannek l'avait prévenu que la police voulait lui poser des questions sur Margret Dargel, mais il aurait préféré faire un somme.

Lorsqu'il entra dans la cuisine, les fonctionnaires en civil étaient assis sur un matelas. Les enfants de Frau Schneider piaillaient autour d'eux.

Les inconnus se levèrent en l'apercevant.

— Herr Oppenheimer ? demanda l'un des flics.

— C'est moi. Vous avez des questions à me poser ?

Ils s'avancèrent pour montrer leurs insignes.

— En effet. Mais l'endroit n'est pas vraiment approprié. Acceptez-vous de nous accompagner ?

Oppenheimer haussa les épaules.

— Je vous suis, messieurs.

En arrivant à la villa, il n'avait pas vu le véhicule de police parce que celui-ci était discrètement garé dans la ruelle latérale longeant le domaine. Les policiers le firent monter à l'arrière.

L'homme qui s'était installé au volant conduisait rapidement. Plongé dans ses pensées, Oppenheimer ne remarqua pas tout de suite que la voiture avait dépassé l'Alexanderplatz pour continuer en direction de l'est. Lorsqu'il vit défiler sous ses yeux les quelques arbres encore debout du parc de Friedrichshain, il se raidit.

— Attendez ! Où m'emmenez-vous au juste ?

Il n'obtint aucune réponse.

19

Jeudi 19 – vendredi 20 décembre 1946

L'homme assis derrière son bureau avait un physique quelconque. Oppenheimer estima qu'il avait la quarantaine. Ses cheveux sombres étaient rasés sur les côtés, et une calvitie avait largement dégarni son front. Il avait des lèvres sensuelles révélant un certain penchant à la volupté, mais sa bouche pincée les faisait paraître plus étroites.

Il n'avait pas besoin de se présenter. Oppenheimer devinait que son hôte n'était autre qu'Erich Mielke. Il portait un uniforme croisé, sa casquette était accrochée à une patère.

Plongé dans l'un des nombreux dossiers qui s'empilaient sur son sous-main, il releva brièvement la tête et désigna la chaise vide placée devant sa table de travail.

— Asseyez-vous.

Oppenheimer s'exécuta. La voix de Mielke avait un timbre étonnamment argentin. Il faisait partie de ces personnes qui n'avaient pas besoin de parler fort pour en imposer.

La pièce paraissait tout à fait anodine. C'était assurément un lieu de travail, et non de représentation. Contre l'un des murs se dressait une étagère massive – faite dans le même bois sombre que le bureau – dont les rayons étaient remplis de dossiers. Des rideaux au crochet encadraient les fenêtres. L'ensemble avait un caractère très conventionnel.

Mielke griffonna une note dans le dossier qu'il étudiait avant de le refermer. Puis il examina attentivement son visiteur.

— Alors, qui avons-nous là ?

Oppenheimer se demanda s'il devait vraiment se présenter. Avant qu'il n'ait le temps de formuler une réponse, Mielke reprit :

— On a fait appel à vous dans le cadre de l'affaire Orminski. Ancien commissaire de la Kripo, renvoyé après l'arrivée au pouvoir des fascistes. Actuellement sans affectation. (Après cette énumération, le haut fonctionnaire dodelina de la tête.) Pour qui travaillez-vous au juste ?

— C'est le colonel Aksakov qui m'a prié de participer à l'enquête.

— D'après ce qu'on m'a dit, vous cherchez à disculper Hüttner.

— C'est exact.

Mielke se pencha en avant.

— Le camarade Hüttner est un activiste de la première heure qui contribue pour beaucoup à l'avancement de la paix et du socialisme dans notre zone d'administration.

Il parlait avec un accent berlinois très reconnaissable. Oppenheimer y était habitué, mais il avait du mal à suivre son interlocuteur parce que celui-ci parlait vite et sans interruption. Mielke lançait des rafales de mots et n'allait pas forcément au bout de ses pensées.

— Vous devez considérer cette affaire dans son ensemble pour saisir toute sa portée. Les forces ennemies des classes bourgeoises essaient constamment de saper notre projet de reconstruction pacifique – des actes hostiles, nocifs, qui torpillent nos nobles réalisations humanistes.

— Pour l'instant, rien ne laisse penser que Herr Hüttner ait été intentionnellement piégé par quelqu'un, objecta Oppenheimer.

Agacé, Mielke chassa la remarque d'un mouvement de tête.

— Je suis certain que cette accusation de meurtre contre Hüttner a été tramée par nos ennemis. Il n'y a pas l'ombre d'un doute. Je les connais. Ils veulent nous foutre la trouille ! Mais éclairez-moi : si vous essayez d'innocenter notre camarade, comme vous le prétendez, pourquoi déterrez-vous cette vieille histoire de la Bülowplatz ?

Oppenheimer n'avait pas l'intention de se laisser intimider par le tempérament explosif de son interlocuteur. S'efforçant de garder un ton posé, il répondit :

— Lorsque le cadavre d'Orminski a été découvert, Herr Hüttner était présent sur les lieux. C'est un fait. Pourtant, il refuse de me dire ce qu'il faisait dans l'immeuble. J'ai donc décidé de m'intéresser de plus près à sa biographie. D'après ma longue expérience d'enquêteur, c'est toujours utile. Ça me permettra peut-être de comprendre pourquoi il se comporte de manière aussi étrange.

— Foutaises ! L'affaire de la Bülowplatz n'a rien à voir avec le macchabée retrouvé à Neukölln ! Contentez-vous de faire votre boulot et de faire sortir le camarade Hüttner de prison. C'est ça qu'on vous demande. Une bonne action pour l'internationalisme prolétarien. Rien de plus. On se fiche des détails secondaires. Nous devons agir dans l'intérêt du peuple travailleur. Il ne faut pas que les éléments hostiles et réactionnaires de notre société entravent l'avènement de la vérité.

Oppenheimer acquiesça sans grand enthousiasme. De quelle vérité était-il ici question ? Si Mielke voulait l'empêcher de fouiller dans le passé, il n'avait qu'à convaincre Hüttner de se montrer plus coopératif.

Le commissaire décida de lui faire une offre dans ce sens.

— Je ne peux m'en tenir qu'aux faits, déclara-t-il d'une voix conciliante. Si Herr Hüttner pouvait faire un petit effort, ça m'aiderait déjà beaucoup. Pour le moment, il n'a qu'une seule chance de s'en sortir : il faudrait qu'on arrête le véritable meurtrier. Malheureusement, la police est dans le noir le plus complet.

Mielke le détailla d'un air méfiant.

— Pourquoi vous ? Comment se fait-il que le colonel Aksakov fasse appel à un ancien commissaire juif ?

— Nous nous sommes rencontrés par hasard il y a un an et demi. Je l'ai aidé à élucider une affaire. Ici, à Berlin. Mais pourquoi m'a-t-il choisi pour disculper Hüttner ? Je n'en sais rien. Vous devriez lui poser la question.

À cette idée, Oppenheimer vit Mielke rentrer involontairement la tête dans les épaules.

Le fonctionnaire avait beau faire son caïd, le rapport de force n'était pas celui qu'il laissait entendre. Un officier soviétique comme Aksakov possédait dans la zone d'occupation orientale bien plus de pouvoir que tous les hommes politiques allemands réunis. Les huiles du SED comme Mielke aimaient à se rengorger, mais ils n'étaient en réalité que des exécutants. Ils devaient appliquer la stratégie décidée par Staline, et ils étaient facilement remplaçables.

Mielke cherchait-il à se couvrir ? Avait-il fait venir Oppenheimer uniquement dans le but de le sonder ? Il craignait peut-être que le commissaire n'enquête sur lui à la demande d'Aksakov.

L'idée était plutôt amusante. Et Mielke n'irait certainement pas demander des explications au colonel. En tout cas, Oppenheimer pouvait tirer profit de cette inquiétude. Il nota mentalement qu'il avait ainsi un moyen de pression sur le haut fonctionnaire.

— Bien, conclut finalement Mielke. Vous savez à présent ce que j'attends de vous. Vous me ferez un rapport toutes les semaines sur l'avancée de l'enquête.

Pour signifier la fin de l'entretien, il ouvrit un dossier et commença à le feuilleter de manière ostensible.

Oppenheimer soupira intérieurement. En plus d'Aksakov, il devait maintenant rendre des comptes au SED. C'était un rebondissement aussi inattendu que déplaisant. Il n'avait aucune envie de revoir ce type au tempérament soupe au lait, mais il n'avait pas vraiment le choix. Et, au fond, il s'en tirait plutôt bien.

Il se leva et se dirigea vers la porte. Il n'avait pas fait trois pas lorsque Mielke le rappela.

— Encore une petite chose.

Oppenheimer se retourna. Le fonctionnaire le regarda droit dans les yeux.

— J'ai entendu dire que votre épouse sillonnait la ville en compagnie d'un officier britannique ?

Mielke était décidément très bien informé.

— Elle est interprète, expliqua Oppenheimer en s'efforçant de dissimuler son étonnement. Que voulez-vous, il faut bien gagner sa vie.

Il avait donné une réponse délibérément neutre en espérant qu'on ne le soupçonnait pas d'être un espion à la solde des Britanniques.

Le visage de Mielke resta impassible. Il considéra longuement le commissaire avant de lâcher :

— Veillez bien sur elle.

Cette menace flagrante, formulée d'un ton désinvolte,

paralysa Oppenheimer. Son sentiment de supériorité s'envola. Mielke n'était pas qu'un simple bonze du SED. Il était totalement dénué de scrupules.

Le fonctionnaire semblait avoir perdu tout intérêt pour son visiteur. Replongeant dans son dossier, il prit un crayon pour noter un commentaire.

Fébrile, Oppenheimer actionna la poignée de la porte et sortit du bureau. Une fois seul dans le couloir, il respira profondément.

Ses yeux se rivèrent sur les dalles de pierre à ses pieds. Il s'était trompé. En fin de compte, il ne sortait pas indemne de cet entretien. Il lui faudrait prendre ses précautions pour protéger Lisa car, à l'évidence, Mielke ne plaisantait pas.

Les nuits étaient tellement froides que les deux poêles de la cuisine ne pouvaient rien faire contre le gel.

Pour le petit déjeuner, Lisa avait réchauffé les restes d'une bouillie de pain transformée en glace pendant leur sommeil. Elle avait repris l'une des nombreuses recettes d'indigence que l'on trouvait dans les magazines féminins. En ajoutant à cette purée un peu de graisse, du sel et du thym, on pouvait imiter le goût du pâté de foie. Enfin en théorie. Oppenheimer trouvait qu'il fallait beaucoup d'imagination pour y souscrire.

Il avala une cuillère du magma informe en observant Herr Vogt qui, le regard vide, bouclait la jugulaire de son casque. Le vétéran était prêt à entamer une nouvelle patrouille à l'intérieur de la villa.

Tout à coup, la porte de la pièce s'ouvrit, laissant entrer un courant d'air glacé. Les filles de Seibold se mirent à protester à voix haute, et le nouvel arrivant s'empressa de refermer le lourd panneau de bois.

Lorsque Oppenheimer reconnut l'homme efflanqué au regard mélancolique qui s'avançait vers lui, il sentit les battements de son cœur s'accélérer. C'était Reinmann, le collègue de Billhardt. Si l'aspirant-inspecteur débarquait ici à l'aube, quelque chose de grave avait dû se passer.

Attrapant son feutre, Oppenheimer se leva.

— Des ennuis ?

— Il a encore frappé.

Sentant sur lui les regards curieux des habitants de la villa, Reinmann s'interrompit. Après une courte hésitation, il ajouta de manière voilée :

— Un autre cadeau. Cette fois à Charlottenburg.

Oppenheimer coiffa son chapeau et s'élança vers la porte.

Dans Berlin, on voyait presque partout les vestiges de la guerre. Il ne s'agissait pas seulement des montagnes de ruines ; d'innombrables tanks et pièces d'artillerie rouillaient au bord des routes. Certaines épaves étaient même utilisées comme supports pour des affiches de toutes sortes. Malheureusement, les accidents étaient monnaie courante puisqu'il était difficile d'empêcher les enfants de jouer avec les restes de munitions.

On avait improvisé un cimetière de blindés sur le terrain de la gare de triage située entre Charlottenburg et le quartier résidentiel de Westend. Peu à peu, les carcasses des monstres d'acier étaient évacuées de la ville pour être entreposées dans ce genre d'endroits. Mais, malgré les efforts de tous, Oppenheimer redoutait qu'il faille encore attendre longtemps avant de voir disparaître les derniers chars du paysage urbain.

Reinmann avait emprunté un véhicule de service

pour venir le chercher. Tandis qu'ils se dirigeaient vers la gare de triage, ils longèrent le château de Charlottenburg. L'image était déprimante. Le portail de la grille qui délimitait le parvis avait disparu et les pilastres étaient tordus. L'élégante coupole verte qui surplombait l'édifice avait été détruite, tout comme les vitres des hautes fenêtres cintrées de la tour centrale. À travers les ouvertures, on pouvait apercevoir le ciel brouillé de cette matinée maussade.

Avant d'atteindre la station de S-Bahn Westend, Reinmann bifurqua dans la Sophie-Charlotten-Straße. À gauche, la rue bordait la gare de triage.

Il se gara sur le bas-côté près d'un blindé éventré.

Oppenheimer descendit du véhicule et jeta un regard circulaire. De l'autre côté de la route se dressait un bâtiment de briques rouges et jaunes – la maternité de Charlottenburg. Une partie de l'édifice avait été endommagée par des bombes, mais l'établissement était ouvert. Même s'il n'y avait pas d'immeubles d'habitation dans les environs, les témoins potentiels étaient donc nombreux entre patientes, médecins et infirmières.

Sans oublier les voleurs, qui étaient attirés comme des mouches par les gares de marchandises. On y trouvait toujours quelque chose d'intéressant. Du charbon tombé d'un convoi ou des wagons remplis de produits de ravitaillement sur une voie de garage. Schmude avait raconté à Oppenheimer qu'une fois des bandits avaient même raflé des traverses destinées à la réparation des voies de chemin de fer. Tout était bon à prendre.

Le commissaire suivit Reinmann dans un labyrinthe de plaques de blindage, de roues et de pièces métalliques en tout genre. Le sentier battu déboucha sur les voies de triage. Il repéra aussitôt l'attroupement qui s'était formé devant le long bâtiment de la gare de marchandises. Les collègues de l'Identité judiciaire étaient déjà sur place avec tout leur matériel. Billhardt, Wenzel et Lathrop se tenaient près d'un butoir et observaient une silhouette agenouillée sur le sol.

L'homme, vêtu de noir, n'était autre que le Dr Gebert. Manifestement, c'était lui le légiste de garde ce matin. Le corps qu'il était en train d'examiner avait quelque chose de tristement familier.

De loin, Oppenheimer ne pouvait distinguer que l'un des bras du cadavre, mais la peau nue était couverte de caractères.

En l'entendant approcher, Billhardt se retourna et marcha à sa rencontre.

— Encore un macchabée à poil, maugréa-t-il en exhalant un panache de buée à faire pâlir un dragon. Un passant l'a aperçu à l'aube en se rendant à la gare. La similitude avec Orminski est indéniable. C'est de nouveau un homme d'un certain âge. La soixantaine passée, bien nourri. Pour le moment, on ignore son identité.

Lorsque Oppenheimer s'avança vers la dépouille, Gebert se redressa. Le légiste essuya son thermomètre mortuaire et le remit dans sa valise. À l'instar d'Orminski, le cadavre était entièrement nu. Ses yeux sans vie fixaient le ciel. Au moindre mouvement d'air, de petits fragments de papier brûlé s'échappaient de sa bouche entrouverte. Cette fois-ci, en plus des bras et des jambes, on avait également tracé des signes d'écriture sur le visage du défunt.

— A-t-on affaire au même tueur ? s'enquit Oppenheimer.

Gebert plissa les lèvres.

— Tout semble l'indiquer. Mais je préfère ne pas me prononcer avant l'autopsie. La mort remonte à environ quatre heures.

— La victime a donc été tuée vers quatre heures et demie du matin.

— Oui, approximativement, confirma Gebert. Vous aurez mon rapport la semaine prochaine.

Après avoir ramassé sa valise, il effleura le bord de son chapeau en guise de salut et s'éloigna de la scène de crime.

Oppenheimer se tourna vers Billhardt.

— Tu peux relâcher Hüttner ! Il était en tôle au moment du meurtre. Il n'existe pas de meilleur alibi.

— Doucement, fit le flic manchot en levant la main. Il nous faut d'abord la preuve que les crimes ont été commis par un seul et même tueur. Celui-ci pourrait être l'œuvre d'un imitateur ou d'un complice. Il y a quand même quelques différences avec le meurtre d'Orminski.

— Parce qu'on a griffonné en plus des noms sur le visage ? À part ça, c'est le même *modus operandi*.

— Nous avons deux écritures différentes cette fois-ci. Celle du visage n'est pas la même que celle des bras et des jambes. Et elle ne ressemble pas aux caractères trouvés sur Orminski.

— Il doit s'agir de l'écriture du tueur, remarqua Oppenheimer. Après la mort de sa victime, le type s'est occupé du visage. Il a voulu sans doute achever le travail.

Billhardt hocha la tête.

— Si c'est le cas, nous avons maintenant un échantillon. Ça pourra nous aider à coincer ce salaud. Mais il y a encore autre chose.

Comme les techniciens de l'Identité judiciaire semblaient avoir terminé leur travail et rangeaient leur matériel, Billhardt s'approcha du cadavre.

— Tu vois cette marque ici au milieu des hématomes

et des égratignures ? (Il s'accroupit et montra le mollet gauche du mort.) C'est difficilement reconnaissable sous cet angle, mais c'est une morsure.

Oppenheimer se pencha à son tour. Il dut se mettre à quatre pattes pour examiner la plaie.

— Qu'en penses-tu ? demanda Billhardt. Un chien ?

— Très probablement. (Oppenheimer émit un gémissement en se relevant.) Et il y a des traces de sang coagulé sur la jambe. Le corps n'a pas été plongé dans l'eau. Il semblerait donc que notre victime n'ait pas été noyée cette fois.

Sortant son calepin, il fit le tour de la dépouille pour comparer les noms qu'il avait sous les yeux avec ceux retrouvés sur Orminski. Au bout de quelques instants, il secoua la tête.

— À première vue, pas de correspondance. Dès que tu auras la liste complète des noms, donne-m'en une copie. Je ferai une recherche au bureau. En ce qui concerne ceux inscrits sur les bras et les jambes d'Orminski, c'est un zéro pointé. Aucun n'apparaît dans nos fichiers. Je crains que ce ne soit la même chose pour ce malheureux.

Billhardt opina en silence.

Oppenheimer examina encore une fois le corps avec attention. Puis il fit signe aux hommes qui attendaient au bord des voies avec une housse mortuaire.

Glissant les mains dans les poches de son manteau, il s'écarta de quelques pas. Billhardt le suivit.

— Quelle est la cause de la mort selon Gebert ? demanda-t-il à son vieil ami.

— Le froid, apparemment. L'homme a des gelures dans le dos. D'après le légiste, il a dû rester allongé un sacré bon moment sur de la glace avant de mourir.

Oppenheimer ferma les yeux pour tenter de reconstruire le déroulement des faits.

— Très désagréable. Notre meurtrier a de l'aplomb. Je parie qu'il a imaginé la scène des centaines de fois. Quand il a enfin eu l'opportunité d'exécuter son plan, il était totalement maître de lui-même. Ce n'est que pure spéculation, mais j'ai l'impression qu'il a donné la chasse à sa victime. Comme un prédateur avec sa proie. La plaie au mollet n'est pas très profonde. Si ça se trouve, c'est son chien qui a mordu le fuyard pour le faire tomber. Puis le tueur a attendu tranquillement que son prisonnier meure de froid.

— Ce n'est peut-être qu'un hasard, objecta Billhardt. Le type a essayé de s'enfuir et le tueur a lâché son chien pour le rattraper.

— Possible, en effet.

Oppenheimer leva les yeux vers les lampadaires qui bordaient les voies.

— Je suppose que les becs de gaz étaient éteints pendant la nuit ?

— Oui, confirma Billhardt. Quand nous sommes arrivés, toute la zone était encore plongée dans l'obscurité. Mais pour en revenir au crime, je partage ton avis. Le meurtrier a sans doute regardé sa victime mourir lentement.

Oppenheimer se mit à faire les cent pas. Ils avaient maintenant quelques indices et, peu à peu, un portrait du tueur germait dans son esprit. Avec un peu de chance, ils finiraient bien par reconstituer toutes les pièces du puzzle.

— Orminski est mort noyé quelque part dans un lac ou un cours d'eau, récapitula-t-il d'un air songeur. Et cet homme a également été tué à l'extérieur. Probablement dans un lieu isolé. Sinon, quelqu'un aurait pu voir la scène ou entendre les aboiements du chien qui l'a mordu. Le meurtre n'a pas eu lieu dans la gare de triage. Je ne vois pas de glace sur le sol. Et le tueur n'aurait pas pris un tel risque. Quelqu'un de la clinique aurait pu le repérer. Il a déposé le corps ici plus tard. (Le commissaire se frotta le front avant de reprendre :) Il dispose certainement d'un endroit où il retient ses proies prisonnières. Sans doute non loin d'un cours d'eau, ce qui expliquerait les noyades d'Orminski et de Storm, ainsi que les gelures de ce cadavre. Les victimes ont besoin d'un certain temps pour écrire tous ces noms sur leurs membres. Entre la disparition d'Orminski et la découverte de son cadavre, une semaine s'est écoulée. Je parie que ce gars-là a été kidnappé il y a quelques jours.

Les deux enquêteurs restèrent silencieux un moment. Entre-temps, la dépouille avait été enlevée et la plupart des policiers s'étaient éloignés pour passer le terrain au peigne fin.

— Aksakov m'a entraîné dans une belle merde, grogna Oppenheimer. Sais-tu qui m'a convoqué hier ? Mielke.

Billhardt le regarda avec stupéfaction.

— Ça veut dire que quelqu'un a bavardé. Möller, sans aucun doute. Il a couru chez Mielke après nous avoir entendus parler de l'attentat de la Bülowplatz.

— À l'avenir, nous devrions éviter de discuter de choses sensibles au Praesidium. Pas question que Mielke soit au courant de nos moindres faits et gestes. (Oppenheimer réfléchit un instant.) Que dirais-tu de passer chez moi vers sept heures ce soir ? Nous pourrons faire le point.

— Bonne idée, approuva Billhardt. J'ai encore quelques confidences que je ne voulais pas te faire au bureau. Et d'ici là, je vais presser Gebert pour avoir au plus vite la liste de noms inscrits sur le corps de notre nouvelle victime.

Oppenheimer opina. Au même moment, il aperçut un homme qui courait vers eux en agitant les bras. C'était Lathrop.

— Nous avons un témoin ! cria l'Américain. Il était caché dans un wagon abandonné. Il a tenté de fuir en nous voyant.

Billhardt se précipita dans la direction qu'indiquait l'officier. Oppenheimer les suivit.

Un peu à l'écart des voies se trouvait un vieux wagon de marchandises. Privé de ses roues avant, il gisait de travers sur le sol gelé.

Arrivé le premier à côté de la voiture défectueuse, Billhardt se hissa à l'intérieur. Lathrop l'imita, puis ce fut au tour d'Oppenheimer.

Entouré de policiers, un pauvre hère en guenilles se tenait au fond du wagon. Visage émacié et mal rasé, regard apeuré, il gardait à ses pieds un sac à dos.

Oppenheimer devina qu'il s'agissait d'un prisonnier de guerre rentré au pays.

L'ancien soldat avait froid. Casquette vissée sur le crâne, bras noués autour du corps, il grelottait.

— Les Américains m'ont libéré, murmura-t-il. J'ai traversé la zone soviétique pour revenir à Berlin. Ça m'a pris un bout de temps. Mais ma famille…

Sa voix s'étrangla. Il s'éclaircit la gorge avant de poursuivre :

— Ma femme et mes enfants ne sont plus là. Je ne sais pas où ils sont partis, et personne ne peut m'aider. Je suis à bout de forces.

— Ne vous inquiétez pas, le rassura Billhardt. Nous allons prévenir la Caritas, ils s'occuperont de vous.

Et nous ne sommes pas venus vous causer des ennuis parce que vous avez dormi dans la gare de triage. Nous voulons seulement savoir ce qui s'est passé cette nuit. Un cadavre a été découvert sur les voies tout près d'ici. Avez-vous vu quelque chose ?

Nerveux, l'homme recula contre la paroi du wagon.

— Une voiture est arrivée au beau milieu de la nuit. Aucune idée de l'heure qu'il était. Mais le bruit du moteur m'a réveillé. J'ai cru qu'on venait me chasser du terrain, parce que…

Il jeta un coup d'œil méfiant à l'uniforme de Lathrop.

— Oui ? fit Billhardt. Quoi donc ? Si vous savez quelque chose, il est de votre devoir de nous le dire. Nous essayons de résoudre un meurtre, vous comprenez ?

Le soldat hocha lentement la tête.

— En fait, j'ai vu la plaque de la voiture, balbutia-t-il en guettant de nouveau Lathrop. Des caractères blancs sur fond noir. Autant que je sache, il n'y a que les véhicules des Alliés occidentaux qui ont de telles immatriculations.

Oppenheimer n'en crut pas ses oreilles. Billhardt et ses hommes restèrent également pétrifiés.

Lathrop fut le premier à se ressaisir. Virevoltant sur ses talons, il saisit Oppenheimer par les épaules et le fit descendre du wagon sans ménagement.

— Sortez ! ordonna-t-il. Plus aucun civil ne participe à cette enquête !

Oppenheimer sauta sur le sol. Avant qu'il n'ait le temps de réaliser ce qui se passait, la porte coulissante de la voiture se referma avec fracas derrière lui.

Lorsqu'il reprit ses esprits, il comprit qu'il s'était fait éconduire en beauté.

20

Vendredi 20 décembre 1946

— Il a encore eu du bol ! s'exclama Hilde au moment où Oppenheimer entrait dans le salon de la maisonnette.

Il n'était pas tout à fait dix-neuf heures. Portant plusieurs couches de vestes et de manteaux, l'aristocrate était assise dans un fauteuil. Le sol autour d'elle était jonché de journaux entassés les uns sur les autres.

Oppenheimer ôta ses gants pour se réchauffer les mains devant le poêle ronflant. Il revenait de la ruine la plus proche. Puisque toutes les canalisations d'eau étaient gelées, les habitants de la villa avaient pris l'habitude d'envelopper leurs excréments dans du papier journal pour les mettre ensuite au rebut dans les décombres. Comme tout le voisinage faisait la même chose, on pouvait observer au quotidien d'étranges processions. Des gens portant de petits paquets malodorants se faufilaient dans les maisons écroulées et, une fois débarrassés de leur fardeau, ils se hâtaient de rentrer chez eux.

— Qui a eu de la chance ? s'enquit Oppenheimer.

— Furtwängler, répondit son amie. La Chambre de dénazification l'a lavé de tout soupçon de collaboration et demande maintenant à la Kommandantura d'entériner sa décision. Si les Alliés le blanchissent, je marche sur un crucifix.

Il fronça les sourcils. Dans les années vingt, il avait vu plusieurs fois Wilhelm Furtwängler en concert. Ce dernier avait dirigé le Philharmonique de Berlin jusqu'en 1935. Oppenheimer avait encore à l'oreille le son incroyablement profond que le maestro parvenait à tirer de son orchestre. Ce n'était pas sans raison que Furtwängler était considéré comme l'un des meilleurs dans son domaine, notamment pour tout ce qui touchait le répertoire allemand.

Après l'arrivée au pouvoir de Hitler, le musicien était devenu l'un des porte-drapeaux de la politique culturelle nazie. Son refus de quitter l'Allemagne et de condamner explicitement le régime national-socialiste le rendait très suspect aux yeux des Alliés.

Il n'était donc guère étonnant qu'on lui ait interdit jusqu'à nouvel ordre de donner des concerts. Pourtant, nombreux étaient ceux qui espéraient voir la vie culturelle reprendre son essor d'avant-guerre, et beaucoup de célébrités du monde artistique plaidaient en faveur de la dénazification de Furtwängler.

Le chef d'orchestre n'était pas à proprement parler un héros. Son opposition au pouvoir en place avait été plutôt symbolique. Il avait par exemple toujours pris soin d'exécuter une révérence au lieu de faire le salut hitlérien et refusé de participer à certains concerts de gala organisés par les nazis en prétextant une maladie ou un calendrier trop chargé.

Oppenheimer pouvait comprendre que l'attitude attentiste de Furtwängler agace beaucoup d'exilés volontaires, qui lui reprochaient d'être une girouette. Malgré tout, il devait avouer que, durant les années sombres de la dictature nazie, écouter le maestro à la radio lui avait fait du bien. Ses concerts l'avaient aidé à se souvenir que l'Allemagne avait été jadis un pays de culture.

Bien sûr, nombre de nazis sans scrupules avaient également suivi avec recueillement la musique de Furtwängler. L'un d'eux était Erich Hauser, l'époux de Hilde. Un médecin sadique qui avait réalisé des expériences médicales meurtrières sur des déportés.

Hauser avait été condamné à mort pour désertion peu avant la fin de la guerre. C'était Oppenheimer lui-même qui l'avait fait mettre sous les verrous.

Hilde détestait Furtwängler par substitution, uniquement parce que son mari l'avait admiré. Oppenheimer se contenta d'émettre un grognement approbateur et essaya de changer de sujet.

— Que fais-tu avec tous ces journaux ? demanda-t-il en désignant l'amas de papier sur le sol.

Hilde lui adressa un regard surpris.

— Il faut bien que je m'informe, pardi ! (Comme pour souligner ses paroles, elle leva son verre de schnaps à demi rempli.) Les temps où nous n'étions que des asservis sont révolus. Nous vivons maintenant dans une démocratie, mais ça ne signifie pas pour autant qu'il faille se laisser aller. En tant qu'électeurs, nous avons une vraie responsabilité. Pour nous forger une opinion, nous devons nous pencher sur les sujets les plus importants, et non répéter bêtement ce que disent les gens autour de nous. C'est en faisant preuve de vigilance que nous éviterons de nous faire entuber par la propagande, d'où qu'elle vienne.

L'ardeur de Hilde fit sourire Oppenheimer. Son amie ne connaissait pas de compromis. Quand elle avait un objectif en tête, elle s'y attelait corps et âme. Mais se forger librement une opinion n'était pas chose facile.

Les maisons d'édition ne pouvaient publier journaux et magazines qu'avec l'accord des Alliés dans leurs zones respectives. Et il était bien connu que ceux-ci n'avaient pas la même vision des choses en matière de couverture médiatique.

— Alors, pour te faire une opinion, tu lis le *Neues Deutschland* ? s'enquit-il d'un ton moqueur, car ce quotidien était l'organe officiel du SED.

— J'ai ici le contrepoison, répondit Hilde en agitant un journal encore plié. Le *Tagesspiegel*. Il donne des boutons aux stalinistes. Il faut examiner tous les points de vue avant de pouvoir se faire une idée globale.

Oppenheimer mit de côté d'autres gazettes entassées sur son fauteuil. En s'installant, il ressentit une gêne au niveau des reins. Une édition roulée du *Frau von heute*[1] avait glissé derrière le coussin d'assise.

— Et ce canard-là ? Où peut-on le placer sur l'échiquier politique ?

Hilde lui jeta un bref regard.

— À gauche, indiqua-t-elle.

— Billhardt ne va pas tarder. Je me suis dit que ça pourrait t'intéresser de savoir où nous en sommes dans notre enquête.

En entendant le nom du commissaire manchot, Hilde redressa la tête.

— Quelles sont les dernières avancées ?

Oppenheimer haussa les épaules.

— C'est une affaire sacrément embrouillée. Et Lathrop, l'officier de liaison des Américains, veut me mettre sur la touche.

1. *Die Frau von heute* (« *La Femme d'aujourd'hui* ») est un magazine féminin illustré, paru entre 1946 et 1962 dans la zone d'occupation soviétique, puis en RDA.

— Tu as toujours eu le chic pour te fourrer dans le pétrin.

— Je préférerais avoir une vie plus calme. Et toi, comment ça se passe à l'hôpital ?

L'aristocrate écarta la question d'un geste de la main.

— Pff ! Mieux vaut ne pas en parler. Je n'ai pas envie de m'énerver.

Quelques instants plus tard, elle commença toutefois à raconter les problèmes qu'elle rencontrait au quotidien.

— Nous avons de plus en plus de patients qui arrivent chez nous avec la tuberculose. Ça risque de dégénérer en véritable épidémie. Les gens sont affaiblis par la sous-alimentation, leur système immunitaire a du mal à se défendre contre les agressions extérieures. Et il est horriblement difficile de se procurer de la streptomycine. Nous manquons également de pénicilline pour traiter les autres infections. On vient de lancer la production en Allemagne, il n'y a donc pas encore de stocks suffisants. Au marché noir, on ne trouve que des produits adultérés. Pire encore : la plupart du temps, on essaie de t'arnaquer en te vendant du glucose ou de la poudre de riz. Et pour l'insuline, tu peux oublier. Celle que nous recevions à l'hôpital n'avait aucun effet. Alors, j'ai mené ma petite enquête. Et tu sais quoi ? Dans ses laboratoires, notre fournisseur extrait l'insuline à partir de pancréas de cochons. Mais comme les laborantins ne reçoivent presque aucune ration de viande, ils mangent les abats et mettent de l'eau dans les ampoules à la place de l'hormone !

Oppenheimer ne sut que répondre. Au même moment, on frappa à la porte. Il se leva pour aller ouvrir. C'était Billhardt.

Il invita le policier à le suivre dans le salon. Celui-ci

avait à peine franchi le seuil que Hilde lui tendit un verre de schnaps en guise de salutation.

— C'est quoi ? s'étonna Billhardt. Une récompense ?

— Je dirais plutôt une épreuve, ricana Oppenheimer, qui connaissait les tord-boyaux que son amie distillait elle-même.

Imprudent, le flic manchot avala d'un trait l'eau-de-vie. Il se mit aussitôt à suffoquer.

— Assieds-toi, murmura Oppenheimer en guidant son collègue vacillant comme un invalide vers un fauteuil.

— Ça va, fit Billhardt après avoir retrouvé son souffle. En tout cas, j'ai discuté avec Lathrop. Il s'est calmé. Ta participation à l'enquête n'est pas remise en cause.

— Que s'est-il passé, au juste ? interrogea Hilde en reprenant sa place près du poêle.

Oppenheimer l'imita et invita Billhardt à exposer les faits.

Le policier raconta brièvement la découverte macabre du début de journée. Quand il eut terminé son récit, il ajouta :

— Notre témoin, le soldat du wagon, est un type malin. Il a eu l'intelligence de graver dans la paroi de son refuge l'immatriculation du véhicule allié qu'il a vu la nuit dernière. Le numéro lui paraissait bizarre. Nous avons vérifié, et il avait raison : officiellement, aucune voiture ne porte cette plaque !

— Le tueur aurait monté une fausse plaque d'immatriculation sur son auto ? résuma Oppenheimer.

— C'est logique, intervint Hilde. Comme ça, il ne risque pas d'être arrêté par les patrouilles de la police militaire. Et quand on a une voiture avec une immatriculation étrangère, on peut la garer en toute impunité au bord de la route. Les voleurs de Berlin sont culottés, mais ils ne sont pas fous au point de se mettre sur le dos les soldats alliés !

Billhardt approuva de la tête.

— Exactement. C'est avec ce raisonnement que j'ai pu calmer Lathrop. Il est très improbable que le meurtrier fasse partie des forces d'occupation. Il n'aurait pas la bêtise de rouler dans un véhicule susceptible d'attirer immédiatement les soupçons sur lui.

— Il y a quelque chose qui me chiffonne, reprit Hilde d'un air songeur. Comment le tueur a-t-il réussi à mettre la main sur une voiture ? On voit très peu de véhicules civils dans les rues. La plupart ont été réquisitionnés par les Russes quand ils sont arrivés à Berlin, non ?

Arborant un sourire entendu, Billhardt rétorqua :

— Penses-tu ! Beaucoup de gens ont essayé d'échapper à la confiscation de leur bagnole. Et ce, malgré les menaces de sanctions. Ceux qui ne voulaient pas remettre leur voiture l'ont dissimulée quelque part. En mai dernier, les Alliés ont effectué des contrôles. Ils ont trouvé trente mille véhicules. Mais ce n'est que la partie visible de l'iceberg. Qui sait combien de tacots sont encore cachés un peu partout ? Officiellement, quelques milliers de véhicules privés circulent en ville. Principalement des camions. Mais ce n'est pas simple d'obtenir une plaque d'immatriculation. Chaque propriétaire doit demander d'abord une autorisation spéciale pour Berlin. Ce papier permet de se déplacer dans un rayon de cinquante kilomètres. Il est interdit d'aller au-delà et de se promener dans la zone soviétique.

Hilde secoua la tête.

— Les Russes adorent la bureaucratie. Mais passons.

Et votre témoin ? A-t-il pu vous donner une description de la voiture du tueur ?

— C'est là que ça devient intéressant. (Billhardt porta son regard sur la table d'appoint où il avait déposé son verre vide.) Hum, je ne voudrais pas être impoli, mais serait-il possible d'avoir encore une goutte de ce schnaps ?

Oppenheimer savait que son collègue avait un certain penchant pour l'alcool, mais boire de son plein gré un second verre du casse-poitrine de Hilde tenait presque du suicide. L'aristocrate ne parut pas surprise. En bonne maîtresse de maison, elle alla chercher la bouteille d'eau-de-vie à moitié pleine et la posa sur la table à côté de Billhardt. Celui-ci ne se fit pas prier et se resservit.

— Ah ! s'écria-t-il après avoir descendu le schnaps. C'est vivifiant !

Il contempla un instant les reflets irisés que projetait une bougie Hindenburg sur son verre, puis il se cala dans son fauteuil.

— Revenons à notre enquête, enchaîna-t-il. Notre témoin était mécanicien automobile avant la guerre, donc nous pouvons lui faire confiance. Il affirme avoir vu une Adler Trumpf Junior. Quatre portes. Une voiture suffisamment spacieuse pour transporter un cadavre. En revanche, il ne peut rien dire sur la couleur de la carrosserie. À cause de l'obscurité qui régnait dans la gare de triage.

Oppenheimer arqua un sourcil.

— Une Adler Trumpf Junior ?

— J'étais sûr que ça te mettrait la puce à l'oreille, commenta Billhardt en souriant. Grâce à ton tuyau, nous avons découvert qu'Orminski conduisait exactement le même modèle. Quand le tueur l'a enlevé, il en a peut-être profité pour s'emparer de la bagnole. Mais nous avons un problème. Les voisins de l'immeuble se souviennent bien de la voiture rouge d'Orminski. En revanche, nous avons fait chou blanc dans les administrations. Aucune Adler Trumpf Junior n'est immatriculée au nom d'Orminski à Berlin.

— Le véhicule appartient à quelqu'un d'autre, en conclut Oppenheimer.

— C'est fort probable, confirma Billhardt avant de se resservir un schnaps. (Remarquant soudain que son ami n'avait pas de verre, il demanda :) Tu en veux un ?

Oppenheimer refusa d'un geste de la main.

— Merci, j'ai entreposé ici une petite réserve de café.

Sans plus d'explication, il se leva et passa dans la cuisine attenante.

— Dans le placard du haut, tout à gauche, lui lança Hilde.

À l'endroit indiqué, il trouva effectivement le moulin de l'aristocrate et le sac dans lequel il avait mis sa précieuse ration de café. On n'était pas encore dimanche, mais il savait que son cerveau fonctionnait mieux avec une dose de caféine. Il souleva le seau qui contenait la réserve d'eau de Hilde et remplit la bouilloire. Puis il alla déposer celle-ci sur le poêle du salon.

En attendant que l'eau bouille, il retourna dans la kitchenette pour moudre les grains de café.

— C'est fantastique, grommela-t-il. Nous pourchassons un tueur inconnu dans une voiture fantôme. As-tu au moins appris quelque chose sur la nouvelle victime ?

— Et comment ! clama Billhardt. Mes gars ont fait du bon boulot. Surtout Wenzel. Nous savons maintenant qui est le mort de ce matin. Et encore mieux : tout porte à croire qu'il connaissait Orminski !

Le flic manchot marqua une pause pour ménager son effet. Oppenheimer lâcha la manivelle du moulin et recula d'un pas pour jeter par la porte un coup d'œil à son collègue.

— Et ensuite ? s'impatienta Hilde. Faut-il vous tirer les vers du nez ?

Tandis qu'elle tendait la main pour reprendre la bouteille de schnaps, Billhardt s'empressa de poursuivre :

— L'homme s'appelle Rolf Richter. Il est originaire d'un petit village situé à une cinquantaine de kilomètres de Berlin. Weydorf. Et devinez qui a vécu là-bas pendant un moment ?

— Bon sang ! laissa fuser Oppenheimer, abasourdi.

— Orminski et Richter ont donc habité dans le même patelin ? résuma Hilde d'un air songeur.

Billhardt profita de ce moment de flottement pour se resservir un verre de gnôle.

— Richter était un paysan établi depuis longtemps à Weydorf. Orminski, lui, est arrivé vers la fin de la guerre, durant l'automne 1944. Il a travaillé dans une ferme qui se trouve non loin de celle de Richter.

Hilde serra les lèvres avant de remarquer :

— Et à peine deux ans plus tard, on retrouve à Berlin les cadavres de ces deux hommes à quelques jours d'intervalle. Si c'est un hasard, je veux bien me faire bonne sœur !

— Attendez, reprit Billhardt. Ce n'est pas tout. Richter vivait depuis quelques mois à Berlin. Mais, comme Orminski, il n'était inscrit nulle part officiellement. Et il a disparu lui aussi une semaine avant sa mort. Par chance, ses voisins ont tout de suite prévenu la police. En parcourant les avis de recherche, Wenzel est tombé sur notre homme.

Oppenheimer revint dans le salon.

— Tout semble indiquer qu'il s'agit d'un seul et même tueur. À présent, il nous faut des preuves. Tu dois botter le train à Gebert pour qu'il pratique au plus vite l'autopsie.

Billhardt, qui avait manifestement la gorge sèche après toutes ces explications, avala un autre schnaps. Il commençait à avoir l'œil vitreux, mais sa voix était encore assurée quand il déclara :

— Peu importe ce que dira Gebert. Je suis maintenant convaincu que Hüttner est innocent. Si je ne m'abuse, tu m'avais parlé d'un petit bonhomme ailé qu'on avait gravé à côté de la porte d'Orminski…

Oppenheimer acquiesça de la tête.

Billhardt fouilla l'une des poches de son manteau et lui tendit un papier.

Le manchot avait calqué quelque chose à coups de crayon. Comme la pièce était peu éclairée, Oppenheimer s'approcha d'une bougie pour mieux voir.

Ce qu'il découvrit lui coupa le souffle.

Une figure humaine dotée d'une paire d'ailes.

Le même symbole qu'il avait remarqué chez Orminski.

— Où l'as-tu trouvé ?

Curieuse, Hilde se leva pour venir examiner à son tour le dessin.

À cet instant, la bouilloire se mit à siffler. Oppenheimer donna le papier à l'aristocrate pour s'occuper de son café.

— Avant de venir ici, je suis allé inspecter l'appartement de Richter, expliqua Billhardt. Et ce signe était gravé à côté de la porte d'entrée.

— Intéressant, murmura Hilde. Le tueur laisse une marque.

— Qu'est-ce que c'est ? demanda Billhardt.

Oppenheimer ressortit de la cuisine avec une tasse fumante. Après avoir avalé une petite gorgée de café, il haussa les épaules.

— Un ange, semble-t-il.

— C'est un peu trop simple, objecta Hilde. Ce symbole doit avoir une signification plus profonde pour le tueur.

Billhardt avait une explication plus prosaïque.

— Il a peut-être une araignée au plafond ?

Hilde lui décocha un regard réprobateur.

— Bravo ! C'est tout ce qu'on vous apprend à la Kripo ? Je pensais que vous aviez un peu plus de finesse psychologique.

Pour punir le policier, elle s'empara de la bouteille d'eau-de-vie et alla la mettre en sûreté dans la cuisine.

— On ne peut pas exclure totalement l'hypothèse d'un meurtrier dément, intervint Oppenheimer d'un ton conciliant. (Afin d'éviter tout conflit, il s'empressa de changer de sujet :) Qu'en est-il de Dobisch, notre suspect dans l'affaire Storm ?

Billhardt lui lança un regard brouillé.

— Le voisin de Storm que nous avons interrogé ensemble, lui rappela Oppenheimer.

— Ah, le déserteur traumatisé. Reinmann l'a filé un moment, mais ça n'a rien donné. De toute façon, nous n'avons pas pu établir de rapport entre Dobisch et Orminski.

— Nous n'avons peut-être pas cherché au bon endroit. Je continue de penser que le meurtre de Storm est étroitement lié aux autres.

Billhardt secoua la tête.

— Mis à part les inscriptions sur la peau, je ne vois pas d'autre lien. Storm était un citadin. Il n'a certainement jamais mis les pieds à Weydorf.

— En tout cas, l'alibi de Dobisch est troué comme une écumoire. Les seules personnes qui prétendent l'avoir vu au moment du meurtre de Storm sont ses compagnons de beuverie. Pas très crédible.

De retour dans le salon, Hilde s'avança vers Oppenheimer.

— Qu'est-ce qui te fait croire que ce type est peut-être impliqué dans le meurtre de son voisin ?

— Dobisch était au front, glissa Billhardt, visiblement fier d'avoir retrouvé la mémoire. Ce qu'il a vu l'a rendu zinzin.

— Une victime de l'obusite ? diagnostiqua Hilde.

— Il a d'autres symptômes, mais qui sont également très manifestes, indiqua Oppenheimer. Je ne sais pas si Dobisch peut être considéré comme responsable de ses actes. Crois-tu qu'un ancien soldat atteint de déséquilibre psychique pourrait être en mesure de commettre ce genre de meurtres ?

Son amie resta silencieuse quelques instants.

— C'est difficile à estimer. Il faudrait que j'examine Dobisch. À leur retour, certains combattants ne peuvent ou ne veulent pas parler de leurs terribles expériences au front et gardent tout pour eux. Ils refusent de s'avouer qu'ils ont subi un choc, parce que ça ne correspond pas à l'image qu'ils ont d'eux-mêmes. On risquerait de les prendre pour des faibles. Mais les atrocités qu'ils ont vécues ne s'oublient pas du jour au lendemain. Les traumatismes de guerre provoquent des troubles persistants. Il suffit de regarder le nombre de suicides. J'ai lu que, depuis le mois de mars dernier, le chiffre était en hausse constante. Et nous ne savons pas combien de soldats ont été traumatisés, puisqu'une grande partie d'entre eux est encore en captivité. Que faut-il faire avec ceux qui sont touchés par ce syndrome ?

Leur faire suivre une thérapie ? Impossible ! Obnubilés par leurs inepties racistes, les nazis tenaient la psychologie pour une pseudo-science noyautée par les Juifs. Ils ont fait fuir tous les psychiatres. Qui va s'occuper maintenant des commotionnés de guerre ? Et surtout, qui va payer la note ? Regarde Herr Vogt. Il est livré à lui-même, et sa femme est complètement dépassée. (Hilde reprit place dans son fauteuil.) Mais revenons à notre affaire. Je ne peux pas me prononcer sur le cas de Dobisch. En revanche, une chose est sûre : les actes de guerre génèrent une certaine désensibilisation. Beaucoup de soldats ont déjà tué, et ils savent parfaitement comment manier une arme. Ça fait baisser le seuil d'inhibition. Certains n'hésitent pas à faire usage de la violence en temps de paix.

Billhardt s'esclaffa.

— C'est peu de le dire. La guerre à peine terminée, on a recommencé à avoir une cinquantaine d'homicides par mois à Berlin. Et même la police n'est pas épargnée.

Oppenheimer se pencha vers lui.

— Qu'entends-tu par là ?

— Tu te souviens de l'histoire avec Heinrich ?

Il opina. Ce qui était arrivé au major Karl Heinrich laissait craindre le pire. Lors de l'accession de Hitler au pouvoir, Heinrich dirigeait le commissariat de Mitte. Social-démocrate déclaré, il fut rapidement limogé par les nazis et incarcéré. Après la guerre, grâce à son aura de martyr politique, il avait réussi à se faire nommer commandant de la Schutzpolizei.

Oppenheimer avait été alors surpris d'apprendre que l'administration soviétique avait choisi Heinrich pour ce poste. Mais l'entente n'avait pas duré longtemps. Le 2 août 1945, le major avait disparu sans laisser de traces. Bien sûr, la presse avait eu vent de cette histoire. Dans les zones occidentales avait circulé la rumeur selon laquelle Heinrich s'était attiré le courroux de Staline, qui avait envoyé ses sbires pour faire enlever le fauteur de troubles. Et comme Paul Markgraf, le chef de la police berlinoise, n'avait pas fait le moindre commentaire sur cette étrange disparition, on pouvait aisément imaginer que le major avait été bel et bien réduit au silence pour des raisons politiques.

— Sais-tu ce qui est arrivé à Heinrich en fin de compte ?

— Bah, grommela Billhardt avec un geste blasé. Il ne réapparaîtra pas. Du moins, pas vivant. Ici, nous pouvons en parler sans crainte d'être espionnés. (Baissant la voix, le policier prit un air de conspirateur.) Après sa nomination, Heinrich s'est empressé de rassembler autour de lui d'anciens collaborateurs. Parallèlement, ses collègues communistes ont tenté de recruter le plus possible de fidèles du KPD. Et Markgraf, notre grand patron, est un rouge pur et dur. On raconte qu'il fait partie des proches d'Ulbricht. Durant son exil en Union soviétique, il était membre du Comité national pour une Allemagne libre, comme Hüttner. Mais avec de meilleures relations. En tout cas, la fraction de Heinrich n'a jamais pu s'entendre avec celle de Markgraf. Une vraie lutte de pouvoir s'est engagée. Les Soviétiques, eux, ne veulent à aucun prix perdre leur influence sur la police. Comme Heinrich représentait un danger, on l'a tout bonnement éliminé. Son successeur, Rudolf Wagner, est un membre convaincu du KPD. Les choses sont claires maintenant dans la maison Poulaga. Depuis la disparition de Heinrich, tous ceux qui ne mangent pas dans la main des cocos ont peur de se faire refroidir.

— Et les Alliés occidentaux ne disent rien ? demanda Oppenheimer avec stupéfaction.

— Ils s'écrasent tous devant Staline. Et des types arrogants comme Mielke en profitent pour se tailler la part du lion.

Oppenheimer n'était pas foncièrement surpris par les révélations de son ami. Au contraire, ses pires craintes se voyaient confirmées, et ce n'était pas pour lui remonter le moral. Après tout ce qu'il avait entendu, mieux valait éviter d'avoir Mielke comme ennemi. Il habitait certes dans le secteur américain et bénéficiait de la protection d'Aksakov, mais la disparition de Heinrich démontrait que personne n'était à l'abri d'un guet-apens.

S'il avait mené une enquête normale, il se serait immédiatement rendu à Weydorf pour tenter de découvrir le mobile du véritable tueur. Ce n'était toutefois pas la priorité. Il devait à présent déployer tous ses efforts afin de prouver l'innocence de Hüttner. C'était le seul moyen de se tirer du pétrin dans lequel il s'était fourré.

Billhardt s'était tu et semblait absorbé dans des réflexions similaires. Hilde, immobile dans son fauteuil, sourcils froncés, avait les yeux rivés sur un point imaginaire en face d'elle.

— Comme un imbécile, je n'ai rien vu venir, concéda Billhardt en soupirant. Je touche un salaire de misère chez les flics, et en plus je risque ma peau. Un morbaque comme Möller peut pourrir ton existence en moins de deux si ta gueule ne lui revient pas. Pas étonnant qu'autant de collègues démissionnent quand ils trouvent un meilleur boulot ailleurs. (Il se tourna vers Oppenheimer.) Reste à l'écart de cette merde, Richard. Ne commets surtout pas l'erreur de revenir dans la police. Même s'ils te supplient. Ça n'en vaut pas la peine.

21

Samedi 21 décembre 1946

Oppenheimer était encore ensommeillé quand une phrase résonna dans son esprit.

Je n'ai jamais voulu ça.

La veille au soir, voyant que Billhardt était complètement ivre, il avait pris son collègue vacillant par l'épaule et l'avait guidé avec peine jusqu'à la villa. Oppenheimer s'était préparé à essuyer toutes sortes d'objections de la part des autres résidants, mais personne n'avait protesté et le flic manchot avait pu cuver son vin dans la cuisine commune.

Sous l'influence de la boisson, Billhardt avait tendance à devenir très bavard. Dans le salon de Hilde, il avait commencé à faire une sorte de confession et avoué avec amertume que les nazis lui avaient ravi son humanité en le chargeant d'accomplir d'horribles besognes. Mais, peu à peu, son esprit embrumé par l'alcool n'avait plus été en mesure de formuler des phrases compréhensibles. Sur le chemin entre la maisonnette et la villa, il n'avait débité que des sons inarticulés. Avec un peu d'imagination, Oppenheimer avait pourtant saisi quelques mots que son ami ne cessait de répéter.

Je n'ai jamais voulu ça.

Il savait que son collègue avait commis des atrocités

sur le front de l'Est. Deux ans et demi plus tôt, ce dernier lui avait tout raconté autour d'une bouteille de vin. Oppenheimer éprouvait encore un malaise en songeant à cette conversation. Il avait cru connaître son ami, mais les sombres révélations de Billhardt avaient entrouvert une porte sur un abîme intérieur insoupçonné. Peut-être était-il impossible de connaître véritablement quelqu'un. Et peut-être valait-il mieux dans certains cas ne pas en savoir trop. Si Oppenheimer acceptait d'écouter, il s'abstenait cependant de poser des questions.

Allongé sur le dos, il contemplait tristement le plafond. Il était bien réveillé à présent, mais il repoussait le moment de se lever et d'affronter le froid mordant. À côté de lui, Lisa se tournait et se retournait. Il sentait qu'elle aussi ne dormait plus et retardait l'inévitable.

Tout à coup, il entendit un long cri de douleur. Puis un autre.

Il se redressa d'un bond. En parcourant la pièce du regard, il constata que les époux Vogt n'étaient pas là.

— Que se passe-t-il, nom d'un chien ?

Visiblement inquiets, les autres habitants de la villa repoussèrent leurs couvertures. Même Billhardt avait été tiré du sommeil par les plaintes déchirantes.

Oppenheimer sortit de la cuisine et gravit l'escalier menant au rez-de-chaussée. Les lamentations venaient du premier étage. Sous la fenêtre givrée du couloir, il aperçut dans la pénombre une silhouette penchée au-dessus d'un corps inerte.

C'était Frau Vogt qui serrait dans ses bras son mari. Secouée de tremblements, la bouche grande ouverte, elle poussait à chaque expiration un gémissement de souffrance.

Coiffé comme d'habitude de son casque, Herr Vogt

avait effectué sa dernière patrouille. Il avait dû se lever en pleine nuit pour se glisser hors de la cuisine.

À présent, il était étendu sur le sol. Le froid avait eu raison de lui.

Oppenheimer s'approcha lentement. Ne sachant pas quoi faire, il finit par s'accroupir et posa la main avec douceur sur l'épaule de la veuve.

Il aurait voulu consoler Frau Vogt avec des paroles rassurantes et exprimer sa compassion, mais il resta muet, incapable de traduire tout cela en quelques mots.

Ed avait beau apprécier l'esthétique des formes féminines, cela ne faisait pas de lui un critique d'art. Surtout quand il s'agissait d'art contemporain.

Il examinait d'un air perplexe plusieurs estampes. Oppenheimer trouvait que, dans le cadre inattendu d'une galerie, le truand aux allures de bouddha rieur était bien plus intéressant à contempler que la plupart des œuvres présentées. Organisée dans un lieu nommé Espace artistique de l'Ouest, l'exposition consacrée aux artistes berlinois était un curieux mélange de styles hétéroclites. Une multitude de formes d'expression avaient reparu depuis qu'on ne risquait plus d'être stigmatisé comme « dégénéré ». Peintres et sculpteurs rivalisaient d'imagination pour saisir les années de guerre avec des formes et des couleurs nouvelles, et ils s'efforçaient d'élargir la conscience du spectateur en réalisant des œuvres abstraites. Même le cubisme un tantinet désuet connaissait un second souffle.

Ces productions artistiques semblaient provoquer une réaction chez Ed. Durant quelques secondes, plusieurs émotions défilèrent sur son visage. Il sourit avec gêne quand il remarqua qu'Oppenheimer l'observait en coin.

— De nos jours, les artistes cherchent plutôt un mode d'expression abstrait, expliqua Oppenheimer. Sinon, ils pourraient tout simplement faire des photos. Les peintres veulent montrer leur propre impression de la réalité.

Le Mastard esquissa un signe de tête avant de se diriger vers un autre tableau. C'est alors qu'il se figea brusquement. Donnant un coup de coude à Oppenheimer, il s'écria avec enthousiasme :

— Je connais un gonze qui a exactement la même tête !

Oppenheimer jeta un coup d'œil au portrait composé de formes géométriques.

— Hum, je suis désolé pour lui.

Puis il se rendit compte que le commentaire d'Ed avait attiré l'attention des autres visiteurs en brisant le silence contemplatif des lieux. À la vue des visages indignés autour de lui, il fit signe au truand de parler moins fort.

Derrière eux retentirent des pas rapides. Gerda apparut sur le seuil de la salle, la main glissée sous sa veste qui dissimulait l'étui de son couteau de chasse. D'un regard circulaire, elle s'assura que tout allait bien.

— Qui a choisi ce lieu de rendez-vous ? murmura Oppenheimer.

— Tetzlaff, bien sûr. Il ne veut pas être alpagué par les flics.

Le commissaire acquiesça. Si Tetzlaff était méfiant, il était compréhensible qu'il leur donne rendez-vous dans une galerie. À l'instar des cinémas et des théâtres, les expositions étaient très fréquentées par les Berlinois. Oppenheimer regrettait encore de ne pas avoir réussi à visiter en octobre dernier celle consacrée à l'art moderne français qui avait été organisée par l'administration militaire dans la Salle blanche du château de Berlin. Pour la première fois depuis longtemps avaient été exposées dans la capitale des œuvres d'artistes illustres comme Monet, Cézanne, Dalí et Picasso. Quand Oppenheimer avait essayé de s'y rendre, la file d'attente était si longue qu'il avait fini par abandonner.

L'Espace artistique de l'Ouest n'était pas aussi bondé que d'habitude, mais suffisamment pour permettre à Tetzlaff de disparaître dans la foule s'il craignait un piège. Celui-ci avait exigé qu'Ed accompagne Oppenheimer pour cette rencontre. Le Mastard avait accepté bien volontiers, car la salle d'exposition ne se trouvait qu'à quelques centaines de mètres du Rio Bar dans l'Albrecht-Achilles-Straße. Par précaution, il avait toutefois pris Gerda comme garde du corps, ce qui signifiait que Tetzlaff ne faisait pas partie des partenaires avec lesquels il concluait d'ordinaire ses affaires louches.

— As-tu pu te renseigner sur ce type ? demanda Oppenheimer. Qui est-il au juste ?

— Avant-guerre, il faisait un peu de combine. Rien d'extraordinaire. Pendant un temps, il a travaillé comme videur à la Flûte enchantée.

Le commissaire dressa l'oreille en entendant le nom de l'ancien dancing. Il n'avait jamais mis les pieds là-bas, mais il connaissait l'établissement. Avant l'arrivée au pouvoir de Hitler, les mœurs étaient beaucoup plus libres à Berlin et la Flûte enchantée – située près du Splittelmarkt – était alors très célèbre. Le night-club se vantait d'être le plus beau de la capitale, mais, pour y entrer, il fallait avoir certains penchants. Les deux étages abritaient des pistes de danse pour homosexuels, où des boules à facettes roses tournaient au-dessus des clients dansant au son de la musique jazz américaine.

Au rez-de-chaussée, il y avait une grande salle réservée au public lesbien. L'endroit pouvait accueillir au total près de quatre mille cinq cents noctambules et les bals costumés qui s'y tenaient à la Saint-Sylvestre étaient légendaires. En 1933, comme la plupart des lieux de rencontre du demi-monde, la Flûte enchantée avait été contrainte de fermer. Contre toute attente, cette purge n'avait pas été lancée par le NSDAP. Presque personne ne s'en souvenait, mais les premières mesures pour « endiguer la débauche » avaient été prises avant l'avènement de Hitler par l'administration municipale, dirigée à l'époque par les sociaux-démocrates.

— Et qu'a fait Tetzlaff sous le régime nazi ?

Le Mastard haussa les épaules.

— Je ne sais pas exactement. Je crois qu'il a essayé de se faire le plus discret possible. Mais il a gardé ses anciens contacts. Il s'en sert maintenant pour faire des affaires. Tetzlaff se nomme lui-même le roi des trafiquants.

Pour souligner qu'il prenait cela pour de la pure mégalomanie, le truand chauve se tapota la tempe de l'index.

Au bout d'un certain temps, Tetzlaff finit par arriver. D'un pas élastique, il s'approcha d'Ed. Coiffé d'un borsalino sur ses cheveux pommadés, le roi des trafiquants était mis avec élégance. La quarantaine, fine moustache taillée avec soin, il portait un costume à rayures très coûteux et des guêtres blanches. Une canne ouvragée complétait sa parure.

Oppenheimer en déduisit que l'homme adorait se vêtir à la mode de l'entre-deux-guerres. Sa tenue aurait pu ressembler à un déguisement grotesque sur d'autres personnes, mais Tetzlaff avait une allure si naturelle qu'elle ne paraissait nullement déplacée. Il ne ressemblait en rien aux trafiquants que le commissaire avait rencontrés jusqu'à présent. Par son apparence, il voulait sans doute souligner qu'il n'appartenait pas à cette canaille.

— Je vous écoute, déclara-t-il en guise de salutation.

— Voici l'homme dont je vous ai parlé, répondit Ed en désignant Oppenheimer. C'est un vieil ami. Il aurait besoin de quelques informations.

Tetzlaff scruta le commissaire d'un air méfiant.

— Et quel est votre nom ?

Oppenheimer se présenta et proposa de retourner dans le hall d'entrée parce que certains visiteurs leur jetaient des regards étonnés.

Une fois là-bas, il expliqua brièvement qu'il enquêtait sur le meurtre d'Orminski.

— Comme je vous l'ai dit, conclut-il, je ne suis plus policier. Je ne citerai pas votre nom devant les autorités. Ce qui m'importe, c'est de coincer le véritable assassin d'Orminski.

Le trafiquant hocha la tête.

— J'ai bien compris, mais, pour l'instant, je n'ai pas encore entendu la moindre question.

— Vous louez deux appartements dans un immeuble à Neukölln et Orminski vivait dans l'un d'eux. Est-ce que ça signifie… (Oppenheimer chercha le bon mot) qu'il travaillait pour vous ?

Tetzlaff s'abstint de confirmer si Orminski était impliqué dans ses affaires de marché noir. Au lieu de cela, il sourit d'un air impénétrable.

— Je vous invite à poursuivre, Herr Oppenheimer. Je vous interromprai en cas d'erreur.

— Orminski conduisait une Adler Trumpf Junior. La voiture n'était pas immatriculée à son nom. J'imagine qu'elle lui servait à transporter des marchandises pour votre compte ?

Tetzlaff ne sourcilla pas. Son sourire semblait s'être gravé sur son visage.

— Si c'est le cas, vous pourriez avoir des ennuis, reprit Oppenheimer pour provoquer son interlocuteur. La Trumpf est désormais en la possession d'un tueur qui l'utilise pour véhiculer des cadavres. Et comme on peut remonter jusqu'à vous avec cette voiture, vous faites partie des suspects potentiels. Ce n'est qu'en parlant ouvertement avec moi que vous écarterez les soupçons.

Le trait fit mouche. Tetzlaff grimaça. Furieux, il voulut prendre le commissaire au collet.

Il n'en eut pas le temps.

À la vitesse de l'éclair, Gerda jaillit près de lui et posa la main sur son bras.

— Ce n'est pas une bonne idée, souffla-t-elle.

Le trafiquant se figea. Puis il arbora un sourire faux et feignit d'épousseter le manteau d'Oppenheimer.

— Les poulets sont-ils au courant pour la voiture ?

— La police n'a pas encore enquêté dans cette direction, rétorqua Oppenheimer. Mais il y a eu un autre assassinat. La victime s'appelait Richter. Ce type venait lui aussi de Weydorf et donnait dans le marché noir. Tôt ou tard, les flics essaieront d'établir un lien entre vous et les meurtres, Herr Tetzlaff.

Après cet avertissement, il fit une pause pour laisser réfléchir son interlocuteur.

— En ce qui me concerne, je ne crois pas que vous soyez le coupable, enchaîna-t-il. Certains détails font penser que le mobile du tueur n'a rien à voir avec une simple querelle entre trafiquants. Mais pour mettre la police sur la bonne piste, j'ai besoin d'indices fiables.

Tetzlaff sembla trouver la situation tellement absurde qu'il pouffa de rire.

— Ai-je bien compris ? Vous êtes prêt à m'aider ?

— Si je fais ça, ce n'est pas pour vous. Je ne réclame aucune contrepartie. Mon but est uniquement de résoudre cette affaire.

Tetzlaff proposa de changer d'endroit avant d'évoquer les détails de son trafic. Comme il faisait trop froid pour flâner sur le Kurfürstendamm, ils se réfugièrent dans un restaurant tout proche.

Le propriétaire avait ouvert son établissement dans un appartement privé au troisième étage d'un immeuble. Le mobilier vétuste était composé de tables et de chaises hétéroclites. Aucun prix n'était indiqué sur la carte du jour. Il s'agissait donc d'un restaurant de marché noir où l'on ne pouvait payer qu'avec des cigarettes. En général, ce genre de local clandestin avait mauvaise réputation, mais celui-ci était comble.

Tetzlaff zigzagua entre les tables pour attraper un serveur auquel il souffla quelques mots à l'oreille. Ed les avait quittés au sortir de l'exposition. Par précaution, le truand avait cependant ordonné à Gerda de rester avec Oppenheimer. Il pensait peut-être que Tetzlaff serait plus bavard sans la présence d'un concurrent. Ou il estimait simplement qu'il en avait déjà assez fait en organisant ce rendez-vous.

Oppenheimer et Gerda attendirent au milieu du salon. Quelques instants plus tard, Tetzlaff leur fit signe de le suivre dans un couloir menant au fond de l'appartement. Ils s'installèrent dans l'une des pièces de derrière. Poussiéreuse, celle-ci disposait toutefois d'une grande fenêtre aux vitres intactes qui jouissait d'une belle vue sur le Kurfürstendamm. Le restaurant n'avait pas de véritable café, mais Tetzlaff eut la bonté de commander un pot de succédané.

Peu de temps après, Oppenheimer put se réchauffer les mains en serrant une tasse de chicorée bien chaude.

— Vous semblez être un familier de la maison, remarqua-t-il.

La réponse du trafiquant vint sans hésitation.

— Le patron est un de mes clients.

La conversation qui s'ensuivit confirma les suppositions d'Oppenheimer.

Orminski et Richter travaillaient tous les deux pour Tetzlaff. Le lien avec Weydorf s'expliquait aisément. Beaucoup d'agriculteurs des environs de Berlin détournaient une partie de leur récolte et de leur production de viande. Ils ne livraient à l'administration soviétique que ce qui était imposé par les quotas. Le reste était destiné à leur consommation personnelle ou vendu clandestinement au plus offrant.

Et les meilleurs prix se négociaient dans la capitale toute proche, parce que la demande y était très forte.

C'était à ce moment-là qu'intervenait Tetzlaff.

Il faisait affaire avec plusieurs fermes. Les paysans lui fournissaient leurs produits, il s'occupait du transport. À la fin, il s'adjugeait la plus grosse part des profits parce qu'il considérait être celui qui prenait le plus de risques lors de ces expéditions nocturnes.

— À la campagne, il y a toujours le danger de tomber sur une patrouille soviétique, raconta-t-il. Mais j'ai mes alliés. (Il fit un clin d'œil.) Les Ruskofs se laissent aussi graisser la patte. On me prévient en cas de contrôle. Parfois, il arrive même qu'un soldat de l'Armée rouge nous accompagne pour écarter tout soupçon. En chemin, nous devons transférer les marchandises dans d'autres véhicules pourvus d'une immatriculation berlinoise afin d'entrer discrètement en ville.

— Vous avez donc quelque part sur le trajet un entrepôt où se font ces transbordements ? s'enquit Oppenheimer.

Tetzlaff sourit.

— Je ne vous donnerai pas de précisions là-dessus. C'est confidentiel. Mais, à l'intérieur de la capitale, le transport se fait dans des voitures comme celle d'Orminski. Son véhicule est doté d'un compartiment secret situé entre le coffre et la banquette arrière. Presque invisible, même si quelqu'un fouille l'habitacle. Nous avons déjà transporté des cochons entiers là-dedans.

Oppenheimer but une gorgée de chicorée avant de demander :

— Le compartiment serait-il suffisamment grand pour accueillir un cadavre ?

— C'est possible, répondit le trafiquant après quelques secondes de réflexion. Mais il faudrait le glisser à l'intérieur avant l'apparition de la rigidité cadavérique. C'est ce que nous faisons avec les animaux. En revanche, nous n'avons pas essayé avec des êtres humains.

— Changez-vous encore de plaques pendant les trajets en ville ?

— Ça dépend de l'endroit où nous allons. Orminski avait l'immatriculation réglementaire BN pour Berlin, mais également quelques plaques étrangères. J'ai des gens à mon service capables de réaliser d'excellentes contrefaçons si on leur apporte le matériel nécessaire. Orminski possédait même une plaque de médecin, ce qui est utile parfois pour éviter les questions indiscrètes. Nous avons aussi des plaques russes, même si nous les utilisons rarement. Les véhicules réquisitionnés par les

Soviétiques doivent porter en plus des marques jaunes qui sont difficiles à ôter rapidement lors d'un changement d'immatriculation ultérieur. C'est moi qui fournis l'essence, mais juste ce qu'il faut pour les transports de marchandises. Je n'accepte pas que mes employés se servent de mes voitures pour des voyages privés.

Oppenheimer hocha la tête. Le meurtrier d'Orminski pouvait donc se déplacer en ville sans être inquiété. Jusqu'à ce qu'il vide le réservoir d'essence. Car, pour se procurer du carburant – produit extrêmement précieux –, il fallait avoir les relations de Tetzlaff. La voiture lui permettait de se débarrasser discrètement du corps de ses victimes. Savoir si elle faisait partie du plan originel ou si le tueur avait mis la main dessus par hasard n'avait pas d'importance pour le moment. Il avait chaque fois une fenêtre d'une douzaine d'heures pour emporter les dépouilles là où il le souhaitait. Après cela, les faire entrer dans le compartiment secret devenait sans doute très difficile à cause de la rigidité cadavérique.

Tout cela ne livrait cependant aucune indication sur le mobile des crimes.

— Richter et Orminski habitaient tous deux à Weydorf. Pourquoi sont-ils venus à Berlin ?

— Orminski avait déjà vécu à Berlin auparavant pendant quelque temps, expliqua Tetzlaff. Mais une chose après l'autre. Lors du débarquement des Alliés occidentaux en Normandie, j'étais encore dans la Wehrmacht. Quand on a essayé d'entraver la progression de leurs divisions, j'ai été grièvement blessé et rapatrié à Berlin dans un hôpital militaire. Après ma convalescence, je suis passé dans la clandestinité pour ne pas retourner au front. À cette époque, le ravitaillement de la ville était déjà pitoyable, et c'est là que je me suis lancé dans le marché noir. J'ai fait la connaissance d'Orminski peu de temps après. Il essayait de vendre quelques objets de valeur qu'il avait pu rapporter de l'Est.

Oppenheimer leva la main pour l'interrompre.

— Quand l'avez-vous rencontré exactement ?

— Durant l'hiver qui a suivi mon retour. Donc fin 1944. Orminski a eu du nez. Il a fui les territoires de l'Est avant l'arrivée des Russes et le massacre de Nemmersdorf. Il n'avait aucune envie de servir de chair à canon. Le Volkssturm n'avait pas encore été créé, et personne ne l'a empêché de partir. Arrivé à Berlin, il s'est mis en quête d'un travail, mais la ville lui semblait trop dangereuse à cause des bombardements incessants. De mon côté, je venais de lancer mon affaire et j'avais noué les premiers contacts avec Weydorf. Je l'ai envoyé là-bas en le chargeant de surveiller mes fournisseurs. À ce moment-là, beaucoup de citadins allaient se réfugier à la campagne. Orminski est donc passé inaperçu. Il faisait de petits boulots pour plusieurs agriculteurs, en échange de quoi il était nourri et logé. Pendant plusieurs mois, tout s'est déroulé à merveille. Orminski était un gars plutôt futé. Et puis il est arrivé quelque chose.

Tetzlaff se tut. Il se pencha vers Oppenheimer avant de reprendre d'un air mystérieux :

— Je ne sais toujours pas ce qui s'est passé. Richter et Orminski n'ont rien voulu me dire. Mais j'ai été au front, je sais quand quelqu'un fait dans son froc. Et je peux vous dire que tous les deux ont eu soudain une frousse terrible.

22

Samedi 21 décembre 1946

Oppenheimer sentit son pouls s'accélérer. Il était peut-être sur le point de percer le mobile du tueur.

— Essayez de vous souvenir, c'est important. Quand Orminski et Richter ont-ils été victimes de cette tentative d'intimidation ?

Tetzlaff réfléchit brièvement.

— C'était en mai. Il y a un peu plus de sept mois. Tous les deux ont débarqué ici à Berlin pour m'annoncer qu'ils ne pouvaient plus retourner à Weydorf. Je pensais qu'ils allaient me raconter une histoire farfelue, mais non. Ils ont refusé de m'expliquer pourquoi. Je loue plusieurs appartements à Berlin. Les propriétaires ferment volontiers les yeux s'ils y trouvent leur compte financièrement. J'ai donc installé Richter et Orminski dans deux de ces logements. Ils n'auraient rien déniché ailleurs sinon. Et en contrepartie, ils m'ont rendu de menus services.

Oppenheimer opina. Il n'avait aucun mal à se représenter en quoi consistaient ces tâches. Transporter des marchandises, jouer les espions pour Tetzlaff sur les différents lieux de marché noir et allécher les clients des bourses d'échange officielles par des offres très avantageuses.

— Orminski et Richter sont-ils revenus seuls de Weydorf ou étaient-ils accompagnés d'autres personnes ?

Tetzlaff parut hésiter. Pour gagner du temps, il sortit un mouchoir de soie et commença à polir le pommeau d'argent de sa canne.

— Il y avait d'autres personnes avec eux, reconnut le trafiquant au bout d'un moment. Mais je n'en dirai pas plus. Je dois protéger mes employés. Si je vous donne leurs noms, ils finiront par recevoir un jour ou l'autre une visite de la police. Et ce n'est pas bon pour mes affaires.

Il croisa les bras d'un air résolu.

— Vos autres employés sont probablement en danger, objecta Oppenheimer. À l'évidence, il s'est passé quelque chose à Weydorf. Et ce qui est arrivé là-bas a un lien avec les meurtres qui se sont produits ici. Je comprends que vous vouliez protéger vos hommes, mais le meilleur moyen de les aider est de me révéler leur identité. Le tueur est peut-être sur le point de frapper à nouveau.

Tetzlaff secoua la tête.

— Nous savons nous débrouiller seuls, n'ayez crainte. Nous ne sommes pas des fillettes sans défense.

Oppenheimer poussa un soupir contrarié. Il but une rasade de chicorée pour se calmer. Comment convaincre le trafiquant de parler ? Billhardt n'aurait sans doute pas tergiversé et l'aurait mis à l'ombre. Mais Tetzlaff ne semblait pas le genre de personne à qui l'on pouvait facilement extorquer des informations.

Ravalant son irritation, il se tourna vers Gerda. Celle-ci n'avait pas bougé d'un pouce depuis le début de la conversation. Une tasse vide était posée devant elle. Oppenheimer prit le pot de succédané et servit l'employée du Mastard.

— Tu devrais boire un peu. Il fait froid ici.

Gerda s'efforçait visiblement d'avoir une allure intimidante. Et pour une jeune femme maigrelette, elle y parvenait plutôt bien. Depuis leur arrivée au restaurant, elle n'avait pas quitté Tetzlaff des yeux, suivant chacun des mouvements du riche trafiquant. Mais, lorsque Oppenheimer redéposa la tasse fumante sur la table, elle ne se fit pas prier et avala une gorgée de chicorée.

Le commissaire sourit en la regardant. Au même moment, il eut une idée.

Il feuilleta son calepin avant de s'adresser à Tetzlaff :

— Dans l'immeuble d'Orminski, vous avez un autre appartement, n'est-ce pas ?

— Possible, fit Tetzlaff d'un air pensif.

Manifestement, il louait tellement de logements qu'il ne s'y retrouvait plus. Il jeta un coup d'œil par la fenêtre comme s'il espérait trouver la réponse sur le Kurfürstendamm.

Il sursauta lorsque la mémoire lui revint.

— Ah, oui. Naturellement. Je loue l'appartement sous les combles. Mais je ne l'utilise plus pour mes propres intérêts.

— Si quelqu'un vit dans ce logement, il a peut-être remarqué quelque chose la nuit où Orminski a été tué. L'autre jour, dans la cage d'escalier, j'ai vu une femme entrer dans la mansarde en compagnie d'un homme. J'ai eu l'impression qu'il s'agissait d'une… relation commerciale. Le principal suspect de la police, un homme du nom de Hüttner, a été arrêté sur les lieux peu de temps après la découverte du corps. Je ne le crois pas coupable, mais il refuse catégoriquement de nous dire ce qu'il est venu faire dans l'immeuble au moment du meurtre. Serait-il un client de cette dame ?

Tetzlaff tendit l'oreille.

— Hüttner, vous dites ?

— Georg Hüttner. Vous le connaissez ?

— Quel hasard, éluda le trafiquant. Pourtant, si on réfléchit bien, ce n'est guère étonnant.

Sentant le regard scrutateur d'Oppenheimer, il déclara d'un ton neutre :

— C'est à quelqu'un d'autre de vous répondre. En ce qui me concerne, je ne sais pas qui occupait la chambre ce jour-là. En fait, j'ai rencontré quelques dames, des asphalteuses pour être plus précis. Elles cherchaient un logement pour accueillir leurs michetons. En tant que prostituées indépendantes, elles avaient besoin d'une protection contre les marlous. En plus, parfois, les clients dérapent. J'ai donc mis la mansarde à leur disposition et j'ai trouvé quelqu'un pour veiller sur elles. Un dénommé Josef. Je lui ai permis de vivre là-bas. Quand une des filles monte avec un miché, il sort dans la cage d'escalier pour monter la garde. Ça lui arrive aussi de faire le chauffeur pour les rendez-vous extérieurs chez les clients friqués. C'est un excellent arrangement. Chacun y trouve son compte.

— Je vois. Vous gérez pour ainsi dire une sorte d'hôtel de passe.

Tetzlaff éclata de rire.

— Ce n'est pas avec les quelques sous que me donnent les filles que je vais devenir riche. Mes autres affaires sont beaucoup plus rentables. Je fais plutôt ça pour rendre service.

— Et pourrais-je m'entretenir avec ce Josef ?

— En principe, oui. S'il est dans l'appartement. Mais il n'ouvre pas à tout le monde. Question de sécurité. Avec les filles, il a convenu d'un signal. Un certain nombre de coups à frapper contre la porte. Si les poulets rappliquent, il peut s'échapper par les toits.

Oppenheimer vida sa tasse. Avec cette mesure de précaution, il n'était donc pas surprenant que Billhardt et ses hommes n'aient jamais pu découvrir qui se trouvait dans la mansarde la nuit du meurtre.

— Et quel est le code ?

La question indiscrète fit sourire le roi des trafiquants. Il s'agissait bien entendu d'un secret professionnel.

— Avez-vous encore un peu de temps devant vous ? Je me ferais un plaisir de vous conduire là-bas personnellement. Après tout ce que vous m'avez raconté, je crois que j'aimerais moi aussi toucher deux mots à Josef.

Oppenheimer n'était pas vraiment étonné. Quand quelqu'un comme Tetzlaff voulait se rendre à l'autre bout de la ville, il n'empruntait pas les transports en commun, mais préférait voyager confortablement dans son propre véhicule.

Après avoir parcouru en compagnie d'Oppenheimer et Gerda quelques centaines de mètres dans le Kurfürstendamm, le roi des trafiquants s'engagea brusquement dans une rue latérale et marcha tout droit vers une imposante berline noire garée devant un immeuble en ruine.

Lorsqu'il s'approcha du véhicule luxueux, un chauffeur en livrée avec casquette réglementaire et gants blancs jaillit de l'habitacle pour ouvrir les portières arrière. Gerda, d'ordinaire imperturbable, écarquilla les yeux devant ce spectacle aberrant.

Une fois qu'ils furent installés dans la voiture,

Tetzlaff fit coulisser la cloison intérieure vitrée et murmura l'adresse d'Orminski à son employé. Le moteur se mit en marche avec une légère secousse, puis la berline démarra doucement.

Ils parcoururent le trajet en quelques minutes. Avec ses propres moyens, Oppenheimer aurait eu besoin d'au moins une demi-heure pour la même distance.

Lorsqu'ils arrivèrent au dernier étage de l'immeuble d'Orminski, Tetzlaff frappa à la porte de la mansarde selon un certain rythme. S'ensuivit un long silence. Oppenheimer s'apprêtait à redescendre quand un bruit de verrou retentit.

Le panneau de bois s'entrebâilla. Un homme, probablement Josef, jeta un coup d'œil méfiant sur le palier avant de laisser entrer les visiteurs. Il ne paraissait plus très jeune, mais ses traits émaciés étaient peut-être trompeurs. On ne voyait encore aucun fil blanc dans ses cheveux ébouriffés, et ses yeux enfoncés étaient vifs.

Tetzlaff ne se donna pas la peine de présenter Oppenheimer et Gerda. D'un ton rageur, il attaqua :

— Ne t'avais-je pas dit de n'ouvrir qu'aux clients, Josef ? Nous voilà dans de beaux draps maintenant !

Son factotum lui jeta un regard effaré.

— À cause des flics qui sont venus ici l'autre jour ?

— Évidemment !

Josef se hâta de se justifier.

— Mais je me suis enfui à temps ! Personne ne sait que j'habite ici ! J'ai même attendu trois jours avant de revenir. Par précaution. Entre-temps, ce sont les filles qui ont gardé la clé.

Oppenheimer décida d'intervenir.

— Avez-vous compris ce qui s'est passé ? Un cadavre a été retrouvé dans l'arrière-cour de l'immeuble et la police a arrêté un suspect.

L'homme dévisagea tour à tour Oppenheimer et Gerda. Ne sachant pas ce qu'il devait penser des inconnus, il garda le silence.

La colère de Tetzlaff s'était évaporée. Le trafiquant posa une main rassurante sur l'épaule de Josef.

— Voici Herr Oppenheimer. Il veut innocenter la personne suspectée de meurtre. Je me suis dit que tu accepterais de répondre à ses questions quand tu auras appris de qui il s'agit.

Josef parut déconcerté.

— De quoi parles-tu ?

Puis il se tourna vers Oppenheimer.

— Qui est suspecté de meurtre ?

— Georg Hüttner. On l'a placé en détention provisoire parce qu'il refuse de révéler ce qu'il faisait dans l'immeuble la nuit de l'assassinat.

À ces mots, Josef blêmit. Il chercha à tâtons l'accoudoir d'un vieux fauteuil à oreilles et s'écroula sur le siège.

— Bon Dieu, Georg, murmura-t-il.

Avec une mine grave, Tetzlaff commenta :

— Georg Hüttner est le frère de Josef.

Oppenheimer arqua les sourcils et pointa du doigt la silhouette recroquevillée dans le fauteuil miteux.

— Cet individu est donc Josef Hüttner ?

Tetzlaff acquiesça.

— Asseyez-vous. Laissons d'abord Josef recouvrer ses esprits.

D'un geste brusque, il tira un rideau derrière lequel se trouvait une cuisinette. Il puisa de l'eau dans un grand seau avec une casserole qu'il déposa ensuite sur le poêle ronflant. Tandis qu'il fouillait les étagères murales, Josef s'appuya contre le dossier du fauteuil et contempla le plafond. Un rire triste s'échappa de ses lèvres.

— Ça ressemble bien à Georg.

Comme il n'y avait pas d'autre siège, Oppenheimer et Gerda s'assirent sur le rebord du grand lit disposé dans un coin du salon.

Les yeux toujours rivés au plafond, Josef murmura :

— Il préfère être condamné pour meurtre plutôt que d'assumer son passé.

— Si vous me racontez ce qui s'est passé, je pourrais aider votre frère, déclara Oppenheimer. Georg vous a rendu visite ce matin-là ? Je ne comprends pas pourquoi il s'obstine à ne rien dire.

Josef prit une longue inspiration et regarda le commissaire avec un sourire ironique.

— Parce que je suis le mouton noir de la famille. Si on apprend que je suis son frère, sa carrière chez les communistes sera terminée.

Le matelas usé était terriblement inconfortable. Manquant sans cesse de tomber à la renverse, Oppenheimer se pencha en avant et posa les coudes sur ses genoux.

— Pour quelle raison ? Travaillez-vous pour les Américains ?

— Non, c'est encore pire, lança Tetzlaff.

Il prit une chaise dans la petite cuisine et vint s'installer près de Josef. Sortant de son manteau un paquet mou de Lucky Strike, il offrit une cigarette à son homme de main.

— Nous nous connaissons tous les deux depuis près de vingt ans. Josef est… (Tetzlaff s'interrompit pour chercher ses mots.) Si vous vous êtes renseigné sur moi, vous savez sûrement que je travaillais à l'époque comme videur à la Flûte enchantée. Josef était un habitué de l'établissement.

— Ces salopards de nazis m'ont jeté dans un camp de concentration, expliqua l'intéressé. À cause de mon comportement soi-disant dégénéré, on m'a classé comme « ennemi du peuple ». J'ai tout d'abord été fiché par la police, puis on m'a arrêté. Au KZ, je devais porter un triangle rose. Comme les Juifs leur étoile. Quelques-uns de mes amis ont été immédiatement internés à l'asile ou castrés de force. Par chance, ce sort-là m'a été épargné.

Joseph gratta une allumette et tira sur sa cigarette pour l'embraser.

Oppenheimer réfléchit un instant.

— Et cette information risque de compromettre Georg au sein de son parti ?

— Mon frère a honte de moi. Il a prétendu que j'avais été envoyé en camp de concentration pour des raisons politiques. Si on apprend la véritable raison de ma déportation, il sera accusé d'avoir menti. En plus, il craint que mes goûts sexuels ne jettent le discrédit sur lui.

— De toute manière, tu ne peux révéler à personne la vérité, intervint Gerda.

Oppenheimer sursauta d'étonnement. Il n'avait encore jamais vu la jeune femme s'immiscer dans une conversation quand elle était de service.

— Le cent-soixante-quinze est toujours valide, ajouta-t-elle.

Ce paragraphe, qui punissait l'homosexualité, existait depuis l'entrée en vigueur du Code pénal allemand en 1872. Dans la capitale, plus libérale, on avait toléré cette tendance, ce qui avait entraîné la naissance d'une sous-culture florissante. Sous l'Empire allemand et la république de Weimar, les partis de gauche avaient essayé à plusieurs reprises de faire supprimer le cent-soixante-quinze, mais les députés conservateurs s'y étaient toujours opposés. Dans les années vingt, le spectacle médiatique autour du tueur en série Fritz Haarmann, qui avait assassiné à Hanovre plus d'une vingtaine de jeunes hommes en plein acte sexuel, avait poussé la justice à condamner plus sévèrement encore l'homosexualité. À l'époque, l'étroitesse d'esprit des autorités judiciaires et de l'opinion publique avait révolté Oppenheimer, car il trouvait totalement absurde d'affirmer que les pulsions sadiques de Haarmann venaient de son orientation sexuelle prétendument contre nature.

En 1934, la Nuit des longs couteaux, au cours de laquelle Ernst Röhm – le rival de Hitler – et nombre de ses partisans avaient été arrêtés et assassinés sans autre forme de procès par la SS, avait marqué un tournant dans la persécution des homosexuels en Allemagne. C'étaient les « penchants malheureux » de Röhm qui avaient officiellement servi de prétexte à cette purge brutale. L'attirance envers une personne du même sexe était ainsi devenue un véritable crime ; peu de temps après, la peine maximale avait été augmentée et, selon les cas, on pouvait purger jusqu'à dix ans de prison. Les tribunaux n'avaient même plus besoin de preuves tangibles pour condamner quelqu'un. Un regard déplacé et « offensant ouvertement la pudeur » suffisait pour être pris dans le collimateur du pouvoir.

Après la fin de la guerre, le paragraphe cent soixante-quinze avait été repris par la plupart des Länder. À Berlin, un comité de révision avait plaidé contre le fait de le remettre en vigueur, mais, d'après ce que savait Oppenheimer, ce conseil avait été soigneusement ignoré par les nouveaux élus.

— Oh, oui ! confirma Josef d'un ton hargneux.

Ce foutu paragraphe est toujours valide. Quand mon dernier proprio a eu vent de mon passé, il m'a jeté dehors comme un malpropre. Les homosexuels ne sont pas reconnus comme des victimes du nazisme. Je n'ai pas droit à la carte OdF, et je ne reçois ni dédommagement ni rations supplémentaires. Pour tous ces ronds-de-cuir, le cent-soixante-quinze est toujours en vigueur. D'après eux, les nazis ont eu raison de m'envoyer dans un KZ !

Oppenheimer ne savait pas quoi répondre. La situation de Josef était évidemment intolérable. Gerda, la mine rembrunie, garda elle aussi le silence. Tetzlaff s'était relevé. Il avait fini par dénicher des sachets de thé et remplit d'eau bouillante une grande théière.

Jetant un regard vers le trafiquant, Josef reprit :

— Heureusement, peu de temps après mon retour à Berlin, j'ai retrouvé Toni. Il m'a donné du travail et permis de m'installer dans cet appartement. Mais ça ne peut pas durer éternellement.

— Votre frère a des contacts, risqua Oppenheimer. Ne peut-il pas vous aider ?

Josef sortit de sa veste un petit cendrier de poche et écrasa soigneusement sa cigarette.

— C'est pour ça qu'il venait me voir. Quand il était en Russie, Georg ne s'est jamais préoccupé de moi. J'ai même cru un moment qu'il était mort. Et puis, un beau jour, il est réapparu. Il tenait absolument à me parler. Il m'a supplié de ne raconter à personne ma véritable histoire, et surtout pas à ses amis communistes. Sinon, on me traiterait encore comme un criminel. J'ai accepté, mais pas sans négocier une compensation. Nous avons passé un accord. Il m'apporte de temps en temps des vivres et, en contrepartie, je me fais discret. Un peu de nourriture supplémentaire n'est pas un luxe. Georg m'a même promis de me trouver un appartement s'il continue de gravir les échelons. Je ne veux pas me laisser entretenir indéfiniment par Toni. Il a déjà fait tant de choses pour moi, je n'arriverais jamais à lui rendre la pareille. J'avais l'espoir qu'avec l'aide de mon frère je pourrais prendre un second départ.

Oppenheimer prit avec un signe de tête reconnaissant la tasse en fer-blanc que lui tendait Tetzlaff. Ce n'était guère plus que de l'eau légèrement colorée, mais une boisson chaude était toujours mieux que rien.

Après avoir avalé une gorgée de thé, il se redressa. La question qu'il avait à poser maintenant était d'une importance capitale.

— Combien de temps la dernière visite de votre frère a-t-elle duré ?

— Environ trois quarts d'heure.

Le commissaire fit un bref calcul. Georg Hüttner lui avait raconté que son chauffeur l'avait déposé à sept heures et demie sur l'Alexanderplatz et qu'il avait ensuite marché pendant une heure jusqu'à Neukölln. La police l'avait arrêté à neuf heures et quart. Par chance, une voisine avait déclaré qu'il n'y avait encore aucun cadavre dans l'arrière-cour à neuf heures moins vingt. Si ce que prétendait Josef était vrai, son frère avait un alibi. Au moment où le tueur avait abandonné le cadavre d'Orminski, Hüttner se trouvait ici dans la mansarde.

— Et durant ces trois quarts d'heure, Georg n'a pas bougé de l'appartement ? Il ne s'est pas absenté quelques instants ?

Oppenheimer sentit les battements de son cœur s'accélérer. Avec ces informations, il pouvait enfin disculper le moscoutaire.

— Non, répondit Josef, visiblement étonné par la fébrilité soudaine du commissaire. Georg n'est pas sorti de cette pièce. Je m'en souviens très bien.

— Seriez-vous prêt à témoigner sous serment ?

Josef se rencogna brusquement dans son fauteuil miteux en grimaçant. Il semblait soupeser le pour et le contre. Tetzlaff, qui s'affairait dans la cuisinette, se figea et jeta un regard compatissant à son vieil ami.

— Non, c'est impossible.

En entendant la réponse de Josef, Oppenheimer eut l'impression que le sol se dérobait sous ses pieds. Il pesta intérieurement.

— Vous savez ce que ça signifie ? s'enquit-il d'une voix blanche. Votre frère va être condamné pour meurtre. Il risque la peine de mort.

Josef secoua la tête.

— Georg ne m'en voudra pas. Il préfère être un communiste mort plutôt que de vivre dans l'infamie. Et si ça fait de lui un martyr, tant mieux.

Une grande amertume perçait à travers ces paroles cyniques. Oppenheimer sentait qu'il avait dû se produire entre les deux hommes quelque chose dépassant la rivalité fraternelle ordinaire. Georg Hüttner semblait juger les gens selon des critères très élevés. Critères que son frère homosexuel était bien loin de remplir. C'était peut-être la raison pour laquelle Josef lui en voulait.

— Si mes penchants sexuels sont révélés au grand jour, on me bouclera illico. Et comme la dernière fois, Dieu seul sait combien de temps je resterai au trou.

À contrecœur, Oppenheimer dut s'avouer que Josef avait raison. Témoigner ne lui apporterait que des ennuis. Mais peut-être était-il possible de corroborer ses assertions sans le forcer à faire une déposition.

— Est-ce qu'un voisin a vu votre frère ce matin-là ?

Il posa cette question en connaissant la réponse. Si les voisins avaient remarqué quelque chose, ils l'auraient probablement déjà signalé à la police.

— Je n'en sais rien, maugréa Josef.

— Et le gamin qui traîne par ici ? Il s'appelle Theo, je crois. Votre frère s'est aperçu après son arrestation qu'on lui avait volé un insigne honorifique. Et j'ai vu que Theo portait cette décoration sur le revers de son manteau.

Oppenheimer n'eut pas besoin de faire une description. Il était évident que son interlocuteur connaissait le jeune vagabond.

Josef écarquilla les yeux et lâcha en guise de commentaire :

— Ah, le petit vaurien !

23

Samedi 21 – dimanche 22 décembre 1946

Assis sur la banquette arrière de la berline luxueuse de Tetzlaff, Oppenheimer rongeait son frein. Penché en avant, il regardait la route par-dessus l'épaule du chauffeur.

— Ce n'est plus très loin, murmura-t-il.

Comme il l'avait supposé, Josef Hüttner connaissait le gamin des rues qu'il avait poursuivi dans les environs de la Hermannplatz une semaine auparavant. Theo lui rendait visite fréquemment. La plupart du temps, l'enfant grimpait sur le toit et se glissait à l'intérieur de l'appartement mansardé par la fenêtre des W.-C. C'était également l'issue de secours pour les prostituées et leurs clients en cas de rafle policière. Le matin où les forces de l'ordre avaient investi l'immeuble après la découverte du corps d'Orminski, c'était par là que Josef s'était enfui. Son frère avait préféré passer par la cage d'escalier et s'était fait coincer.

Josef Hüttner se montrait très généreux envers Theo. Il accueillait régulièrement le garçon qui cherchait des restes de tabac et de quoi manger. Et quand il n'avait plus rien, il lui offrait une tasse de chicorée. Il savait que le jeune vagabond n'avait pas la vie facile. Peut-être reconnaissait-il en Theo le marginal qu'il était lui-même.

Le matin où Georg Hüttner était venu rendre visite à son frère, Theo avait dû se faufiler comme d'habitude dans le logement par les toilettes. Comme Josef avait allumé le poêle dans le living, Georg avait accroché son épais manteau d'hiver à l'une des patères du vestibule. En apercevant la jolie médaille ornée du marteau et de la faucille, Theo n'avait sans doute pas pu résister et l'avait subtilisée.

Josef avait indiqué l'adresse de l'immeuble en ruine qui servait de refuge au garçon. Désirant s'entretenir de ses affaires avec son vieux compagnon, Tetzlaff avait eu l'amabilité de mettre sa voiture à la disposition d'Oppenheimer et Gerda.

Lorsque le chauffeur du trafiquant voulut traverser la Hermannstraße, de furieux coups de klaxon retentirent sur sa gauche. Heureusement, il put freiner à temps et une fourgonnette à trois roues passa à quelques centimètres du capot en pétaradant. Beaucoup plus petit que la berline de Tetzlaff, le triporteur était pourvu d'une plate-forme chargée d'un amas de vieux objets hétéroclites qui tressautaient à chaque cahot de la chaussée défoncée.

— Fais gaffe, espèce de crétin ! cria Oppenheimer au chauffard en gesticulant.

— Avions-nous la priorité ? demanda Gerda.

Il était trop excité pour prêter attention à des détails aussi insignifiants que le code de la route. Balayant la remarque d'un geste agacé, il lança :

— Ça m'est égal !

De l'autre côté de l'avenue, les façades détériorées des immeubles offraient un aspect aussi triste que partout ailleurs. Çà et là, des briques intactes qu'on avait pu retirer des décombres étaient soigneusement empilées sur les trottoirs. Ces blocs de plusieurs mètres de long témoignaient que les travaux de déblaiement progressaient lentement mais sûrement.

Au carrefour suivant, l'homme de Tetzlaff se gara près de l'un de ces amoncellements qui s'élevaient à hauteur d'homme. Le refuge de Theo se trouvait tout près d'ici. Restait à découvrir où exactement.

Oppenheimer renoua son écharpe et sortit de la voiture pour affronter le froid mordant. Se figeant près des piles de briques, il regarda autour de lui. Les ruines pouvant servir de cachette étaient nombreuses.

— Hüttner a parlé d'un immeuble qui tenait encore debout, lança-t-il à Gerda, qui l'avait rejoint.

La jeune femme scruta les bâtiments défoncés, puis se dirigea brusquement vers le trottoir d'en face. Oppenheimer la vit sauter lestement par-dessus les voies qu'on avait posées pour permettre aux petits trains évacuant les gravats de circuler dans la ville.

De l'autre côté de la rue, une bande de gamins s'était regroupée devant des chenilles de char abandonnées qui gisaient près des vestiges d'un édifice. Ces pièces de métal articulées étaient fort appréciées des enfants, qui s'en servaient comme jouets. Emmitouflés dans d'épais manteaux, les gosses contemplaient d'un air fasciné l'un de leurs camarades, accroupi devant eux.

L'instant d'après, un claquement sonore ressemblant à un raté d'allumage retentit. Le garçon se redressa soudain, un marteau à la main. Les galopins avaient trouvé dans les décombres une bombe qui n'avait pas explosé. Ils avaient récupéré le détonateur pour déclencher une petite explosion en frappant sur l'amorce. Un jeu dangereux.

En voyant un adulte arriver, les vauriens auraient dû décamper par crainte de recevoir un bon savon. Mais la silhouette frêle de Gerda ne sembla pas les effrayer.

Oppenheimer décida de la laisser faire et resta en retrait pour l'observer. La jeune femme échangea quelques mots avec les enfants, qui se dispersèrent ensuite dans la rue.

Gerda se retourna en direction du commissaire et montra du doigt un immeuble d'angle fortement endommagé.

Oppenheimer se mit en marche. Il arriva près de la ruine avant l'employée du Mastard. À travers les ouvertures des fenêtres, on ne voyait qu'un amas de pierre et de béton. Le toit ainsi que plusieurs étages semblaient s'être écroulés.

— Comment peut-on habiter là-dedans ? grogna Oppenheimer lorsque Gerda s'arrêta à côté de lui. Ces garnements nous ont joué un tour.

La jeune femme ne fit aucun commentaire et se remit en mouvement pour inspecter la façade. Oppenheimer la suivit.

Quelques instants plus tard, il la retint par le bras.

— Attends.

Il désigna une brèche dans le mur qui permettait de jeter un coup d'œil à l'intérieur. À cet endroit, aucun éboulis ne masquait la vue. Au fond de l'édifice, on apercevait un carré lumineux.

En passant la tête par la crevasse, il constata que l'arrière du bâtiment était en meilleur état. Les murs étaient couverts de suie et les portes avaient été arrachées, mais le plafond était intact. Le carré de lumière provenait de la cage d'escalier.

Oppenheimer plissa les yeux pour sonder le rez-de-chaussée noyé dans la pénombre. Ce qu'il avisa soudain près d'un encadrement de porte lui coupa le souffle.

Sur le sol, on pouvait distinguer deux jambes d'enfant étendues devant les restes d'un feu.

— Malédiction ! pesta-t-il.

Gerda le poussa pour regarder à son tour par la brèche. Lorsqu'elle découvrit ce à quoi Oppenheimer faisait allusion, elle recula d'un pas pour examiner la façade.

— Je crains qu'il n'y ait pas d'autre accès, s'alarma le commissaire.

Durant quelques secondes, Gerda fixa le trou avant d'ôter son chapeau et de le confier à Oppenheimer.

Se positionnant de côté, elle passa un bras par l'ouverture, puis une jambe.

— Ça devrait aller.

Sur ce, elle essaya de glisser le reste de son corps à l'intérieur.

Des filets de poussière s'échappèrent de la brèche. Un instant, Oppenheimer crut que le mur allait s'effondrer, mais Gerda serra les dents et parvint à se faufiler dans l'immeuble. Elle courut aussitôt vers le petit corps inerte.

S'agenouillant dans les gravats, elle cria :

— Il faut l'emmener immédiatement à l'hôpital ! Sinon, il risque de clamser !

Ils décidèrent d'aller à l'hôpital de Schöneberg, où Hilde travaillait. Oppenheimer savait que Theo avait plus de chances de s'en sortir si son amie s'occupait de lui personnellement.

Faire sortir le garçon de l'immeuble ne fut pas chose aisée, mais, en unissant leurs forces, Oppenheimer et Gerda réussirent à le transporter jusqu'à la voiture de Tetzlaff.

Les lèvres bleues de Theo indiquaient que le jeune vagabond était en hypothermie. Son pouls était toutefois perceptible et sa respiration régulière. Le chauffeur de la berline le recouvrit d'une couverture avant de s'installer au volant et de démarrer sur les chapeaux de roues.

Quelques minutes plus tard, ils arrivaient aux urgences. Pendant que des infirmiers s'occupaient de Theo, Oppenheimer courut à l'accueil pour qu'on prévienne Hilde.

Cette dernière ne tarda pas à surgir au détour d'un couloir.

— Que se passe-t-il ici, nom d'une pipe ? s'écria-t-elle en apercevant le commissaire. La mort de Vogt ne t'a pas suffi ?

Vêtue d'une blouse blanche, l'aristocrate était méconnaissable.

— Nous avons amené un patient, annonça-t-il. Un garçon en hypothermie. C'est un important témoin à décharge.

Tandis qu'ils se dirigeaient d'un pas rapide vers les salles de soin, Oppenheimer ajouta :

— Il faut qu'il s'en sorte à tout prix. Sinon, je ne pourrai jamais innocenter Hüttner. Mais veille à ce qu'il ne s'échappe pas. Il m'a déjà filé entre les doigts, ça ne doit pas se reproduire !

Lorsqu'ils trouvèrent Theo, celui-ci était étendu sur un brancard.

— Pour l'instant, il ne risque pas de se carapater, décréta Hilde en l'auscultant. Il faut le réchauffer au plus vite. Je ne vois pas de gelures. Avec un peu de chance, il n'aura aucune séquelle.

Puis elle se redressa et mit les poings sur ses hanches.

— En tout cas, il a besoin d'être épouillé. Et de

prendre un bon bain. On devrait immédiatement brûler ses vêtements. Ils empestent. Mais où diable as-tu trouvé ce morveux, Richard ?

— C'est un garçon des rues. Il habite dans une ruine.

— Et il n'avait sans doute pas assez de bois pour se chauffer correctement, précisa Gerda, qui observait la scène d'un coin de la pièce.

Hilde secoua la tête en soupirant.

— Qu'allez-vous m'apporter la prochaine fois ? Des chiens abandonnés et des femmes en détresse ?

Après l'hôpital, Oppenheimer se fit ramener à la villa de Schöneberg et renvoya le chauffeur auprès de son patron. Il avait fait un grand pas dans son enquête, mais il devait attendre à présent que Theo se rétablisse avant de pouvoir l'interroger.

Il ne rentrait pas chez lui de gaieté de cœur, car il redoutait l'atmosphère de deuil qui régnait sûrement dans la demeure. La mort de Vogt l'avait bouleversé, mais ses investigations lui avaient au moins permis de se changer les idées. Les autres habitants qui n'étaient pas sortis de la journée devaient être toujours en train de ressasser ce coup du sort.

L'après-midi touchait à sa fin. Lisa aurait dû être revenue depuis longtemps du travail, mais elle n'était pas dans la cuisine. Les autres voisins avaient également fui la salle commune. Après le choc de ce matin, ils préféraient sans doute rester dans leurs chambres tant que le froid était encore supportable.

Oppenheimer trouva Lisa assise sur leur lit. L'air maussade, elle pétrissait ses doigts engourdis.

— Va t'installer en bas dans la cuisine, lui conseilla-t-il. J'ai allumé les deux fourneaux.

Lisa soupira.

— J'ai besoin d'un peu de temps pour moi.

Il acquiesça de la tête. C'était compréhensible. Lui aussi supportait mal le manque d'intimité et se réjouissait tous les matins d'échapper pour quelques heures à cette promiscuité forcée.

Il s'assit près d'elle et la prit dans ses bras.

Après quelques instants de silence, Lisa murmura :

— Je ne sais pas comment consoler Frau Vogt. On ne peut pas lui dire que son mari était un fardeau, même si c'est la vérité.

Oppenheimer regarda par la fenêtre d'un air songeur.

— Je crois que je vais lui apporter une de nos conserves.

Jusqu'à présent, ils avaient évité de partager les vivres d'Aksakov avec les autres locataires. L'hiver était encore long et les problèmes de ravitaillement de la ville pouvaient s'intensifier. Mieux valait donc se montrer prudent. La mort de Vogt constituait cependant une exception.

Il se leva pour aller ôter la boiserie derrière laquelle ils dissimulaient leurs réserves.

Une boîte de conserve en main, il sortit de la chambre. Lorsqu'il arriva devant la porte de Frau Vogt, il prit une longue inspiration avant de frapper. Pour toute réponse, il perçut un son guttural qu'il interpréta comme une invitation à entrer.

À son grand étonnement, Frau Vogt était occupée à ranger les vêtements de son défunt époux. Elle pliait soigneusement des manteaux et des vestes pour les empiler ensuite sur la table disposée près de la fenêtre. Elle avait le teint livide, et des cernes creusaient ses yeux rougis.

— Je vous ai apporté quelque chose, dit Oppenheimer

en lui tendant la boîte de corned-beef. Pour les temps difficiles.

Il regretta aussitôt le choix de ses mots, trop ambigus. Au moment où il s'apprêtait à s'excuser en ajoutant que, bien sûr, la situation actuelle était déjà suffisamment dure, il remarqua que la veuve ne l'écoutait plus.

Elle fixait la conserve d'un air pantois en la tenant dans ses bras comme un nouveau-né.

Durant un court instant, même si ses joues creuses étaient encore humides de larmes, Frau Vogt parut heureuse.

— Vous n'auriez pas quelque chose à boire, par hasard ?

Ce fut la première question de Billhardt lorsqu'il arriva chez Hilde dimanche après-midi.

Sans un commentaire, l'aristocrate déposa une bouteille de schnaps sur la table du salon. Enveloppée dans divers gilets et manteaux, son épaisse silhouette rappelait celle d'un lutteur de foire. Malgré la température qui ne cessait de chuter, elle refusait de venir dormir dans la grande cuisine chauffée de la villa avec les autres locataires.

— Nous avons deux témoins qui peuvent confirmer l'alibi de Hüttner, annonça Oppenheimer avant que Billhardt n'ait le temps de boire une première gorgée d'eau-de-vie.

Arrêtant son verre rempli à ras bord à quelques centimètres de ses lèvres, le flic manchot lui jeta un regard surpris.

— Mais ? demanda-t-il, devinant le hic.

— L'un ne veut pas faire de déposition, et l'autre est à l'hôpital en état d'hypothermie.

Billhardt secoua la tête.

— Le contraire m'aurait étonné, maugréa-t-il. Tout va de travers dans cette affaire.

Puis il descendit le tord-boyaux de Hilde avec une grimace.

Après qu'Oppenheimer lui eut raconté les événements de la veille, Billhardt se tourna vers Hilde.

— Nous devons faire parler ce gamin. Sera-t-il suffisamment remis pour répondre à quelques questions demain matin ?

— Oh, que oui, déclara la maîtresse de maison. Theo s'ennuie déjà chez nous. Il faut le surveiller comme le lait sur le feu, sinon il va prendre la tangente.

— Pour ce genre de cas – une fois n'est pas coutume –, nous sommes préparés, déclara Billhardt avec un large sourire. La Kripo a engagé quelques femmes pour interroger les enfants et les témoins féminins. Elles savent bien mieux s'y prendre avec les mômes que nous les hommes. Demain, je viendrai à l'hôpital avec une collègue qui se chargera de tirer les vers du nez à votre petit patient. (Il but les quelques gouttes de schnaps qui restaient au fond de son verre avant d'ajouter :) Moi aussi, j'ai bien bossé. J'ai tarabusté le vieux Gebert pour qu'il pratique l'autopsie de notre dernière victime en priorité. Nous avons maintenant les infos essentielles. (Il sortit de son manteau un morceau de papier qu'il agita fièrement.) Voici la liste complète des noms qu'on peut lire sur la peau du cadavre.

Oppenheimer prit la feuille pour la parcourir des yeux. À première vue, il ne connaissait aucun de ces patronymes.

— J'irai compulser demain matin les fichiers du Service de recherche.

— Tu ne sais pas la meilleure, poursuivit Billhardt.

Sur les morceaux de papier que nous avons retrouvés dans la bouche de Richter, il y avait également des noms griffonnés. Cette fois, ils n'étaient pas entièrement carbonisés, nous avons donc pu reconstruire une partie de la liste. Il s'agit des mêmes noms que ceux présents sur la dépouille.

Hilde frissonna.

— La liste que le tueur a donnée à sa victime.

— Pour que celle-ci la recopie sur son propre corps, acheva Oppenheimer.

Billhardt acquiesça lentement. Il enchaîna :

— Le légiste a confirmé qu'il n'y avait pas d'eau dans les poumons de Richter. Notre homme est bel et bien mort de froid. Les morsures de chien n'étaient pas assez profondes pour être fatales.

— La victime précédente, elle, a pourtant été noyée, fit remarquer Hilde.

— Oui. Le meurtrier a modifié son *modus operandi*. Ce qui nous laisse supposer qu'il est en pleine phase d'expérimentation. Il n'a pas encore trouvé son style.

— Je pense que l'explication est beaucoup plus pragmatique, objecta Oppenheimer. N'oublions pas que les températures ont fortement baissé depuis les assassinats de Storm et d'Orminski. Si le tueur n'a pas pu procéder de la même manière que les deux premières fois, c'est tout simplement parce que les lacs et les cours d'eau sont gelés. Il a donc dû improviser. Avez-vous vérifié si Dobisch a un alibi pour le dernier meurtre ?

Hilde fronça les sourcils.

— L'ancien soldat traumatisé ?

— Le voisin de Storm, précisa Oppenheimer.

— Dobisch ne peut pas avoir tué Richter, annonça Billhardt. Il se trouve depuis quatre jours à l'hôpital.

D'après les médecins, il a probablement contracté la tuberculose. Il n'existe pas de meilleur alibi.

Oppenheimer soupira.

— Ce qui nous manque jusqu'à présent, c'est le mobile, argua Hilde. Si nous partons du principe qu'il s'agit d'un tueur en série classique. Souvent, les meurtres ont une dimension sexuelle. C'était le cas chez Lutzow, Haarmann ou Großmann. Et Karl Denke avait un penchant marqué pour le fétichisme.

— Karl Denke ? fit Billhardt.

— Le cannibale de Münsterberg, indiqua Oppenheimer.

En entendant ce surnom, le policier retrouva aussitôt la mémoire et hocha la tête. Denke avait défrayé la chronique en même temps que Haarmann et Großmann au début des années vingt.

— Denke est moins connu que les autres, reprit Oppenheimer. Qu'a-t-il fait exactement ?

La question était adressée à Hilde. Il se doutait que son amie se souvenait en détail de cette affaire.

— Il habitait dans une petite ville de Silésie. Ce n'était pas une lumière, mais ses voisins le considéraient comme un homme pieux et généreux. En réalité, ce type était une vraie ordure. Il avait une bonne soixantaine d'années quand la police l'a coincé. Denke a tué et découpé en morceaux plus de trente personnes. Dans son appartement, on a retrouvé un cahier où il consignait scrupuleusement les noms de ses victimes et leur poids. Il salait les tronçons mutilés pour les conserver. D'après ses notes, il s'est alimenté durant des années de chair humaine. Avec la peau, il fabriquait des bretelles et des lacets. Il gardait aussi précieusement les dents et les os de ses proies. Le lendemain de son arrestation, il s'est pendu.

— Si j'ai bonne mémoire, son mobile n'a jamais été élucidé, observa Oppenheimer. Conclure à une sexualité dévoyée uniquement parce qu'il découpait ses victimes en morceaux est un peu tiré par les cheveux, me semble-t-il.

L'objection ne coupa pas l'élan de Hilde, passionnée de psychologie criminaliste. Se calant dans son fauteuil, elle poursuivit son analyse :

— Dans notre affaire, les victimes ne sont que des hommes jusqu'à présent. Y a-t-il des signes de mutilation ? de pénétration anale forcée ?

Billhardt parut légèrement gêné par les questions de son hôtesse.

— Tu commences à la connaître, lui glissa Oppenheimer. Elle ne mâche pas ses mots.

— Euh… non, aucun signe d'agression sexuelle, balbutia le flic manchot.

— Ils étaient pourtant nus quand on les a retrouvés, non ? insista Hilde.

Sceptique, Oppenheimer secoua la tête.

— Ce n'est pas la nudité des victimes qui m'interpelle, mais les noms inscrits sur leur corps. Je ne pense pas que le mobile soit d'ordre sexuel. Il s'agit plutôt d'un avertissement, ou d'une vengeance.

— Pour le savoir, il faudrait découvrir qui sont toutes ces personnes, intervint Billhardt.

Oppenheimer se frotta les tempes.

— Nous tournons en rond. J'irai au bureau demain pour vérifier si les noms que nous avons trouvés sur Richter sont dans nos fichiers, mais nous ne devrions pas nous faire d'illusions.

24

Lundi 23 décembre 1946

Noël approchait à grands pas, mais cette perspective ne réjouissait aucunement Oppenheimer. Ses parents, comme de nombreuses connaissances autour d'eux, avaient jadis fêté la Nativité, et ce, au grand dam de son oncle très croyant, qui ne comprenait pas qu'une famille juive puisse adopter les coutumes d'une autre religion. Depuis le plus jeune âge, toute l'effervescence autour de cet événement lui inspirait des sentiments mitigés. Enfant, il avait bien sûr apprécié de recevoir des cadeaux. Néanmoins, en grandissant, il avait peu à peu découvert que beaucoup de gens se dissimulaient derrière une façade de convenance durant cette période.

Avec le temps, son scepticisme s'était transformé en réelle aversion. Après avoir quitté le domicile familial, il avait cessé de célébrer Noël. Et cela n'avait pas changé lorsqu'il avait épousé Lisa. Sa résistance avait commencé à s'effriter quand, à l'occasion d'un réveillon passé dans sa famille, sa fille Emilia avait vu pour la première fois avec des yeux émerveillés un sapin orné de décorations.

Pour elle, ils avaient suivi la tradition durant quelques années. Mais, après la mort d'Emilia, la fête de Noël était devenue une épreuve. Refusant de remuer des souvenirs trop douloureux, Oppenheimer et Lisa avaient banni à tout jamais de leur domicile couronnes de l'Avent, bougies et sapins.

Ce matin-là, ce n'était pas seulement le fait de penser au grand vide qu'avait laissé la disparition d'Emilia qui le rendait morose. Sa visite au Service de recherche devait confirmer ses craintes à propos des noms retrouvés sur le corps de Richter.

Quand il arriva à Dahlem, Herr Furmannek travaillait déjà et donnait l'impression d'avoir passé le week-end dans son bureau. Oppenheimer ne trouva rien d'utile dans les fichiers, hormis quelques patronymes courants qui revenaient plusieurs fois. Mais, sans indication de domicile ni date de naissance, la recherche était très limitée. Furmannek se montra très serviable ; après avoir recopié la liste, il promit de se pencher sur les mystérieux patronymes.

Oppenheimer remonta ensuite sur son vélo et roula à vive allure jusqu'à l'hôpital de Schöneberg. Il souhaitait être là quand Billhardt interrogerait Theo.

Une fois à destination, il cadenassa sa bicyclette devant le bâtiment et se rua à l'intérieur. Dans le couloir menant à la chambre de Theo, il croisa une femme vêtue d'un tailleur gris. Les joues empourprées de colère, elle marchait à grands pas vers la sortie en répétant : « Non, mais quelle insolence ! »

Billhardt la suivait à distance respectable, son chapeau à la main. En voyant Oppenheimer, il lâcha :

— C'est un sacré numéro, ton Theo.

Oppenheimer ne put qu'acquiescer. Il était arrivé trop tard.

— Que s'est-il passé ?

— Ma collègue, Frau Paulus, a essayé pendant plus d'une heure de le faire parler. C'est elle que tu viens de voir sortir en trombe. Mais le gamin refuse de coopérer. Il a seulement dit qu'il ne voulait pas aller dans un foyer, et ensuite il s'est retranché dans le mutisme le plus total. Quand il a rouvert la bouche, c'était pour me réclamer une cigarette. Frau Paulus lui a posé toutes sortes de questions sur sa vie et son avenir. Lorsqu'elle lui a finalement demandé quel métier il voulait exercer plus tard, il lui a répondu qu'il voulait devenir un grand trafiquant, comme si c'était une profession tout à fait normale. C'est la goutte qui a fait déborder le vase.

Même si cela ne faisait pas progresser l'enquête, Oppenheimer ne put s'empêcher de sourire intérieurement en imaginant la scène.

— On dirait que Theo a recouvré ses forces.

— Tu peux le dire, grogna Billhardt. Ma collègue pense qu'il est dangereux et qu'on devrait le mettre immédiatement dans une maison de correction.

Oppenheimer se rembrunit. Il avait entendu beaucoup de choses sur ces établissements, et il doutait que ce soit la solution pour Theo.

— Je vais lui rendre une petite visite. Peut-être qu'il acceptera de me parler.

— Dans ce cas, bon courage ! lança Billhardt en remettant son chapeau. Tu en auras besoin.

Le flic s'éloigna.

Oppenheimer alla frapper à la porte de la chambre et entra. Au moment de franchir le seuil, il se figea, la main sur la poignée.

Un courant d'air lui fouetta le visage. La pièce comptait deux lits, et tous deux étaient vides. L'instant d'après, la fenêtre claqua.

En tournant la tête, Oppenheimer vit Theo grimper sur le rebord. Le jeune vagabond essayait de s'enfuir.

C'était malheureusement une entreprise fort périlleuse puisque sa chambre se trouvait au deuxième étage.

Au moment où Theo passait les jambes par l'encadrement, Oppenheimer se précipita en avant.

— Arrête ! Tu as perdu l'esprit ?

Le garçon écarquilla les yeux en l'apercevant. Il jeta un regard en contrebas pour tenter de repérer une corniche, mais le commissaire l'agrippa par le bras.

Une courte lutte s'ensuivit, puis Oppenheimer parvint à tirer l'enfant à l'intérieur et le força à s'asseoir sur un lit.

— Tu sais que tu aurais pu te rompre le cou ? s'écria-t-il, hors d'haleine.

Theo pinça les lèvres. Croisant les bras, il marmonna :

— Je ne me laisserai pas enfermer dans une maison de redressement.

— Qui a parlé de t'enfermer ?

— Cette bécasse de Frau Paulus. Elle a menacé de m'envoyer dans un foyer si je ne dis pas où se trouvent mes parents.

— Tu as dû mal comprendre, suggéra Oppenheimer pour rassurer le garçon.

Il s'assit sur le lit à côté de lui et l'observa quelques instants. Pas étonnant que Theo refuse de parler si on lui promettait comme récompense de le mettre dans un foyer d'accueil. Ces institutions étaient désespérément bondées et, malgré les efforts du personnel, on retrouvait rarement les parents des enfants.

Il décida de faire appel à la conscience du garçon.

— Si tu me dis ce que je veux savoir, tu seras libre de partir. Je ne t'en empêcherai pas. Mais le froid a failli te tuer. Tu ne peux pas continuer ainsi. Tu as besoin d'une famille.

— Je peux très bien me débrouiller seul, rétorqua Theo en relevant le menton d'un air de défi.

Pour sortir de l'impasse, le commissaire prit une décision.

Il se leva et donna au jeune vagabond une tape amicale sur l'épaule.

— Viens. Tu es sous ma protection maintenant. Partons d'ici.

Theo le regarda avec étonnement. Perplexe, il resta sur le lit sans bouger.

— Viens ! répéta Oppenheimer. Je croyais que tu en avais assez de l'hôpital.

Le garçon se mit debout lentement.

— Nous n'allons pas chez les cognes ?

Oppenheimer marcha vers la porte.

— Pour commencer, tu viens chez moi. Je me moque de ce que pourront dire les flics. Et Frau Paulus peut toujours se gratter. Si la villa ne te plaît pas, nous chercherons autre chose pour toi. Nous trouverons bien une solution.

— Une villa ? s'exclama Theo avec stupéfaction. Vous habitez dans un palais ou quoi ?

— Presque. De là-bas, tu auras une vue dégagée sur Schöneberg. Et si la police rapplique, tu auras largement le temps de mettre les voiles. Ça te tente ?

Sur cette proposition, le commissaire ouvrit la porte.

Il était presque minuit et demi lorsque Mia comprit qu'elle avait commis une erreur en emmenant sa copine Elke. La musique était tellement forte qu'on ne s'entendait même pas parler. Mais cela faisait partie du jeu lors d'une soirée animée. Tout comme les corps électrisés, l'odeur de sueur et l'alcool.

Assise à l'une des tables du club, elle vida son verre de whisky. C'était du vrai bourbon, pas de l'eau-de-vie frelatée comme celle qu'on voyait au marché noir, ni l'horrible tord-boyaux que l'on trouvait partout dans le secteur soviétique, et à propos duquel on racontait à voix basse que les Popov avaient détourné la moitié de la récolte de pommes de terre pour le distiller. Aux yeux de Mia, ce whisky symbolisait la liberté. Tout comme le swing. Quand elle écoutait cette musique, elle oubliait pour quelques instants son quotidien morose dans la capitale vaincue. Mais la meilleure manière de ne plus penser à ce labyrinthe de ruines grises était de serrer dans ses bras un GI. Beaucoup de soldats américains semblaient n'avoir jamais vu de femme nue. Maintenant qu'ils se trouvaient loin de chez eux dans un pays étranger, ils s'empressaient de jeter leur gourme. Il y en avait tellement, de ces jeunes gaillards. S'ils faisaient preuve de maladresse envers la gent féminine, ils avaient l'avantage d'être riches. Du moins en comparaison avec les compatriotes de Mia.

Elle ne pouvait pas dire si tous les Américains étaient réellement des millionnaires, mais c'était son impression. Ils offraient des pains blancs, incroyablement tendres, garnis de vraie viande. Elle était restée sans voix quand elle avait goûté pour la première fois à ces délicieux sandwichs. Pour les soldats sentimentaux, c'était un cadeau d'amour ; pour d'autres, une sorte de rétribution. En échange de faveurs sexuelles.

Mia prit la bouteille de bourbon et se servit un autre verre. Peu à peu, l'alcool faisait son effet. Elle leva les yeux vers les couples qui dansaient au milieu de la salle, enveloppés dans un épais nuage de tabac. C'était comme si elle contemplait un manège en mouvement.

Fréquenter des étrangers déteignait sur elle. Mia employait à présent des mots anglais avec un naturel déconcertant. Cosmopolite, elle faisait du *hitch-hiking*, fumait des *Lucky* ou portait des *silk stockings*. Dans son quartier, deux jeunes femmes étaient déjà fiancées avec des Américains. Et cela ne s'arrêterait pas là. C'était également le but de Mia d'entrer dans ce groupe d'élues et de trouver un GI qui l'emmènerait loin de ce dépotoir nommé Berlin.

Comme elle était une femme déterminée, elle avait décidé au printemps de changer de garde-robe et de ne porter que des habits moulants – parfois tellement moulants qu'elle avait du mal à respirer. En hiver, il était plus difficile d'attirer les regards des hommes, car il fallait mettre des manteaux qui dissimulaient les formes. Mais quand on était admis dans un club privé comme celui où elle se trouvait, il faisait tellement chaud qu'on pouvait se débarrasser des vêtements épais.

Le rire argentin d'Elke parvint à ses oreilles. Son amie, qui ne vivait à Berlin que depuis quelques mois, était une vraie pedzouille. Pourtant, Mia devait reconnaître qu'Elke était plus attirante qu'elle. Il était bien connu que les hommes préféraient les rondeurs, et la jeune campagnarde n'en manquait pas. Quand elle sortait avec Elke, c'était un jeu d'enfant de séduire les soldats. Aujourd'hui même, elles avaient encore réussi à lever deux jeunes GI. En général, Mia récupérait l'un des prétendants éconduits de sa copine. Mais ce soir-là, les choses ne se déroulèrent pas comme d'habitude.

Leonard et Tom étaient tous deux fixés sur Elke. Celle-ci les faisait lanterner, ce qui la rendait encore plus désirable à leurs yeux.

Le regard légèrement embrumé par l'alcool, Mia vit Tom se pencher soudain vers Elke pour lui murmurer quelque chose à l'oreille. Son amie répondit par un hochement de tête négatif.

Peu après, le militaire tenta une nouvelle approche et, cette fois-ci, son air suppliant parut faire mouche. Elke lui décocha une œillade coquette avant de se lever. À l'évidence, ce n'était pas pour l'inviter à danser, car elle enfila son manteau et noua son foulard sur sa tête. Puis elle se dirigea vers la sortie. Tom s'empressa de la suivre.

Après leur départ, Leonard devint nerveux. Il se mit à gigoter sur sa chaise en gardant les yeux rivés sur la porte comme s'il était à deux doigts de se jeter dehors. Mia l'observa de profil. Elle trouvait plutôt amusant que le prénom Leonard se prononce en anglais « Lennard ». Dégingandé, il paraissait plus grand qu'il ne l'était réellement. Ses cheveux noirs commençaient déjà à s'éclaircir au sommet du crâne, mais on ne s'en apercevait que lorsqu'il ôtait son calot.

Le moment qu'attendait Mia avec impatience était enfin arrivé. Leonard devait avoir compris qu'il n'aurait pas Elke. Il se contenterait peut-être de son amie.

Sur la table, quelqu'un avait abandonné un paquet de cigarettes entamé. C'était typique des Américains, qui avaient une forte tendance à gaspiller tout ce qu'ils avaient. Mia prit une Lucky Strike et posa la main sur le bras de Leonard.

— *Got a light ?*

Machinalement, il sortit son briquet à essence et alluma la cigarette de Mia sans un mot. Puis, regardant droit devant lui, il se mit à broyer du noir.

Elle rapprocha son siège, mais Leonard n'y prêta aucune attention. Saisissant la bouteille de whisky, il décida manifestement de noyer son chagrin dans l'alcool.

Silencieux, ils restèrent côte à côte durant un temps qui parut infini à Mia. Elle n'entreprit aucune autre manœuvre de rapprochement. Ce n'était jamais bon de paraître trop désespérée. Au lieu de cela, elle se laissa porter par le brouhaha et la musique tout en savourant l'agréable chaleur des lieux alors qu'il régnait dehors un froid polaire.

Tout à coup, des cris retentirent. Les danseurs s'immobilisèrent tandis que des notes de swing continuaient à se déverser dans la salle. Toutes les têtes se tournèrent vers la porte d'entrée, où un attroupement s'était formé.

Mia se demandait ce qui avait pu provoquer cette agitation quand un soldat traversa la salle et se dirigea vers elle.

C'était Tom. Les poings serrés, il avait les traits tordus par une grimace féroce et ses yeux tressaillaient nerveusement. En voyant son allure menaçante, Mia sentit la panique s'emparer d'elle.

D'autant plus qu'Elke n'était pas avec lui.

Puis elle aperçut les traces de griffures sur le visage de Tom lorsque celui-ci approcha de la table.

Elle bondit de sa chaise, qui bascula sur le sol avec fracas.

— Où est-elle ? cria Mia. *Where is Elke ?*

L'Américain s'arrêta et lui jeta un regard farouche.

La musique cessa brusquement. Plus personne ne bougeait. Tous les gens présents avaient les yeux braqués sur Tom.

Leonard, qui s'était également levé, saisit soudain son camarade par le col et se mit à le secouer violemment en hurlant des jurons. Après une courte empoignade, il lui envoya un crochet sous la mâchoire.

Tom s'écroula, sonné.

Leonard se rua alors vers la porte. Mia attrapa son manteau et s'élança derrière lui.

Le froid la frappa comme un coup de poing. À peine avait-elle fait quelques pas dehors qu'elle commença à trembler comme une feuille.

Le club dans lequel ils avaient passé la soirée se trouvait dans un somptueux domaine. Les propriétaires se faisaient sans doute beaucoup d'argent en louant leur villa à des officiers américains pour des fêtes privées. Ils mettaient également des serveurs à disposition de leurs généreux clients. Ceux-ci n'avaient plus qu'à apporter victuailles et boissons alcoolisées.

Mia se figea en haut des marches du vaste perron et scruta devant elle l'allée qui se perdait dans l'obscurité. Malgré la lumière émanant des fenêtres de la demeure, le parc enneigé était mal éclairé. On apercevait au loin, à travers les hauts conifères, les tristes lampadaires de la rue.

Elle descendit avec précaution les marches de pierre recouvertes de gel.

— Elke !

C'était la voix de Leonard. Mia entendait le crissement de ses chaussures dans la neige. Le soldat était parti à la recherche de son amie. Rongée par l'inquiétude, elle s'arrêta sur l'esplanade illuminée.

Les pas s'éloignèrent. Leonard semblait se diriger vers la rue. Il pensait probablement qu'Elke avait repoussé les avances de Tom et s'était enfuie.

Mia se remit en marche. Elle commença à faire lentement le tour de la demeure.

Ce qu'elle découvrit quelques instants plus tard lui coupa le souffle.

Sur la neige, des gouttes de sang formaient une longue trace rouge sombre qui disparaissait dans la nuit. Si c'était Elke qui avait perdu tout ce sang, il fallait la secourir au plus vite. Le cœur battant, Mia suivit la piste.

Ses yeux ne tardèrent pas à s'habituer au clair-obscur régnant dans le parc grâce au manteau neigeux qui recouvrait la végétation. Ignorant le froid qui fouettait ses jambes et déchirait ses poumons à chaque aspiration, elle accéléra l'allure.

La piste sanglante s'arrêtait près d'un bosquet de sapins. Mia avisa quelque chose sur le sol.

Au même moment, un craquement de branche la fit tressaillir.

Elle se tourna dans la direction d'où le bruit était venu. Rien.

Pourtant, en scrutant le bois sombre qui bordait la propriété, elle crut percevoir un mouvement.

Quelqu'un se cachait derrière un arbre.

Mia comprit soudain en frissonnant que l'inconnu était sûrement en train de l'observer lui aussi. Une peur irraisonnée l'envahit. Elle avait l'impression que le mal en personne l'épiait.

Où était passé Leonard ? Elle jeta un coup d'œil vers l'allée, mais l'Américain avait disparu.

— Leonard ! cria-t-elle d'une voix aiguë.

Elle entendit dans son dos des pas rapides dans la neige. Plusieurs GI accouraient à son secours.

De nouveau, une branche craqua dans le bois. Du coin de l'œil, Mia vit une silhouette sombre s'enfuir.

Elle poussa un soupir de soulagement. Le mal était parti.

Les soldats arrivèrent au pas de course.

— *What happened ?* demandèrent-ils en chœur, la mine inquiète.

Encore sous le choc de sa sinistre rencontre, Mia

était incapable de parler, et encore moins de formuler une phrase en anglais. Instinctivement, elle se baissa pour ramasser l'objet qu'elle avait aperçu dans la neige.

Ce n'était qu'un morceau de tissu.

Humide, le lambeau exhalait toutefois une odeur étrange.

Plantant là les GI perplexes, elle retourna vers l'esplanade pour examiner le tissu à la lumière.

Avant même d'atteindre le perron, elle s'arrêta brusquement. Elle avait reconnu ce qu'elle tenait dans la main. Le foulard d'Elke. Le tissu déchiré était gorgé de sang.

Mia poussa un long hurlement.

25

Mardi 24 décembre 1946

Les préparatifs du réveillon avaient donné des courbatures à Oppenheimer. Il maudissait l'idée qu'il avait eue d'offrir à Theo pendant quelque temps une vie de famille pour l'inciter à se confier. Ce plan le forçait à surmonter son aversion contre Noël afin d'offrir au garçon un semblant de normalité.

Pour les festivités, la municipalité avait annoncé qu'il n'y aurait pas de coupures d'électricité. Les jours précédents, les Berlinois avaient été privés de courant à partir de six heures du matin. Heureusement, les habitants de la villa ne possédaient pas une cuisinière électrique, sinon ils n'auraient même pas pu boire une tasse de chicorée chaude au petit déjeuner.

Lisa et les autres femmes avaient donc pu cuisiner toute la journée à la lumière des ampoules électriques, car les rations spéciales promises avaient bel et bien été distribuées : la population avait reçu conserves de fruits, farine et friandises. Seules les rations d'alcool avaient du retard.

Pour l'occasion, Lisa avait préparé des petits pains à la pâte d'amandes, composés pour l'essentiel de semoule et de sucre. On avait mis en commun les autres ingrédients pour faire un Christstollen – un gâteau traditionnel aux fruits secs et confits. Faute de mieux, celui-ci avait été réalisé à base de pommes de terre.

Bien entendu, il n'y avait toujours pas d'eau courante. Pire encore, les ruptures de canalisation se multipliaient en raison des températures négatives. Personne ne pouvait réparer ces dommages, parce que les artisans n'avaient pas de baguettes de soudure. Ce matin-là, Oppenheimer avait dû effectuer trois allers et retours à la pompe publique pour faire des réserves d'eau.

Vers midi, Hilde était venue chercher les enfants de la villa et les avait emmenés à l'hôpital afin de leur permettre de se laver convenablement sans contracter une pneumonie. L'aristocrate affirmait que pour donner une certaine solennité au réveillon de Noël, il ne fallait pas sentir mauvais, et Oppenheimer l'approuvait entièrement. Les adultes avaient dû néanmoins se contenter comme toujours d'une toilette de chat.

Otto Seibold avait aussi fabriqué les jours précédents un sapin de Noël improvisé. Mais, hormis le pharmacien, personne n'était vraiment satisfait du résultat. Il avait creusé des trous dans le manche d'un balai pour y ficher des branches de sapin. Pourtant, même orné de guirlandes et de bougies, l'assemblage ressemblait à une brosse de toilettes surdimensionnée.

Avec une carte OdF, Oppenheimer aurait pu avoir droit à un vrai sapin, mais son dossier n'avait pas encore été traité. Frau Schneider, mère de trois enfants en bas âge, était elle aussi prioritaire pour les décorations de Noël, mais elle n'avait pas eu le temps d'aller chercher un coupon spécial.

Dans le courant de la matinée, Oppenheimer et Schmude avaient donc décidé de partir en quête d'un sapin. Comme les prix au marché noir étaient exorbitants, l'ancien avocat avait suggéré de se rendre en banlieue pour en dénicher un. Armés de la scie que Hilde conservait dans sa remise, ils avaient pris le S-Bahn jusqu'à l'écluse du canal de Teltow. L'endroit se trouvait dans le secteur soviétique, mais la station avait l'avantage d'être située non loin d'une forêt et les contrôleurs russes étaient plutôt coulants avec la réglementation.

Officiellement, on n'avait le droit d'abattre un arbre qu'avec une autorisation de l'Office de l'économie. Oppenheimer et Schmude s'étaient donc glissés en cachette dans la forêt voisine. N'ayant pas déniché d'épicéa, ils avaient coupé discrètement un petit pin hirsute. Un peu plus tard, en montant dans le wagon du S-Bahn réservé aux passagers avec des objets encombrants, ils avaient constaté qu'ils n'étaient pas les seuls à avoir eu la même idée. La plupart des gens autour d'eux transportaient un arbrisseau.

Pourtant, au bout du compte, Oppenheimer aurait pu s'épargner cette épuisante excursion. Soigneusement décoré, son pin avait hérité d'une place de choix dans la cuisine commune, mais personne ne le regardait. Les habitants de la villa n'avaient d'yeux que pour le capitaine Carruthers, le chef de Lisa.

Frau Schneider et Frau Schmude avaient prévu d'aller à la messe de Noël avec leurs rejetons dès que ceux-ci reviendraient de l'hôpital. Mais Lisa avait réservé une surprise à Theo. Carruthers lui avait appris qu'une fête était organisée pour les enfants à Charlottenburg, dans le secteur britannique. On distribuerait des jouets fabriqués par les soldats et l'épouse du commandant du département Public Works and Utilities y lirait des histoires de Noël. Carruthers avait proposé d'emmener Lisa et Theo là-bas avec sa voiture.

Mais, en attendant le retour de Theo, le capitaine patientait dans la cuisine.

— *Thank you*, dit-il lorsque Lisa lui apporta une tasse fumante de vrai café.

Elle n'avait pas hésité à sacrifier une partie de sa précieuse ration pour son invité de marque.

Assises dans un coin, les trois filles de Seibold jetaient des regards furtifs au Britannique sans oser lui adresser la parole. Lisa eut finalement pitié d'elles et les présenta à son patron. Oppenheimer appréciait la nature ouverte et amicale de Carruthers. Celui-ci avait une conduite agréablement correcte, qui n'avait rien à voir avec les manières crispées des officiers allemands ou la désinvolture parfois déplacée des Américains. Charmant, il adressa quelques mots aux trois jeunes femmes timides, qui en bredouillèrent d'émotion.

Lorsque Hilde revint à la villa avec Theo et les autres enfants, Carruthers fit encore sensation. Les marmots se pressèrent aussitôt autour de lui avec des cris enthousiastes, pensant visiblement qu'il leur avait apporté des cadeaux. Pris au dépourvu, le capitaine leur caressa les cheveux d'un air gêné. Une amère déception se répandit parmi les jeunes arrivants. Theo, qui était resté à l'écart, observait la scène avec un sourire ironique. Le garçon avait une maîtrise de lui-même qui impressionnait Oppenheimer.

Au milieu du vacarme causé par les enfants, le commissaire n'entendit pas la sonnette de la porte d'entrée. Ce fut Hilde qui vint le chercher.

En arrivant en haut de l'escalier, il vit Billhardt qui attendait dans le hall.

— Il y a du nouveau, lui glissa Hilde d'une voix étrangement rauque.

— Que t'est-il arrivé ? s'étonna Oppenheimer. Tu as attrapé froid ?

Son amie secoua la tête. Prenant une moue irritée, elle grommela :

— Nous avons chanté à l'hôpital. Ordre du médecin-chef. Tout le personnel a dû passer de chambre en chambre pour brailler des chants de Noël. Je ne suis pas sûre que les patients s'en remettront.

À l'évidence, elle en voulait terriblement à son patron d'avoir eu une idée pareille.

— Ce n'est pas simple de contenter tout le monde, répondit Oppenheimer avec un clin d'œil.

Avant qu'il n'ait le temps de saluer Billhardt, ce dernier lança :

— Lathrop tient absolument à ce que tu te remettes à bosser sur l'enquête.

Oppenheimer arqua un sourcil.

— Je pensais que c'était clarifié depuis longtemps.

— C'est une situation complexe…

Le policier se tourna vers Hilde.

— Resterait-il par hasard un peu de gnôle pour dégeler mon cerveau ?

La maîtresse de maison leva les yeux au ciel. Comme Billhardt raffolait de son schnaps, elle se permit de le tutoyer.

— Tu sais que je pourrais toucher au marché noir jusqu'à deux cent cinquante marks pour un litre d'eau-de-vie ?

Le flic sourit.

— C'est de l'or en barre, j'en conviens. Ah, au fait : joyeux Noël. (Il mit dans les mains d'Oppenheimer un objet emballé dans du papier journal.) C'est encore un peu tôt, mais vas-y, ouvre.

Il s'agissait d'un cendrier en métal. Ce n'était pas

vraiment une surprise, car il était difficile de trouver quelque chose d'original à offrir par les temps qui couraient. L'industrie allemande essayait de reprendre pied mais, par manque d'outillage, elle ne pouvait produire jusqu'à maintenant que les biens de consommation les plus élémentaires. On fabriquait donc des cendriers et des tisonniers. Oppenheimer fit de son mieux pour paraître agréablement étonné. En même temps, il avait mauvaise conscience de ne pas avoir songé à un présent pour son collègue.

— Oh ! merci beaucoup ! (Décidant de mentir un peu, il ajouta :) Ton cadeau n'est pas là, je ne pensais pas que je te verrais aujourd'hui.

— Ce n'est pas grave, assura Billhardt d'un air amusé. Rien ne presse.

Ils se rendirent dans la maisonnette de Hilde, parce que c'était là-bas que l'aristocrate entreposait sa réserve d'alcool. Malheureusement, le poêle était éteint, si bien qu'Oppenheimer, contrairement à ses habitudes, accepta un verre de schnaps pour se réchauffer.

Loin des oreilles des habitants de la villa, Billhardt se décida enfin à raconter les dernières nouvelles.

— Hier, dans la nuit, une jeune femme a été enlevée à Zehlendorf. Elle s'appelle Elke Giesow. Le GI qui l'accompagnait au moment du rapt a perdu la mémoire. Apparemment, il ne se souvient de rien. Ce qui ne l'empêche pas d'être suspect : il a des griffures sur le visage. Il n'y a pas de témoins directs, mais tout laisse penser que le soldat s'est montré trop entreprenant. La fille l'a rembarré et la dispute a dégénéré.

— Sait-on si la victime est blessée ?

Billhardt haussa les épaules.

— On a retrouvé des traces de sang dans la neige. Le Ricain l'a sans doute frappée, mais ça n'explique pas comment elle a pu disparaître. Il est peu probable qu'il l'ait tuée. Il n'aurait pas eu le temps de se débarrasser du cadavre. Je pense que Fräulein Giesow est encore en vie. Et devine pourquoi.

Oppenheimer considéra quelques instants son vieil ami en silence. Si Billhardt prenait un tel air triomphant, c'était sûrement parce qu'il avait réussi à relier ce kidnapping à leur enquête.

— Tu es allé inspecter son appartement et tu as vu la petite figure d'ange gravée quelque part.

Percé à jour, le flic manchot se vit couper dans son élan. Il grimaça avant d'acquiescer.

— Le symbole se trouvait à côté de la porte d'entrée. Comme pour les autres. Le tueur a encore laissé sa signature. Il espionnait probablement la fille. Et il a profité de la dispute avec le GI pour l'enlever.

Hilde, installée dans son fauteuil, se redressa brusquement.

— Bon sang, vous savez ce que ça signifie ? Chaque fois que notre tueur kidnappe quelqu'un, on retrouve le cadavre de cette personne une semaine plus tard. Je ne sais pas comment il s'y prend, mais il a besoin d'un certain temps pour briser la volonté de ses victimes et les forcer à écrire tout un tas de noms sur leur propre corps.

— Ce qui veut dire que nous n'avons plus que six jours pour le débusquer, conclut Oppenheimer. Sinon, nous aurons un autre cadavre sur les bras.

— Il ne fera certainement pas d'exception pour Noël, commenta Billhardt.

Oppenheimer se tourna vers lui.

— Qu'attend exactement Lathrop de moi ?

— Notre ami américain tient à éviter qu'un GI passe pour un tueur de femmes. La situation est déjà suffisamment difficile entre les Alliés, et une pareille accusation serait une aubaine pour les Ruskofs. Le mieux serait naturellement de prouver que la disparition de Fräulein Giesow est liée à notre série de meurtres. Et tu ne devineras jamais…

Billhardt s'interrompit pour reformuler sa phrase. Il ne voulait pas offrir à Oppenheimer une seconde opportunité de prouver ses talents d'analyste.

— Nous avons fait des recherches, et cette jeune femme est originaire de Weydorf. Elle est venue s'installer à Berlin au même moment que Richter et Orminski.

— Je dois aller là-bas, déclara Oppenheimer. C'est dans ce village que se trouve la clé de l'affaire. Il n'y a plus l'ombre d'un doute.

— C'est exactement ce que souhaite Lathrop. Il veut que tu suives cette piste. Après tout, tu es le premier à avoir deviné que tous les fils de cette histoire convergeaient vers Weydorf. Et il ne peut pas envoyer des MP enquêter en zone soviétique.

— Mais comment vais-je pouvoir m'y rendre ? J'aurai certainement besoin d'un laissez-passer interzone. Et si ce sont les Alliés occidentaux qui en font la requête, les Russes se feront une joie de refuser. On connaît la musique.

— Il y a peut-être une autre solution, remarqua Hilde. Adresse-toi directement à Aksakov.

Après le départ de Billhardt, Oppenheimer réfléchit longuement au conseil de son amie. Faire intervenir Aksakov était en effet une excellente idée, mais il était un peu gêné d'aller demander une faveur au colonel alors qu'il ne pouvait apporter aucune preuve tangible de l'innocence de Hüttner. Il n'avait dans sa manche qu'une poignée d'indices et deux témoins qui refusaient de parler. Malgré tout, pour sauver une vie humaine, il était prêt à tenter sa chance.

Tandis que les autres habitants de la villa étaient partis à l'église, Carruthers avait pris Lisa et Theo dans sa voiture pour les emmener à Charlottenburg. À leur retour aurait lieu la distribution de cadeaux. Tous les enfants attendraient devant la porte de la cuisine jusqu'à ce qu'une musique annonce le passage de l'enfant Jésus avec ses surprises. Oppenheimer avait donc descendu son phonographe dans la salle commune. Hilde le rejoignit alors qu'il cherchait une place adéquate pour son précieux appareil.

— As-tu entendu la dernière ? demanda-t-elle. Dimanche, un autre train en provenance de Pologne est arrivé à Berlin avec à son bord des réfugiés gelés. Quand on a ouvert les wagons, il y avait plus de cinquante morts. Près de deux cents personnes ont été victimes de gelures. Vingt-cinq d'entre elles ont dû subir des amputations.

Oppenheimer soupira. Ce genre de nouvelles le remuait toujours autant. Quelques années plus tôt, il avait imaginé naïvement que les gens cesseraient de souffrir une fois que la guerre serait terminée. Malheureusement, la réalité était tout autre. Les nazis avaient été vaincus, mais le nombre de personnes en détresse était loin d'avoir diminué. Pour beaucoup, la fin du conflit n'avait pas changé grand-chose. Les hivers étaient tout aussi durs qu'auparavant.

— Il y avait des enfants dans ce train ? s'enquit Oppenheimer d'une voix blanche.

Hilde lui jeta un regard agacé.

— Qu'est-ce que tu crois ? Bien sûr, ils étaient une bonne trentaine.

— Dans quel monde de fous vivons-nous ?

— Joyeux Noël ! glissa Hilde d'un ton cynique.

Durant le reste de la soirée, Oppenheimer se força à mettre de côté ses réflexions tristes. Ses colocataires s'évertuèrent également à faire preuve de bonne humeur. Les enfants, eux, se laissèrent gagner par la magie de Noël. Ils contemplèrent avec de grands yeux émerveillés le pin joliment décoré avant de se jeter sur leurs cadeaux à la lueur des bougies.

Seibold avait réussi à trouver au marché noir des noix pour tout le monde ; Frau Schmude et Barbe avaient récupéré la laine de vieux gilets pour tricoter de nouveaux vêtements. Oppenheimer reçut un autre cendrier de la part de Frau Vogt. Comme le commissaire n'avait pas eu le temps ces derniers jours de dénicher des cadeaux, il distribua des bons qu'il avait fabriqués lui-même, dans lesquels il s'engageait à remplir des corvées de bois ou d'eau.

Carruthers, Lisa et Theo arrivèrent un peu plus tard. Le capitaine avait eu la gentillesse de rapporter des friandises pour les enfants. Après avoir remis à Oppenheimer le précieux sac rempli de douceurs, il prit poliment congé. Theo avait lui aussi un sac en papier dans lequel il transportait ce qu'on lui avait offert à la fête de Noël. Son cadeau préféré était un petit cheval sculpté dans du bois. Le garçon le tenait soigneusement dans ses bras et le caressait comme s'il s'agissait d'un chaton endormi.

Oppenheimer eut un pincement au cœur en voyant cela. Privé de parents, Theo offrait son amour à un morceau de bois sans vie. Le commissaire devait s'avouer qu'il avait du mal à le cerner. Parfois, l'orphelin ressemblait à un petit adulte et, quelques instants plus tard, il se comportait de nouveau comme un enfant.

Après la distribution de cadeaux, on servit le Christstollen fait maison. Oppenheimer, qui n'était plus habitué à manger de choses sucrées, trouva le gâteau un peu écœurant, mais savoura quand même ce luxe exceptionnel.

Le réveillon raviva en son for intérieur d'heureux souvenirs. En regardant Theo, qui s'était assis entre lui et Lisa sur l'un des bancs de la cuisine, il ne pouvait s'empêcher de penser à sa fille bien-aimée Emilia, emportée par une pneumonie. Et le vide qu'elle avait laissé était rempli ce soir-là par un gamin des rues. En songeant qu'ils avaient l'air tous les trois de former une famille, Oppenheimer sentit les larmes lui monter aux yeux. Il avait envie de croire à ce mirage, au moins quelques heures, jusqu'au moment où Theo disparaîtrait de nouveau dans les ruines de la capitale.

Lisa lui lança un regard. Ses joues étaient rouges, ses yeux brillants. Oppenheimer se racla la gorge pour ne pas montrer trop ouvertement son émotion. Il se dit que c'était impossible. Qu'ils ne deviendraient jamais une famille. Et qu'il était stupide de forger pareil espoir. La séparation n'en serait que plus douloureuse et laisserait un autre vide qu'il serait incapable de combler. Serrant les poings, il décida de ne pas se laisser submerger par la sentimentalité outrancière de Noël.

Pour briser le charme, il alla changer de disque. Les *Concertos brandebourgeois* de Bach convenaient bien avec l'atmosphère festive, mais il se dit qu'il n'y avait rien de plus approprié que de mettre des chants de Noël. Le commissaire ne possédait qu'un seul enregistrement de ce genre. Il ne se rappelait plus à quelle occasion il avait acheté ce vinyle, mais il aimait beaucoup le premier chant, *Vom Himmel hoch, o Engel, kommt*, qu'il écoutait volontiers même en dehors de la période des fêtes de fin d'année.

S'asseyant à côté de son phonographe, il se laissa porter par la musique des anges descendus du ciel pour jouer une berceuse à l'enfant Jésus.

Les minutes s'égrenèrent et, profondément détendu, il ne remarqua pas immédiatement qu'on tirait la manche de son manteau.

Il ouvrit les yeux et vit Theo qui se tenait près de lui. Le garçon, qui serrait son cheval de bois contre la poitrine, semblait avoir quelque chose sur le cœur.

— Que va-t-il arriver à l'homme qui a été arrêté ? Sera-t-il condamné ?

Retrouvant brusquement toute sa lucidité, Oppenheimer comprit que Theo faisait allusion à Hüttner.

— Il est accusé de meurtre et risque une lourde peine. Mais je sais qu'il est innocent. Le problème, c'est que je ne peux pas le prouver. Toi seul le peux.

Theo acquiesça gravement. Les lèvres pincées, il réfléchit quelques instants. Puis il commença à raconter ce qu'il avait vu le jour de la découverte du cadavre d'Orminski.

26

Mercredi 25 décembre 1946

Il neigeait sur Berlin. Heureusement, le mercure était repassé au-dessus de zéro. Toutefois, si Oppenheimer était plein d'entrain ce matin-là, ce n'était pas seulement parce que les températures étaient remontées. Le commissaire tenait enfin la preuve qu'il cherchait depuis des jours.

Comme il savait qu'on fêtait Noël quelques jours plus tard en Russie, il se rendit à Karlshorst pour rencontrer Aksakov.

Cette fois, à son grand regret, on ne lui proposa rien à manger. En attendant l'arrivée d'un interprète, Oppenheimer salua le colonel d'un signe de tête et arbora un large sourire pour signifier qu'il avait de bonnes nouvelles.

— Ah, Herr Oppenheimer ! s'exclama joyeusement une voix familière dans son dos.

Jascha, qui venait d'entrer dans le bureau, s'avança pour lui serrer la main. Sa poigne faisait penser à un étau.

Oppenheimer, qui ne voulait pas perdre de temps, alla droit au but.

— Hüttner n'a plus rien à craindre. Au moment où le cadavre d'Orminski a été déposé dans l'arrière-cour, il se trouvait à l'intérieur de l'immeuble. La personne qui l'a vu est prête à témoigner sous serment.

Il omit de préciser que son témoin avait volé une médaille à Hüttner, car il voulait éviter que le garçon n'ait des ennuis.

Après que Jascha eut traduit ses paroles, Oppenheimer fut étonné de la réaction d'Aksakov. Au lieu de le féliciter avec une grande tape sur l'épaule, celui-ci se contenta de hocher la tête avec un étroit sourire.

Le colonel réfléchit brièvement avant de répondre. Oppenheimer s'attendit au pire en voyant le visage de Jascha s'assombrir.

— Cette Polonaise dont vous vous êtes enquis, commença le jeune officier d'une voix hésitante.

Il marqua une longue pause. Visiblement, il cherchait un moyen de transmettre avec ménagement la nouvelle de son supérieur.

— Michalina Wozniak, dit Oppenheimer pour combler le silence.

— Tout porte à croire qu'elle est morte.

Le commissaire se sentit tout à coup infiniment vide. Un instant plus tôt, il aurait pu déplacer des montagnes, et une seule phrase avait suffi à le faire sombrer dans le désespoir.

Il se laissa tomber sur une chaise.

— Que lui est-il arrivé ?

Jascha échangea quelques mots avec Aksakov, puis déplora d'un air gêné :

— Nous ne savons pas exactement. Elle devait être transférée dans un camp de travail, mais elle n'est jamais arrivée.

— Elle est peut-être parvenue à s'enfuir ? hasarda Oppenheimer, qui refusait de croire à ce qu'il venait d'apprendre.

Jascha secoua la tête.

— C'était en février dernier, dans une zone isolée.

Même si elle s'est enfuie, je ne pense pas qu'elle ait survécu au froid.

Alors, c'était tout ? Il n'y avait rien de plus qu'un cadavre gisant au bord d'un chemin, exécuté ou mort de froid ? Oppenheimer n'arrivait pas à faire cadrer cette image avec le souvenir qu'il avait de Michalina.

Un bruit sec le ramena à la réalité. Aksakov avait posé un verre sur son bureau et le remplissait d'eau-de-vie.

Même s'il doutait de pouvoir noyer dans l'alcool l'affreux sentiment d'avoir laissé tomber Michalina, il vida d'un trait le schnaps. Le tord-boyaux était si fort que le commissaire fit une grimace involontaire.

La voix sonore d'Aksakov retentit. Jascha prit une autre chaise et s'assit près d'Oppenheimer.

— Le camarade colonel est très satisfait de votre travail. Il aimerait savoir ce qu'il peut vous offrir en retour.

Les deux Soviétiques observèrent Oppenheimer en silence, respectant son deuil.

Après un second schnaps, il parvint à redevenir maître de lui-même. Peut-être valait-il mieux se concentrer sur son enquête. Il ne devait pas oublier ce pourquoi il était venu ici. Une autre vie humaine était en jeu.

— Le meurtrier court toujours, répondit-il finalement. J'ai une idée de l'endroit où je pourrais le coincer. Mais j'ai besoin de me rendre dans la zone soviétique. Le lieu s'appelle Weydorf. C'est un village situé à l'ouest de Berlin.

Deux heures plus tard, Oppenheimer partait pour une excursion dans le pays de la Havel. Il n'avait même pas besoin d'un laissez-passer interzone, car Aksakov lui avait appris que les Berlinois étaient autorisés depuis quelques semaines à voyager dans la zone d'occupation soviétique sans dérogation préalable.

Le colonel avait mis à disposition sa voiture et son chauffeur. Peut-être avait-il vaguement mauvaise conscience d'avoir apporté à Oppenheimer la triste nouvelle de la mort de Michalina. Sur son ordre, Jascha était également de la partie. Officiellement pour éviter tout problème de communication avec Serjoscha, mais Oppenheimer se doutait qu'Aksakov souhaitait en réalité le tenir en laisse. Cela ne le dérangeait pas, parce qu'il trouvait Jascha très sympathique. Il espérait que la compagnie du jeune officier l'empêcherait de broyer du noir.

Avant de quitter Berlin, il fit un crochet par Schöneberg pour jeter quelques vêtements de rechange dans une valise et prévenir Lisa. À son grand soulagement, Hilde était de service à l'hôpital, ce qui lui donnait un petit sursis avant de devoir annoncer à son amie la triste nouvelle.

Comme Weydorf se trouvait au-delà de l'anneau périphérique construit par les nazis, Oppenheimer guida Serjoscha vers Wilmersdorf, puis le fit sortir de l'autoroute pour prendre vers l'ouest. Hormis quelques coups d'œil sceptiques jetés dans son rétroviseur, Serjoscha suivit les instructions du commissaire avec un calme stoïque.

Peu de temps après, ils dépassèrent les dernières maisons appartenant à la grande banlieue de la capitale et se retrouvèrent en rase campagne. Oppenheimer eut un choc en voyant le brusque changement de paysage. La route était bordée d'arbres que personne n'avait encore sciés pour en faire du combustible ; leurs sombres ramures s'élevaient vers le ciel plombé comme des doigts crochus. Derrière un rideau de flocons de neige, de vastes champs se perdaient dans le lointain. Par endroits, de petits bois interrompaient cette immensité que ponctuaient çà et là quelques clochers pointus appartenant aux villages isolés.

Oppenheimer n'arrivait guère à apprécier le voyage. Les enjeux de son excursion dans les environs de Berlin étaient trop importants. Il fallait délivrer Elke Giesow des griffes du tueur, et le temps pressait. Si le type restait fidèle à sa méthode, il laisserait son otage en vie jusqu'à lundi. Mais rien ne garantissait qu'une lubie quelconque ne le pousserait pas à passer à l'acte plus tôt.

Le commissaire savait ce qui se passerait ensuite. Ils trouveraient un nouveau cadavre quelque part, nu, la bouche remplie de cendres et le corps couvert de noms mystérieux.

Un bruissement de papier l'arracha à ses pensées. Jascha avait ouvert une carte de la région et essayait de s'orienter. Ils longeaient la route nationale en direction du nord-ouest. Pour atteindre Weydorf, ils devraient bientôt bifurquer sur un chemin de campagne.

Jascha se pencha en avant et échangea quelques mots avec leur conducteur, qui ralentit aussitôt l'allure afin de ne pas rater l'embranchement. Puis il lança à Oppenheimer :

— Je pense que c'est la prochaine intersection.

Le commissaire acquiesça.

— Essayons.

En théorie, le trajet jusqu'à Weydorf n'aurait pas dû prendre plus de deux heures. Mais, après avoir quitté la route principale, Oppenheimer ne tarda pas à s'apercevoir qu'ils auraient besoin de beaucoup plus de temps. Composé de deux rubans de béton épousant l'empattement d'une voiture, le chemin de campagne était à peine visible dans la plaine enneigée, ce qui forçait Serjoscha à conduire très lentement. Par chance, des traces de pneus apparurent au bout de plusieurs kilomètres et servirent de repères au Kalmouk. Ils roulèrent ainsi durant de longues minutes, suivant des canaux rectilignes et traversant parfois des forêts d'acacias.

Au bout d'un moment, Oppenheimer eut de la peine à imaginer qu'il puisse exister un village au milieu de cette contrée inhabitée. Il comprenait à présent comment Tetzlaff réussissait à faire entrer en ville ses marchandises de contrebande. Il n'y avait pas âme qui vive dans le coin. Et aucun barrage soviétique. Avec l'aide de complices comme Richter et Orminski, il était facile de contourner d'éventuels contrôles en empruntant des sentiers discrets.

Oppenheimer poursuivait ses réflexions lorsque la voiture dérapa au sortir d'un virage.

Tout alla très vite. Serjoscha contre-braqua en lâchant un chapelet d'injures. Un tourbillon de neige s'abattit sur le pare-brise, puis il y eut un choc brutal et le véhicule s'immobilisa. Le moteur continua de ronronner comme s'il narguait ses passagers.

Jascha soupira.

— Bon, nous voilà coincés. J'espère que vous savez vous servir d'une pelle.

Par précaution, quelqu'un avait mis quatre pelles dans le coffre. Oppenheimer ne fut pas mécontent de descendre pour dégager la berline. L'exercice lui permit de se vider l'esprit. Tandis qu'il faisait jouer ses muscles, il ne pensait pas à Michalina ou à la jeune femme otage du tueur.

Ils étaient encore loin d'avoir terminé quand Serjoscha cessa brusquement de pelleter. L'aide de camp d'Aksakov se redressa pour scruter l'horizon.

Oppenheimer perçut à son tour un bruit de moteur. S'appuyant sur sa pelle, il leva les yeux vers la petite route. À travers les flocons de neige qui dansaient devant son visage, il aperçut deux points lumineux. Les phares d'une voiture.

Tandis qu'elle approchait, Oppenheimer vit qu'il s'agissait d'une vieille guimbarde. Le conducteur, un homme d'un certain âge coiffé d'un chapeau tyrolien, ralentit et abaissa la vitre de sa portière.

— Vous avez besoin d'un coup de main ?

Son visage se crispa lorsqu'il reconnut l'uniforme de Serjoscha. Craignant que l'inconnu ne mette le pied au plancher, Oppenheimer s'avança vers le véhicule.

— Nous sommes coincés !

L'autochtone parut se ressaisir.

— Je vois ça, opina-t-il.

— Nous voulons nous rendre à Weydorf.

— Weydorf ?

L'homme au chapeau tyrolien s'esclaffa.

— Vous êtes perdus alors !

— C'est encore loin ?

— Une bonne dizaine de kilomètres. Vous avez un câble ? Je vais dégager votre voiture en la tirant. Ensuite, je vous montrerai le chemin.

Par chance, ils arrivèrent au village avant la tombée de la nuit. Oppenheimer avait parcouru les derniers kilomètres dans la voiture de l'inconnu et profité de l'occasion pour poser quelques questions. En entendant les noms d'Orminski, Richter et Giesow, le conducteur avait secoué la tête.

— Je viens d'un autre village, avait-il expliqué. Je ne connais presque personne là-bas.

Weydorf n'était qu'un groupe de fermes clairsemées. Les habitations, qui n'avaient pas plus de deux étages, possédaient des toitures aux pans très longs. Certaines d'entre elles étaient des maisons à colombages. Mais le plâtre des murs était tellement sale qu'on le distinguait à peine des poutres apparentes. Une bâtisse se différenciait toutefois des autres. Elle était la seule à disposer de trois étages. Pour accéder au perron, il fallait auparavant franchir un grand portail, et la façade était enrichie de motifs décoratifs en stuc. Ce genre de bâtiment aurait été plus à sa place dans les beaux quartiers de Potsdam ou Berlin. Il appartenait sans doute à un fermier aisé qui avait dépensé une fortune pour donner à sa maison un style urbain. Mais les fenêtres n'avaient pas de rideaux et l'intérieur semblait vide. On aurait dit une demeure fantôme abandonnée à l'usure du temps.

Lorsque la voiture avait quitté la route principale pour s'engager sur le chemin de campagne, Oppenheimer avait eu l'impression de pénétrer dans une région désertique et stérile, figée dans un manteau neigeux permanent. Mais, en faisant le tour du village, il constata que c'était tout le contraire. Les habitants de Weydorf vivaient dans l'opulence. Apparemment, la production agricole n'avait pas souffert de la guerre. Partout, une forte odeur de fumier s'échappait des étables et des écuries remplies d'animaux. Mais ce qui fascina le plus Oppenheimer, c'étaient les piles de bûches soigneusement rangées devant les maisons. Ici, on ne manquait pas de bois de chauffage.

Au bout d'une heure, il regretta de ne pas avoir fait jouer ses relations avec Tetzlaff pour se faire annoncer. Flanqué d'un officier russe et d'un chauffeur kalmouk, il ne rencontrait que de la méfiance de la part des villageois ; tous ceux qu'il interrogeait prétendaient n'avoir jamais entendu le nom d'Orminski, de Richter ou de Giesow.

Mais Oppenheimer fit une autre découverte.

Planté devant une ferme, il recherchait désespérément une sonnette lorsqu'il l'aperçut. Gravé dans l'encadrement de la porte. Le même symbole que celui trouvé chez Orminski. L'homme ailé.

— Sacré nom de Dieu ! maugréa-t-il.

Jascha s'approcha de lui. Tandis que le chauffeur d'Aksakov avait préféré rester dans la voiture pour faire un somme, le jeune officier avait accompagné Oppenheimer.

— Qu'y a-t-il ?

Au lieu de répondre, le commissaire poursuivit fébrilement son exploration du village. Après avoir examiné plusieurs portes d'entrée, il s'arrêta en plein milieu de la rue et se tourna vers Jascha.

— Quatre fois ! grommela-t-il. Je n'ai même pas inspecté la moitié du village et j'ai déjà trouvé quatre symboles. Notre homme est venu ici, ça ne fait pas l'ombre d'un doute !

En voyant le regard perdu du Soviétique, il expliqua :

— Le tueur aime prévenir ses victimes avant de frapper. Il grave une marque près de leur porte d'entrée.

Oppenheimer montra du doigt la maison suivante, où la figure de l'homme ailé était aisément repérable.

— Et personne ne connaît Orminski et Richter dans ce bled ! Ils se foutent tous de ma gueule.

D'un pas résolu, il marcha vers l'habitation, devant laquelle se dressaient trois tilleuls récemment élagués. À côté du symbole du tueur, on avait accroché un panneau sur lequel était écrit : « Pas de réfugiés dans notre village ! Les Polacks, on devrait les fouetter au lieu de les héberger ! »

Ravalant sa colère, Oppenheimer actionna la sonnette.

Une femme trapue ouvrit la porte. En le voyant, elle répéta ce qu'elle disait sans doute à tous les inconnus qui venaient au village pour échanger leurs derniers objets de valeur contre un peu de nourriture :

— Nous n'avons besoin de rien ! Nous avons tout ce qu'il nous faut !

Oppenheimer réagit promptement. S'il voulait soutirer des informations aux villageois butés, il ne devait pas prendre de gants. Avant que la fermière n'ait le temps de refermer, il glissa le pied dans la porte.

— Je sais qu'on vous menace, déclara-t-il sèchement. Il vaudrait mieux que vous coopériez. Je peux vous protéger.

La femme sc figea. Elle savait exactement de quoi il parlait.

— Laissez-moi entrer, ajouta-t-il d'un ton un peu plus amène. Nous devons discuter.

La villageoise se racla la gorge. Puis elle rouvrit lentement la porte.

Elle guida Oppenheimer et Jascha à travers un sombre corridor jusqu'à sa cuisine. Avec son mobilier disparate, l'endroit ressemblait au salon de Hilde. Ici aussi, la table en bois était entourée de sièges capitonnés. C'était sans doute la pièce la plus utilisée de la maison.

La seule chose surprenante était le cercueil qui dépassait de la nappe à carreaux.

Oppenheimer déglutit avec peine en apercevant la caisse.

— J'arrive trop tard, à ce que je vois.

La femme lui jeta un regard interrogateur. Comme il tendait le doigt, elle parut soudain se souvenir qu'elle avait un cercueil sous sa table.

— Ah, ça ! s'exclama-t-elle. Rien d'exceptionnel.

C'est pour mon beau-père qu'on l'a dégoté. Mon mari doit encore le porter de l'autre côté de la rue.

— Votre beau-père est-il décédé d'une mort naturelle ?

— Il s'est endormi paisiblement. Il avait presque quatre-vingt-dix ans.

La maîtresse de maison se présenta sous le nom de Frau Priel. Par politesse, elle proposa du thé aux visiteurs, qui acceptèrent volontiers. Elle sortit un service d'un placard. Les tasses et sous-tasses de porcelaine étaient délicatement ouvragées, mais elle les déposa négligemment sur la table comme si c'étaient de pièces céramiques quelconques.

Jascha examina avec curiosité les motifs sur sa tasse. Tandis qu'il contemplait les riches ornements et le bord doré, un sourire se dessina sur ses lèvres. C'est alors qu'Oppenheimer comprit. Il s'agissait de porcelaine de Saxe, fabriquée à la main. Un rapide coup d'œil sous sa tasse lui en apporta la confirmation. Les deux épées entrecroisées étaient la marque de la manufacture de Meissen. Avant-guerre, ces pièces avaient été des biens précieux. À présent, elles étaient échangées par les habitants de la capitale contre quelques pommes de terre ou un morceau de viande.

En ville, on racontait que les fermiers décoraient le sol de leurs étables avec de vrais tapis persans. L'image était bien entendu exagérée, mais elle avait un fond de vérité. Les paysans avaient récupéré d'innombrables objets de valeur en vendant aux Berlinois leurs surplus. Mais ils en avaient assez de faire du troc. D'après certaines rumeurs, ils préféraient maintenant donner leur lait et leurs excédents aux cochons plutôt que de négocier avec des citadins affamés.

Hormis le thé amer, Frau Priel ne proposa rien d'autre à ses invités, et elle se montra tout aussi avare en informations. Au bout d'un moment, Oppenheimer finit par se demander pourquoi elle les avait laissés entrer.

Elle vivait dans la ferme avec son mari. Deux ouvriers agricoles employés à plein temps logeaient dans l'étable.

— Ils viennent de Silésie, expliqua-t-elle. Une contrée où il fait sacrément froid.

Oppenheimer fronça les sourcils.

— Ce sont des réfugiés en provenance des anciens territoires de l'Est ? Comme Herr Orminski ?

Frau Priel ne mordit pas à l'hameçon. Elle se contenta de fixer le commissaire d'un regard vide.

Pour entretenir la conversation, il demanda :

— Vous employez deux ouvriers qui viennent de Silésie, et vous accrochez à côté de votre porte un panneau sur lequel il est écrit que vous ne voulez pas de ces gens ici ?

Elle haussa les épaules.

— Un ou deux, ça va encore. On n'a pas le choix. La plupart de nos hommes ne sont pas revenus de la guerre et tous les travailleurs étrangers ont foutu le camp dès qu'ils ont pu. Mais il faut faire attention. Vous êtes un Allemand du Reich, vous devez comprendre ça. Ceux de l'Est sont en train de nous envahir. Ce n'est pas notre faute s'ils ont été chassés de leurs terres. Pourquoi faudrait-il trinquer pour eux ? Les réfugiés n'ont rien à faire ici. Ils vont souiller notre sang. Si nous laissons ces Tziganes s'installer chez nous, nous perdrons toutes nos traditions !

Oppenheimer décida de changer de sujet.

— Si je vous comprends bien, il n'y a pas eu de morts inexpliquées à Weydorf récemment ? Personne n'a disparu brusquement ?

— Non, tout le monde est là.

Frau Priel reprit un peu de thé. Oppenheimer trouvait très inconfortable d'être assis à table. Au moindre mouvement, il se cognait le tibia contre le cercueil.

Il remarqua soudain la veste de la maîtresse de maison. Celle-ci avait jeté le vêtement sur ses épaules, en plus des innombrables pulls et gilets qu'elle portait les uns sur les autres. La veste avait une coupe militaire avec des poches latérales. Quelques fils pendaient sur la manche, à l'endroit où devait se trouver autrefois un insigne. Cet habit était bien trop étroit pour une femme trapue comme Frau Priel. À l'origine, il appartenait sans aucun doute à une adolescente.

C'était la veste officielle du BDM, la Ligue des jeunes filles allemandes.

Toutefois, Frau Priel n'avait nullement fait mention d'éventuels enfants.

Oppenheimer avala une gorgée de thé avant de demander aussi négligemment que possible :

— Où se trouve donc votre fille ?

27

Mercredi 25 décembre 1946

Cinq minutes plus tard, Oppenheimer et Jascha se retrouvaient de nouveau dehors devant la ferme. Si Frau Priel avait été étonnée par le flair du commissaire, elle l'avait bien dissimulé. Elle avait seulement reconnu que sa fille vivait maintenant en ville – à Dresde, et non à Berlin. Oppenheimer avait tenté de la convaincre de raconter toute la vérité dans l'intérêt de sa famille, mais elle n'avait rien voulu savoir. Peu après, elle avait congédié les visiteurs en arguant que son mari n'allait pas tarder à rentrer et qu'elle ne voulait pas être surprise en compagnie de deux inconnus.

Un vent glacial balayait la rue enneigée. Oppenheimer frissonna. Le jour baissait peu à peu, et il n'avait pas avancé d'un pouce. Le meurtrier avait laissé à plusieurs endroits sa marque dans Weydorf, mais tout le monde se taisait. Les habitants étaient tellement méfiants envers les étrangers qu'ils refusaient obstinément de se faire aider.

En regardant autour de lui, il eut soudain une idée. Peut-être était-il plus judicieux d'interroger ceux qui vivaient en marge de la petite commune.

Il glissa les mains dans les poches de son manteau et se tourna vers Jascha.

— Trouve-nous une chambre pour la nuit. Je ne partirai pas d'ici avant d'avoir percé le secret de ce maudit village. Après ça, rejoins-moi. Je serai là-bas.

Il montra du doigt une grande maison située un peu à l'écart de la rue principale. Jadis cossue, la demeure avait été fortement endommagée. Une partie du toit s'était effondrée et les restes carbonisés de la charpente se dressaient vers le ciel crépusculaire. Néanmoins, il y avait de la lumière dans la partie arrière du bâtiment. Quelqu'un habitait donc cette ruine peu accueillante.

La marche jusqu'à la bâtisse à travers la neige s'avéra plus longue que prévu. Celle-ci se trouvait à sept ou huit cents mètres du cœur du village. Oppenheimer arpenta le chemin en serrant les dents. Il était hors d'haleine en arrivant devant l'imposante porte d'entrée. Une grosse cloche faisait office de sonnette ; à cause des charnières rouillées, il eut du mal à l'actionner.

Quelques secondes plus tard, il entendit des pas lourds à l'intérieur, et la porte s'entrouvrit. La tête grisonnante d'un vieil homme apparut.

Dès qu'Oppenheimer eut expliqué qu'il était venu de Berlin pour obtenir des informations sur le village, il fut aussitôt invité à entrer. C'était peut-être dû au fait qu'il n'était pas accompagné cette fois d'un officier russe. Ou bien les occupants de la maison étaient moins méfiants que les autres habitants de Weydorf.

Le commissaire apprit que son hôte s'appelait Herr Bartel.

— Suivez-moi, dit celui-ci en le guidant dans une vaste cuisine dallée de pierre sombre.

Plusieurs personnes étaient regroupées devant un feu qui crépitait dans l'âtre d'une cheminée. Il y avait un autre vieil homme, trois femmes coiffées de foulards – dont deux étaient aussi âgées que ces messieurs – et quatre enfants vêtus d'habits mal rapiécés. L'intérieur de la pièce était très rustique. Les murs non crépis laissaient voir la maçonnerie grossière et les poutres porteuses. Dans un coin, le plafond était troué, et des flocons de neige entraient en virevoltant par l'ouverture.

Herr Bartel pria le commissaire de s'installer à une grande table en bois massif qui était certainement aussi ancienne que la maison elle-même. Il alluma ensuite dans le foyer une bûchette avec laquelle il embrasa la mèche d'une lampe à pétrole. Avant de s'asseoir, Oppenheimer se pencha sous l'épais plateau pour vérifier qu'il n'y avait pas de cercueil contre lequel il aurait pu se cogner les genoux.

— Vous cherchez quelque chose ? s'enquit l'une des femmes.

Oppenheimer s'éclaircit la gorge, légèrement embarrassé.

— Je me demandais si vous aviez vous aussi un cercueil sous la table.

— Vous êtes allé chez Frau Priel ?

— Oui. Apparemment, son beau-père vient de décéder.

L'autre homme s'approcha en riant. Son crâne chauve reflétait la lueur du feu.

— Wolfgang Jaritz, se présenta-t-il avec une poignée de main vigoureuse. Cette chère Frau Priel enterre son beau-père toutes les deux semaines. On raconte que le cercueil sent toujours le jambon à plein nez.

Oppenheimer mit quelques secondes à comprendre l'allusion. À l'évidence, les Priel faisaient partie des fournisseurs de Tetzlaff.

— Elle et son mari abattent des bêtes au noir ?

— Absolument, confirma Bartel. Et ils s'en mettent plein les poches.

L'une des femmes apporta au commissaire une tasse en fer-blanc remplie d'un breuvage fumant.

— Tenez.

— Voici mon épouse, précisa Jaritz.

Les enfants jetaient au visiteur des regards curieux. Oppenheimer remarqua qu'ils portaient d'étranges vestes et chemises noires comme jais. Les nouveaux occupants de la maison avaient sans doute récupéré les épais rideaux du black-out pour confectionner des habits.

Il s'avéra que la petite communauté vivait à Weydorf depuis moins d'une année. Comme Oppenheimer l'avait supposé, il s'agissait de réfugiés silésiens. Il était inutile de leur demander comment ils étaient arrivés ici. Les personnes déplacées ne choisissaient pas leur lieu d'accueil. Elles passaient d'un camp provisoire à l'autre avant d'être réparties dans différentes communes. Ce qui n'était pas du goût de certains habitants du cru.

— Oui, les gens du village peuvent être vraiment désagréables envers les expatriés, acquiesça Bartel. Mais ils ne sont pas tous hostiles. Quelques-uns se montrent même très sympathiques.

— Au début, la situation était moins tendue, expliqua Jaritz. Ils avaient besoin de main-d'œuvre parce que les travailleurs étrangers s'étaient fait la malle. Quand nous sommes arrivés, on nous a conduits sur la place du village et les paysans nous ont scrutés de la tête aux pieds. J'avais l'impression d'être sur un marché aux esclaves. Il ne manquait plus qu'on examine nos dents.

Bartel soupira.

— Les villageois regardaient mon épouse de travers parce qu'elle portait un manteau de vison à notre arrivée. Mais c'était le dernier qui lui restait. Quand nous avons été chassés de notre maison, on nous a donné à peine une demi-heure pour empaqueter le strict nécessaire. Un sac de quelques kilos par personne. Pas plus. Et même ces effets-là, on nous les a volés plus tard.

Oppenheimer but une gorgée de sa boisson chaude, qu'il identifia comme une infusion de prêle des champs. Il se souvenait que Hilde lui avait préparé une tisane similaire quand il avait eu une inflammation de la vessie. Déjà à l'époque, le goût lui avait paru immonde, mais il s'efforça par politesse de dissimuler son haut-le-cœur.

— Et maintenant ? s'enquit-il. Vous ne travaillez plus pour les paysans de Weydorf ?

Bartel secoua la tête. Lorsque le Silésien croisa les bras sur sa poitrine, Oppenheimer remarqua ses ongles noirs.

— C'est à cause de la réforme agraire. Et, depuis, il y a sans arrêt des problèmes. Vous avez sûrement déjà entendu le slogan de propagande : « Les terres des junkers aux mains des paysans ». L'année dernière, l'administration soviétique a commencé à exproprier les grands propriétaires terriens. Ça touche tous les terrains de plus de cent hectares. Les criminels de guerre et les nazis convaincus ont eux aussi été expropriés. Environ un tiers de la surface agricole exploitable a été divisé en petites parcelles pour les nouveaux colons – c'est-à-dire nous. L'ancien propriétaire de cette demeure était l'un de ces junkers détestés. Quand nous sommes arrivés, lui et sa famille étaient déjà partis depuis longtemps. D'après certaines rumeurs, ils ont été jetés dans un camp par les Soviétiques. J'ignore cependant si c'est vrai.

Oppenheimer observait Bartel depuis quelques minutes avec une curiosité croissante.

— Ne le prenez pas mal, mais vous n'avez pas le profil d'un agriculteur.

L'homme sourit.

— Les autorités ne sont pas de cet avis. Mais vous avez raison. Je viens de Breslau, j'étais fondé de pouvoir au sein d'un comptoir commercial. Je n'avais encore jamais passé autant de temps à la campagne. Et maintenant, à mon âge, je dois me reconvertir dans l'agriculture. Par chance, nous avons Herr Jaritz, qui s'y connaît bien dans ce domaine.

Prenant un air grave, Jaritz posa les coudes sur la table.

— Malheureusement, nous n'avons pas l'outillage nécessaire pour cultiver correctement les champs. Nous sommes trois familles à vivre ici, et nous devons nous partager une charrue et un vieux canasson.

— Bien entendu, avec ce matériel, nous ne pouvons pas atteindre les objectifs fixés par l'administration russe, ajouta Bartel.

Même si cette discussion était fort intéressante, Oppenheimer décida de revenir au motif de sa visite.

— Si vous vivez ici depuis près d'un an, vous devez connaître Herr Orminski ?

— Naturellement, fit Jaritz avant d'enfiler un bonnet en laine qu'il avait sorti de la poche de son manteau.

Bartel acquiesça de la tête.

— Orminski était une chemise brune. Raciste jusqu'au bout des ongles. C'est à cause de gens comme lui que les préjugés perdurent. Ma famille n'a jamais soutenu le régime hitlérien et, malgré tout, on nous considère à présent comme des nazis incorrigibles parce que nous sommes originaires des territoires de l'Est. D'une manière ironique, ces reproches viennent souvent de gens qui n'ont pas hésité à suivre le Führer quelques années plus tôt.

Oppenheimer n'était pas étonné. En tant que Juif, il remarquait tous les jours combien les préjugés pouvaient être tenaces.

— Nous avons tendance à penser de manière compartimentée. Le monde est incroyablement complexe, mais les gens préfèrent s'en tenir à des accusations simplificatrices. Surtout quand ils ne sont pas sûrs d'eux.

Bartel opina.

— La question est de savoir ce qu'était au fond Orminski. Une victime ou un criminel ?

— Bah, ce type était un trou du cul, grommela Jaritz.

Oppenheimer pouffa de rire et faillit s'étrangler avec sa tisane. Son accès d'hilarité gagna les réfugiés.

Après avoir retrouvé son sérieux, Bartel reprit :

— Ma question est pourtant justifiée. Orminski devait être impliqué dans quelque chose. Il y a quelques mois, il est parti brusquement pour Berlin avec les autres.

— Les autres ? releva Oppenheimer. De qui s'agit-il ?

Bartel prit une profonde inspiration.

— Orminski a décampé avec le vieux Richter. Puis la fille de Priel les a suivis. Et la petite Giesow.

— Klinke, le médecin du village, a filé lui aussi à la même époque, renchérit Jaritz.

— Je ne pensais pas qu'il s'était enfui à Berlin. Il a tout bonnement disparu du jour au lendemain.

Oppenheimer leva les mains pour interrompre les deux hommes.

— Attendez, vous dites que la jeune Priel est allée vivre à Berlin ?

Jaritz et Bartel hochèrent la tête.

— Sa mère m'a pourtant dit qu'elle habitait à Dresde. Pourquoi ce mensonge ?

— Ils sont tous de mèche, maugréa Jaritz. Le médecin,

Orminski, Richter et les deux jeunes femmes. Dans le village, on cherche à les protéger. Mais nous ignorons de quoi il retourne au juste. Personne ne parle.

— Les habitants se taisent parce qu'il s'agit peut-être d'une affaire de marché noir ?

L'explication d'Oppenheimer ne parut pas convaincre Jaritz.

— Tous les paysans d'ici font du trafic, objecta ce dernier. Pour eux, c'est une peccadille.

— Je pense qu'ils cachent autre chose, enchaîna Bartel. De temps à autre, les villageois font allusion à un mystérieux événement qui s'est passé au début de l'hiver 1945. La guerre n'était donc pas encore terminée. D'après ce que j'ai pu comprendre, il était question d'un train. Un convoi touché par une bombe qui a dû s'arrêter dans le coin. La voie ferrée passe à quelques centaines de mètres de Weydorf. Certains ont évoqué une chasse à l'homme, mais j'ai peut-être mal compris.

Un courant d'air glacial venu du plafond endommagé frôla le visage d'Oppenheimer. Fébrile, le commissaire osait à peine respirer. Au bout de deux semaines de tâtonnement, il tenait enfin une piste susceptible de le mener au mobile des meurtres.

Après avoir remercié ses hôtes pour la tisane, Oppenheimer prit congé. Bartel le raccompagna jusqu'à la porte. Le Silésien semblait avoir quelque chose sur le cœur.

Gêné, il se racla la gorge, puis demanda à voix basse :

— Quelle est la situation à Berlin ? Les Alliés ont-ils permis à la ville d'avoir une nouvelle municipalité ?

Oppenheimer comprit aussitôt où l'homme voulait en venir.

— Vous avez l'intention de quitter Weydorf ?

Bartel fit oui de la tête.

— Si je dois repartir de zéro, autant le faire dans un endroit où je peux me servir de mes compétences. Et celles-ci ne consistent pas à travailler la terre.

Même si ce n'était pas facile, le commissaire préféra dire la vérité pour ne pas faire naître de faux espoirs chez son interlocuteur. Il lui expliqua qu'il était presque impossible pour les réfugiés de venir s'installer à Berlin parce que l'administration n'accordait que très peu d'autorisations. Herr Bartel avait échoué dans la campagne et, jusqu'à nouvel ordre, il y était pris au piège.

Jascha avait réussi à leur trouver un hébergement pour la nuit dans une ferme. L'exploitation avait accueilli quelques citadins pendant les derniers mois de la guerre et disposait encore de chambres aménagées pour recevoir des visiteurs.

L'endroit appartenait à une quadragénaire, Frau Hope, qui vivait là avec sa fille âgée de vingt ans. Le magasin de la ferme était en revanche tenu par un jeune homme originaire de France. Tous les habitants du village l'appelaient par son prénom, Michel, qu'ils prononçaient à l'allemande.

Avant d'aller se coucher, Oppenheimer et ses deux chaperons russes eurent droit à un dîner extrêmement copieux. On leur servit les restes du réveillon de Noël ; l'abondance des plats laissa le commissaire sans voix. Comme il n'avait jamais vraiment respecté la kashrout, le fait que la viande ne soit pas kasher ne le dérangeait pas. Il put donc déguster entre autres un excellent jambon sans aucune mauvaise conscience.

Michel avait un visage anguleux et des cheveux blond cendré. Manifestement, il était le seul travailleur étranger qui était resté au village au lieu de rentrer dans son pays à la fin de la guerre.

Ce choix paraissait plutôt étonnant. Oppenheimer appréciait la vie à la campagne, mais il trouvait Weydorf et ses environs incroyablement mornes. Vers la fin du repas, il demanda au Français :

— Que s'est-il passé ? Vous auriez pu rentrer chez vous. Pourquoi avez-vous décidé de vous installer ici ?

Affichant un large sourire, Michel montra du doigt la fille de Frau Hope.

— C'est l'amour qui m'a retenu. J'ai épousé Diana il y a trois mois.

La fermière et le jeune couple n'avaient jamais entendu parler de cette mystérieuse histoire de train et de chasse à l'homme. Du moins, c'était ce qu'ils prétendaient.

Agréablement rassasié, Oppenheimer gagna sa chambre un bougeoir à la main.

Une fois étendu sous la lourde couette qui recouvrait son lit, il eut l'impression d'être enterré sous une montagne de duvet. Il éteignit sa bougie et se retrouva alors enveloppé dans une profonde obscurité. C'était la deuxième nuit après la nouvelle lune, ce qui le dispensait de fermer les volets.

Il n'y avait pas de chauffage dans la pièce, mais on avait eu la délicate attention de placer une bassinoire sous les draps. L'appareil en cuivre était encore chaud, et Oppenheimer dut faire attention de ne pas se brûler.

Le commissaire aurait pu passer une bonne nuit sans la maudite tisane qu'il avait bue chez les réfugiés. La prêle était un diurétique, ce qui l'obligea à se relever à plusieurs reprises. Malheureusement, l'unique latrine se trouvait dehors, de l'autre côté de l'arrière-cour. Pour y accéder, il fallait descendre l'escalier grinçant jusqu'au rez-de-chaussée et sortir par la porte de derrière.

Lorsqu'il se réveilla une troisième fois avec l'envie d'uriner, il gratta une allumette en poussant un juron. Après s'être rhabillé en vitesse à la lueur du bougeoir, il se hâta de quitter la chambre dans l'espoir d'atteindre à temps la fosse d'aisances.

Dans la pénombre du couloir, il tressaillit en percevant un mouvement devant sa porte.

C'était Serjoscha. Le chauffeur d'Aksakov avait tenu à dormir sur l'inconfortable canapé qui se trouvait dans le corridor. Oppenheimer n'avait absolument pas compris cette lubie, et il s'agaça de s'être laissé effrayer pour la troisième fois.

Dans un jargon mêlé d'allemand et de russe, il essaya de convaincre avec force gestes le Kalmouk d'aller se coucher dans sa chambre, mais ce dernier secoua obstinément la tête et se rallongea sur le mauvais divan.

Oppenheimer descendit l'escalier.

Avant d'ouvrir la porte de derrière, il se figea.

En voyant les cristaux de givre sur les vitres du rez-de-chaussée, il hésita à affronter une nouvelle fois le froid humide. Un court instant, il envisagea de « fertiliser les fleurs », comme l'aurait dit Hilde. Trouver un petit coin tranquille non loin de la porte était certainement moins risqué que de s'aventurer sur le sol gelé de la cour jusqu'à la cabane des toilettes. D'un autre côté, ce n'était pas très gentil de compisser un mur de la ferme.

Il était encore en train de peser le pour et le contre lorsque sa vessie se fit de nouveau sentir.

Avec un soupir, il se résigna à son sort et ouvrit la porte.

La flamme de sa bougie se mit aussitôt à danser

furieusement. Oppenheimer leva la main pour la protéger du vent. Marchant avec précaution, il se dirigea vers la latrine sans remarquer qu'il n'était pas seul dehors.

Lorsqu'il ressortit de la cabane glaciale deux minutes plus tard, on le saisit brutalement par les bras. Il lâcha le bougeoir qui tomba avec fracas sur le sol. La flamme s'éteignit.

En se débattant, il vit qu'il avait affaire à deux agresseurs. Les hommes semblaient habitués à ce genre de rixe. Ils parvinrent sans mal à plaquer le commissaire au sol. Un troisième gaillard vint s'agenouiller sur ses cuisses. Oppenheimer cessa de résister, conscient de n'avoir aucune chance.

Dans l'obscurité, il ne pouvait distinguer le visage de ses assaillants. L'inconnu assis sur lui se pencha soudain pour souffler à son oreille d'une voix mauvaise :

— Tu te crois malin, hein ? Je te conseille d'arrêter de me coller aux basques !

28

Jeudi 26 décembre 1946

— Qu'allez-vous faire de moi ?

Quand ils atteignaient un certain point, ils finissaient tous par poser cette question. Chez certains, cela prenait un peu plus de temps. L'homme avait quand même réussi à briser la volonté de Margret Dargel, qui s'était montrée diablement coriace.

Durant la journée, il faisait ses préparatifs et devait parfois laisser les prisonniers sans surveillance. Il était toutefois certain que personne ne les trouverait ici. Quand il allait en ville, il glissait toujours avant de partir un peu de nourriture et quelques bûches dans les cages en utilisant les guichets pratiqués dans la paroi. Il revenait ensuite leur rendre visite à la nuit tombée pour s'assurer qu'ils avaient suivi ses ordres.

Ce soir-là, comme d'habitude, il avait pris soin d'orienter le réflecteur de la lampe à pétrole vers ses otages, ce qui lui permettait de rester une voix désincarnée dans les ténèbres. Sentir leur peur lui apportait une intense satisfaction. Et celle-ci était encore plus grande quand ses prisonniers ne voyaient que son ombre. À leur arrivée, il leur prenait tout. Au fil des jours, ils finissaient par le remercier pour chaque morceau de bois, chaque bouchée de nourriture, chaque étincelle d'espoir.

De nouveau, la jeune femme geignit :

— Mais qu'est-ce que je fais ici ?

Dissimulé dans l'obscurité, l'homme esquissa un rictus sardonique. La petite Giesow n'avait toujours pas saisi ce qui se tramait. Et pourtant, il avait entendu les deux femmes se parler à voix basse. La vieille Dargel savait pourquoi elle avait été enlevée. Elle avait reconnu les noms qu'elle avait dû écrire sur sa peau pour obtenir de la nourriture et du bois. Mais, apparemment, elle n'avait pas encore compris ce qui l'unissait à sa jeune codétenue.

— C'est tout simple, annonça-t-il brusquement en déposant deux bûches devant la cage de Giesow. Tu as une tâche à remplir. Chaque jour, tu recevras une liste de cent noms à recopier sur ton propre corps. Si tu y parviens, tu auras à manger et de quoi te chauffer.

La prisonnière examina anxieusement les morceaux de bois.

— Mais ce n'est pas assez ! Je vais mourir de froid !

— Si je suis satisfait de ton travail, je t'en donnerai plus. Dans le cas contraire, tu n'auras que deux bûches par jour.

Il sortit de la poche de son manteau un papier plié en quatre qu'il jeta à la jeune femme.

— Voici les cent premiers noms.

Il avait prononcé ces mots avec douceur pour renforcer le trouble de son otage.

Elke Giesow déplia la feuille avec prudence, comme si elle craignait que le papier ne soit empoisonné. Incrédule, elle souffla bruyamment en constatant qu'il s'agissait bel et bien de noms. Des noms qui, à l'évidence, lui paraissaient totalement inconnus. Elle n'avait aucune idée de ce que la liste pouvait signifier, et elle était bien loin de se douter que la mort de ces gens avait scellé son propre destin.

Une croûte s'était formée sur la plaie qu'elle avait au front. Sa dispute avec le soldat américain avait été un heureux hasard. Le GI lui avait finalement flanqué une gifle retentissante qui l'avait envoyée au sol.

Étourdie, elle n'avait opposé aucune résistance lorsque l'homme l'avait relevée et portée jusqu'à sa voiture. On l'avait aperçu au moment de sa fuite mais, par chance, personne ne l'avait suivi.

Dargel observait sa codétenue, n'osant rien dire. Sous les haillons qu'il lui avait donnés, on pouvait entrevoir des parcelles de peau couvertes de lettres. Elle avait presque terminé sa transformation ; le moment de passer à la dernière étape approchait.

Giesow jeta un regard paniqué à Dargel. L'homme savait ce qui se passait dans sa tête. Elle était en train de se demander si elle aussi allait bientôt avoir la même apparence pitoyable. Se pelotonnant dans un coin de sa cage, elle éclata soudain en sanglots.

— Mais à quoi riment ces stupides noms ? hoqueta-t-elle.

L'homme se remit en mouvement. Il prenait plaisir à changer de place dans l'ombre pour déconcerter ses otages.

— Ces gens sont morts. À cause de toi.

Giesow tressaillit en entendant la voix de son kidnappeur provenir d'un autre endroit. Elle tourna la tête pour scruter fiévreusement les ténèbres et se réfugia dans l'angle opposé de sa cage.

— Que voulez-vous au juste ? Pourquoi faut-il que j'écrive ces noms inconnus sur mon corps ? Vous êtes complètement fou ! Je n'ai jamais fait de mal à personne !

— Les morts ne te croient pas. Ils me l'ont dit. Tu veux connaître la raison de ton enlèvement ? Demande à ta voisine. Demande-lui pourquoi elle est ici, et tu comprendras.

La jeune femme dévisagea sa compagne d'infortune d'un air implorant. Mais Dargel resta muette, le regard rivé sur le sol. Pas un mot d'encouragement, pas une explication. Même si ses crimes étaient inscrits sur sa peau, elle refusait d'avouer. Éprouvait-elle de la honte à cet instant ? L'homme espérait que c'était le cas.

— Bien sûr, elle ne te dira rien, commenta-t-il d'un ton sarcastique. Tu dois rendre compte de tes actes, Elke. Comme d'autres. D'abord, il te faudra contempler ta propre image dans un miroir. Tu y liras ce que tu caches au plus profond de toi, et tu finiras par reconnaître combien tu es portée au mal.

Giesow secoua la tête.

— Je ne comprends pas ce que vous attendez de moi. Pourquoi faites-vous ça ? Et ensuite ? Que se passera-t-il quand j'aurai écrit tous les noms ? Vous me laisserez mourir de faim ?

La réponse était simple.

— Tu pourras sortir de ta cage, déclara l'homme.

— Ligotez-le ! murmura l'ombre au-dessus d'Oppenheimer avant de se relever.

Une lampe torche s'alluma. On redressa alors le commissaire pour lui lier les mains dans le dos.

Puis l'un des agresseurs le plaqua de nouveau au sol, mais face contre terre cette fois.

— Allez chercher la voiture. Dépêchez-vous.

Le rayon lumineux s'éteignit. Deux des trois hommes s'éloignèrent au pas de course. Même dans l'obscurité, les assaillants n'avaient aucun mal à s'orienter. Ils savaient exactement où ils se trouvaient. Oppenheimer en conclut qu'il s'agissait d'habitants du village. Restait à savoir pourquoi ils s'en prenaient à lui.

— Vous n'avez pas attrapé la bonne personne, articula-t-il pour tenter d'établir le dialogue.

Le troisième type se baissa et lui planta un genou dans le dos.

Un clic retentit près de son oreille. L'instant d'après, il sentit une lame froide se poser sur son cou.

— Ferme-la ! ordonna le chef de la bande. Sinon, je te tranche la gorge.

Oppenheimer serra les dents. Son cœur battait la chamade. Il avait l'impression que les pulsations faisaient vibrer son corps entier.

C'est alors qu'il entendit des bruits en provenance de la ferme de la famille Hope. Levant la tête, il vit une lumière s'allumer dans la chambre de Jascha.

L'inconnu qui le maintenait au sol tressaillit. Après une courte hésitation, il agrippa Oppenheimer et le remit debout. Puis il lui flanqua une bourrade dans les reins pour le faire avancer.

Dans la maison, d'autres lumières apparurent, éclairant la cour. L'homme saisit le bras du commissaire et l'entraîna vers le passage menant à la rue.

Oppenheimer réfléchit fébrilement. C'était le moment de tenter quelque chose.

Il fit semblant de suivre son agresseur avant de virevolter brusquement pour se dégager. Libre, il s'élança vers un bâtiment ressemblant à une étable.

Il n'alla pas loin. Une main l'attrapa par le col de son manteau, une autre par la corde nouée autour de ses poignets. Mais, refusant de s'avouer vaincu, il se démena comme un beau diable.

— Au secours ! clama-t-il dans l'espoir que Jascha l'entendrait. On cherche à m'enlever !

Dans les fermes voisines, des lampes s'allumèrent. Son appel avait réveillé les villageois.

Oppenheimer se débattait de toutes ses forces pour échapper à son agresseur.

Tout à coup, des cris fusèrent dans la nuit.

Surpris, il tourna la tête. Son assaillant s'immobilisa lui aussi.

Les hurlements provenaient de la rue. Oppenheimer se demanda où étaient passés les deux autres sbires. Attendaient-ils leur chef dans la voiture ?

Une seconde plus tard, il les vit.

L'image était complètement absurde. Les types surgirent à l'entrée du passage obscur, titubant comme des ivrognes imbibés d'alcool. Ils poussaient des cris de douleur.

— Oswald ! Au secours ! glapit l'un d'eux.

Tandis qu'ils approchaient, Oppenheimer vit ce qui n'allait pas chez eux. Leurs bras pendaient mollement le long de leur corps.

Quelqu'un leur avait déboîté les épaules.

— Herr Doktor ! Aidez-nous !

Les deux complices continuaient d'avancer tels des pantins désarticulés. Derrière eux apparut une troisième silhouette.

L'homme, trapu, s'arrêta un instant sur le trottoir.

Puis il se remit en mouvement et pénétra dans le passage. Il marchait d'un pas tranquille, comme s'il savait que les agresseurs d'Oppenheimer ne pouvaient pas lui échapper.

Le faisceau lumineux d'une lampe de poche éclaira soudain son visage. Le commissaire eut le souffle coupé en reconnaissant l'individu.

Serjoscha.

Il comprenait à présent pourquoi Aksakov avait exigé que son chauffeur l'accompagne jusqu'à Weydorf. Ce dernier devait lui tenir lieu de garde du corps. Si le Kalmouk avait dormi dans le couloir, c'était pour veiller sur lui.

Oppenheimer perçut derrière lui le bruit caractéristique d'un pistolet qu'on arme. Jascha les avait rejoints. Une lampe torche dans une main, il braquait de l'autre son Nagant sur les kidnappeurs.

— Haut les mains, dit-il d'une voix posée.

Un seul des trois zèbres put exécuter son ordre. Les deux autres, incapables de lever les bras, se mirent à genoux devant le jeune officier.

Oppenheimer était furieux. S'il n'avait pas eu les poings liés, il aurait saisi l'homme debout au collet pour le secouer comme un prunier.

Prenant un air menaçant, il fit un pas en avant.

— Oswald Klinke, je suppose ? Nous devons parler.

Sa promesse avait eu l'effet d'une bombe. La petite Giesow sondait l'obscurité avec des yeux écarquillés de surprise. Margret Dargel s'était mise elle aussi à gigoter nerveusement ; une semaine plus tôt, elle avait vu Richter quitter sa cage librement. Comme elle se trouvait ici depuis neuf jours, elle escomptait sans doute être la prochaine à sortir.

— Bien sûr que je vais vous laisser partir, assura l'homme. Mais auparavant, vous devrez faire montre d'humilité à l'égard de vos victimes.

Dès qu'Elke Giesow comprit qu'il existait une issue, elle se redressa avec espoir et commença à marchander.

L'homme sourit avec satisfaction, devinant que la jeune femme ne lui poserait pas de problème.

— Pourquoi seulement cent noms par jour ? s'enquit-elle tout excitée. Si j'avais la liste complète, je pourrais aller plus vite.

— Une transformation demande du temps. Et ce n'est que le premier pas. Il y en a beaucoup d'autres. Au bout du chemin t'attend la transfiguration.

La prisonnière fronça les sourcils, puis se rassit près du poêle, déçue. Elle ne comprenait pas grand-chose aux explications qu'il lui donnait. Mais c'était normal. Son supplice ne faisait que commencer.

— Prends exemple sur ta voisine, dit-il pour l'encourager. Elle a obéi et, après avoir regardé au plus profond de son être, elle s'est repentie. Remplis les tâches que je t'assigne, et toi aussi tu seras libérée.

Pour la première fois ce soir-là, la vieille Dargel prit la parole. S'approchant de la porte de sa cage, elle glissa prudemment les mains entre les barbelés pour saisir les barreaux de métal.

— Quand pourrai-je sortir d'ici ?

L'homme réfléchit. Son otage s'imaginait être bientôt tirée d'affaire, mais ce n'était pas aussi simple.

— Quinze minutes, annonça-t-il finalement. Dans quinze minutes, tu recevras la clé de ta cage par le guichet. Tu pourras ouvrir toi-même la porte. La trappe du toit n'est pas verrouillée, elle te permettra d'accéder sans problème à l'extérieur. Inutile d'essayer de libérer ta camarade. La serrure de sa cage nécessite une autre clé.

Il n'avait énoncé ce dernier point que pour la forme. Une personne égocentrique comme Margret Dargel ne songerait jamais à délivrer la petite Giesow si elle avait l'opportunité de s'enfuir. L'homme la connaissait trop bien.

Oppenheimer frotta ses poignets endoloris en observant Oswald Klinke, assis sur une poutre.

Pour interroger le médecin du village prétendument disparu, ils l'avaient ligoté et conduit dans l'écurie de la famille Hope. Ses deux complices, solidement garrottés, étaient enfermés dans une stalle. Même si Serjoscha avait remboîté leurs épaules, les types continuaient de pousser des gémissements de douleur.

Oppenheimer se mit à faire les cent pas devant son prisonnier.

— Commençons, Herr Doktor. Pour qui m'avez-vous pris ? Pour l'auteur de ces étranges marques gravées sur les portes des maisons de Weydorf ?

Klinke n'avait pas du tout l'allure d'un malfrat capable de commettre un enlèvement. La cinquantaine, plutôt petit, il avait un visage insignifiant et des cheveux bruns clairsemés qui n'avaient pas vu un coiffeur depuis longtemps. Il devait être à bout pour se livrer à un acte aussi désespéré.

D'un air abattu, il secoua lentement la tête.

— Vous ne comprenez pas. Ce gars est un fieffé tueur.

— De qui parlez-vous ?

Klinke jeta un regard à Jascha. Assis sur un tabouret, le jeune officier soviétique avait encore son pistolet au poing.

— Je n'en ai aucune idée, finit par avouer le médecin. C'est bien ça, le pire. Je ne sais pas qui est cet homme, ni à quoi il ressemble. Mais, l'été dernier, il a tué quatre personnes dans le coin. Quatre ! Vous vous rendez compte ?

Oppenheimer se planta devant lui. Il était simple de deviner la suite.

— Après ça, Orminski et Richter sont partis à Berlin avec deux jeunes femmes du village pour fuir le meurtrier. Richter avait déjà des contacts là-bas grâce au marché noir, et puis il est plus facile de disparaître dans une grande ville. En revanche, ce que je n'arrive pas à saisir, c'est pourquoi vous êtes resté ici.

Klinke soupira.

— Nous avions projeté de fuir tous les cinq. Avant notre départ, nous avons parlé aux villageois. Comme il était impensable que le tueur soit l'un de nous, nous avons préféré les prévenir. Mais ils m'ont supplié de ne pas les abandonner. Si j'étais parti, ils n'auraient jamais retrouvé de médecin pour s'occuper d'eux. Weydorf est bien trop isolé. On m'a donc proposé de me cacher dans un pavillon de chasse. En cas d'urgence, les habitants viennent me chercher dans la forêt. Jusqu'à présent, cette ruse a bien fonctionné.

— Si quatre meurtres ont eu lieu ici, pourquoi n'avez-vous pas alerté la police ? intervint Jascha.

Klinke n'eut pas besoin d'ouvrir la bouche. Oppenheimer, qui avait pu reconstituer une grande partie du puzzle, répondit à sa place :

— Les cinq fuyards n'ont pas prévenu la police parce qu'ils ont commis un délit. Les nouvelles vont vite à Weydorf. Une heure après mon arrivée, tout le monde devait savoir qu'un homme de Berlin était ici pour poser des questions désagréables. Et vous, Herr Doktor, avez voulu savoir si j'avais percé votre secret. Vous m'avez peut-être même pris pour le tueur. En tout cas, vous n'avez pas hésité à m'attaquer. On n'agit pas ainsi pour de simples affaires de marché noir. Par conséquent, il doit s'agir d'un crime particulièrement grave. Un homicide involontaire ou un meurtre ?

Le médecin sursauta en entendant ces mots. Il ouvrit les lèvres pour parler avant de se raviser.

Oppenheimer croisa les bras. Il sentait que le prisonnier était sur le point de déballer toute l'histoire.

D'une voix calme, il suggéra :

— Ce crime a un lien avec le train qui s'est arrêté non loin de Weydorf vers la fin de la guerre, n'est-ce pas ?

Klinke regarda tour à tour Oppenheimer et Jascha d'un air implorant.

— Mais je n'ai fait qu'exécuter les ordres, murmura-t-il.

Le commissaire s'accroupit devant lui.

— Je crois que vous vous faites une fausse idée de la raison pour laquelle je suis ici, Herr Doktor. Le fait que vous soyez impliqué dans une sale affaire ne m'intéresse pas. Je veux seulement empêcher d'autres meurtres. Le tueur a suivi vos amis à Berlin. Orminski et Richter sont déjà morts. Quant à Fräulein Giesow et Fräulein Priel, elles courent un grave danger.

Choqué, Klinke ouvrit les yeux démesurément. Lui et ses complices avaient tout fait pour effacer leurs traces, mais cela n'avait servi à rien. Le tueur les avait quand même débusqués.

— Croyez-moi, le crime que vous essayez de camoufler finira par émerger au grand jour, reprit Oppenheimer. Le tueur s'en est assuré. En cherchant à comprendre son mobile, je suis remonté jusqu'à vous. Si je ne trouve rien, d'autres viendront poser des questions à ma place. Mais, pour Elke Giesow et Suzanne Priel, il sera trop tard.

Klinke ferma les yeux et laissa tomber la tête sur sa poitrine.

29

Jeudi 26 décembre 1946

— C'est arrivé début 1945, durant la première semaine de février, commença Klinke. À l'époque, des trains venant de Sachsenhausen passaient constamment sur la voie de chemin de fer voisine. Il y avait là-bas un camp de concentration, et les nazis devaient évacuer en hâte les prisonniers vers d'autres KZ. À l'est, les Russes approchaient à grands pas. Ce soir-là, on attendait un bombardement massif des Alliés sur Berlin. Rolf Richter était le *Luftschutzwart*[1] de Weydorf. Après avoir reçu le message radio, il a donné l'alarme au village et veillé à ce que le black-out soit scrupuleusement respecté.

Oppenheimer acquiesça de la tête. Il se souvenait qu'à ce moment-là les sirènes hurlaient tous les soirs dans la capitale du Reich. En plus des attaques quotidiennes de la fin de journée, il y avait en général un second raid au cours de la nuit, mené par les Mosquito, les bombardiers légers de la Royal Air Force.

1. *Luftschutzwart* (« responsable de la protection aérienne ») : personne responsable de la défense passive dans un certain périmètre. Son rôle est d'avertir les habitants dont il a la charge d'une attaque aérienne.

— La plupart du temps, quand il y avait une alerte aérienne, tous les trains cessaient de circuler, poursuivit le médecin. Ce fut également le cas cette nuit-là. Un des trains en provenance de Sachsenhausen s'est immobilisé à quelques centaines de mètres de notre village. J'ignore comment c'est arrivé, mais cinq détenus ont réussi à s'échapper des wagons. Leur évasion n'est pas passée inaperçue. Les gardes SS se sont lancés à leurs trousses. Ils ont frappé chez Richter pour lui ordonner de prendre part aux recherches avec une poignée de villageois. Comme Rolf possédait deux chiens de chasse, il les a lâchés après les fugitifs.

Oppenheimer serra la mâchoire. Les réfugiés silésiens n'avaient donc pas menti en parlant d'une battue.

— Orminski, le garçon d'écurie, était de la partie, enchaîna Klinke. Avec quatre autres hommes du voisinage. Mais ceux-là sont déjà morts. Assassinés par le tueur. Il y avait également les deux Fräulein. À l'époque, elles étaient membres du BDM. (Le médecin ricana.) Vous auriez dû voir comment leurs yeux brillaient quand elles ont vu de vrais SS débarquer dans notre campagne. Elles tenaient absolument à aider la patrie. Ne serait-ce qu'en attrapant quelques prisonniers en cavale. J'étais moi aussi présent, au cas où l'un de nous serait blessé.

Il s'interrompit, perdu dans ses souvenirs.

— Et alors ? le pressa Oppenheimer. Avez-vous rattrapé les fuyards ?

Klinke releva la tête.

— Quatre d'entre eux. Les chiens de Richter ont retrouvé leur trace dans les champs au nord de Weydorf. Les SS n'ont pas tergiversé. Ils ont ligoté les prisonniers avant de les enfermer dans une vieille grange. Puis ils sont allés chercher des jerrycans d'essence et ils ont mis le feu. Le bois a brûlé comme un rien, croyez-moi. Le paysan à qui appartenait le bâtiment était furieux. À juste titre. C'était vraiment culotté de la part des militaires de détruire comme ça son bien.

Oppenheimer sentit la colère monter en lui. Décidément, Klinke n'avait pas tiré les leçons de ses erreurs et pensait toujours comme un nazi.

Le commissaire respira profondément, se forçant à rester objectif. Il sortit de la poche de son manteau son fume-cigarette. Mâchonner le tube d'écume, qui avait survécu par miracle à la guerre, l'aidait d'ordinaire à se concentrer.

— Et le cinquième prisonnier ? Qu'est-il advenu de lui ?

Klinke renâcla en arborant une moue méprisante.

— Les chiens ont finalement perdu sa trace dans le canal. Mais il avait pris une balle. Les SS ont pensé qu'il ne survivrait pas à sa blessure et au froid glacial. En plus, l'alerte aérienne avait cessé. Le train est reparti. À l'aube, Richter est retourné dans les champs à la recherche du cadavre. (Il marqua une pause avant de poursuivre :) Nous pensions que l'histoire était terminée. Mais non. Richter a découvert des traces de sang qui l'ont mené jusqu'à une autre grange. Pourtant, il n'y avait personne à l'intérieur. Le propriétaire du bâtiment avait l'habitude de laisser là-bas ses vêtements de travail. Or, ce matin-là, il n'en restait que des lambeaux. Le prisonnier s'était servi des habits pour panser sa blessure. Plus tard, j'ai compris qu'il était revenu se cacher au village. Ce type n'avait pas froid aux yeux !

Oppenheimer, qui arpentait l'écurie en réfléchissant, s'arrêta brusquement.

— Mais vous avez fini par le coincer, non ?

— Pensez-vous ! Le gars était plus malin que nous

tous réunis ! Quelques jours plus tard, des villageois ont remarqué qu'il leur manquait des outils. Personne ne savait où ils étaient passés. Nous avons fouillé toutes les fermes de Weydorf. Quand nous avons trouvé sa cachette dans le grenier inutilisé d'une étable, il était déjà loin. Il n'avait laissé dans le fenil que de petites sculptures.

— Elles ressemblaient à un homme ailé ? supposa Oppenheimer.

Klinke opina.

— On aurait dit que le fugitif voulait marquer son passage. Comme une sorte de don à la postérité.

Il ne fallait pas beaucoup d'imagination pour deviner ce qui s'était passé ensuite.

— Malheureusement, le symbole de l'évadé est réapparu quelques mois plus tard, dit Oppenheimer, reprenant le fil du récit. Gravé sur les portes de certaines maisons du village. Et chaque fois, la marque a été suivie d'un meurtre.

Le médecin lui adressa un regard étonné avant de comprendre.

— Le tueur a procédé de la même manière à Berlin ?

— Oui. Il a enlevé Orminski et Richter. On a retrouvé leurs cadavres peu de temps après. Salement amochés. Elke Giesow a elle aussi été kidnappée. On peut donc s'attendre au pire.

Par précaution, Oppenheimer avait sciemment omis les détails macabres. Malgré tout, Klinke parut profondément choqué.

— Quelle poisse ! pesta-t-il en tirant violemment sur ses liens.

Du coin de l'œil, Oppenheimer perçut un mouvement dans l'ombre. Sans doute Serjoscha, son ange gardien.

Mais la fureur de Klinke disparut aussi vite qu'elle était venue.

— Si seulement ce maudit train ne s'était pas arrêté, murmura-t-il en s'affaissant sur lui-même. Je ne pouvais pas refuser d'obéir aux ordres des SS. Ils n'auraient pas hésité à me descendre.

Il cherchait à se disculper. Oppenheimer doutait qu'on ait forcé le médecin à participer à cette chasse à l'homme en lui mettant un fusil dans le dos. Mais ce n'était pas le moment de juger de la responsabilité individuelle des personnes concernées. Il était peut-être possible de prévenir la dernière rescapée du petit groupe.

Le commissaire s'accroupit de nouveau devant Klinke.

— Connaissez-vous l'adresse de Fräulein Priel à Berlin ?

— Non. Elke et Suzanne n'ont rien dit. Elles pensaient qu'elles seraient plus en sécurité en gardant cette information pour elles. Même leurs parents ne savent pas où elles logent.

Oppenheimer se redressa, songeant qu'il n'avait plus rien à faire au village. Il connaissait à présent le mobile de l'assassin : la vengeance. Le tueur était en réalité une victime qui cherchait à se venger. Cette découverte ne l'aidait pas directement à empêcher d'autres meurtres, mais il avait au moins le nom de la dernière personne à avoir participé à la chasse à l'homme : Suzanne Priel.

Il se promit de rendre une petite visite à Tetzlaff à son retour en ville. Le roi des trafiquants avait certainement l'adresse berlinoise de la jeune femme puisque les Priel faisaient partie de ses fournisseurs.

Mais, avant de partir, il avait encore un dernier point à élucider.

— Quand vous m'avez attaqué tout à l'heure dans l'arrière-cour, comment saviez-vous que c'était moi ?

— Frau Hope m'avait indiqué dans quelle chambre vous dormiez. Lorsque vous avez allumé votre bougie, nous avons su que vous alliez descendre.

Oppenheimer était sidéré. Il n'arrivait pas à croire que la sympathique belle-mère de Michel était de mèche avec ses agresseurs.

— Frau Hope était au courant de vos intentions ?

Klinke parut ne pas comprendre la question. Haussant les épaules avec lassitude, il rétorqua laconiquement :

— À Weydorf, nous veillons tous les uns sur les autres.

Si quelqu'un avait dit à Joachim Graf qu'il perdrait l'appétit le lendemain de Noël, il l'aurait certainement pris pour un fou. Les cris de son estomac l'accompagnaient jour et nuit, car les retraités comme lui n'avaient droit qu'à la carte d'alimentation numéro cinq, celle qu'on surnommait communément la « carte de famine ». La faim le paralysait, et Graf devait économiser le plus possible ses forces.

Quand il était chez lui, il passait le plus clair de son temps au lit. Presque tout le monde dans le voisinage faisait pareil à cause des températures sibériennes. On ne pouvait même plus imaginer que ses draps sales avaient été un jour d'une blancheur éclatante. Autrefois, dans une vie antérieure. Ils étaient maintenant d'un brun grisâtre, constellés de taches d'encre et de thé. Le matelas était couvert de miettes puisque Graf prenait ses repas sous sa couette. Élimée, celle-ci n'était plus vraiment chaude, mais elle le protégeait au moins des courants d'air qui s'engouffraient par les fenêtres réparées sommairement.

Ce matin-là, Graf sortit de sa couche au prix d'un immense effort. Dehors, Berlin grouillait de mendiants. Des ramasseurs de mégots aux invalides de guerre, tous tendaient la main pour demander l'aumône. Mais Graf avait un avantage sur eux : il était un homme incroyablement ingénieux. Quelques semaines plus tôt, il avait trouvé un moyen infaillible pour inciter les passants à lui donner de l'argent ou de la nourriture.

Graf coiffa sa casquette graisseuse et noua les brides sous son menton. Puis il ramassa sa petite pioche.

Aujourd'hui, il tenterait sa chance sur la Forckenbeckplatz. Le square était situé à près d'un kilomètre de son appartement, mais il connaissait un raccourci par les abattoirs. Les bombes avaient creusé des brèches dans le mur en brique et il était facile de s'introduire discrètement dans l'enceinte.

En quittant son logement, il rencontra sa voisine dans la cage d'escalier. Un seau d'eau dans chaque main, elle revenait de la pompe publique.

— Ah, vous allez essoucher ? demanda-t-elle avec un clin d'œil complice.

Graf sourit.

— Il faut bien vivre de quelque chose, hein ? Je n'ai pas encore envie de bouffer les pissenlits par la racine.

L'administration avait décidé dans un élan de générosité de délivrer à de nombreux Berlinois dans la détresse un permis qui les autorisait à enlever les souches des arbres déjà abattus pour les utiliser comme combustible. À l'instar de beaucoup d'arrêtés municipaux, l'idée était louable, mais ne fonctionnait guère dans la pratique. Arracher des racines enfoncées profondément dans le sol était déjà une tâche éreintante pour des ouvriers vigoureux. Une personne seule, sous-alimentée de surcroît, avait peu de chances d'y parvenir. Un homme de l'âge de Graf encore moins.

C'était la raison pour laquelle son astuce marchait si bien. Quand il creusait avec sa minuscule pioche, il poussait de longs râles pour apitoyer les passants, qui finissaient toujours par lui donner quelque chose.

En revanche, Graf avait constaté que les gens habitant près de l'endroit où il piochait pouvaient se montrer très méchants dès qu'ils s'apercevaient de sa combine et devaient ensuite reboucher ses trous. Voilà pourquoi il changeait de lieu quotidiennement. Il avait même établi un habile calendrier avec ses différentes stations journalières.

Lorsqu'il sortit de son immeuble, il faillit faire aussitôt demi-tour en sentant le froid humide qui régnait dehors. Il rassembla alors tout son courage, baissa la tête pour affronter le vent mordant et prit la direction de la Forckenbeckplatz.

Avec ses innombrables étables et entrepôts, le terrain des abattoirs était si vaste qu'il constituait une véritable ville dans la ville. Au sud, beaucoup de bâtiments avaient été endommagés par les bombes, et les travaux de rénovation paraissaient avancer au ralenti. Ce spectacle de désolation était renforcé par les montagnes de gravats rapportés des environs par un petit train de déblaiement.

Le soleil s'était levé depuis une heure, mais il n'arrivait pas à percer les nuages. Les monceaux de débris semblaient former un immense mur sombre. Seules leurs crêtes étrangement dentelées donnaient un peu de profondeur à ce morne paysage.

Pour ne rien arranger, une pluie de neige fondue se mit à tomber. De gros flocons humides s'écrasèrent sur le visage de Graf. Il rajusta sa casquette en grognant et se remit en route sur le sentier tortueux. On pouvait aisément se perdre dans ce labyrinthe de décombres, mais le retraité savait où aller. Il passerait bientôt devant les deux bâtisses prétentieuses qui abritaient l'administration des abattoirs. Après cela, il n'aurait qu'à traverser la rue pour atteindre son objectif.

Des coups de feu assourdis lui parvinrent. Il était difficile de définir leur provenance, parce que les bruits se répercutaient dans les ruines. Graf ne s'inquiéta pas. Il savait qui tirait à tout-va de bon matin. C'étaient sans doute les Russes. Quelques gardes qui passaient le temps en faisant feu sur des cibles imaginaires. L'Armée rouge avait réquisitionné plusieurs entrepôts dans l'enceinte pour stocker une partie de son butin de guerre. Graf éprouvait une méfiance instinctive à l'égard des Soviétiques, et il était heureux de ne pas devoir s'approcher de leur territoire.

Quelques instants plus tard, son nez se mit à couler. Il s'arrêta pour l'essuyer avec la manche de son manteau.

C'est alors qu'il aperçut un point rougeoyant à l'intérieur d'un hangar en brique. Surpris, il s'avança vers le mur effondré pour scruter la pénombre. Au fond de l'édifice en ruine vacillait une lueur. Comme il tendait l'oreille, il entendit une sorte de crépitement léger.

Ses yeux s'habituèrent au clair-obscur. De petites dalles de pierre recouvraient le sol, et il put distinguer une longue rangée de lavabos. La seconde moitié du grand hall était constituée d'une multitude de box séparés par des cloisons à hauteur d'homme.

À l'évidence, il s'agissait d'un des bâtiments où l'on abattait les animaux. Dans un compartiment du fond, il remarqua une forme blanchâtre pendue à un croc de boucherie. Au même moment, la lueur rouge vacillante réapparut. Elle semblait provenir du même endroit.

Cherchant une explication, Graf se dit que l'abattage des bêtes avait peut-être repris dans ce hangar.

Le retraité affamé s'en lécha les babines. La perspective d'emporter furtivement quelques morceaux de viande lui donna un courage insoupçonné.

Avec précaution, il se glissa par la brèche à l'intérieur de l'édifice. Puis il se dirigea le souffle court vers la petite lumière tremblante.

Comme il se penchait pour jeter un coup d'œil prudent dans le box, il se figea.

La forme blanchâtre était effectivement de la viande. On avait accroché une femme nue au croc. Ses pieds se balançaient à cinquante centimètres du sol. Graf songea d'abord à des peintures de guerre en voyant le visage, les bras et les jambes noircis de l'inconnue. Il s'aperçut ensuite que la peau était couverte de signes.

À cet instant, il perçut avec retardement l'odeur de brûlé qui flottait dans le compartiment et découvrit d'où provenait la lueur rouge.

Si incroyable que cela puisse paraître, la morte semblait cracher du feu.

Oppenheimer avait décidé de relâcher Klinke et ses complices. Tôt ou tard, il y aurait certainement une enquête officielle sur les événements qui s'étaient produits lors de cette triste nuit de février 1945. Le médecin du village n'était peut-être pas tombé dans les griffes du tueur mais, à long terme, il n'échapperait pas à la justice.

Après quelques heures de repos, Oppenheimer se rhabilla et descendit au rez-de-chaussée de la ferme.

L'atmosphère durant le petit déjeuner fut glaciale. Frau Hoppe avait tellement honte qu'elle osa à peine regarder le commissaire et ses compagnons. Sa fille Diana fit également le service tête baissée.

Seul Michel se comporta en hôte affable et insista ensuite pour porter la valise d'Oppenheimer jusqu'à la voiture d'Aksakov.

Une fois le bagage dans le coffre, les deux hommes se serrèrent la main.

— Vous étiez au courant ? demanda Oppenheimer en s'efforçant de ne pas prendre un ton réprobateur.

Le regard gêné de Michel indiqua qu'il savait pertinemment de quoi il était question.

— Tout le village le savait. Mais je ne pouvais pas vous prévenir. J'ai décidé de rester vivre ici. Je ne veux pas qu'on me considère comme un traître.

Oppenheimer hocha la tête. Il comprenait parfaitement le jeune homme.

— Bon, espérons qu'il n'est encore rien arrivé à Fräulein Priel, dit-il en guise d'adieu.

Lorsque le commissaire s'installa sur la banquette arrière de la berline, Serjoscha lui jeta un regard pardessus son épaule.

— Où allons-nous ? traduisit Jascha.

— Nous rentrons, grommela Oppenheimer. Je ne veux pas rester une minute de plus dans cet endroit.

30

Jeudi 26 décembre 1946

Oppenheimer avait l'intention de se rendre au plus vite chez Tetzlaff pour lui demander l'adresse de Suzanne Priel, mais les événements se précipitèrent, le forçant à remettre sa visite à plus tard.

Il s'apprêtait à gravir le perron de la villa de Schöneberg lorsque la porte d'entrée s'ouvrit. Deux bouteilles vides pressées contre la poitrine, Theo jaillit de l'entrebâillement et dévala les marches.

— Fais attention de ne pas tomber ! lui lança Oppenheimer en souriant.

Le garçon s'arrêta, sourcils froncés. Il pensait visiblement recevoir un savon. Ne voyant rien venir, il dit :

— Un monsieur attend dans la cuisine. Il souhaite vous parler.

Oppenheimer trouvait amusant que le jeune vagabond lui adresse la parole aussi poliment.

— Merci de me prévenir. Je vais descendre.

Theo hocha la tête gravement. Puis il se souvint qu'il avait encore deux bouteilles dans les bras et se remit en mouvement. D'un pas un peu plus lent, il se dirigea vers la maisonnette de Hilde.

Dans la cuisine, le commissaire fut accueilli chaleureusement.

— Ah, Richard ! Te voilà !

C'était Schmude.

— Un de tes collègues est ici, ajouta-t-il en désignant l'homme assis près de lui.

Avec son cache-œil noir, Herr Furmannek était facilement reconnaissable. Installé à la grande table, il avait gardé son manteau de laine boutonné jusqu'au col. Les pieds de sa chaise grincèrent lorsqu'il se leva.

Comme la Saint-Étienne était un jour férié, presque tous les habitants de la villa se trouvaient dans la cuisine. N'appréciant manifestement pas d'être au centre de l'attention, Furmannek entraîna le commissaire dans le couloir.

— Pouvons-nous aller dans un endroit plus calme ? C'est urgent. J'ai enfin eu le temps de me pencher sur les noms que vous m'aviez apportés. Et j'ai pu résoudre l'énigme. Mais ne vous faites pas trop d'illusions. C'est une vraie liste mortuaire.

Pressé de raconter à Hilde les dernières avancées de son enquête, Oppenheimer guida Furmannek jusqu'à la maisonnette de son amie.

— Nous avons commis une faute, annonça l'employé du Service de recherche une fois installé dans le salon de Hilde, une tasse de chicorée dans les mains.

Timide, il avait d'abord refusé de boire quelque chose avant de s'incliner finalement devant l'insistance de l'aristocrate.

— Nous avons cherché des personnes vivantes. Mais il s'agit exclusivement de noms de gens qui ne sont plus de ce monde.

— Nous aurions pu y songer plus tôt, maugréa Hilde.

— Ce n'est pas fini. Certaines de ses personnes ont un dénominateur commun.

Pour Oppenheimer, tout devint soudain clair comme de l'eau de roche.

— Vous voulez dire que ces gens sont morts au camp de Sachsenhausen ?

Furmannek en resta muet quelques instants.

— Comment le savez-vous ?

Le commissaire leva les mains en signe d'excuse.

— J'ai appris il y a quelques heures que ce KZ avait un lien avec notre enquête.

— Dans le cas de Sachsenhausen, il ne reste malheureusement que très peu d'archives, reprit Furmannek. Les SS du camp ont détruit une grande partie de leurs registres juste avant la fin de la guerre, et personne ne sait ce qui est advenu du reste des documents. Mais j'ai pu avoir accès à un dossier dans lequel étaient répertoriés quatorze noms de votre liste. Ces noms ne réapparaissent nulle part, donc nous devons partir du principe que ces personnes sont mortes.

Oppenheimer hocha la tête. Le silence retomba, et il entendit Theo qui s'activait dans la cuisine.

Hilde ne tenait plus en place dans son fauteuil. Se penchant en avant, elle lança à Oppenheimer :

— Raconte-nous maintenant ce que tu as découvert ! Comment l'affaire est-elle liée à Sachsenhausen ?

Il exposa brièvement les événements qui avaient eu lieu en février 1945.

— Tu penses donc que notre tueur et le fugitif ne font qu'un ? s'enquit Hilde à la fin du récit.

— Oui. Ce prisonnier a miraculeusement échappé à une chasse à l'homme. Et maintenant, il demande des comptes à ses poursuivants. Il les tue l'un après l'autre.

Hilde se mordit la lèvre inférieure avec un air pensif.

— Ça ressemble effectivement à une vengeance en règle. C'est intéressant qu'il force ses victimes à inscrire sur leurs corps les noms des déportés assassinés à Sachsenhausen. Qui plus est avec de l'encre indélébile. Il les punit ainsi de leurs crimes en les marquant de stigmates.

— Pour l'éternité, murmura Oppenheimer.

— C'est un supplice… (l'aristocrate chercha le mot juste) presque raffiné.

— Ce raisonnement est toutefois incorrect, remarqua-t-il. Les habitants de Weydorf ne sont pas directement responsables des crimes commis à Sachsenhausen.

Hilde écarta l'objection d'un geste.

— Le tueur ne fait pas la distinction, je pense. À ses yeux, les villageois sont un rouage parmi d'autres de cette gigantesque machine à exterminer mise sur pied par les nazis. Ce sont des suiveurs. Et si le système a pu perdurer aussi longtemps, c'est justement grâce aux suiveurs. Voilà pourquoi le tueur leur inflige cette marque de Caïn et exhibe ensuite leurs cadavres. C'est une sorte de pilori symbolique.

Oppenheimer ôta son chapeau et passa la main dans ses cheveux.

— Si c'était le cas, il agirait un peu comme Lutzow. Mais je ne crois pas que notre meurtrier fonctionne ainsi. Ce serait une trop grande coïncidence. Nous avons sûrement raté un indice.

Il réfléchit quelques secondes, puis haussa les épaules.

— Ce n'est pas aujourd'hui que nous trouverons la solution. De toute façon, ces informations ne nous avancent guère. Peu importe son mobile : tant que nous ne parviendrons pas à l'identifier, il continuera à tuer.

Furmannek avait suivi avec intérêt l'échange entre les deux amis. Arborant un large sourire, il déclara :

— Je peux peut-être vous aider.

Oppenheimer étreignait tellement fort le guidon de sa bicyclette qu'il en avait mal aux mains. Il n'avait pourtant parcouru que les quelques centaines de mètres qui séparaient la villa de l'ancienne station de S-Bahn sur la Kolonnenstraße. Malgré les températures plus douces, il fallait être extrêmement prudent à vélo. À cause du sol gelé, les rues restaient de vraies patinoires.

Herr Furmannek avait quitté le domaine de Hilde une demi-heure plus tôt. Il connaissait apparemment un ancien détenu de Sachsenhausen et voulait arranger une rencontre avec Oppenheimer. Mais le commissaire ne se faisait pas trop d'illusions. Dans un camp de concentration comme Sachsenhausen, les nazis avaient enfermé des dizaines de milliers de prisonniers. Trouver un indice sur le tueur dans ces conditions revenait à chercher une aiguille dans une botte de foin.

Après le départ de son collègue, Oppenheimer avait décidé d'aller parler à Tetzlaff. Il avait donc pris la direction du Rio Bar. Ed le Mastard saurait certainement où trouver le trafiquant.

Au moment où il bifurquait dans la Hauptstraße, il entendit quelqu'un le héler.

— Herr Oppenheimer ! Attendez !

Il freina et s'arrêta en dérapant. Lorsqu'il regarda par-dessus son épaule, il vit un cycliste exécuter un demi-tour risqué au beau milieu de l'avenue. Des automobilistes pilèrent pour éviter le téméraire et lui montrèrent le poing.

Oppenheimer eut un sombre pressentiment en reconnaissant le visage effilé de l'homme, qui portait un manteau noir et une écharpe rouge feu.

C'était Reinmann, le collègue de Billhardt.

Le policier lui faisait de grands signes.

— Encore un ! cria-t-il tout essoufflé en stoppant son deux-roues. Encore un cadavre.

Oppenheimer sentit son estomac se nouer.

— Celui d'Elke Giesow ? demanda-t-il d'une voix blanche.

Reinmann secoua la tête.

— Non, il s'agit d'une femme beaucoup plus âgée. Son corps a été découvert ce matin dans les abattoirs. Je me rendais justement à votre domicile pour vous prévenir. Nous ne connaissons pas encore l'identité de la morte, mais nous avons une piste. Venez, nous devons aller à Tiergarten !

Oppenheimer ne savait plus quoi penser. Qui pouvait bien être la victime ? Cette découverte marquait encore un nouveau rebondissement. Mais il ne devait pas se décourager et accepter de n'avoir aucune influence sur les événements. Chaque enquête était un voyage dans l'inconnu ; pour démêler les fils d'une affaire complexe, il fallait être capable de s'adapter à tout changement de situation.

Mâchoire serrée, il collait à la roue de Reinmann. En faisant route vers le nord, les deux hommes passèrent près de la colonne de la Victoire, qui était sortie de la guerre presque indemne. Oppenheimer trouva la déesse dorée étrangement terne. Après de longs débats orageux, l'avenir du monument qui commémorait les victoires de la Prusse contre le Danemark, l'Autriche et la France était encore incertain. Selon un décret des Alliés, tout édifice vantant le passé militariste des Allemands devait être détruit. Les monuments tels que la colonne de la Victoire, construits avant la Première

Guerre mondiale, n'étaient toutefois pas concernés par cette ordonnance. Malgré cela, les fonctionnaires du SED essayaient de se débarrasser avec acharnement de cette relique détestée. Jusqu'à présent, la fraction majoritaire du SPD au sein de la municipalité avait pu éviter son déboulonnage, mais un autre danger guettait : fin novembre, l'administration française avait présenté une requête à la Kommandantura pour obtenir le dynamitage de l'infamante colonne, qui célébrait la défaite de Napoléon III lors de la guerre de 1870. Les Alliés avaient ménagé la susceptibilité des Français en acceptant de déployer un drapeau tricolore au-dessus de la tête de la déesse.

La passerelle provisoire en bois qui permettait de franchir la Spree en attendant la reconstruction du pont Hansa n'était pas très large, mais Reinmann ne ralentit pas son allure. Heureusement, seule une poignée de passants traversaient l'ouvrage de fortune. Oppenheimer dut quand même faire quelques embardées dangereuses pour éviter les piétons et suivre le rythme du policier.

Juste après la passerelle, Reinmann tourna à gauche et longea le fleuve. Oppenheimer vit une dizaine de baraques en tôle ondulée qu'on avait installées devant les ruines d'une caserne. Ces préfabriqués avec leurs toits en forme de demi-cercle avaient été inventés en 1916 par l'ingénieur Peter Norman Nissen pour les besoins de l'armée canadienne. Faciles à construire, ils étaient utilisés comme logements de fortune pour les sinistrés et les réfugiés. Oppenheimer avait entendu dire que dans certaines métropoles, à Hambourg notamment, ces baraques formaient des quartiers entiers. À Berlin, on ne les voyait que dans le secteur britannique.

Reinmann s'engagea dans la Wullenweber Straße

et s'arrêta finalement devant un terrain de sport. De chaque côté de l'enceinte se trouvaient encore une vingtaine de préfabriqués.

L'endroit ressemblait à un petit lotissement. Chaque cabane disposait d'un lopin de terre, et les allées tirées au cordeau étaient bordées de barrières métalliques.

En descendant de son vélo, Oppenheimer commença aussitôt à grelotter de froid. Les occupants des lieux avaient un sort peu enviable. Placé dans un coude du fleuve, le site était très exposé aux intempéries, et les arbres qui se dressaient sur la rive n'étaient pas suffisamment nombreux pour offrir une réelle protection.

Oppenheimer vit Billhardt sortir de l'un des préfabriqués et marcher à leur rencontre.

— Nous avons une nouvelle victime, annonça ce dernier. Mais elle ne vient pas de Weydorf. C'est à y perdre son latin.

— Qui l'a trouvée ?

Le flic manchot le conduisit vers l'habitation de fortune qu'il venait de quitter.

— Un retraité, expliqua-t-il à voix basse. Il a découvert le corps dans l'un des bâtiments en ruine des abattoirs. Pendu à un croc de boucherie. Ce ne peut être que l'œuvre de notre tueur. Les bras et les jambes du cadavre sont couverts de noms, et un papier brûlait encore dans sa bouche quand le témoin est arrivé.

— A-t-il vu le meurtrier ?

Billhardt grimaça.

— L'homme est tellement choqué qu'il peut à peine aligner deux mots. Malgré tout, nous avons pu identifier la femme. C'est la raison pour laquelle nous sommes ici. Elle s'appelait Margret Leistner. Portée disparue depuis neuf jours. Elle habitait dans cette baraque Nissen.

Leistner. Oppenheimer eut la vague impression d'avoir déjà entendu ce nom, sans pouvoir dire à quelle occasion.

Ils entrèrent dans le logement. Celui-ci avait un toit en tôle, mais des murs en maçonnerie. La surface d'environ quarante mètres carrés était divisée en deux par une cloison. Frau Leistner partageait un côté avec une locataire ; l'autre moitié était occupée par une famille de quatre personnes.

Dans la première pièce, un lit énorme remplissait presque tout l'espace. Une femme aux yeux rougis se leva en voyant apparaître les trois enquêteurs.

— Je n'arrive toujours pas à y croire, murmura-t-elle après qu'Oppenheimer se fut présenté. Margret et moi habitions ensemble dans cette chambre.

Coiffée d'un foulard et emmitouflée dans plusieurs manteaux, elle semblait avoir une quarantaine d'années.

— Où sont les affaires de Frau Leistner ?

Elle montra du doigt le côté droit du matelas.

— Dans une valise, sous le lit.

— Depuis quand Frau Leistner vivait-elle ici ?

— Je l'ignore, elle était déjà là lorsque j'ai emménagé.

Reinmann sortit la valise et la déposa sur le lit. La fouille ne donna rien d'intéressant. Le bagage ne contenait qu'une pile d'habits bien pliés et une poignée de cigarettes soigneusement dissimulées dans des chaussettes.

Billhardt poussa un grognement désappointé. Aucune carte d'identité, aucune photographie. C'était comme si cette femme n'avait jamais existé. Frau Leistner ne laissait derrière elle que quelques vêtements. Elle avait sans doute tout perdu pendant la guerre.

Machinalement, Oppenheimer prit le chemisier posé

au sommet de la pile pour l'examiner. Lorsqu'il aperçut la marque cousue à l'intérieur, il éprouva une sensation de vertige. Le nom qui s'y trouvait lui fit brusquement retrouver la mémoire. Comment avait-il pu oublier ce détail ? Sonné, il s'assit sur le bord du lit. Remarquant le regard interloqué de Billhardt, il lui tendit le corsage, incapable d'articuler un mot.

— Dargel ? s'étonna le flic manchot.

Oppenheimer avala sa salive avant de répondre.

— Leistner était son nom de jeune fille. La victime s'appelait en réalité Margret Dargel. Une de ses proches est venue au Service de recherche pour tenter de la retrouver.

— Ce nom me dit aussi quelque chose, grommela Billhardt. Ah, oui, ça me revient maintenant. Les Alliés s'intéressaient également à elle. Apparemment, Dargel a travaillé comme gardienne à Sachsenhausen.

Oppenheimer se demanda comment son collègue pouvait connaître des informations pareilles. Au moment où il allait lui poser la question, son attention fut attirée par une petite bosse sur la doublure de la valise. Tâtant l'étoffe, il sentit en dessous un objet mou. C'était une cachette courante durant la guerre. Quand il avait vécu dans la clandestinité, Oppenheimer avait lui aussi dissimulé ses vrais papiers d'identité dans sa valise de bunker[1].

Sans un mot, il vida le bagage sur le lit, déchira la couture lâche et glissa la main dans la doublure.

Ce qu'il retira de la fente lui coupa le souffle.

1. À Berlin, beaucoup de gens gardaient sans cesse à portée de main une valise où ils conservaient leurs biens les plus précieux. Lors de chaque alerte, ils emportaient ce bagage dans les abris antiaériens, d'où le nom de « valise de bunker » (« *Luftschutzkoffer* »).

L'objet était une preuve indubitable que Frau Dargel avait travaillé dans un camp de concentration. Il s'agissait d'un porte-monnaie en cuir humain. Sur la peau tannée, on pouvait voir un tatouage représentant des flammes dansantes.

Billhardt eut une moue de dégoût lorsqu'il reconnut la matière employée pour confectionner la bourse.

Oppenheimer jeta le macabre souvenir sur le lit. Le sentiment de répulsion qu'il éprouvait était indescriptible. Et le fait que quelqu'un comme Margret Dargel ait pu réussir à entrer dans la clandestinité après la fin de la guerre le rendait furieux.

— Et vous n'étiez pas au courant de son passé ? demanda-t-il à la colocataire sans pouvoir s'empêcher de prendre un ton réprobateur. On a tué une personne pour fabriquer ce porte-monnaie ! Mais des gens comme Frau Dargel ne s'en souciaient guère. Au contraire, elle devait trouver ça amusant.

La femme écarquilla ses yeux rougis.

— Mais c'est impossible, balbutia-t-elle. Margret était tellement gentille.

Oppenheimer essaya d'ordonner ses pensées. Afin de ne pas se laisser submerger par ses émotions, il se força à réfléchir méthodiquement.

— Je pensais que le mobile de notre tueur était lié à l'histoire du convoi de prisonniers, glissa-t-il aux deux policiers qui l'accompagnaient. Mais ce n'est pas tout. Il y a deux groupes distincts de victimes. Les habitants de Weydorf constituent le premier. Dargel et Storm, le kapo de Sachsenhausen, font partie du second.

Soucieux de ne pas révéler trop de détails à la compagne de chambre de Dargel, il fit signe à Billhardt de sortir. En plus, prendre l'air lui ferait le plus grand bien. En quittant la baraque, il vit Reinmann glisser le porte-monnaie dans la poche de son manteau. L'objet était désormais une pièce à conviction.

Pour lutter contre le froid, Oppenheimer invita son collègue à se promener dans les allées du camp de fortune. En marchant, il lui raconta brièvement ce qu'il avait appris à Weydorf. Au terme de son récit, il résuma :

— Nous savons à présent que le tueur est un ancien détenu de Sachsenhausen qui est parvenu à s'enfuir lors d'un transfert de prisonniers. Il a commencé à se venger des habitants de Weydorf parce que ceux-ci l'ont traqué comme un vulgaire gibier. Au printemps dernier, il a tué quatre d'entre eux. C'est le premier groupe de victimes. Après ça, Klinke, le médecin du village, s'est caché dans la forêt. Les autres participants de la battue se sont réfugiés à Berlin. D'une manière ou d'une autre, le meurtrier a retrouvé leurs traces et les a suivis jusqu'ici. En novembre, il a frappé de nouveau. Mais sa première victime est Storm. L'homme est comme lui un ancien prisonnier de Sachsenhausen et appartient par conséquent au deuxième groupe de victimes. De par ses fonctions de kapo, Storm était certainement détesté de ses codétenus dans le camp. Tout comme Margret Dargel, qui travaillait là-bas comme gardienne. On dirait que notre tueur n'a pas seulement les nazis de Weydorf dans son collimateur. Il cherche aussi à éliminer tous les criminels de Sachsenhausen qu'il peut trouver à Berlin.

Billhardt ne paraissait pas entièrement convaincu par la théorie de son vieil ami.

— Si ce que tu dis est vrai, ses premiers meurtres ont eu lieu au printemps. Pourquoi aurait-il attendu six mois avant de recommencer à tuer ?

Oppenheimer haussa les épaules.

— Si notre homme n'est pas originaire de Berlin, il a dû d'abord prendre ses marques. En plus, son plan demandait des préparatifs, et il lui a fallu dénicher toutes les adresses de ses victimes.

Ils s'étaient arrêtés devant un préfabriqué qui faisait office de toilettes communes. Comme presque partout à Berlin, les canalisations étaient gelées. Les habitants apportaient donc leurs excréments dans des seaux pour les jeter dans une fosse voisine qu'on avait creusée à cet effet.

Les deux enquêteurs observèrent le spectacle quelques instants.

— J'ignore comment le tueur est parvenu à retrouver Storm et Dargel, reprit Oppenheimer d'un air pensif. En revanche, à Weydorf, il a sans doute rapidement découvert que les villageois trempaient dans un commerce illégal avec un trafiquant de Berlin. C'est un secret de polichinelle là-bas. Il a probablement fait le tour des marchés noirs ici jusqu'à ce qu'il aperçoive un visage connu. Orminski a disparu début décembre. Depuis, le meurtrier a frappé quatre fois dans la capitale. Ce qui signifie qu'il est en possession d'un bon nombre d'adresses et qu'il ne veut plus perdre de temps.

Il tapota du doigt la poitrine de Billhardt avant d'ajouter :

— C'est pour ça que nous devons nous tenir prêts à intervenir rapidement dans les heures qui viennent. Essaie de te procurer un véhicule.

Le flic manchot regarda son collègue comme si ce dernier avait perdu la raison.

— Je t'avoue que je ne te suis plus.

— Réfléchis, bon sang ! s'écria Oppenheimer, soudain gagné par la nervosité. Il reste encore une personne de Weydorf à s'être réfugiée à Berlin. Elke Giesow a été enlevée il y a deux jours. Et le tueur a assassiné Margret Dargel cette nuit. Il était donc débordé. Je parie qu'il n'a pas encore eu le temps de s'occuper de Suzanne Priel. Si nous découvrons son adresse, nous aurons enfin une longueur d'avance sur notre homme !

Il voulut se précipiter vers sa bicyclette, mais Billhardt le retint par le bras.

— Ce qui veut dire que tu ignores où Priel habite ?

Oppenheimer se dégagea. En s'éloignant à grands pas, il lança par-dessus son épaule :

— Donne-moi quelques heures et tu auras son adresse.

31

Jeudi 26 décembre 1946

Après plusieurs razzias fructueuses, la presse berlinoise avait annoncé avec emphase que la police avait enfin démasqué l'organisation criminelle secrète qui gérait apparemment toutes les opérations de marché noir dans la capitale.

Pour les journalistes avides de scoops, ce n'était plus qu'une question de temps avant que le chef de la bande – un génie criminel qui tirait les ficelles en coulisse – ne soit arrêté.

Les prétendus succès de la police n'entravèrent toutefois aucunement les activités de commerce illégal. Bien au contraire, la disette était si grande et les marchandises saisies lors des rafles si précieuses que ces dernières retrouvèrent mystérieusement le chemin du marché noir. Tout le monde semblait jouer le jeu. Des femmes de ménage se mirent à faire du trafic de saccharine et de flan instantané ; des veuves de guerre se procurèrent par des canaux douteux des tonneaux de vinaigre qu'elles revendirent en petites quantités pour un prix exorbitant ; chez les coiffeurs, les clientes pouvaient acheter du sucre et de la farine tout en se faisant permanenter.

L'histoire tourna à la farce lors de l'ouverture d'un

procès où la moitié des pièces à conviction – quatre cents paires de bas de soie – avaient disparu. Le juge, le procureur et les policiers s'accusèrent mutuellement de vol. L'audience fut ajournée. Le lendemain, il ne restait plus qu'une centaine de paires de bas.

En réalité, il n'existait aucune association criminelle secrète ayant la mainmise sur le marché noir berlinois. Les vrais cerveaux du trafic étaient des individus comme Tetzlaff. Ces gens-là ne risquaient pas grand-chose. En cas d'arrestation d'un de leurs complices, les amendes étaient tellement dérisoires qu'ils payaient sans sourciller.

Après une brève discussion au Rio Bar, Ed avait décidé d'emmener personnellement Oppenheimer à bord de sa vieille Daimler jusqu'au quartier général de Tetzlaff. Par précaution, Gerda était également de la partie. On ne savait pas comment le trafiquant réagirait en voyant un ancien commissaire de la Kripo entrer au cœur de son empire.

Le trajet ne fut pas long, et le Mastard gara sa voiture dans la Friedrichstraße. Oppenheimer fut sidéré en découvrant que Tetzlaff gérait ses affaires illicites dans un immeuble de bureaux d'une rue aussi huppée. Manifestement, le trafiquant avait compris que c'était en agissant au grand jour qu'on se faisait le moins remarquer.

Sobre et fonctionnel, le bâtiment avait le style épuré de l'architecture des années trente. Une partie de la façade était endommagée, révélant la structure d'acier, mais le toit paraissait intact.

Tandis que Gerda restait près de la Daimler pour monter la garde, Ed entraîna Oppenheimer dans un vaste hall en pierre naturelle. Le QG de Tetzlaff se trouvait au premier étage. Il était tout aussi impersonnel que les bureaux d'une société quelconque. À la différence que ce n'était pas une secrétaire qui était assise à l'accueil, mais un gorille peu amène. La bosse qui déformait son veston indiquait sans grande subtilité que l'homme était armé.

Sitôt le seuil franchi, Oppenheimer ôta son manteau, car il régnait dans les locaux une température agréable – ce qui était extrêmement rare à Berlin. Il s'était attendu à trouver Tetzlaff au milieu de ses marchandises dans un entrepôt sinistre, mais il s'était trompé sur toute la ligne. Par l'entrebâillement d'une porte, il aperçut dans la pièce attenante une imposante table de travail sur laquelle sonnaient en permanence quatre téléphones.

— Qu'est-ce que vous voulez ? grogna le colosse en glissant la main sous son veston par mesure de précaution.

— Voir Tetzlaff.

Face à un poids lourd équipé d'un flingue, Ed faisait preuve d'un calme olympien.

— C'est personnel, ajouta-t-il pour devancer la question suivante.

L'armoire à glace se leva et montra le mur du doigt.

Obéissants, les deux visiteurs allèrent poser les mains contre la cloison et écartèrent les jambes. Le Mastard fut le premier à subir la fouille du secrétaire de choc.

— Holà ! tout doux, mon pote ! protesta-t-il.

Avec ses battoirs de Néandertalien, le colosse commençait à palper Oppenheimer lorsque la voix de Tetzlaff retentit de la pièce voisine.

— C'est bon, Herbert ! Laisse-les passer !

Son employé s'écarta aussitôt.

— Entrez, messieurs !

L'invitation était cordiale. Ed et Oppenheimer pénétrèrent dans le bureau. Tetzlaff les gratifia d'un large sourire, sans toutefois se lever. Interrompu par la sonnerie de l'un des téléphones, il décrocha le combiné et marmonna quelques mots.

À l'évidence, le trafiquant était parvenu à optimiser son affaire de telle manière qu'il n'avait même plus besoin d'entrer en contact avec les produits qu'il vendait. Il était en quelque sorte un criminel en col blanc avec une adresse de travail honorable. Assis tout en haut de la pyramide, il lui suffisait de gérer les flux de marchandises et de diriger par téléphone ses innombrables agents, qui livraient ensuite les marchands clandestins.

Tetzlaff reposa le combiné sur sa fourche et se tourna de nouveau vers ses visiteurs.

— Vous passez me voir en personne dans mes bureaux, dit-il en braquant son regard sur Oppenheimer. J'espère que je n'ai aucune raison de m'inquiéter.

Puis il sourit d'un air impénétrable, tentant sans doute d'estimer le montant du pot-de-vin qu'il pensait devoir payer pour corrompre le commissaire.

— Je me moque de vos activités douteuses, déclara Oppenheimer d'un ton brusque. Si je suis ici, c'est pour Suzanne Priel.

Tetzlaff s'appuya lentement contre le dossier de son fauteuil.

— Ne vous méprenez pas, Herr Oppenheimer. Tout ce qui concerne Fräulein Priel me concerne aussi.

Au moins, le trafiquant ne niait pas la connaître.

— Ça m'est égal qu'elle trempe dans vos affaires. Mais je sais maintenant que le tueur en a aussi après elle. Elke Giesow a disparu il y a deux jours. Suzanne Priel est la prochaine sur la liste. Je vous demande de me donner son adresse. Elle court un grand danger, et elle n'est pas la seule. Si nous n'arrêtons pas le meurtrier, d'autres personnes mourront.

Tetzlaff resta impassible. Une sonnerie de téléphone déchira soudain le silence. Il saisit le combiné pour le raccrocher immédiatement.

Bras croisés, Ed observait lui aussi le roi des trafiquants d'un air tendu.

Le maître des lieux poussa un soupir.

— Bon, lâcha-t-il finalement. Si vous êtes déjà au courant que Fräulein Priel se trouve à Berlin, je peux vous donner son adresse. Je crois qu'elle habite à Wilmersdorf.

Il ouvrit une boîte en bois posée sur son bureau et feuilleta les fiches rangées à l'intérieur.

Oppenheimer, fébrile, s'approcha de la table de travail. Cette fois, il avait un temps d'avance sur le tueur.

Tetzlaff lui tendit une fiche avant de retirer sa main.

— Inutile de préciser que cette jeune femme n'a jamais travaillé pour moi.

Ils fonçaient à tombeau ouvert sur les routes gelées. Billhardt s'était débrouillé pour que Lathrop les emmène à bord de sa jeep jusqu'au domicile de Fräulein Priel. Assis à l'avant, le flic manchot faisait le copilote tandis qu'Oppenheimer était coincé entre Wenzel et Reinmann sur la banquette arrière.

Ils débouchèrent dans la Fehrbelliner Platz, et une ribambelle de bâtiments administratifs défilèrent sous les yeux d'Oppenheimer. Dans le crépuscule d'hiver, le commissaire aperçut le lourd édifice monolithique qui avait abrité autrefois l'Office du Reich pour le blé, puis le siège du DAF[1]. Ils passèrent ensuite en trombe

1. Deutsche Arbeitsfront (« Front allemand du travail ») : inféodée au NSDAP, cette organisation unique est créée dès 1933 pour se substituer aux syndicats ouvriers et associations patronales.

devant l'immeuble de la banque où il avait travaillé comme gardien de nuit sous un faux nom.

Le trajet paraissait interminable. Comme ils longeaient le Hohenzollerndamm, Billhardt demanda à leur conducteur de prendre la prochaine rue à droite. Les pneus de la voiture crissèrent au moment où ils abordaient le virage.

D'après la fiche de Tetzlaff, Suzanne Priel habitait à côté de la Hubertusallee. Il n'était pas facile de distinguer les numéros de la rue, car les réverbères étaient éteints. Manifestement, la ville subissait une énième coupure d'électricité.

— Nous n'allons pas tarder à arriver, annonça soudain Billhardt en désignant devant lui une rangée d'immeubles sur la gauche de la chaussée. L'appartement se trouve au numéro 24.

Lathrop ralentit. Un courant d'air froid s'engouffra dans l'habitacle lorsqu'il abaissa la vitre pour allumer le projecteur latéral de la jeep. Roulant au pas, il fit glisser le faisceau lumineux sur les façades abîmées des bâtiments.

Oppenheimer posa soudain la main sur l'épaule de l'Américain et s'écria :

— 24 ! C'est là !

L'officier donna un coup de volant pour se ranger sur le bas-côté. Sans attendre que le véhicule soit immobilisé, Wenzel ouvrit la portière arrière et sauta dehors. Oppenheimer le suivit.

La lumière crue du projecteur faisait ressortir toutes les mutilations de la façade de l'immeuble où vivait Suzanne Priel. Une vieille enseigne indiquait qu'un magasin spécialisé dans les aliments pour animaux avait occupé autrefois le rez-de-chaussée.

Wenzel courut jusqu'à la porte d'entrée et examina les sonnettes.

— C'est bien là ! Priel habite apparemment au sous-sol.

Le policier poussa le lourd panneau de bois qui, par chance, n'était pas fermé à clé. Derrière, l'obscurité était totale.

— Attends !

Torche électrique à la main, Billhardt arriva au pas de course et éclaira l'intérieur du bâtiment. Lathrop les rejoignit avec une autre lampe de poche. Au moment où Oppenheimer s'apprêtait à se ruer à son tour dans le couloir, il se ravisa. Mieux valait laisser faire ses collègues. Officiellement, il ne faisait plus partie de la police. Sans lampe ni arme, il n'était de toute manière d'aucune utilité.

Reculant de quelques pas, il se mit à examiner le soubassement de l'édifice. Les soupiraux pratiqués à intervalles réguliers apportaient sans doute un peu de lumière aux appartements du sous-sol, mais leurs épais barreaux devaient donner l'impression aux occupants de vivre dans une prison. Il se pencha pour essayer de voir où se trouvait le logement de Fräulein Priel.

Par la porte d'entrée restée ouverte, il entendit des pas précipités. Billhardt, Wenzel et Lathrop dévalaient les marches menant à la cave.

Reinmann était lui aussi sorti de la voiture. Il s'approcha en haussant les épaules.

— Ils ont pris toutes les lampes torches.

Oppenheimer perçut soudain un choc sourd. Le bruit ne provenait pas de la cage d'escalier, mais de l'un des soupiraux éclairés. La lueur à l'intérieur de l'appartement du sous-sol s'éteignit brusquement.

Le commissaire se précipita vers la jeep et braqua le projecteur vers la petite fenêtre.

Au même moment, un hurlement de terreur monta du logement. Oppenheimer en eut la chair de poule.

Les rideaux qui obstruaient la vue se mirent à bouger frénétiquement.

Quelqu'un tambourina comme un forcené contre la vitre. Puis les rideaux s'ouvrirent.

Oppenheimer vit apparaître le visage d'une jeune femme. Cette image ne dura que quelques secondes, mais elle se grava profondément dans sa mémoire. La fille regardait dehors d'un air épouvanté en appelant au secours. À travers le carreau, ses cris résonnaient de manière étrangement assourdie.

L'instant d'après, quelqu'un la tira violemment en arrière. Elle tendit les bras comme une noyée désespérée avant d'être engloutie par les ténèbres.

Oppenheimer avait observé la scène, comme tétanisé. Recouvrant ses esprits, il fit signe à Reinmann :

— Le tueur est ici !

Il passa en revue fiévreusement les options qui s'offraient à lui. Le meurtrier était trop malin pour tenter de s'enfuir par la rue. Il existait sans doute une autre issue.

— Vite ! L'arrière-cour !

Le commissaire s'élança, Reinmann sur les talons. S'ils voulaient couper le chemin au tueur, ils devaient contourner le bâtiment.

Sur la parcelle voisine ne subsistait qu'un tas de ruines. Les deux hommes suivirent un petit sentier longeant les décombres. Au bout de quelques mètres, ils se retrouvèrent dans le noir le plus complet.

Afin d'éviter de trébucher sur les débris, Oppenheimer avança à tâtons en gardant une main sur le mur intact de l'immeuble de Suzanne Priel. Quand il sentit la paroi former un angle, il sut qu'il était arrivé dans la cour.

Tendant l'oreille, il ne distingua aucun bruit en provenance de la maison. Il décida alors de se poster en embuscade.

Par précaution, il se baissa et palpa les gravats autour de lui pour ramasser une pierre.

Tandis qu'il soupesait son arme de fortune, il entendit des pas légers derrière lui.

— Reinmann ? murmura-t-il en se retournant.

— Oui, c'est moi, souffla le policier. Je…

— Chut !

Oppenheimer avait perçu une respiration bruyante. Quand il virevolta vers l'arrière-cour, il aperçut un halo lumineux éclairer le sol enneigé. Muni d'une lampe de poche, un homme portant un corps sur l'épaule s'éloignait de l'immeuble. L'inconnu se dirigeait vers un passage permettant d'accéder à la rue située de l'autre côté du pâté de maisons. Une voiture était garée sur le trottoir.

Le sang d'Oppenheimer ne fit qu'un tour. Le tueur était en train de s'enfuir avec sa prochaine victime.

Reinmann ôta le cran de sécurité de son pistolet.

— Stop ! Plus un geste ! Police !

Le rayon lumineux de la torche électrique s'immobilisa à la verticale, illuminant les jambes du tueur. Celui-ci s'était arrêté à quelques mètres du véhicule stationné à l'entrée du passage.

— Faites attention de ne pas blesser son otage, glissa Oppenheimer à Reinmann.

L'aspirant-inspecteur cria d'un ton autoritaire :

— Déposez la femme sur le sol !

L'homme resta figé. Les secondes s'égrenèrent. Oppenheimer pensait que le meurtrier allait finir par obéir, mais il n'en fut rien.

Au lieu de cela, un clic retentit.

La lumière s'éteignit.

Redevenu aveugle, le commissaire entendit des pas précipités.

Même s'il ne voyait presque rien dans l'obscurité ambiante, il bondit dans la direction où avait disparu le tueur. Dans son dos, une détonation claqua. Alors qu'il avançait au juger, une odeur de poudre lui monta aux narines. Reinmann avait tiré un coup de semonce.

L'avertissement poussa l'inconnu à accélérer l'allure. Oppenheimer se mit lui aussi à courir, sans se soucier d'éventuels obstacles sur le sol.

Quelques mètres devant lui, une portière se referma dans un bruit sourd.

Un moteur démarra, puis des pneus crissèrent au moment où le tueur mettait les gaz.

Oppenheimer, à bout de souffle, se laissa tomber sur les genoux.

Derrière lui, des hommes accouraient avec des lampes torches. Billhardt et Lathrop.

— Ce salopard nous a entendus arriver, maugréa le policier en s'arrêtant à côté d'Oppenheimer. Il avait barricadé la porte de la cave, et il a gagné l'arrière-cour par un autre chemin.

Oppenheimer attrapa la main tendue de son collègue et se releva lentement.

— Nous étions à deux doigts de le coincer.

Lathrop grimaça.

— Comment dit-on en allemand ? Touché n'est pas coulé ?

32

Vendredi 27 décembre 1946

Le lendemain matin, Oppenheimer pédalait de nouveau dans la neige boueuse. Furmannek avait réussi à organiser un rendez-vous avec un ancien détenu de Sachsenhausen, Anton Presburger. Pour rencontrer ce dernier, le commissaire devait se rendre au Düppel Center de Zehlendorf, un camp de transit érigé par l'armée américaine.

L'effondrement du Troisième Reich avait provoqué une grande migration de populations au sein de l'Europe. On n'avait pas seulement chassé des personnes d'origine allemande des anciens territoires de l'Est pour y transplanter à leur place des familles polonaises ; il ne fallait pas oublier les sept millions de gens que les sbires de Hitler avaient déportés en Allemagne. Ceux-ci avaient certes été libérés à la fin de la guerre, mais, logés dans des camps de transit improvisés, ils attendaient encore de pouvoir quitter le pays. Il s'agissait principalement de prisonniers de guerre, de travailleurs étrangers et de détenus issus des camps de concentration. Ils constituaient un groupe très hétérogène que les Alliés avaient nommé « *displaced persons* ». Ces personnes déplacées n'étaient pas hébergées aux mêmes endroits que les réfugiés allemands en provenance de Silésie et des Sudètes.

Juste après la guerre, seule une poignée de camps avaient été créés à Berlin pour les « DP ». Situés dans les secteurs français et soviétique, ils ne pouvaient accueillir que quelques centaines d'individus.

Il était ensuite arrivé ce que personne n'avait prévu.

Contre toute attente, Berlin avait connu durant les derniers mois un afflux de Juifs originaires d'Europe orientale. Une partie d'entre eux, emprisonnés dans les camps de concentration, avaient été libérés par l'Armée rouge ; d'autres avaient réussi à se cacher ou à fuir en Union soviétique. Revenus sur leur terre natale après la fin du conflit, ils avaient subi de nombreuses attaques antisémites. À Kielce, en Pologne, une foule enragée avait tué plus de quarante personnes début juillet à la suite de rumeurs d'enlèvements et de crimes rituels prétendument commis par des Juifs. Les victimes avaient été lapidées ou battues à mort à coups de barre de fer. Parmi elles se trouvaient aussi des Polonais non juifs qui avaient essayé d'aider les agressés.

Le pogrom de Kielce avait déclenché une véritable vague d'émigration. Oppenheimer était bien sûr conscient qu'on ne pouvait pas comparer ce genre d'excès avec les procédés d'extermination nazis, mais il comprenait que les membres de la communauté juive ne se sentent plus en sécurité dans certaines zones d'Europe de l'Est. Beaucoup d'entre eux avaient décidé de trouver asile dans l'Allemagne libérée en franchissant illégalement la frontière tchèque ou autrichienne.

Dans le seul secteur américain de Berlin, le nombre de réfugiés juifs était monté en flèche depuis le début de l'année. Le flot humain était si important qu'il avait fallu ériger de nouveaux camps de DP. Les autorités d'occupation américaines étaient loin d'être ravies par ce phénomène mais, avec l'aide de l'Organisation internationale pour les réfugiés – fondée en avril 1946 par les Nations unies –, on avait finalement trouvé le moyen de loger provisoirement ces exilés.

À Zehlendorf notamment, dans le quartier de Düppel, le camp déjà existant de la 78ᵉ division d'infanterie des États-Unis avait été reconverti pour héberger des personnes déplacées. Pouvant accueillir plus de cinq mille réfugiés, le Düppel Center était le plus grand camp de DP de la ville.

Tandis qu'il se dirigeait vers l'ouest en longeant la Schloßstraße à Lichterfelde, Oppenheimer enrageait toujours d'avoir laissé filer le tueur la veille au soir.

Selon toute évidence, l'homme avait méticuleusement préparé son rapt et inspecté l'immeuble de sa victime avant de passer à l'action. C'était ainsi qu'il avait dû découvrir dans la buanderie au sous-sol une trappe permettant de gagner discrètement l'arrière-cour. Il était sûrement en train de laisser sa marque dans le mur près de la porte de l'appartement quand Lathrop avait garé sa jeep devant le bâtiment ; forcé d'agir plus tôt que prévu, il n'avait pas eu le temps d'achever la figure de l'homme ailé.

Mais Oppenheimer n'avait pas su exploiter son avantage. Le tueur était parvenu à s'enfuir et il détenait à présent la dernière personne de Weydorf cachée à Berlin. Après cela, il continuerait sans doute à traquer ses tortionnaires de Sachsenhausen. Impossible de savoir comment il retrouvait la trace des criminels dans la métropole. L'unique moyen d'arrêter l'ancien déporté était d'en apprendre plus sur sa vie, ce qui permettrait peut-être de deviner où il dissimulait ses otages.

Pour cela, Oppenheimer avait besoin de l'aide d'Anton Presburger.

De la Potsdamer Chaussee, on ne voyait pas grand-chose du Düppel Center. De larges bandes de pelouse plantées de chênes bordaient la grande avenue. Malgré la pénurie de bois de chauffage, personne n'avait eu l'idée d'abattre les majestueux végétaux. Le long du trottoir, d'épais fourrés de buissons masquaient la vue sur le camp, dont on entrapercevait à peine les baraques. En approchant de l'entrée, Oppenheimer remarqua l'enceinte de barbelés et les soldats américains qui patrouillaient à l'intérieur.

L'image était déroutante, car il savait que le Düppel Center accueillait principalement des réfugiés juifs. Dans les ghettos et camps de concentration, les barbelés avaient autrefois empêché ces derniers de fuir. Maintenant, ils étaient là pour éviter tout contact entre les victimes et leurs anciens bourreaux. Les camps de DP étaient strictement interdits aux Allemands ; quand Oppenheimer avait été engagé par la communauté juive de Berlin pour recenser les déportés rescapés, il avait dû se munir d'un laissez-passer. Les enfants des émigrés semblaient toutefois ne pas avoir peur des Berlinois. Lorsqu'il approcha de l'entrée sur son vélo, plusieurs d'entre eux sortirent gaiement du camp pour aller jouer à cache-cache derrière les arbres.

Un vieux monsieur vêtu d'un manteau rapiécé et coiffé d'un chapeau avachi l'attendait sur le trottoir.

— Herr Oppenheimer, je présume ? demanda-t-il poliment. Je suis Anton Presburger.

Le commissaire descendit de sa bicyclette pour lui serrer la main.

— Que diriez-vous de marcher un peu ? proposa le réfugié. J'essaie de faire de l'exercice chaque fois que le temps le permet.

Oppenheimer put confier son deux-roues aux gardes

en faction et suivit son interlocuteur, qui l'invita à se promener sur l'avenue. Avec ses joues hâves et son dos voûté, Presburger avait l'air d'un vieillard, mais son visage n'avait presque aucune ride. Il n'était sans doute pas beaucoup plus âgé que le commissaire.

L'homme avait été l'un des derniers prisonniers de Sachsenhausen. Lui-même employait le terme « concentrationnaires ». En avril 1945, peu avant l'arrivée de l'Armée rouge, les gardes SS les avaient forcés à quitter le camp et à se diriger vers l'ouest. Oppenheimer avait entendu parler de ces « marches de la mort », mais ce que Presburger avait enduré allait au-delà de ce que l'on pouvait imaginer. Déjà affaiblis par les privations, les déportés avaient marché durant des jours dans un froid glacial sans presque rien manger. Les SS avaient fini par prendre la fuite, laissant derrière eux des dizaines de cadavres de détenus qui n'avaient pas pu suivre la cadence imposée ou avaient succombé au typhus. Les corps avaient été enterrés à la va-vite au bord du chemin.

Presburger avait survécu à cette terrible épreuve. Les troupes russes avaient conduit les rescapés des KZ en zone soviétique pour les loger dans des camps d'accueil. Mais, en janvier dernier, tous ces sites avaient été fermés. Officiellement, on voulait transférer les anciens détenus vers Prenzlau, non loin de la frontière polonaise. Ceux-ci avaient été prévenus seulement quarante-huit heures avant leur départ. Presburger avait alors soupçonné les Soviétiques de vouloir les renvoyer à l'Est.

Cette perspective l'effrayait. D'origine allemande, il venait des Sudètes et faisait donc partie de ce groupe ethnique qu'on venait de chasser des anciens territoires du Reich. En plus, il était juif, et il avait eu vent des persécutions racistes qui se multipliaient en Europe orientale. À l'instar de beaucoup de ses compagnons d'infortune, il avait décidé de s'enfuir du camp russe pour gagner le secteur américain de Berlin.

— Ici, à Düppel, les Juifs orthodoxes de l'Est sont nombreux, expliqua Presburger. Nous sommes les *Sche'erit Hapletah*, « ceux qui ont survécu ». La plupart sont arrivés à Berlin en passant par Stettin. Nous sommes venus dans l'ancienne Allemagne nazie parce que le secteur américain nous offre une certaine sécurité. Si quelqu'un m'avait dit ça quelques années plus tôt, je lui aurais ri au nez. Mais personne ne veut rester dans le pays de l'ennemi. Tout le monde souhaite émigrer.

— Existe-t-il un moyen de quitter l'Allemagne ? s'enquit Oppenheimer.

— C'est justement le hic. La procédure est très longue. J'attends toujours qu'on m'autorise à partir. Des organisations juives de Palestine et des États-Unis nous apportent leur aide, mais le flot ininterrompu de réfugiés est difficilement gérable. Cela pose de gros problèmes d'approvisionnement, et les Américains n'accordent des visas qu'au compte-gouttes. L'autre option est de partir s'installer en Palestine. La région est toutefois sous mandat britannique, et les Anglais refusent de nous laisser entrer parce qu'ils craignent des conflits avec les Arabes. Mais où pourrions-nous aller sinon ?

Oppenheimer acquiesça gravement. Il était temps d'aborder le sujet qui le préoccupait.

— Herr Furmannek vous a-t-il expliqué le motif de ma visite ?

— Il m'a seulement dit que vous enquêtiez sur une série de meurtres.

— En effet. Tout porte à croire que le tueur est un ancien détenu de Sachsenhausen qui cherche à se venger. Aribert Storm et Margret Dargel sont deux de ses victimes. D'après ce que j'ai pu découvrir, Storm était…

— Un kapo, coupa Presburger.

Il s'était arrêté, et son visage avait pris un teint étrangement grisâtre. Oppenheimer vit dans le regard du rescapé que l'évocation de ces deux noms avait fait resurgir des souvenirs pénibles.

— Storm était haï de tous les concentrationnaires, poursuivit le réfugié. Mais en même temps, il était craint. Nous savions tous qu'il nous espionnait pour le compte de l'administration du camp. Officiellement, les kapos comme Storm étaient appelés « détenus chargés de fonctions spéciales ». Ils surveillaient les autres prisonniers et les pressaient à travailler. En contrepartie, ils étaient dispensés des lourdes besognes. Quand les SS étaient satisfaits d'eux, ils les récompensaient en leur donnant des bons pour la cantine et le bordel du camp. Les kapos n'y allaient pas avec le dos de la cuillère pour gagner ces bons.

Presburger baissa la voix pour que les enfants qui jouaient autour d'eux n'entendent pas ses paroles.

— Les détenus étaient régulièrement triés sur le volet. C'était ce que les SS nommaient la « sélection ». Pour vous donner une idée, le camp était une sorte d'abattoir pour les êtres humains. Il y avait une chambre à gaz et un terrain d'exécution où on tirait une balle dans la nuque de tous ceux dont on ne voulait plus. Au début, Sachsenhausen était réservé aux prisonniers politiques. Plus tard, des détenus appartenant à d'autres catégories considérées comme inférieures par les nazis y furent envoyés. Mais, jusqu'à la fin, c'étaient les politiques surtout qui étaient dans le collimateur des gardiens lors des sélections. Seuls les Juifs de l'Est étaient encore plus mal lotis. Les médecins SS testaient sur eux de nouveaux poisons. Le camp était doté de quatre fours crématoires pour réduire en cendres les cadavres.

Oppenheimer se racla la gorge, mal à l'aise.

— Et Storm a participé à ces sélections ?

— Oui. Il espionnait pour la commission spéciale du camp. C'étaient ses membres qui décidaient du sort des prisonniers. Ceux dont on voulait se débarrasser étaient envoyés à l'abattoir ou dans un autre camp pour y être assassinés. Et plus l'étau allié se resserrait autour du Reich, plus les exécutions devenaient fréquentes. C'étaient le Rapportführer Böhm et Hempel, son assistant, qui étaient chargés de nous annoncer les noms des condamnés à mort. Quand ils arrivaient lors de l'appel avec leur serviette en cuir sous le bras, on murmurait dans les rangs que l'Ange de la mort allait de nouveau passer dans le camp. Plus d'une fois, il y a eu dans le lot des détenus qui avaient eu des ennuis avec Storm. La SS n'intervenait jamais en cas de dispute entre les détenus. Storm était un prisonnier, mais il avait carte blanche. Il pouvait envoyer qui il voulait dans la chambre à gaz.

— Et Margret Dargel ? Elle faisait partie des gardiennes. Vous souvenez-vous d'elle ?

Presburger se remit en mouvement en gardant les yeux rivés au sol.

— Je ne suis pas certain, mais son nom me dit quelque chose. Vous savez, les gardiens changeaient fréquemment. Beaucoup furent formés à Sachsenhausen avant d'être mutés ailleurs ou envoyés dans l'un des kommandos extérieurs dévolus à l'industrie d'armement. En plus, les femmes SS ne surveillaient que les détenues féminines. Je n'ai donc pas été en contact direct avec elles. En revanche, il circulait une rumeur selon laquelle une matonne détournait une partie de nos rations de nourriture pour les vendre au marché noir. Ce genre de trafic ne gênait personne parmi l'administration du camp. Les SS pouvaient nous voler en toute impunité. Et je crois bien que cette fameuse gardienne s'appelait Dargel.

Oppenheimer arqua un sourcil.

— Storm et Dargel étaient donc connus de la plupart des détenus ?

— Oui, on peut dire ça, opina Presburger. Vous me posez cette question parce que vous souhaitez savoir si quelqu'un avait une raison particulière de les tuer, malheureusement, je ne peux pas vous aider. Tous les concentrationnaires ont potentiellement un mobile. Moi y compris. Storm et Dargel n'avaient pas un rang très élevé dans la hiérarchie du camp, mais ils faisaient partie du système. Et ils n'ont pas hésité à tirer profit de leur position.

Oppenheimer glissa les mains dans les poches de son manteau en soupirant. Ce qu'il venait d'apprendre ne l'aidait pas beaucoup. Puis, brusquement, il eut une idée. Presburger avait évoqué l'image d'un « Ange de la mort » planant sur le camp.

— Le tueur a gravé un symbole devant le domicile de chacune de ses victimes. Sauf chez Margret Dargel, certainement parce qu'il a été gêné.

Le commissaire sortit de son manteau le morceau de papier sur lequel était calquée à grands coups de crayon la figure de l'homme ailé.

Presburger écarquilla les yeux de surprise en découvrant la marque.

— Vous avez retrouvé ce signe chez les victimes ? articula-t-il lentement.

— Chez quatre d'entre elles à Berlin. Gravé près des portes d'entrée comme une sorte d'avertissement. Il y a six mois, le meurtrier a procédé de la même manière dans un village des environs, où il a tué quatre hommes. Plusieurs personnes visées ont alors réussi à prendre la fuite. À vrai dire, je ne comprends pas pourquoi le tueur prévient ses proies.

— Il veut reprendre le contrôle, murmura Presburger avant de regarder Oppenheimer dans les yeux. Vous devez saisir une chose : dans les camps de concentration, les détenus étaient déshumanisés. On nous a pris notre identité, nos traits distinctifs. Il n'y avait pas de règles officielles, parce qu'en principe tout était interdit. Les gardes pouvaient nous passer à tabac pendant des heures sans que nous sachions pourquoi. Nous n'avions rien à quoi nous raccrocher. C'était le règne de l'arbitraire, la loi de la jungle. Si le tueur a été incarcéré dans un KZ, il a vécu cette impuissance totale. Il a dû se défier d'individus comme Storm et Dargel. Et à présent, il veut apprendre à ces gens ce qu'est la peur. Au risque de les voir s'enfuir. Car, même s'il ne les attrape pas, il obtient autre chose en retour. Il regagne son amour-propre. Il n'est plus une victime, puisqu'il possède un certain pouvoir sur les criminels qui l'ont torturé. C'est une psychologie un peu sommaire, mais je n'en vois pas d'autre. Quand on sort de l'enfer des camps, il est difficile de ne pas songer à la vengeance.

Oppenheimer approuva de la tête.

— C'est compréhensible. Du moins comme première réaction. Penser à se venger est une chose, mais on passe rarement à l'acte.

Il préféra taire le fait qu'il savait exactement de quoi

parlait l'ancien déporté. Lui-même avait vécu une situation similaire. Il s'en était fallu de peu qu'il n'abatte de sang-froid Grigoriev, le violeur de Lisa. L'espace d'une seconde, il avait failli devenir un assassin. Ce souvenir amer lui fit prendre conscience qu'il n'était peut-être pas si différent de l'homme qu'il poursuivait.

S'arrachant à ses réflexions, il finit par dire :

— Le tueur a planifié méticuleusement ses crimes et, d'une manière ou d'une autre, il est parvenu à retrouver la trace de ses tortionnaires. Il exécute maintenant sa vengeance sans le moindre scrupule.

Presburger frotta son menton mal rasé.

— C'est tragique. Pas pour Storm et Dargel. Ces deux-là ont mérité leur sort. Je parle du concentrationnaire que vous recherchez. Il a pris le mauvais chemin. Et il ne peut plus faire machine arrière.

Oppenheimer sentait que le réfugié lui cachait quelque chose.

— Nous devons l'empêcher de tuer d'autres personnes, déclara-t-il d'un ton grave. Même si cet homme est en droit de réclamer justice, il existe d'autres moyens de punir les criminels de guerre. À chaque nouveau meurtre qu'il commet, il devient un peu plus un monstre. Ça doit cesser.

Presburger hésita un instant. Puis, après avoir jeté un dernier regard au symbole de l'homme ailé, il lâcha :

— Fritz Thalheimer. Je suis presque certain qu'il est votre tueur.

33

Vendredi 27 décembre 1946

Enfin, il avait un nom. Oppenheimer pédalait tellement vite qu'il en avait mal aux mollets. Billhardt avait prévu de passer faire le point chez Hilde en fin d'après-midi, et cette visite tombait bien. Son collègue pourrait aussitôt lancer un avis de recherche afin de mettre la main sur ce mystérieux Fritz Thalheimer.

Au lieu de rentrer directement à Schöneberg, il fit un crochet par Dahlem pour demander à Furmannek de vérifier si ce nom apparaissait dans les fichiers du Service de recherche.

Il était déjà tard lorsque Oppenheimer arriva chez lui. Comme il lui restait encore une demi-heure avant son rendez-vous avec Billhardt, il alla ranger sa bicyclette dans la remise et décida de prendre une collation. Il avait emporté quelques tranches de pain rassis, mais son entretien avec Anton Presburger lui avait fait oublier pour quelques heures sa faim.

Au moment où il ouvrait la porte de la villa, il entendit la voix familière de Hilde.

— Ne referme pas ! lui cria-t-elle de l'escalier menant au sous-sol.

Le visage empourpré, l'aristocrate gravissait les marches

en portant avec l'aide de Theo la caisse grillagée dans laquelle vivaient les poules du domaine.

— Qu'as-tu l'intention de faire avec ces volatiles ? s'enquit-il, surpris. Je croyais qu'il fallait les protéger du froid.

D'un signe de tête, Hilde lui indiqua de rester dehors et accéléra le pas, ce qui faillit faire trébucher Theo.

Oppenheimer s'écarta pour les laisser sortir. À peine avait-il refermé la porte derrière eux que Hilde pestait :

— Ces salopards n'auront plus un seul de mes œufs, je te le garantis ! À l'avenir, c'est moi qui vous les distribuerai. À toi, Barbe, Otto, Franz et vos familles. Quant aux autres résidents, ils peuvent toujours courir ! Foutu ramassis de canailles !

Le commissaire n'avait aucune idée de ce qui avait pu se passer. Comme Hilde était hors d'elle, Theo expliqua :

— Vos provisions ont disparu. Je suis allé en ville avec Lisa pour chercher du bois. Pendant ce temps-là, quelqu'un en a profité pour dévaliser votre cachette dans le mur.

— Les raclures ! grogna Hilde. Viens, Theo. Portons les poules jusqu'à la maisonnette.

Oppenheimer se précipita dans la villa et monta l'escalier quatre à quatre. À l'étage, la porte de sa chambre était entrouverte.

Il se figea sur le seuil. Les épaules affaissées, Lisa était assise sur le bord de leur lit, que quelqu'un avait écarté du mur. La boiserie qui dissimulait la niche pratiquée dans la cloison avait été arrachée.

Lisa leva lentement la tête vers lui. Dans ses yeux rougis se reflétait l'abattement.

Après un long silence, elle murmura d'une voix éteinte :

— Ils n'ont même pas pris la peine d'effacer leurs traces.

Oppenheimer respira profondément avant de s'approcher de la petite cavité. Il s'agenouilla pour constater les dégâts. Fort heureusement, personne n'avait touché à sa collection de disques sous le lit, et les briquettes d'Aksakov étaient toujours dans la cachette. En revanche, toutes les boîtes de conserve avaient disparu.

Sa colère s'était évanouie. Accablé, il s'assit à côté de Lisa et se prit la tête dans les mains.

— Les salauds, souffla-t-il.

Elle haussa les épaules.

— Que peut-on attendre d'autre des gens ? Ils ont faim. Au moins, ils n'ont pas volé nos dernières pommes de terre. Elles sont toujours dans la caisse près de la cuisinière.

Cette nouvelle ne le consolait guère. Après ce vol, il ne se sentait plus chez lui dans la villa. Le ou les larrons avaient certainement pensé qu'Oppenheimer et sa femme étaient des privilégiés. Et c'était le cas d'une certaine manière. Contrairement à leurs voisins, ils avaient des contacts avec les Alliés. Les Britanniques donnaient régulièrement de la nourriture à Lisa, et Aksakov se montrait toujours très généreux lorsque Oppenheimer faisait ce qu'on attendait de lui. Le voleur était sans doute convaincu d'être dans son bon droit. Si tant est qu'il ait des scrupules.

— Ça ne peut être que Frau Schneider ou Frau Vogt, argua Lisa. Les autres ne feraient jamais une chose pareille.

Oppenheimer se doutait de ce qui allait arriver. Lisa ruminerait l'incident des jours entiers en se demandant qui était l'auteur du larcin. Elle en parlerait sûrement pendant plusieurs mois. Malheureusement, cela ne leur rendrait pas leurs provisions.

— Je n'aurais pas dû faire de cadeau à Frau Vogt. J'ai sorti comme par magie cette conserve de viande, et ça nous a trahis.

— Nous avons agi comme il fallait, le réconforta Lisa.

Il hocha la tête tristement. Puis il posa un bras sur les épaules de sa femme et l'attira contre lui.

Tous deux restèrent un moment sans bouger, jusqu'à ce qu'Oppenheimer se sente observé.

Tournant la tête, il découvrit Theo sur le seuil. Le garçon, gêné, n'osait pas entrer dans la chambre.

— Va attendre Lisa dans la cuisine, elle te rejoindra dans quelques instants, le pria Oppenheimer. (Il s'adressa ensuite à son épouse :) Je dois passer chez Hilde. Billhardt va arriver d'une minute à l'autre. Nous avons fait un grand pas dans notre enquête.

Lisa acquiesça courageusement, mais des larmes lui montèrent à nouveau aux yeux.

Billhardt ne comprenait pas ce qui arrivait à Hilde. L'attitude de l'aristocrate semblait le déconcerter. Au lieu de lui proposer un schnaps comme l'aurait fait toute bonne maîtresse de maison, elle restait prostrée dans son fauteuil et regardait en l'air avec une mine féroce.

— Problèmes avec les locataires, expliqua évasivement Oppenheimer tandis qu'il cherchait une place pour son précieux phono-valise dans le salon.

— Quel ramassis de forbans, grommela Hilde.

Le commissaire savait que la villa n'était plus sûre. Il préférait mettre à l'abri le cadeau du Mastard avant que le mystérieux voleur n'ait l'idée de l'échanger au marché noir contre de la nourriture. Il avait également l'intention d'apporter sa collection de disques dans la maisonnette.

— Le point positif, c'est que nous avons maintenant un suspect, annonça-t-il après avoir déposé le phonographe sur une étagère.

Si le larcin lui laissait un goût amer, il ne pouvait s'empêcher d'éprouver un élan d'optimisme en ce qui concernait leur enquête.

— Notre homme s'appelle Fritz Thalheimer. C'est un ancien prisonnier de Sachsenhausen. Herr Presburger a pu l'identifier grâce à sa marque. Dans le baraquement qu'il occupait au camp, Thalheimer avait orné son bat-flanc de symboles similaires. Je sais, c'est un peu mince, mais c'est quand même un indice. Presburger m'a ensuite raconté une histoire rocambolesque dans laquelle Thalheimer était impliqué.

Marquant une pause, Oppenheimer alla s'asseoir dans un fauteuil.

— Ce Thalheimer est-il juif ? s'enquit Billhardt.

— Oui. Lors de son arrestation, sa fille a été tuée par des SS. Elle s'appelait Sarah, et ce n'était encore qu'un bébé. Un drame pareil peut changer un homme.

Billhardt poussa un soupir.

— Et merde ! Si notre tueur est effectivement un Juif, il ne faudra pas crier cette information sur les toits. Sinon, ça donnera aux passéistes du grain à moudre.

— Thalheimer n'a pas tort, sacré nom de Dieu ! explosa Hilde. On connaît les noms de la plupart des commandants des camps, mais les autres, les subalternes comme Storm et Dargel, ils sont si nombreux que certains réussiront certainement à passer entre les mailles du filet.

La justice faisait beaucoup d'efforts pour punir les crimes de guerre et les meurtres de masse commis par les nazis. En novembre 1945 à Nuremberg, un tribunal militaire international avait ouvert un procès contre les principaux responsables du Troisième Reich. Les jugements avaient été rendus le 1er octobre 1946. Mais, parmi les vingt-deux accusés, seulement douze avaient été condamnés à mort ; trois d'entre eux avaient même été acquittés. Ces verdicts avaient soulevé de nombreuses critiques. D'aucuns osaient affirmer que les vrais cerveaux s'en tiraient à bon compte alors que les suiveurs étaient punis de manière excessive. On souhaitait également châtier les gardiens des camps de concentration. Une partie d'entre eux avaient été traduits devant des tribunaux militaires alliés. Comme on semblait retrouver peu à peu confiance en la justice allemande, quelques procès avaient même eu lieu depuis le mois de mars sous l'autorité de tribunaux berlinois.

Les Alliés avaient décidé que l'Allemagne devait être débarrassée des influences nationales-socialistes et que les nazis avérés n'auraient plus le droit de remplir de hautes fonctions. Durant les dernières semaines de la guerre, les troupes américaines avaient découvert dans une usine de papier près de Munich plusieurs millions de cartes de membres du NSDAP. Grâce à ce coup de filet, environ quatre-vingt-dix pour cent des adhérents du parti étaient connus. Cela ne voulait pas dire pour autant que tous avaient participé à des crimes de guerre. Il fallait donc procéder au cas par cas pour dénazifier le pays. Mais les puissances d'occupation ne partageaient pas la même vision des choses.

L'administration américaine avait de très hautes exigences morales et considérait que tous les adhérents du NSDAP devaient être punis d'une manière ou d'une autre. Cette priorité avait l'inconvénient de ralentir la dénazification dans les zones occidentales. Les Soviétiques, quant à eux, se montraient plus pragmatiques. Ils poursuivaient impitoyablement les nationaux-socialistes coupables de crimes ou reconnus comme incorrigibles. En revanche, ils faisaient preuve de clémence envers les suivistes, surtout s'il s'agissait de scientifiques ou d'artistes pouvant servir leurs intérêts. Pour l'avenir, ils tablaient sur la jeunesse et s'appliquaient à inculquer aux enfants des valeurs antifascistes.

— Le tueur pourchasse des criminels dont personne ne se soucie, reprit Hilde. Au lieu de l'arrêter, on devrait lui décerner une médaille.

— On ne peut pas laisser quelqu'un se faire justice lui-même, objecta Oppenheimer. Pas dans un moment comme celui-ci, où nous jetons les bases d'un nouvel État allemand. Sinon, c'est la porte ouverte à l'anarchie.

— Nous l'avons déjà, l'anarchie.

Sur ce commentaire cynique, Hilde se leva pour aller dans la cuisine.

— Quelle histoire Herr Presburger t'a-t-il donc racontée ? demanda Billhardt pour se recentrer sur leur enquête.

— Je crois que ça va t'intéresser aussi ! lança Oppenheimer en direction de la cuisinette.

À la grande déception de Billhardt, Hilde revint avec une bouilloire, et non avec une bouteille d'eau-de-vie. Elle déposa le récipient sur le poêle ronflant.

— Je suis tout ouïe.

Le commissaire commença par leur répéter ce qu'avait dit Presburger sur Sachsenhausen. Il trouvait que ces détails sur la vie du camp étaient importants pour mieux comprendre le mobile du tueur. Il en vint ensuite à parler de leur suspect.

— Thalheimer a tout d'abord été emprisonné dans un autre camp avant d'être transféré à Sachsenhausen vers la fin de la guerre. Apparemment, c'est un remarquable graveur sur cuivre, très compétent dans le domaine de l'imprimerie. L'administration du camp recherchait des détenus avec ce profil, car il y avait là-bas un grand atelier de faux monnayage. À l'évidence, les nazis préparaient une guerre économique secrète contre la Grande-Bretagne. C'est la raison pour laquelle Schellenberg, le patron du SD[1], a fait fabriquer à Sachsenhausen de faux billets de banque anglais. Une opération de grande envergure digne du Dr Mabuse. D'après Presburger, cet atelier se trouvait dans une partie isolée du camp.

Alors que Billhardt restait bouche bée, Hilde arbora un sourire railleur.

— Schellenberg était tellement cinglé que cette histoire ne peut qu'être vraie, observa-t-elle. Si mes souvenirs sont bons, c'est lui qui avait fait truffer de micros le salon Kitty.

— Il ne manquait pas d'idées farfelues, c'est certain, approuva Oppenheimer. Thalheimer devait travailler dans l'atelier secret, mais il est tombé malade. On l'a transféré à l'infirmerie, mais comme celle-ci était bondée, il a rapidement été renvoyé dans son baraquement.

— Attends, je ne comprends pas, l'arrêta Billhardt. Thalheimer a-t-il travaillé dans l'atelier de faux monnayage oui ou non ?

— Il n'en a pas eu le temps. Les troupes russes approchaient dangereusement. Les SS ont sans doute estimé que ça ne servait à rien de former de nouveaux employés comme Thalheimer.

1. Sicherheitsdienst (« Service de sécurité »), dont l'abréviation usuelle est SD : service du renseignement du NSDAP et de la SS, fondé en 1931 par Reinhard Heydrich.

À cet instant, un bruit de verre brisé retentit dans la cuisine.

— Jarnicoton !

Oppenheimer reconnut la voix claire de Theo. Par la porte entrouverte, il aperçut le garçon qui s'affairait dans la cuisine. Comme le jeune orphelin avait passé beaucoup de temps avec Hilde ces derniers jours, il était inutile de se demander d'où venait ce juron désuet.

— Que fabrique Theo ici ?

— Lui et moi sommes en train de monter une affaire, répondit Hilde comme si c'était la chose la plus naturelle du monde. C'est peut-être dur à croire au premier abord, mais ce gamin a le génie de l'organisation. Je livre le schnaps, lui les bouteilles. Je n'ai aucune idée de la manière dont il se les procure. Il affirme connaître beaucoup de gens susceptibles d'être intéressés par mon eau-de-vie.

La bouilloire commença à siffler. Hilde s'approcha du poêle et versa l'eau bouillante dans trois gobelets en métal. Ce faisant, elle lança un regard vers Billhardt.

— Dorénavant, nous ne boirons plus que de la chicorée !

Le policier grimaça.

— On dirait que Theo a gravi la première marche vers une belle carrière de trafiquant.

Oppenheimer avala une gorgée de succédané.

— Et si nous revenions à notre suspect ? En février 1945, on commence à transférer vers l'ouest à bord de trains de marchandises les détenus incapables de se déplacer pour qu'ils ne tombent pas entre les mains des Russes. Afin d'appâter les prisonniers, le commandant de Sachsenhausen ment comme un arracheur de dents ; il laisse entendre que tous ceux qui se porteraient volontaires pour partir seraient emmenés dans un sanatorium doté de toutes les commodités. Mais dans le camp, des bruits circulent selon lesquels ces convois mènent droit à la mort. Résultat : personne ne se porte volontaire, et les détenus sont choisis arbitrairement. Entre-temps, Storm prend Thalheimer dans son collimateur et utilise ses relations pour que le graveur soit mis sur la liste des partants.

Billhardt regarda le contenu de son gobelet d'un air pensif.

— Nous connaissons la suite, enchaîna-t-il. Le train s'arrête à Weydorf. Thalheimer parvint à s'échapper avec une poignée de prisonniers. Tous sont rattrapés et brûlés vifs, sauf lui.

— Après avoir méticuleusement préparé sa vengeance, il élimine ensuite l'un après l'autre ses tourmenteurs.

— Le scénario pourrait coller, reconnut Hilde. Si Thalheimer est effectivement notre homme.

Oppenheimer écarta les bras en signe d'excuse.

— Voilà le hic. Je n'ai aucune preuve pour corroborer cette théorie. Mais nous devrions essayer de parler à Thalheimer, si nous parvenons à le retrouver.

— À sa place, il y aurait longtemps que je serais entré dans la clandestinité.

— C'est ce que je crains aussi, répondit Oppenheimer en laissant retomber les épaules.

Hilde regarda tour à tour les deux enquêteurs avant de poursuivre :

— Il y a un détail qui m'interpelle. Avec Dargel, le tueur a modifié son schéma d'action. Après les avoir enlevés, il a séquestré Orminski et Richter une semaine pile. La gardienne de Sachsenhausen est restée plus longtemps en captivité.

Oppenheimer acquiesça.

— C'est vrai, je me suis fait aussi la remarque. Et

quand elle a été kidnappée, le cadavre de Richter n'avait pas encore été découvert. Nous devons partir du principe que le tueur dispose d'une planque suffisamment grande pour accueillir au moins deux prisonniers en même temps. Au moment où nous parlons, il détient Elke Giesow et Suzanne Priel.

Hilde posa avec fracas son gobelet sur la table du salon.

— Ce n'est pas difficile d'imaginer ce qu'il leur fait subir. Le tueur possède sûrement une cachette qu'il a aménagée en une sorte de KZ personnel. Il veut infliger à ses tortionnaires les mêmes humiliations qu'il a dû endurer. Il veut à son tour les déshumaniser. Œil pour œil, dent pour dent, comme dans l'Ancien Testament.

Au lieu de boire sa chicorée, Billhardt fit tourner son gobelet comme s'il s'apprêtait à savourer un cognac.

— Ce que je ne comprends pas, dit-il, c'est pourquoi ce type nous donne des indices sur son mobile. Nous avons pu faire le lien entre les noms inscrits sur le corps de ses victimes et le camp de Sachsenhausen. Sans oublier le papier qu'il fait brûler dans la bouche des cadavres. Le feu pour le feu. Ce pourrait être une référence symbolique aux fours crématoires des KZ.

— Placer des objets dans le corps d'un défunt est normalement une sorte d'humiliation posthume, fit remarquer Hilde. Mais on peut envisager les choses sous un autre angle. Notre tueur laisse peut-être volontairement des indices pour que la police établisse un lien avec Sachsenhausen. Et il ne fait pas dans la dentelle. Les noms des détenus défunts apparaissent deux fois : sur les papiers qu'il glisse dans la bouche des cadavres, et sur de larges parcelles de peau. Le fait d'exposer au grand jour les dépouilles de ses victimes et d'allumer un feu dans leur bouche pourrait être interprété comme un avertissement. Une manière de dire qu'on nous cache trop de choses sur les camps de concentration.

Oppenheimer se leva et se mit à arpenter la pièce.

— Mais il n'a pas fait ça à Weydorf. Là-bas, il s'est contenté d'attirer ses quatre premières victimes dans des guets-apens pour les assassiner. Le seul point commun avec Berlin, c'est qu'il les a prévenues avant de passer à l'acte. En gravant sa marque près de la porte de leur domicile.

— Il tue parce que ça lui donne l'impression de reprendre le contrôle, affirma Hilde. Je suis d'accord avec Herr Presburger. Au camp, Thalheimer n'était que le jouet de ses bourreaux. À présent, il a repris les commandes et peut même décider du sort de certaines personnes. S'il procède différemment à Berlin, c'est probablement parce qu'il a dû improviser à Weydorf. Depuis, il a acquis de l'expérience et réfléchi à un plan. Il s'est trouvé une planque pour enfermer ses otages et les torturer à loisir. Ses préparatifs lui ont pris plusieurs mois. Jusqu'à ce qu'il retrouve la trace de Storm. Weydorf n'était qu'une première étape. Ici, il est en train d'accomplir un projet de vengeance longuement mûri. Sans montrer la moindre pitié.

Oppenheimer s'arrêta et se tourna vers Billhardt.

— Je pense que nous sommes tous d'accord maintenant sur le fait que Storm est la première personne que notre tueur a assassinée à Berlin. Mais à cette occasion, il a commis plusieurs maladresses. Le cadavre a été emporté par le courant, et la liste de noms inscrits sur le corps du kapo était bien moins longue que sur les victimes suivantes. Ce qui pourrait indiquer que Storm a réussi à s'évader.

Le policier manchot opina.

— Notre gars a tiré les leçons de ses erreurs et

affiné sa méthode. Il possède maintenant la voiture d'Orminski, qui lui permet de transporter discrètement les macchabées à travers la ville. Et il se sent très sûr de lui. Depuis le meurtre d'Orminski, qu'il a exposé aux yeux de tous, il nous donne de plus en plus d'indices expliquant son mobile. Richter a été retrouvé dans une gare de triage, ce qui peut rappeler les convois de déportés que les nazis ont envoyés vers l'est. Le corps de Dargel a été découvert dans les abattoirs, qui font probablement allusion à la boucherie qui avait lieu à Sachsenhausen.

Oppenheimer, qui avait commencé à mâchonner son fume-cigarette, émit un grognement sceptique.

— Tout semble s'imbriquer à merveille, admit-il en s'appuyant contre l'accoudoir de son fauteuil. Mais mon instinct me dit que nous passons à côté de quelque chose d'important. Aurais-tu par hasard une carte de Berlin, Hilde ?

Contre toute attente, Billhardt tira un vieux plan miteux de la poche de son manteau. Avec l'aide de Hilde, le flic manchot l'étala sur la table.

Oppenheimer repassa dans son esprit la chronologie des meurtres.

— Et si notre homme exhibait les cadavres de ses victimes pour une autre raison ? Regardez où Orminski, Richter et Dargel ont été retrouvés.

Il marqua les emplacements sur le plan avec leurs trois gobelets. Ceux-ci formaient un triangle irrégulier.

— Le meurtrier semble s'être donné beaucoup de peine pour brouiller les pistes, observa Hilde. Les lieux sont très éloignés les uns des autres. Orminski au pied de son immeuble à Neukölln, dans le sud-est de Berlin. Richter à Charlottenburg, donc à l'ouest. Dargel à Prenzlauer Berg. À l'est, cette fois.

Oppenheimer se pencha au-dessus du plan.

— Le tueur a ramené Orminski chez lui. Mais les deux autres ont été déposés très loin de leurs domiciles respectifs. Ce n'est peut-être pas un hasard s'il disperse les corps dans la ville. Il essaie peut-être de détourner notre attention de l'endroit où la première victime a été découverte.

Oppenheimer tapota de l'index la zone où figuraient les usines Borsig. Le site industriel était situé dans une tout autre direction. Au nord-ouest, un peu à l'écart de Berlin.

— Certains éléments peuvent laisser supposer que la dépouille de Storm a été retrouvée par hasard. En tout cas, les choses ne se sont certainement pas passées comme le prévoyait le meurtrier. Il n'y avait aucune mise en scène. Le tueur n'a peut-être pas pu transporter le corps parce que celui-ci était au fond du lac de Tegel, et c'est la police fluviale qui l'a finalement repêché. Depuis cette maladresse, il prépare soigneusement chacune de ses opérations et dépose ses victimes très loin de sa planque.

Billhardt se redressa vivement.

— Si tu vois juste, ça voudrait dire que la tanière du tueur est située dans les environs du lac de Tegel !

— J'en mettrais ma main au feu, commenta Oppenheimer. À ses yeux, l'immeuble d'Orminski était un excellent choix parce qu'il se trouve de l'autre côté de la ville, à l'exact opposé de sa planque.

Le regard rivé sur le plan, Hilde poursuivit la réflexion de son ami :

— Il a ensuite continué de faire diversion en déposant Richter et Dargel dans d'autres arrondissements. Certes, il donne des indices sur son mobile, mais il ne prend aucun risque parce que ces éléments ne nous sont d'aucune utilité pour le coincer. Il distrait notre attention en contrôlant soigneusement les informations qu'il laisse derrière lui. Des os à ronger, qui ne permettent toutefois pas de retrouver ses otages. (Hilde recula brusquement d'un pas, consternée.) Si nous voyons juste, nous avons sérieusement sous-estimé notre meurtrier. Il est encore plus rusé que je ne le pensais.

Billhardt approuva d'un signe de tête.

— Je vais immédiatement ordonner à mes gars de concentrer leurs recherches autour du lac de Tegel. Mais ça ne sera pas facile de le débusquer. Il y a beaucoup d'entrepôts et d'usines dans le coin. Je n'ai pas assez de monde pour ratisser la zone rapidement.

— Pourquoi ne pas demander de l'aide à Lathrop ? suggéra Oppenheimer. La police militaire devrait pouvoir envoyer quelques hommes.

Son collègue laissa échapper une grimace.

— Sans doute. Mais auparavant, il faudra que les Alliés se mettent d'accord. La partie nord du lac est située dans le secteur français, la partie sud dans le secteur britannique. C'est un vrai micmac juridique. Lathrop exigera des preuves tangibles avant de faire appel à la police militaire.

Oppenheimer réfléchit un instant.

— Tu as probablement raison. Mais rien n'empêche de le mettre quand même au courant.

Billhardt but sa chicorée froide, signe qu'il était sur le point de partir. Au moment où il se leva, Oppenheimer le retint d'un geste.

— Une question me taraude. Comment pouvais-tu savoir que Dargel était une gardienne de KZ ?

Le policier s'esclaffa.

— Ah, c'est dingue. Voilà deux mois environ, un groupe d'étudiants est passé au Praesidium. Ils se targuaient de chasser les criminels nazis et m'ont parlé entre autres de Dargel. Ils voulaient se renseigner sur les procédures juridiques. Je leur ai répondu que la police ne pouvait pas faire grand-chose sans preuve tangible. C'est la commission de dénazification qui s'occupe de ce genre de problèmes.

Oppenheimer se figea, sidéré.

— Étrange. Il y a deux semaines, une jeune femme est venue me voir au bureau. Elle recherchait prétendument sa tante, Margret Dargel. C'est Furmannek qui a fini par retrouver la trace de la disparue, parce que celle-ci habitait à Berlin sous son nom de jeune fille. Ça ne peut pas être une coïncidence.

Hilde parut deviner où il voulait en venir.

— Tu penses que ces étudiants ont enquêté sur les criminels de Sachsenhausen pour le compte du tueur ?

— C'est plausible. Les rescapés de Weydorf étaient restés en contact à Berlin. Il suffisait au meurtrier de mettre la main sur l'un d'eux pour le faire parler. Mais les criminels du KZ sont beaucoup plus difficiles à débusquer. Je doute que Storm et Dargel aient conservé des liens après la guerre. Notre homme a peut-être fait appel à de jeunes gens idéalistes en quête de justice pour retrouver leur trace. Si c'est le cas, il ne leur a sûrement pas révélé ses véritables intentions.

Billhardt leva la main.

— Attends, ce ne sont que des suppositions.

— Oui, mais c'est une piste que nous ne devrions pas négliger, répondit Oppenheimer en se mettant debout à son tour. Demain, j'irai rendre une petite visite à ces étudiants.

34

Samedi 28 décembre 1946

Sous un ciel nébuleux, Billhardt et Oppenheimer roulaient à bicyclette sur le grand axe est-ouest. Par chance, l'un des étudiants qui étaient passés au Praesidium avait laissé ses coordonnées. Le jeune homme, un certain Christoph Hildebrandt, habitait dans un immeuble doté d'une ligne téléphonique en état de marche. Billhardt avait réussi à le contacter et, prétextant avoir des informations sur certains criminels nazis, il avait convenu d'un rendez-vous à la Maison des étudiants, qui se trouvait sur la Steinplatz. Hildebrandt, plein d'enthousiasme, avait promis de prévenir ses camarades.

Oppenheimer accéléra l'allure. On avait déblayé l'avenue juste après la prise de Berlin. Remise à neuf, elle formait à présent une large bande d'asphalte traversant un paysage lunaire composé de ruines, de souches d'arbres et de boue gelée. Sur cette route monotone, la porte de Charlottenburg – un somptueux édifice sans réelle fonction – était la seule distraction pour les yeux. Elle était composée de deux imposantes galeries à arcades qui flanquaient la chaussée. Albert Speer, l'architecte de Hitler, les avait fait écarter lors de l'élargissement de l'axe est-ouest en 1939, ôtant ainsi au monument son unité architecturale.

De l'autre côté du Landwehrkanal se dressaient quelques-uns des principaux établissements d'enseignement supérieur de Berlin. Parmi eux se trouvait la fameuse École technique supérieure, qui avait rouvert ses portes en avril dernier sous le nom d'Université technique. En voyant la façade fortement endommagée du bâtiment principal, on avait du mal à imaginer que les cours avaient repris à l'intérieur.

Au croisement avec la Hardenbergstraße, Billhardt tendit son moignon et tourna à gauche. La Maison des étudiants jouxtait l'ancienne École supérieure des beaux-arts. D'après les rumeurs qu'Oppenheimer avait pu entendre, l'établissement universitaire devait déménager à Wilmersdorf parce que le bâtiment était occupé par des artistes soviétiques chargés de modeler des sculptures pour les futurs monuments commémoratifs de Tiergarten et de Treptow.

Même si les cours étaient suspendus entre Noël et le jour de l'An, la Maison des étudiants était une véritable ruche d'où s'échappaient de nombreux coups de marteau. La restauration de la façade était terminée, mais il régnait à l'intérieur une atmosphère de chantier. Dans les vastes couloirs lumineux couraient de jeunes gens portant des planches sous le bras. Oppenheimer vit un officier britannique s'entretenir avec un professeur à la barbe grisonnante.

Partout, des étudiants d'humeur joyeuse discutaient et plaisantaient. Oppenheimer ne tarda pas à se laisser gagner par l'optimisme ambiant. Visiblement, on ne se raccrochait pas au passé ici, on regardait vers l'avenir avec confiance. La vie était encore précaire, mais on se réjouissait tout simplement de pouvoir enfin se consacrer aux études dans une ville où les bombes avaient cessé de tomber du ciel.

Parmi la foule de jeunes gens, on remarquait aisément ceux qui avaient vu le feu. Il avait été décidé en haut lieu d'encourager les soldats démobilisés ayant fait preuve d'une moralité irréprochable à entrer à l'université. Et même ces garçons décharnés paraissaient heureux, convaincus qu'ils connaîtraient bientôt des jours meilleurs. Oppenheimer espérait que ce serait effectivement le cas.

Par précaution, les deux enquêteurs avaient emmené leurs vélos à l'intérieur. Billhardt marchait devant, même s'il semblait ne pas vraiment savoir où aller. Il se frayait un chemin entre les étudiants en jetant des regards incessants autour de lui. Oppenheimer ne pouvait s'empêcher de l'imiter, bien qu'ignorant à quoi ressemblait Christoph Hildebrandt.

Au bout d'un moment, Billhardt s'arrêta brusquement et fit un signe de tête à un jeune homme débraillé. Vêtu d'un tricot troué d'une couleur indéfinissable, ce dernier avait des yeux globuleux et une tignasse hirsute qui aurait fait bondir la belle-sœur d'Oppenheimer, coiffeuse de profession.

— J'ai trouvé une salle où nous pourrons causer sans être dérangés, indiqua Christoph Hildebrandt après s'être présenté.

Il guida les visiteurs à travers un labyrinthe de corridors. S'arrêtant finalement devant une porte, il annonça :

— Nous sommes presque tous là. Il ne manque qu'Irene. Vous pouvez déposer vos deux-roues à l'intérieur.

Ils entrèrent dans une pièce aux murs presque entièrement cachés derrière des piles de classeurs et de cartons remplis de papiers. Dans un coin se trouvait un vieux bureau abîmé. Près du meuble, on avait disposé en cercle six chaises, dont deux étaient déjà occupées.

Les étudiants présents se levèrent simultanément en voyant arriver Oppenheimer et Billhardt. Jakob Kampendonk était tout l'opposé de Hildebrandt. Soigné dans sa mise, il portait un épais manteau d'hiver et une écharpe lilas qui, quoique usée, paraissait en cachemire. Ses ongles étaient manucurés, et il arborait au doigt une bague ornée d'une émeraude. Son camarade s'appelait Albert Schott. Celui-ci avait un physique insignifiant. Sa seule marque distinctive était l'épaisse paire de lunettes juchée sur son nez.

— Bonjour, dit-il à voix basse.

Ce fut le seul mot qu'il prononça de tout l'entretien.

— Alors, vous avez des informations ? lança Kampendonk avec excitation avant même que les visiteurs n'aient posé leurs vélos. Avez-vous appris quelque chose sur Margret Dargel ? A-t-elle été arrêtée ?

Oppenheimer échangea un regard avec son collègue. Comme Billhardt était officiellement chargé de l'enquête, ils avaient décidé que c'était lui qui mènerait la conversation.

— On l'a retrouvée morte, déclara le policier d'un ton grave. (Après une courte pause, il ajouta :) Assassinée.

Les deux enquêteurs allèrent s'asseoir. La nouvelle avait manifestement choqué les étudiants. Schott avala une goulée d'air et Kampendonk se laissa tomber sur sa chaise.

— Qui a fait ça ? balbutia Hildebrandt.

— L'enquête est en cours, éluda Billhardt. Vous êtes venus me voir il y a quelque temps au Praesidium. Comment avez-vous entendu parler de Margret Dargel ?

Hildebrandt se racla la gorge, gêné. Avant qu'il n'ait le temps de répondre, Kampendonk intervint :

— Vous avez compris que nous chassons les criminels nazis, n'est-ce pas ?

Billhardt hocha la tête en s'appuyant contre le dossier de son siège.

— Ce n'était pas difficile à deviner. L'autre jour, vous m'avez posé des questions sur les poursuites pénales à l'encontre des criminels de guerre. Je vous ai répondu que c'était l'affaire de la commission de dénazification.

Kampendonk croisa les bras sur sa poitrine.

— Justement, le système ne fonctionne pas. La plupart des criminels sont considérés comme des suivistes ou sont disculpés. Rares sont ceux qui sont réellement condamnés. Voilà pourquoi nous avons décidé d'agir. Nous pourchassons surtout les petits poissons, les exécutants devenus criminels en suivant les ordres. Il y en a beaucoup trop qui passent à travers les mailles du filet parce qu'ils ne sont pas connus du grand public. Des choses atroces ont eu lieu pendant la guerre, mais tout le monde fait comme si personne n'avait participé à ces horreurs.

— Quant aux Soviétiques, ils prennent prétexte de la dénazification pour éliminer les opposants dans leur zone, remarqua Hildebrandt.

Kampendonk acquiesça.

— Quand on en a besoin, ce n'est pas difficile de se faire blanchir. Pas la peine de débourser trente mille marks, comme cet avocat nazi qui a voulu graisser la patte de la commission. Savez-vous combien vaut un certificat de dénazification au marché noir ? Trois mille marks, ou dix livres de beurre, suffisent à laver votre nom. Et pour ce prix-là, vous obtenez un document authentique, émis par de vraies victimes du régime hitlérien. L'association des victimes du fascisme a récemment demandé à ses membres de cesser d'établir à tout-va des certificats de dénazification. La communauté juive de Berlin l'a carrément interdit à ses fidèles. Ce genre de passe-droits est une honte ! Je ne comprends pas pourquoi les victimes acceptent de faire ça.

Oppenheimer partageait l'avis de l'étudiant, mais il y avait des circonstances atténuantes. Bien sûr, certains Allemands réclamaient vengeance contre les responsables nazis, mais ils le faisaient plutôt dans le cadre de manifestations organisées. En réalité, peu de gens – qu'ils s'agissent ou non de victimes des persécutions – se souciaient que justice soit rendue. Sans doute parce qu'ils étaient trop épuisés et affamés pour cela. Lors de la bataille de Berlin, les soldats de l'Armée rouge n'avaient pas fait de grande distinction entre partisans de Hitler et opposants. Et, après la capitulation, les habitants de l'ancienne capitale du Reich avaient connu toutes sortes d'épreuves. La pénurie actuelle de vivres en était une parmi tant d'autres. Des mois durant, victimes et criminels avaient partagé les mêmes souffrances, devenant contre leur gré compagnons d'infortune. Le malheur avait ainsi gommé les divergences.

Après la fin de la guerre, Oppenheimer s'était attendu à ce que la soif de vengeance des personnes persécutées par les nazis déclenche une vague de violences, mais il s'était trompé. Jusqu'à présent, le tueur qu'il recherchait était la seule personne à sa connaissance qui demandait personnellement des comptes à ses tortionnaires. Et, de toute évidence, cet homme resterait une exception. Le commissaire ne pouvait dire s'il devait s'en réjouir ou non.

— En ce moment, il y a peut-être des choses plus importantes que la justice, glissa-t-il en réponse au coup de colère de Kampendonk. Les victimes des fascistes ont elles aussi du mal à subsister. Alors elles acceptent certains dons. Trois livres de beurre, ce n'est pas rien de nos jours. Naturellement, vous avez raison, ces personnes ne devraient pas se prêter à ce genre de marché. Mais ça peut se comprendre. Et la situation ne changera pas tant qu'il n'y aura pas suffisamment de nourriture et de combustible pour tout le monde.

Un silence tendu s'installa. Hildebrandt poussa un soupir tandis que Kampendonk fixait un point droit devant lui avec une mine féroce. Seul Schott restait assis tranquillement sur sa chaise comme si rien ne le concernait.

À cet instant, la porte s'ouvrit et un être gracile pénétra dans la pièce. Des boucles brunes encadraient son joli visage aux joues empourprées par l'effort.

— Avez-vous déjà commencé ? demanda la jeune femme, hors d'haleine. Je n'ai pas pu venir plus tôt, nous devions encore calfeutrer quelques fenêtres.

Oppenheimer sursauta en découvrant la nouvelle venue. C'était la prétendue nièce de Margret Dargel qui s'était jouée de lui.

En allant s'asseoir sur la dernière chaise vide, elle jeta un regard furtif au commissaire. Rien ne laissait pourtant supposer qu'elle l'avait reconnu.

Pour empêcher qu'elle ne s'échappe, il se leva et marcha vers la porte en faisant semblant de se dégourdir les jambes.

Après avoir bloqué la seule issue, il se tourna vers la jeune étudiante.

— Je crois que vous nous devez une explication, Fräulein. Quand nous nous sommes rencontrés la première fois, vous avez prétendu vous appeler Ruth Dargel. Mais nous savons tous deux que ce n'est pas la vérité.

La fille pâlit sous l'attaque. Ses trois camarades s'agitèrent nerveusement sur leurs sièges.

— C'est quoi, ce cirque ? s'insurgea Kampendonk.

— Je vous retourne la question, rétorqua sèchement Oppenheimer. Votre amie est venue me voir il y a peu au Service de recherche pour me supplier de retrouver Margret Dargel. Une semaine plus tard, celle-ci était enlevée.

Billhardt était resté de marbre. Seul un léger tressaillement de cils avait trahi sa surprise l'espace d'une seconde, mais il avait aussitôt percuté.

— Quoi, Dargel est morte ? s'écria la jeune étudiante, visiblement secouée. Mais nous ne voulions que son adresse. Je ne l'ai jamais rencontrée.

— Inutile de jouer l'innocente, gronda Oppenheimer. Vous n'avez peut-être pas kidnappé Dargel. Mais dans ce cas, pour le compte de qui avez-vous cherché son adresse ?

— Je ne comprends pas ce que vous voulez, je…

Elle se tut, incapable d'achever sa phrase.

Hildebrandt intervint pour prendre sa défense :

— C'est Irene. Irene Klee. Notre plan initial était de retrouver la trace de certains criminels nazis. Comme la police ne voulait pas nous aider, Irene s'est portée volontaire pour aller au Service de recherche.

Oppenheimer ricana.

— Noble idée. Mais Fräulein Klee a menti et s'est fait passer pour la nièce de Dargel.

— J'avais entendu dire que seuls les proches d'une personne disparue avaient le droit de déposer une requête, prétexta l'intéressée. (Puis, haussant les épaules, elle lâcha :) En plus, personne n'a vérifié mon identité. J'ai cru qu'on m'avait démasquée quand votre supérieur m'a convoquée dans son bureau. Mais il n'a raconté que des futilités.

Ce n'était guère étonnant. Oppenheimer se doutait que Herr Suhr était bien trop occupé à lorgner la jeune femme pour avoir les idées claires.

— Si je comprends bien, Fräulein Klee a obtenu l'adresse de Margret Dargel par le Service de recherche ? s'enquit Billhardt afin de reprendre la main.

Oppenheimer confirma d'un signe de la tête.

Son collègue s'adressa ensuite directement aux étudiants :

— Que s'est-il passé après ça ? Qu'avez-vous fait avec l'adresse de Dargel ?

— Rien, répondit Kampendonk.

Il posa ostensiblement le bras sur les épaules d'Irene Klee. La jeune femme à la mine farouche ne paraissait pourtant pas avoir besoin d'une protection masculine. Hildebrandt soupira en voyant le geste de son camarade.

— Nous n'avons rien fait avec les adresses, répéta Kampendonk. Comme la police ne se montrait pas très coopérative, nous voulions alerter la presse. Nous avions l'intention de contacter les rédacteurs du *Telegraf* dans le secteur britannique. C'est un des rares quotidiens berlinois qui osent aborder des sujets brûlants. Mais nous n'en avons pas eu le temps. (Légèrement gêné, il s'éclaircit la gorge avant de poursuivre :) Notre projet s'est, dirons-nous, terminé en queue de poisson. Nous nous sommes rencontrés il y a quelques mois durant les cours préparatoires pour les candidats souhaitant s'inscrire dans l'enseignement supérieur. Le courant est tout de suite passé et nous avons mené de grandes discussions politiques. Un jour, l'un de nous a proposé de nous rendre utiles en dépistant des criminels nazis entrés dans la clandestinité. Mais nous étions un peu trop optimistes. Le plan que nous avions conçu demandait trop de travail. À ce moment-là, nous ne pouvions pas savoir que nos études ne nous laisseraient presque aucun temps libre.

Prenant le relais, Hildebrandt renchérit :

— J'étudie la mécanique. Albert est statisticien, Jakob et Irene sont en fac de chimie. Mais, avant de pouvoir commencer les cours, il faut déjà faire deux cents heures de travaux d'intérêt général pour déblayer les bâtiments de l'université. Ensuite, on nous demande très tôt de nous spécialiser. Il faut donc bûcher dur. Et à côté, nous devons faire de petits boulots pour financer nos études. Ça nous laisse peu de temps pour des projets secondaires.

— Je dois même effectuer en plus un stage avant de pouvoir obtenir une place dans le laboratoire de l'université, se lamenta à son tour Irene. Sans ça, ces messieurs grisonnants de l'administration considèrent qu'une femme n'est pas apte à étudier la chimie. Ma visite au Service de recherche était mon ultime tentative pour essayer de dénicher une adresse.

Billhardt leva la main pour mettre un terme aux doléances.

— D'accord, j'ai compris. Mais revenons à nos moutons. Je veux seulement savoir ce que vous avez fait après avoir obtenu l'adresse de Margret Dargel. Est-ce que l'un d'entre vous est allé voir cette femme ?

Les quatre étudiants firent un signe de tête négatif.

— Est-il possible que vous ayez donné l'adresse à quelqu'un d'autre ? insista le policier. Un étranger aurait-il pu avoir accès à vos recherches ?

Les jeunes gens échangèrent des regards. Albert Schott secoua une nouvelle fois la tête.

— Je n'ai parlé à personne de notre projet, certifia Kampendonk. Et je peux vous assurer qu'Irene non plus.

Les épaules rentrées, Hildebrandt ajouta :

— Il n'y a pas eu de fuite. Nous n'avons partagé nos recherches avec personne.

— Vous pourriez peut-être nous donner quelques éléments à propos du tueur ? demanda prudemment Irene Klee. Avez-vous une piste ? Savez-vous déjà de qui il s'agit ? Si ça se trouve, nous pouvons vous aider.

— L'enquête est en cours, rétorqua Oppenheimer d'un ton ferme. Vous devez comprendre que nous ne pouvons pas encore rendre nos résultats publics.

Il n'avait aucune envie d'avoir des apprentis détectives dans les pattes pendant les investigations. Et ce n'était certainement pas Billhardt qui le contredirait.

— Réfléchissez bien, reprit son collègue. L'un de vous aurait-il pu par mégarde faire une allusion à vos recherches devant des amis ? Si quelque chose vous revient en mémoire, contactez-nous.

Les étudiants se contentèrent d'acquiescer en silence.

— Une dernière chose, fit Oppenheimer. Herr Kampendonk, vous avez parlé tout à l'heure d'adresses au pluriel. À part Margret Dargel, avez-vous retrouvé la trace d'autres nazis en fuite ?

— Au départ, afin de récolter des noms de criminels du régime hitlérien, nous sommes allés au Bureau d'aide sociale, expliqua l'interpellé. Là-bas, nous avons discuté avec plusieurs personnes venues demander une carte OdF. Certaines d'entre elles se sont montrées très bavardes quand nous leur avons exposé notre projet. Finalement, nous avons réussi à obtenir vingt noms. Nous pensions que c'était un objectif réalisable. Mais les recherches se sont avérées plus difficiles que prévu. Nous n'avons retrouvé que six bourreaux nazis, y compris Dargel.

Le commissaire l'interrompit.

— Cette liste de vingt noms, pouvez-vous nous la donner ?

— Je crois même l'avoir avec moi, répondit Hildebrandt en ouvrant une vieille serviette de cuir posée à côté de sa chaise. J'ai noté tous les noms dans mon cahier. (Il sortit un carnet qu'il feuilleta fébrilement.) Ah, les voilà. Tenez.

Oppenheimer eut beau plisser les yeux, il ne parvint pas à déchiffrer les pattes de mouche. Vu l'écriture de l'étudiant, il paraissait peu probable que quelqu'un ait réussi à copier rapidement la liste pendant un moment d'inattention.

— Hum, Billhardt ?

Il tendit le cahier à son collègue, mais celui-ci fut également incapable de décrypter le griffonnage de l'étudiant.

— Auriez-vous l'amabilité de nous dicter les noms ? pria le policier manchot. Ainsi que les adresses que vous avez trouvées ?

Oppenheimer tira stylo et calepin de la poche de son manteau.

Hildebrandt sourit.

— Bien entendu. Alors, nous avons Walter Egel… (Il fit une courte pause afin de laisser le temps à Oppenheimer de noter.) Ingeborg Schreiber. Aribert Storm…

Le commissaire se redressa vivement.

— Bon sang ! Vous avez aussi traqué Storm ?

35

Samedi 28 – dimanche 29 décembre 1946

— Cette garce s'est bien fichue de moi, grommela Oppenheimer en faisant allusion à Irene Klee.

Une heure après leur entrevue avec le petit groupe d'étudiants, il était encore furieux. Même si les pièces du puzzle ne s'imbriquaient pas totalement, il ne faisait aucun doute qu'il existait un lien entre ces jeunes gens et le tueur. Après tout, les détectives amateurs avaient retrouvé la trace de deux des victimes. L'idée qu'il ait pu lui-même aider le meurtrier en recherchant l'adresse de Margret Dargel le taraudait, et il s'en voulait affreusement d'avoir été aussi naïf.

Comme il était midi passé, Billhardt avait décidé de faire une halte dans un restaurant avant de retourner au Praesidium. Au menu, il n'y avait qu'une soupe de pois verts, très claire, dans laquelle on pouvait compter sur les doigts de la main lesdits pois. Le thé qu'on leur avait servi avait un goût d'eau de vaisselle.

Quand Billhardt les avait prévenus que le tueur se servait peut-être d'eux pour arriver à ses fins, les étudiants avaient paru sincèrement choqués. Malgré tout, cette mise en garde ne les avait pas incités à se montrer plus coopératifs.

La chaise branlante sur laquelle Oppenheimer était

assis s'inclina dangereusement lorsqu'il s'appuya contre le dossier pour croiser les jambes sous la table.

Il contempla un instant les fêlures qui couraient sur le fond de son assiette vide.

— J'aurais bien envie d'embarquer ces zozos et de les laisser croupir dans une cellule jusqu'à ce que l'un d'eux finisse par déballer toute la vérité.

Billhardt laissa fuser un grognement approbateur. Il semblait avoir eu la même idée.

— Nous devons d'abord vérifier leurs alibis, fit-il remarquer. Les quatre compères habitent dans les environs de l'université, ce qui facilite les choses. Je vais demander à Wenzel de s'en occuper. Ça ne devrait pas prendre plus d'une demi-journée. S'il constate quoi que ce soit de bizarre, nous les convoquerons au Praesidium pour un interrogatoire serré.

Oppenheimer opina d'un air sombre. Irene Klee et ses camarades avaient eu l'obligeance de révéler où ils se trouvaient lors des différents moments clés. Comme l'enlèvement de Margret Dargel remontait à plus d'une semaine, leurs indications étaient plutôt vagues pour ce fait-là. En revanche, tous se souvenaient encore précisément de leur emploi du temps des jours précédents lorsque le cadavre de la matonne avait été découvert et que les deux jeunes filles de Weydorf avaient été kidnappées.

— Contrôler leurs alibis ne servira pas à grand-chose, commenta Oppenheimer. Si le tueur a un complice parmi les étudiants, celui-ci n'aura pas participé directement aux crimes. Mais je pense que nous devrions garder un œil sur la fille.

Billhardt lui jeta un regard amusé.

— J'espère que tu ne la soupçonnes pas uniquement parce qu'elle t'a mené en bateau ?

— Ça me paraît une raison suffisante. Et elle a eu le culot de nous demander où nous en sommes de nos investigations. C'est plutôt louche, tu ne trouves pas ? En tout cas, nous savons à présent quelles sont les prochaines victimes potentielles du meurtrier.

— Les étudiants ont réussi à dépister six criminels, murmura Billhardt pour ne pas être entendu des autres clients du restaurant. Deux d'entre eux ont déjà été enlevés et tués. Il faut prévenir les quatre autres.

— Et poster des hommes devant chez eux.

Le flic manchot réfléchit un instant à la suggestion.

— Tu as raison. Les adresses que les étudiants nous ont données sont notre meilleure piste. Nous ne pouvons pas dire avec certitude que ces quatre personnes sont en danger, mais c'est probable. Au moins, ça nous permet de reprendre l'initiative. Quand le tueur voudra frapper à nouveau, nous devrons être prêts.

Oppenheimer se frotta les mains, heureux d'avoir conçu une nouvelle stratégie.

— En route pour le Praesidium ?

À son grand étonnement, Lisa et Theo l'attendaient dans le bureau de son vieil ami. Puis la mémoire lui revint brusquement. Billhardt avait prévenu le procureur chargé de l'affaire mais, pour que Hüttner soit relâché, il fallait consigner le témoignage de l'orphelin. Ayant rejeté l'idée de faire intervenir une nouvelle fois l'acariâtre Frau Paulus, Oppenheimer avait proposé à Lisa d'accompagner Theo au Praesidium pour le rassurer. Le jeune vagabond n'appréciait guère d'être entouré de policiers. Mais, tranquillisé par la présence d'Oppenheimer et de Lisa, il raconta en détail ce qui s'était passé le jour de l'arrestation de Hüttner.

Un quart d'heure plus tard, il ressortait du bâtiment, visiblement soulagé, en tenant la main de Lisa.

— Cette fois, Hüttner est officiellement hors de cause, déclara Billhardt avant d'appeler le procureur pour demander la libération du moscoutaire.

Le flic employa les heures qui suivirent à organiser la protection des quatre prochaines cibles potentielles du tueur. Ne sachant pas quoi faire d'autre, Oppenheimer resta assis près du poêle tandis que son collègue multipliait les coups de téléphone.

Comme les journées étaient très courtes à la fin décembre, il faisait déjà nuit quand Billhardt se retourna vers Oppenheimer.

Au moment où il commençait à expliquer qu'il avait réussi à coordonner l'opération avec différents postes de police, Wenzel fit irruption dans la pièce.

— Un type a été arrêté ! annonça l'aspirant-inspecteur, hors d'haleine. Votre ligne était occupée, c'est pour ça qu'un collègue m'a prévenu !

— Que s'est-il passé exactement ? demanda Oppenheimer.

Excité, le nouveau venu avait du mal à reprendre son souffle.

— Du calme, intima Billhardt.

Wenzel respira profondément.

— Il y a une demi-heure, un homme a été appréhendé à Ahrensfelde. Il était à moitié nu et tremblait comme une feuille. C'est là que ça devient intéressant. Le type avait les bras couverts de noms ! Plusieurs collègues avaient entendu parler de notre étrange affaire. Ils ont aussitôt essayé de nous contacter. D'après eux, ce pourrait être une autre victime qui s'est échappée de la planque du tueur.

Oppenheimer bondit de son siège.

— Ahrensfelde ? Je n'y comprends plus rien.

Billhardt sortit son vieux plan de Berlin, qu'il étala sur sa table de travail avec l'aide de Wenzel. L'élève policier chercha un moment avant de poser le doigt sur un village situé près de la ceinture périphérique au nord-est de l'ancienne capitale du Reich. Il n'y avait rien là-bas, hormis des champs et des forêts.

— Si l'homme était à moitié nu, il n'a pas pu marcher longtemps après son évasion, réfléchit Oppenheimer à voix haute. Il fait trop froid.

Ce nouveau coup de théâtre menaçait de mettre en l'air toute sa théorie. Pourtant, il lui semblait tellement logique que la cachette du meurtrier soit située près du lac de Tegel. Mais, contre toute attente, l'individu avait été arrêté à trente kilomètres de là en direction de l'est.

— Le tueur emmenait peut-être son prisonnier quelque part et celui-ci a sauté du véhicule en marche, murmura-t-il sans grande conviction.

Il eut beau réfléchir, il ne trouvait aucune explication plausible. Se redressant, il proposa :

— Nous devrions aller sur place pour interroger l'inconnu.

Alors qu'il empoignait son chapeau, Billhardt le retint d'un geste.

— Attends, mieux vaut nous annoncer.

Oppenheimer piaffa d'impatience tandis que le policier manchot passait un coup de fil. Si l'homme était réellement parvenu à s'enfuir, il avait sûrement de nombreuses informations à leur livrer sur le meurtrier.

Billhardt secoua la tête en raccrochant le combiné de son téléphone.

— Ce ne sera pas pour aujourd'hui. Le gars est trop épuisé pour subir un interrogatoire, il va dormir au poste de Marzahn. Les collègues nous l'amèneront demain matin.

Oppenheimer ôta son feutre en grimaçant et passa la main dans ses cheveux.

— On ne peut pas faire mieux, s'excusa Billhardt. Mais après une bonne nuit de sommeil, on y verra peut-être plus clair demain matin.

— Comment veux-tu que je dorme après une nouvelle pareille ? s'écria Oppenheimer.

— Et que se passera-t-il si le froid revient ?

La voix de Suzanne Priel, qui avait toujours eu une sonorité argentine, paraissait étrangement sourde dans le cachot.

— Nous allons mourir de froid !

La jeune femme s'accrocha au bras d'Elke et pressa le visage contre son épaule.

— Ça va aller, murmura Elke avec douceur, comme si elle voulait se persuader elle-même qu'il y avait encore de l'espoir. Ce n'est pas en ruminant des idées noires que nous arriverons à sortir d'ici.

Trois jours plus tôt, l'homme qui prétendait s'appeler Azraël avait surgi en pleine nuit et déposé un corps inanimé sur le sol. Son cœur avait failli cesser de battre quand elle avait reconnu la nouvelle otage.

Suzanne était tombée à son tour entre les griffes de leur poursuivant.

Azraël avait ensuite ouvert sa cage. Mais au lieu de la libérer, il avait pointé son pistolet vers elle et lui avait ordonné de tirer son amie évanouie à l'intérieur. Après cela, il avait refermé la porte à clé.

Depuis, il avait cessé ses visites nocturnes. Une seule fois par jour, il actionnait le guichet pratiqué dans le mur pour glisser un peu de nourriture et quelques bûches dans la cage. Heureusement, le temps s'était un peu radouci. Elles n'avaient plus leurs manteaux, mais les couvertures miteuses et le poêle leur permettaient tant bien que mal de supporter le froid. Et quand Suzanne inscrivait les noms inconnus sur son corps, Azraël leur fournissait en récompense du bois de chauffage supplémentaire. Pourtant, étrangement, leur ravisseur semblait avoir autre chose en tête. Depuis deux jours, il ne donnait plus de liste à recopier, alors que seul un bras de Suzanne était marqué d'inscriptions. C'était à ne plus rien y comprendre. Elke redoutait que le jour de sa libération ne s'éloigne encore.

La cage voisine qu'avait occupée Margret Dargel était vide. Elke se demandait pourquoi Azraël lui avait ordonné de partager la sienne avec Suzanne. Peut-être avait-il décidé cela parce qu'elles étaient amies. Mais il y avait un motif encore plus plausible : l'homme se préparait probablement à accueillir d'autres prisonniers. Ce qui expliquait sans doute pourquoi il les laissait tranquilles pour le moment.

Les cages restaient toujours dans la pénombre, ce qui rendait difficile toute estimation de l'heure. Le cachot n'était doté que d'une petite fenêtre ronde située à côté de l'échelle permettant d'accéder au toit. Quand un rai de lumière crue entrait par l'œil-de-bœuf, c'était le signe que le jour se levait. Parfois, Elke entendait des voix au loin. La lumière, la vie, les gens – tout était si proche.

Soudain, des coups firent trembler la paroi de bois derrière elles, et des aboiements retentirent. Azraël gardait plusieurs chiens dans la pièce d'à côté. Elke avait compris que c'était également l'endroit où il dormait. Par moments, elle l'entendait parler aux animaux et, la nuit, elle percevait des ronflements. Mais depuis deux jours, ces bruits avaient cessé. Elle en avait conclu que leur ravisseur était la plupart du temps absent.

À son arrivée ici, Elke était terrifiée. Malgré tout, elle avait vite surmonté sa peur, car elle avait appris très jeune à s'adapter à de nouvelles situations. Et elle ne voulait plus se laisser intimider.

— Nous devons fuir, décréta-t-elle. Azraël nous laisse seules la plupart du temps. Il faut en profiter.

Susanne la regarda d'un air stupéfait.

— Comment veux-tu faire pour sortir de la cage ?

Au lieu de répondre, Elke examina attentivement la cloison de bois derrière laquelle se trouvaient les chiens. Ses yeux se posèrent finalement sur le guichet par lequel elles recevaient leur nourriture.

Lorsque Azraël avait relâché Margret Dargel, il n'était pas entré dans le cachot. Le volet du guichet voisin avait coulissé en grinçant et une clé était tombée dans la cage de la prisonnière. Dargel avait dû faire quelques contorsions pour réussir à ouvrir le cadenas à travers les barreaux. Après cela, elle avait essayé de libérer Elke, mais ses efforts n'avaient rien donné.

Quelques minutes plus tard, les deux femmes avaient entendu des pas au-dessus de leurs têtes et la trappe du toit s'était ouverte de l'extérieur. Avec une légère hésitation, Dargel avait gravi l'échelle avant de se faufiler dehors. Elke ne l'avait pas revue.

— Je me demande où il range les clés des cages, murmura-t-elle pensivement. Sans doute à proximité de ces chatières.

Suzanne comprit aussitôt son intention.

— Tu es folle ! Il y a les chiens de l'autre côté ! Ils vont te mordre. Et les clés sont peut-être à un tout autre endroit.

Elke pesa le pour et le contre. Essayer de passer la main dans la pièce attenante était un acte désespéré, mais elle n'avait pas d'autre idée.

Elle s'agenouilla devant le guichet et passa les doigts sur les angles du petit panneau mobile. Sentant soudain une fente, elle glissa ses ongles dans l'interstice et tenta de faire bouger le clapet en bois.

Une douleur fulgurante au majeur la fit sursauter. Elke retira précipitamment la main en grimaçant. Son ongle s'était fendu.

Lâchant un juron, elle essaya d'arracher avec les dents le morceau disjoint.

— Ça marche ! s'exclama Suzanne près d'elle.

Son amie avait coincé le rebord de sa gamelle dans l'interstice pour l'utiliser comme levier.

— Pendant que tu pousses, je vais glisser les doigts à l'intérieur, dit Elke en se remettant en position.

Leur plan fonctionna.

Tandis que Suzanne appuyait sur sa gamelle, Elke parvint à saisir le volet. Elle tira de toutes ses forces.

Tout à coup, quelque chose parut céder de l'autre côté de la cloison et le clapet coulissa brutalement. Le mouvement brusque fit perdre l'équilibre à Elke, qui tomba sur le sol.

Une forte odeur de chien mouillé s'échappa de l'ouverture. Au même moment, les aboiements reprirent, beaucoup plus forts à présent. Deux gueules garnies de crocs puissants apparurent derrière le guichet, prêtes à mordre.

Effrayée, Susanne recula pour se tapir de l'autre côté de la cage.

Elke se redressa lentement. Elle avait l'habitude des animaux. Bien des années plus tôt, ses parents avaient acheté un spitz noir. En grandissant, le chien de garde était devenu un vrai cerbère et Elke était le seul membre de la famille qu'il respectait.

La jeune femme avait toujours eu un don pour parler aux canidés les plus féroces. Elle savait que l'important était de ne pas montrer sa peur.

S'asseyant près du guichet, elle commença à parler calmement aux chiens.

Suzanne observait le spectacle d'un œil sceptique, mais, au bout de quelques minutes, les aboiements s'atténuèrent.

Elke continua de rassurer les animaux d'une voix douce.

Puis, quand le silence fut revenu, elle passa la main dans le guichet.

Oppenheimer guidait sa bicyclette sur la route étincelante. Par chance, la fine couche de givre n'était pas glissante et il put franchir à vive allure la passerelle provisoire érigée non loin de l'ancienne écluse de Mühlendamm.

Sitôt réveillé, il avait quitté la villa pour enfourcher son vélo et foncer au Praesidium. L'homme arrêté la veille près d'Ahrensfelde était sûrement une mine d'informations et Oppenheimer ne voulait pas manquer le début de l'interrogatoire.

Depuis qu'il avait découvert le mobile du tueur, il éprouvait un certain tiraillement. Il comprenait très bien pourquoi Thalheimer cherchait à se venger de ceux qui l'avaient torturé et traité comme un animal. Mais on ne pouvait pas répondre à la violence par la violence. On devenait alors soi-même un criminel. Dans le passé, le commissaire avait été souvent confronté au côté sombre de la nature humaine. Cela faisait partie de son métier.

Il arpentait les coulisses de la société civilisée, explorant les zones grises de la moralité.

C'était sa destinée. Et peu à peu, il devinait quel était son rôle dans cette affaire. Bien sûr, il devait empêcher la mort d'autres personnes. Mais il était tout aussi important d'essayer de détourner le meurtrier de son chemin sanglant. À cette pensée, il serra les lèvres.

Après avoir déposé son deux-roues dans la cour du Praesidium, il s'engouffra dans le bâtiment. Billhardt l'attendait déjà dans son bureau.

Il était arrivé juste à temps. Les policiers d'Ahrensfelde venaient de livrer leur prisonnier et Billhardt se préparait à l'interroger.

Ce matin-là, le visage du flic manchot était aussi fripé que son vieux costume. À l'évidence, il avait très peu dormi.

En quelques mots, il mit Oppenheimer au fait des événements de la nuit.

— Hier soir, nous avons envoyé des hommes aux adresses que les étudiants nous avaient données. Les collègues ont trouvé trois des quatre types de la liste et les surveillent étroitement. Mais le quatrième, un gars nommé Jakob Metzler, a disparu. Apparemment, ses voisins ne l'ont pas vu depuis vendredi.

— Metzler ? S'agit-il de l'inconnu appréhendé hier à Ahrensfelde ?

Billhardt opina.

— Exactement. Tout concorde. Metzler devait être la prochaine victime du tueur, mais il a pu s'échapper. Comme Storm, il a un numéro tatoué sur le bras. C'est un ancien déporté.

Oppenheimer réfléchit un moment.

— Si le meurtrier l'a enlevé, ça veut dire que Metzler n'a pas les mains nettes. Probablement un autre kapo.

— L'entretien s'annonce délicat, approuva Billhardt en lui tendant un crayon. Prends quelques feuilles, nous allons bientôt commencer.

Ils procéderaient donc comme pour l'interrogatoire de Dobisch. Oppenheimer n'avait rien contre le fait de sténographier, cela lui permettrait d'observer attentivement Metzler.

En guise de petit déjeuner, ils partagèrent une tasse de chicorée. Revigorés par la boisson chaude, ils passèrent ensuite dans la pièce voisine, où Metzler attendait sous la surveillance d'un agent.

36

Dimanche 29 décembre 1946

Même s'il avait pu se reposer durant les dernières seize heures, Metzler avait de la peine à rester assis. Seule la table devant lui semblait l'empêcher de s'affaler sur le sol.

L'homme avait l'air d'un fantôme. Une barbe claire mangeait ses joues creuses et ses cheveux hirsutes étaient blancs comme neige. Les épais sourcils et les yeux, enfoncés dans leurs orbites, étaient quant à eux d'un noir profond. On devinait aisément que Metzler avait déjà regardé dans l'abîme. En revanche, Dieu seul savait ce qu'il y avait vu.

— Je me suis enfui, raconta le rescapé d'une voix rauque lorsque Billhardt demanda ce qui lui était arrivé.

Une quinte de toux secoua son corps noueux. Puis il reprit :

— J'étais enfermé dans une grange. Environ un jour et demi. Puis mon ravisseur est parti, et j'ai pu me libérer. La remise se trouvait dans un bois. Je n'ai pas cherché à comprendre. J'ai couru à perdre haleine jusqu'à ce que je tombe sur un village. Mon apparition leur a fichu une sacrée frousse. Mais ils ont eu la gentillesse de me donner quelques vêtements avant d'appeler la police.

— Combien de temps avez-vous couru ? s'enquit Billhardt.

Les paupières de Metzler tressaillirent.

— Je n'en sais rien. Quand j'ai quitté la grange, il faisait encore jour. La nuit est tombée au moment où j'ai atteint l'autoroute.

— Vous avez traversé l'autoroute ?

Metzler émit un grognement approbateur.

Oppenheimer essaya d'ordonner ces informations. L'anneau périphérique était situé à environ deux kilomètres et demi au nord d'Ahrensfelde. Si l'ancien déporté arrivait à se souvenir un peu plus précisément de la durée de sa course effrénée, il serait possible de définir un périmètre relativement déterminé où chercher le repaire du tueur.

Malheureusement, malgré les efforts de Billhardt, l'homme ne put leur livrer des indications plus claires. Persuadé que le tueur était à ses trousses, il avait cavalé à toute vitesse à travers les champs enneigés sans savoir où il allait.

— Le type qui m'a séquestré est un dingue ! s'exclama Metzler. Quand j'ai repris connaissance après mon enlèvement, je me trouvais dans une sorte de stalle. Mais il n'y avait pas d'animaux. Seulement de la paille sur le sol et des barbelés en haut pour m'empêcher d'escalader les cloisons.

— Pourquoi dites-vous que votre ravisseur est fou ? intervint Oppenheimer. Vous a-t-il parlé ?

— Oui, naturellement. Il voulait que j'écrive ces fichus noms sur mon corps. Je n'ai pas compris pourquoi.

Metzler retroussa la manche gauche de sa chemise. À l'instar des autres victimes, le dos de sa main et son avant-bras étaient couverts d'inscriptions.

— J'ai obéi, parce qu'il me donnait de la nourriture et du bois de chauffage en échange. Il a même affirmé qu'il me laisserait partir si je recopiais toute sa liste.

— Ainsi, il était prêt à vous relâcher ? s'étonna Billhardt.

Metzler lui jeta un regard éloquent.

— Complètement taré, hein ?

— Il ne craignait donc pas que vous puissiez l'identifier par la suite ?

Le rescapé haussa les épaules.

— Je viens de vous le dire. Ce gars est zinzin. Il se prend pour Azraël, il y croit dur comme fer.

Billhardt fronça les sourcils.

— Azraël est une figure de la mythologie sémite, expliqua Oppenheimer. Dans le Tanakh juif, qui a servi de modèle à l'Ancien Testament de la Bible chrétienne, il apparaît épisodiquement sous la forme d'un Ange de la mort. Il y a cependant plusieurs interprétations. Azraël est représenté comme un être ailé, mais aussi comme une créature avec autant d'yeux et de langues qu'il existe d'hommes sur Terre. D'après la légende, Azraël sera le dernier à mourir. Il note dans un grand livre l'ensemble des naissances et des décès de l'humanité tout entière. C'est l'éternel témoin en quelque sorte.

En parlant, le commissaire s'aperçut que toutes les pièces du puzzle s'imbriquaient. La marque de l'être ailé gravée à côté des portes, la liste des défunts dans la bouche des victimes, le rituel de l'écriture sur le corps. Même si c'était un peu tiré par les cheveux, chacun de ces éléments pouvait être raccordé avec la figure mythique d'Azraël. Cela ne faisait pas l'ombre d'un doute : le tueur était bel et bien obsédé par l'Ange de la mort.

Tapotant sur la table avec son crayon, Oppenheimer se demanda ce qui avait poussé le meurtrier à s'identifier avec un personnage pareil. Restait à savoir jusqu'à quel point il se prenait pour Azraël.

Considérer que le tueur avait perdu la raison était une explication trop simpliste. Il s'agissait peut-être d'une autre manœuvre de diversion pour distraire la police.

Le commissaire aurait aimé pouvoir en discuter avec Hilde, mais le temps lui manquait. Deux jeunes femmes étaient entre les griffes d'Azraël. S'ils ne trouvaient pas rapidement la cachette du tueur, celles-ci ne tarderaient pas à mourir.

Billhardt se pencha vers son interlocuteur.

— Étiez-vous seul dans cette grange, Herr Metzler ? Ou y avait-il d'autres personnes kidnappées avec vous ?

L'ancien déporté sembla hésiter.

— Je l'ignore. Je n'ai pas vu ce qu'il y avait dans les autres stalles.

— Avez-vous entendu quelque chose ? Des voix de femmes ?

— Non, tout était silencieux. Je pense que j'étais seul là-bas.

Ces mots firent à Oppenheimer l'effet d'une gifle. Il était possible qu'ils se soient bercés d'illusions et que les filles de Weydorf soient déjà mortes. Le commissaire serra son crayon tellement fort que les jointures de ses doigts virèrent au blanc.

Metzler se racla la gorge en prenant une mine gênée.

— Pour être franc, je n'ai pas vérifié après m'être libéré.

— Comment êtes-vous parvenu à vous enfuir, d'ailleurs ? interrogea Oppenheimer.

— Azraël a commis une erreur d'appréciation, répondit Metzler avec un sourire satisfait. J'ai travaillé dans le bâtiment. Il m'est déjà arrivé de construire des granges. Souvent, on bâcle les fondations. Avec les bûches que j'avais sous la main, j'ai creusé un trou dans le sol jusqu'à ce que je puisse me faufiler sous le mur. Mais je ne suis pas allé loin. Il m'a rattrapé.

Billhardt se redressa.

— Et que s'est-il passé ?

Metzler se frotta le front d'un air las.

— Mes souvenirs sont flous. Azraël a tenté de m'arrêter. Nous nous sommes battus. J'ai ramassé la bûche que j'avais utilisée pour creuser et je l'ai frappé au visage. Il s'est effondré. Je n'ai pas demandé mon reste, croyez-moi. Je me suis enfui. Comme je n'avançais pas assez vite dans la forêt, j'ai coupé à travers champs en essayant de rester loin des routes. J'avais peur qu'il ne me poursuive avec sa voiture.

— Aviez-vous déjà vu votre ravisseur auparavant ?

Metzler secoua la tête négativement.

— Je n'ai pas fait attention à son visage. Il portait un épais manteau d'hiver et un bonnet enfoncé jusqu'aux oreilles.

— Le nom Thalheimer vous dit-il quelque chose ? Fritz Thalheimer ?

Le rescapé réfléchit longuement. Il ouvrit plusieurs fois la bouche avant de se raviser.

— Je ne suis pas sûr, avoua-t-il finalement. Fritz Thalheimer est un nom plutôt courant.

— Vous avez peut-être rencontré quelqu'un portant ce nom à Sachsenhausen ? suggéra Billhardt.

Metzler se figea. Puis il noua lentement les bras autour de son torse. Durant l'espace de quelques secondes, on aurait dit qu'il se sentait pris sur le fait. Se ressaisissant, il rétorqua d'une voix blanche :

— Comment savez-vous que j'étais à Sachsenhausen ?

Billhardt le sonda du regard avant de répondre :

— Tout nous porte à croire que le ravisseur a été détenu quelque temps à Sachsenhausen. Il ne kidnappe que des gens avec lesquels il avait, disons… un contact direct.

L'ancien prisonnier écarquilla les yeux.

— Alors, je devrais connaître ce Thalheimer selon vous ?

— Quand vous vous êtes battu avec votre agresseur, son visage ne vous a-t-il pas paru familier ? insista Oppenheimer.

Piqué au vif, Metzler haussa le ton.

— Hé ! vous avez une idée du nombre de gens qui étaient enfermés là-bas ? Savez-vous combien sont morts ? Il y avait sans arrêt de nouveaux arrivants. Sans compter ceux qui travaillaient dans les camps annexes pour les usines d'armement de Siemens, Daimler et autres. Et vous voudriez que je me souvienne du visage d'un type que j'ai peut-être croisé au détour d'un baraquement ?

Oppenheimer l'observa en silence. Le comportement du rescapé lui paraissait suspect. Il n'avait pas posé la première question qui serait venue à l'esprit d'un homme n'ayant rien à se reprocher.

Metzler ne voulait pas savoir pourquoi le tueur l'avait enlevé lui, et pas un autre.

Avait-il déjà la réponse ?

Afin de le découvrir, Oppenheimer opta pour une attaque frontale. De toute manière, le commissaire ne risquait rien. Metzler avait déjà livré les informations qu'ils attendaient de lui. À présent, il s'agissait d'un autre sujet. Quelle avait été sa part de responsabilité dans les horreurs commises à Sachsenhausen ?

— Azraël enlève des personnes avec lesquelles il

a des comptes à régler. Il les torture quelques jours avant de les tuer.

Il marqua une pause pour donner plus de poids à sa dernière phrase. Metzler semblait comme pétrifié.

— Sa dernière victime est Margret Dargel, enchaîna-t-il. Elle était gardienne à Sachsenhausen et revendait au marché noir la nourriture destinée aux prisonniers. Le tueur a commencé sa croisade vengeresse à Berlin en tuant Aribert Storm, un kapo qui espionnait ses codétenus pour les SS. Je me demande pourquoi il peut bien vous en vouloir…

Son vis-à-vis feignit de ne pas comprendre la question.

— C'est sûrement un hasard, murmura-t-il.

Oppenheimer secoua lentement la tête.

— Je ne crois pas. Le meurtrier choisit ses victimes avec soin. Il les observe plusieurs jours durant avant de frapper. Rien ne l'arrête. Il retrouve même ceux qui ont essayé de dissimuler leur identité après la guerre. Ce serait très étonnant qu'il se soit trompé.

— Qu'est-ce que vous sous-entendez ? fulmina Metzler. Que je suis un sale rat comme Storm ? Un salaud qui a trahi ses camarades ? C'est moi, la victime, ici ! Sachsenhausen était un véritable enfer, mais j'ai survécu. Maintenant, quelqu'un m'enlève et je dois tolérer vos questions insultantes ?

Le souffle court, l'ancien prisonnier s'appuya contre le dossier de sa chaise. Lorsque sa colère fut retombée, il poursuivit à voix basse :

— Vous ne comprenez pas. Vous n'étiez pas là-bas. Vous ne pouvez pas imaginer ce qu'on devient quand on vous traite comme un animal. Et même pire encore. Aucun de vous n'a enduré ça. Malgré tout, vous vous permettez de juger.

Metzler baissa la tête, puis tout son corps s'affaissa. Il était à bout de forces. Dans un murmure, il ajouta :

— Je n'ai plus rien à dire. Je veux rentrer chez moi.

Elke continuait de parler aux chiens. Elle les rassurait d'une voix calme tandis qu'elle avançait tout doucement la main dans le guichet. Millimètre après millimètre. Il ne fallait pas faire de mouvement brusque susceptible de les effrayer. Concentrée, elle essayait de ne pas penser aux blessures que les crocs féroces pouvaient lui infliger.

Quand elle eut réussi à passer l'avant-bras par l'ouverture, elle commença à palper lentement la cloison autour de l'encadrement. À sa grande déception, elle ne trouva aucune clé suspendue à un crochet. Elle se mit alors à explorer le plancher de la pièce voisine.

En tâtonnant, elle toucha l'un des animaux.

Aussitôt, elle se figea et mobilisa tout son sang-froid pour ne pas retirer précipitamment sa main. Sinon, les chiens la mordraient. Malgré le froid ambiant, une pellicule de sueur se forma sur son front.

Elke pressa sa paume sur le sol. Elle entendit le grattement des griffes sur les lattes grossières et sentit un souffle chaud sur ses doigts.

Elle devinait ce qui se passait à côté. Les chiens étaient en train de la flairer.

Fermant les yeux, elle adressa au Ciel une courte prière.

Puis quelque chose toucha sa peau.

Ce n'étaient pas des dents, mais une langue humide.

— Oui, c'est bien, murmura-t-elle avec soulagement. Tu es un brave garçon.

Quelques instants plus tard, les animaux se désintéressèrent de la main inconnue et allèrent s'étendre un peu plus loin.

Elke continua de sonder son environnement des doigts. Au bout d'un moment, elle tomba sur un objet dur.

— On dirait le pied d'une table, souffla-t-elle.

Suzanne rampa vers elle.

— Peux-tu renverser cette table ? Le trousseau de clés est peut-être posé dessus.

Les pensées d'Elke se bousculaient dans sa tête. Comment pouvait-elle faire basculer la table sans affoler les chiens ?

La jeune femme n'eut pas le temps d'essayer.

Un bruit la fit sursauter. Dehors, des pas se rapprochaient. Elles n'étaient plus seules.

Les chiens remarquèrent aussi que quelqu'un arrivait et se mirent à aboyer.

Pestant intérieurement, Elke retira son bras de l'ouverture. Lorsqu'elle jeta un coup d'œil vers la petite fenêtre, elle vit passer une ombre.

— C'est lui, dit Suzanne, soudain pâle comme un linge.

La voix de son amie était à peine perceptible à cause du vacarme que faisaient les chiens. Elke respira profondément. Elle n'avait pas encore abandonné tout espoir. Ce n'était peut-être pas leur ravisseur, mais une personne venue les sortir de là.

Des gonds grincèrent, puis quelqu'un descendit lourdement l'escalier.

La porte de la pièce attenante s'ouvrit. Les chiens cessèrent brusquement d'aboyer et se mirent à gémir. Elke comprit qu'ils connaissaient l'arrivant.

Azraël était de retour.

— Ai-je bien entendu ? s'interrogea Billhardt tandis qu'ils retournaient dans son bureau. Metzler a-t-il fait un demi-aveu ?

Oppenheimer avait lui aussi du mal à interpréter les allusions de l'ancien déporté.

— Il n'a rien avoué explicitement. Mais il s'est senti acculé par mes questions. Et il a commencé à user de faux-fuyants pour éviter de s'expliquer. Je suis sûr qu'il nous cache quelque chose. S'il était un kapo comme Storm, il fera tout pour le taire aussi longtemps que possible.

Billhardt poussa un soupir.

— Il y a autre chose qui m'intrigue, poursuivit Oppenheimer. Pourquoi Azraël s'est-il attaqué à Metzler vendredi alors qu'il avait kidnappé Suzanne Priel la veille ? Jusqu'à présent, il attendait plusieurs jours entre deux enlèvements et préparait soigneusement ses actions.

— Ça n'a rien d'inhabituel chez les tueurs en série, remarqua Billhardt. L'euphorie provoquée par le meurtre dure de moins en moins longtemps, et donc l'intervalle entre les crimes se réduit. Ce qui est étonnant, c'est que nous avons failli le coincer jeudi. On pourrait croire que notre homme devient moins prudent. Ou alors il ne veut plus perdre de temps maintenant qu'il sait que nous sommes à ses trousses. Avant d'être arrêté, il essaie peut-être de liquider tous les salopards qui restent encore sur sa liste.

— C'est plausible, acquiesça Oppenheimer pensivement.

Billhardt tourna la tête vers lui.

— Dis-moi, comment connaissais-tu cette histoire d'Ange de la mort ?

— Oh, j'ai découvert la figure d'Azraël par hasard. Une symphonie de Josef Suk porte ce nom.

— J'aurais dû m'en douter ! s'esclaffa le flic avant de reprendre son sérieux. En tout cas, nous devrions surveiller de près Metzler. Il est en danger. Le tueur va peut-être tenter de l'enlever une seconde fois.

— Tu veux le garder au Praesidium ?

— Non. Ce serait un peu exagéré. Reinmann le raccompagnera à son domicile et restera là-bas pour le protéger. Il réinterrogera notre miraculé dès que celui-ci aura repris des forces. Metzler est encore sous le choc. Certains détails lui reviendront peut-être en mémoire après une bonne nuit de sommeil.

— Mais nous n'avons plus beaucoup de temps, objecta Oppenheimer. Nous devons trouver le tueur avant qu'il ne récidive.

— Je crois savoir où chercher. Dans les environs d'Ahrensfelde, il n'y a pas beaucoup d'endroits où se planquer. Viens, je vais te montrer sur la carte.

Billhardt paraissait sûr de lui. Au moment où le policier ouvrait la porte de son bureau, Oppenheimer aperçut Lathrop à l'intérieur. L'officier américain s'entretenait avec Wenzel. En les voyant entrer, il arbora un large sourire.

— Excellent ! s'écria-t-il en serrant la main de Billhardt. On m'a appris que vous saviez maintenant où se cachait le meurtrier.

— Ne nous réjouissons pas trop vite, tempéra le manchot. Mais nous allons peut-être pouvoir bientôt disculper ce GI soupçonné à tort d'avoir fait du mal à Elke Giesow.

Il s'approcha du plan de Berlin étalé sur sa table de travail et montra à Lathrop l'endroit où Metzler avait été trouvé.

— Notre malheureux kidnappé affirme avoir traversé l'autoroute, poursuivit-il. Nous devons donc concentrer nos recherches au nord d'Ahrensfelde. Au nord-ouest, il y a deux villages, Birkholz et Schwanebeck. Je ne pense pas que la planque du meurtrier soit dans les parages, sinon Metzler aurait vu les maisons en s'enfuyant et se serait dirigé là-bas.

— Reste donc le périmètre situé au nord-est d'Ahrensfelde, en conclut Lathrop en désignant la zone sur le plan.

— Nous cherchons une grange, indiqua Oppenheimer. C'est là que le tueur retient ses otages. Je vois qu'il y a des bois à l'est de Birkholz. Ça colle avec la description de Metzler. La planque pourrait se trouver dans ce coin-là.

— Metzler a repris connaissance dans une grange, récapitula Billhardt. Ce qui veut dire qu'on l'a déposé là-bas. Notre rescapé paraît maigre, mais je suis sûr qu'il est assez lourd en réalité. Pour le porter plusieurs centaines de mètres sur un sentier forestier accidenté, il faudrait être un hercule. Le bâtiment est certainement accessible en voiture, ce qui restreint encore notre périmètre.

— Ça semble logique, approuva Lathrop, le regard rivé sur le plan.

— Comment les choses se présentent-elles ? lui demanda Billhardt. Recevrons-nous le soutien de la police militaire pour les recherches ?

Lathrop garda le silence. Oppenheimer ne connaissait que trop bien l'air impénétrable qu'affichait l'Américain. C'était celui que prenaient les officiers alliés lorsqu'un Allemand essayait de savoir si les rumeurs de mésentente entre l'Est et l'Ouest étaient fondées.

— Cette tâche concerne la police locale, répondit finalement Lathrop en grinçant des dents.

Il partit peu après, soit parce qu'il était satisfait des progrès de l'enquête, soit parce qu'il souhaitait éviter des questions dérangeantes.

Billhardt s'installa à son bureau et décrocha son téléphone pour lancer l'opération sur le terrain. Prudent, il avait déjà demandé à la police de Marzahn de se tenir prête.

Après avoir donné le feu vert aux équipes de recherche, il se leva et fit signe à Wenzel de le suivre. En voyant Oppenheimer saisir son manteau, il le retint par le bras.

— Nous ne savons pas si Thalheimer est armé. Ça pourrait être dangereux. Et tu es un civil, pour ainsi dire. S'il t'arrive quelque chose, je risque d'avoir de gros ennuis. Et je ne pourrais plus regarder Lisa en face.

Oppenheimer se sentit trahi. Il avait apporté sa contribution dans cette enquête, et voilà qu'on l'écartait si près du but !

— Mais tu m'as toujours laissé t'accompagner ces derniers jours !

Son collègue leva la main en signe d'apaisement.

— Et ton aide nous a été précieuse. Mais je n'aurais pas dû t'emmener sur le terrain. C'était irréfléchi de ma part. Je me disais que c'était comme avant, mais je me suis voilé la face. Les choses ont changé. Je suis désolé, Richard. Essaie de comprendre.

Sur ce, Billhardt sortit du bureau. Wenzel hésita un instant. L'aspirant-inspecteur lança un regard à Oppenheimer, comme pour montrer qu'il n'était pas d'accord avec la décision de son supérieur. S'abstenant de tout commentaire, il lui fit un bref signe de tête avant de quitter la pièce à son tour.

37

Dimanche 29 décembre 1946

Les poings serrés dans les poches de son manteau, Oppenheimer descendit l'escalier du Praesidium d'un air sombre. Même s'il comprenait les raisons de son vieil ami, il se sentait injustement traité. N'ayant aucune envie de poireauter des heures près du téléphone de Billhardt, il avait décidé de rentrer à la villa de Schöneberg. Après tout, c'était dimanche et il préférait passer l'après-midi en compagnie de Lisa.

Alors qu'il traversait le hall en direction de l'arrière-cour, il entendit quelqu'un l'interpeller.

— Herr Oppenheimer ! Attendez !

En se retournant, il reconnut Albert Schott, le camarade taciturne d'Irene Klee, qui se tenait près de l'entrée principale.

Il devina aussitôt qu'il s'était passé quelque chose.

Le visage cramoisi, Schott fit quelques pas en avant. Le policier de garde dans la loge lui décocha un regard noir à travers la vitre et fit un geste pour l'arrêter.

— Tout va bien ! lança Oppenheimer. Il est venu me voir !

Même si l'ancien commissaire n'avait aucune autorité en ces lieux, l'agent n'insista pas et se rassit.

— Qu'y a-t-il, Herr Schott ? s'enquit Oppenheimer en s'approchant du visiteur.

— Vous nous avez demandé de vous contacter si un détail susceptible de faire avancer l'enquête nous revenait.

Le commissaire l'entraîna vers l'escalier et le guida jusqu'au bureau de Billhardt. Dans une affaire aussi délicate, il préférait que l'entretien reste confidentiel.

— Alors, je vous écoute, dit Oppenheimer en proposant une chaise à l'étudiant.

— Je suis ici à cause d'Irene. Les autres ne veulent rien dire. Elle a séduit Jakob, et Christoph s'est aussi entiché d'elle. Mais il y a plusieurs choses qui me paraissent très suspectes.

Oppenheimer plissa le front en entendant le nom d'Irene Klee. Cela sautait aux yeux que Jakob Kampendonk avait une liaison avec la jeune femme, et il semblait également évident que le pauvre Christoph Hildebrandt était éperdument amoureux d'elle, sans avoir la moindre chance de pouvoir la conquérir.

Il s'assit sur la chaise de Billhardt et croisa les doigts sur la table de travail.

— Qu'est-ce qui vous paraît suspect ?

— J'ai vérifié d'où provenait notre liste de criminels, répondit Schott.

La lumière du jour jetait des reflets sur les verres épais de ses lunettes. Après une courte pause, il demanda en baissant la voix :

— Ce kapo, Storm, et la gardienne, Dargel, ils ont été assassinés, n'est-ce pas ?

Oppenheimer confirma d'un mouvement de tête.

Schott pinça les lèvres. Il rassembla tout son courage avant de poursuivre :

— C'est Irene qui a proposé ces deux noms. Je m'en

suis souvenu après coup. Elle en avait encore deux autres, mais je trouve que c'est un curieux hasard.

Le commissaire eut soudain une idée.

— Est-ce que l'un d'eux serait un certain Metzler ?

— Comment pouvez-vous le savoir ? s'étonna l'étudiant.

Oppenheimer se retint de pousser un cri jubilatoire. Au lieu de répondre, il posa une autre question.

— Fräulein Klee a-t-elle indiqué d'où elle tenait ces quatre noms ?

Schott fit non de la tête.

— Personne ne lui a demandé.

Ainsi, il existait bel et bien un lien entre Klee et le tueur. C'était Thalheimer qui avait donné les noms à la jeune étudiante, et celle-ci avait abusé de l'idéalisme de ses camarades afin de retrouver pour lui la trace des criminels. Oppenheimer ne s'était donc pas trompé. Il n'avait aucune preuve tangible pour étayer sa thèse, mais les révélations de Schott confirmaient amplement ses soupçons.

— Vous avez bien fait de venir me voir. Savez-vous par hasard si Fräulein Klee se trouve à son domicile aujourd'hui ?

— Le week-end, elle est la plupart du temps chez ses parents. Enfin, chez sa mère. Son père est mort. La maison est à Tegel, dans la Bernauer Straße.

Cette fois, Oppenheimer eut du mal à maîtriser son excitation. Il bondit de sa chaise et se mit à arpenter le bureau sous le regard étonné de Schott. Oubliant l'étudiant, il réfléchit à ce qu'il venait d'apprendre. Tous les éléments s'imbriquaient parfaitement à présent.

Comme il l'avait supposé, le refuge du tueur devait se trouver en réalité dans les environs des usines Borsig, à Tegel. Et le week-end, Irene Klee habitait à quelques centaines de mètres de l'endroit où avait été découvert le corps de Storm.

Seule une question demeurait sans réponse. Pourquoi Thalheimer avait-il emmené Metzler à Ahrensfelde ? Le tueur possédait-il plusieurs planques ? Il était également possible qu'il ait changé de repaire parce qu'il ne se sentait plus en sécurité dans les alentours du lac de Tegel.

Oppenheimer s'arrêta et secoua la tête. Il ne savait plus quoi penser.

Heureusement, Schott connaissait l'adresse d'Irene Klee à Tegel, car il lui avait rendu plusieurs fois visite là-bas. Le commissaire devinait que Kampendonk et Hildebrandt n'étaient pas les seuls à avoir succombé au charme de la jeune femme, même si Albert Schott ne l'aurait sans doute jamais avoué publiquement. Il décida de profiter de son après-midi pour essayer de découvrir le lien qui reliait le meurtrier au lac de Tegel.

Après avoir remercié et raccompagné l'étudiant jusque dans le hall, il retourna à l'étage noter l'adresse exacte de Metzler. Comme Billhardt et Wenzel étaient partis pour Ahrensfelde, il voulait faire un crochet par Schöneberg pour prévenir de ses intentions Reinmann, resté de garde au domicile du rescapé.

Nerveux, Billhardt retint son souffle. La grange se trouvait à une centaine de mètres devant eux au milieu d'une clairière.

Se cachant derrière un arbre, il lança un regard pardessus son épaule. Légèrement en retrait, Wenzel donnait les dernières consignes aux policiers de Marzahn.

Billhardt leva la tête. Durant la dernière demiheure, des nuages noirs s'étaient amoncelés dans le ciel, annonçant un orage imminent. La pénombre qui envahissait les sous-bois était une chance. Cela leur permettrait de s'approcher discrètement.

Jusqu'à présent, l'opération se déroulait comme prévu. À pas de loup, les agents avaient encerclé la grange pour couper toutes les voies de retraite. Billhardt ne voulait pas courir le moindre risque.

— Faites attention, Thalheimer est peut-être armé, souffla-t-il aux hommes postés non loin de lui.

À bord de leurs véhicules d'intervention, ils avaient pris tout d'abord la direction d'Elisenau ; la route de campagne traversait la grande forêt située non loin de l'endroit où Metzler avait été retrouvé. C'était la zone qui correspondait le mieux aux descriptions de l'ancien déporté. D'après son récit, on pouvait déduire qu'il avait marché entre une et deux heures. Malgré la fatigue, il avait probablement parcouru quatre ou cinq kilomètres.

Au bout d'un moment, Wenzel avait repéré des traces de pneus sur un chemin forestier enneigé qui s'enfonçait entre les arbres.

Billhardt avait ordonné à ses hommes de suivre la piste. Cinq cents mètres plus loin, le sentier débouchait sur une clairière au milieu de laquelle se dressait un bâtiment.

Pour conserver leur effet de surprise, les policiers avaient garé leurs véhicules à bonne distance et continué à pied.

Metzler avait raconté qu'on l'avait séquestré dans une sorte de grange. D'extérieur, ce qu'ils avaient sous les yeux ressemblait plutôt à une vieille remise, mais les indications du rescapé étaient très floues.

Billhardt progressa de quelques mètres avant de se dissimuler derrière un autre tronc. Le cœur battant, il ôta le cran de sécurité de son pistolet. Celui-ci était un don des Britanniques à la police berlinoise et avait l'avantage de pouvoir être armé d'une seule main. Le commissaire manchot devait pourtant veiller à ne pas gaspiller ses balles, car remettre d'une main des cartouches dans un barillet était une tâche sacrément incommode.

Il pencha la tête pour jeter un coup d'œil à la remise. Ce faisant, il avisa un trou au pied du mur latéral.

Le petit tunnel creusé par Metzler lors de son évasion. Cette fois, il n'y avait plus aucun doute. Ils avaient trouvé le repaire de Thalheimer.

Il fit un signe à Wenzel. L'aspirant-inspecteur acquiesça du menton.

Tête baissée, les deux hommes s'élancèrent en même temps vers le flanc de la grange. Après avoir longé en silence la paroi de planches, ils contournèrent l'angle du bâtiment et s'immobilisèrent devant la porte d'entrée.

Le battant était entrouvert. Une trace de sang courait sur le seuil et disparaissait dans la pénombre. D'un bond, Wenzel se posta de l'autre côté du chambranle.

Billhardt s'approcha de l'entrebâillement pour sonder le demi-jour qui régnait dans la remise. À quelques pas de là, il découvrit une flaque sombre. Du sang séché. Un peu plus loin, il distingua une forme étendue sur le plancher.

Il échangea un regard avec Wenzel. Son collègue avait lui aussi remarqué la petite mare brune.

Le futur inspecteur donna un coup de pied dans la porte et tous deux se ruèrent à l'intérieur en pointant leur arme devant eux.

Toutes les mesures de précaution qu'ils avaient prises s'avérèrent inutiles. Il n'y avait plus personne dans la remise.

Hormis un cadavre qui gisait sur le sol.

Billhardt examina le corps. L'homme avait le crâne fracassé, et sa casquette était tombée sur le plancher non loin de là. Quoi qu'il soit venu chercher dans ce coin isolé, on ne pouvait plus rien pour lui.

— Où sont les filles, bon Dieu ? s'écria le commissaire.

De part et d'autre de l'allée centrale se trouvaient trois stalles fermées à l'aide de cadenas. Suzanne Priel et Elke Giesow devaient être séquestrées dans ces box.

Rengainant son arme, Wenzel se mit en quête d'outils pour forcer les serrures. Billhardt ressortit brièvement du bâtiment et annonça la fin de l'assaut aux autres policiers.

À son retour, Wenzel avait déjà fait sauter le cadenas de la première stalle à coups de hache.

Pistolet au poing, Billhardt enfonça la porte du pied.

Le box était rempli de toutes sortes d'instruments destinés à la culture des sols : socs, rouleaux métalliques, herses.

En revanche, les deux compartiments situés de l'autre côté de l'allée centrale avaient été aménagés pour une autre utilisation. Des fils barbelés étincelaient au-dessus des cloisons de bois. C'étaient manifestement ces stalles qui devaient servir de cellules pour les otages du tueur.

Wenzel brisa un deuxième cadenas. Au fond de la petite pièce béait un trou dans le sol. Ils avaient découvert l'endroit où Metzler avait été enfermé.

Billhardt ressortit et désigna la dernière porte. Son collègue s'approcha, brandit sa hache et fit sauter la serrure portative.

Oubliant toute précaution, le commissaire enfonça le battant d'un coup d'épaule et se précipita à l'intérieur du compartiment.

Il se figea au bout de trois pas, incrédule.

La stalle était vide.

— Bordel, qu'est-ce que…

Le manchot n'acheva pas sa phrase. Le sol était

couvert de paille et de vieilles couvertures étaient entassées en vrac dans un coin. Visiblement, quelqu'un avait séjourné dans cette cellule improvisée. Mais aucune trace des deux jeunes femmes kidnappées.

Billhardt lâcha un juron bien senti.

Tandis qu'Oppenheimer roulait sur la Bayreuther Straße, un vent désagréable lui fouettait le visage. Les rafales étaient si fortes qu'elles faisaient tanguer sa bicyclette. Il regrettait presque d'avoir fait le détour par Schöneberg pour avertir Reinmann qu'il allait suivre la piste d'Irene Klee. L'aspirant-inspecteur avait reçu la tâche peu gratifiante de veiller sur Metzler et devait donc se trouver au domicile de l'ancien déporté, situé dans la Geisbergstraße près de la Viktoria-Luise-Platz.

Sur la gauche du commissaire apparut la coupole monumentale d'un gazomètre. Le ciel tourmenté était si bas que les nuages semblaient toucher la charpente métallique de l'installation. Le réservoir se dressait au milieu des ruines tel un puissant colosse.

Metzler habitait juste derrière, dans un immeuble de cinq étages fortement endommagé par les bombes. Oppenheimer roula sur les gravats pour accéder à l'arrière-cour. Comme il ne comptait pas rester longtemps, il décida de cadenasser son vélo à une poutrelle tordue.

Il entra dans le bâtiment et chercha les boîtes aux lettres. Celle de Metzler se trouvait au milieu de la rangée, ce qui signifiait que l'appartement du rescapé de Sachsenhausen était au deuxième ou troisième étage.

Le commissaire monta les marches deux par deux. Arrivé au deuxième palier, il fronça les sourcils pour déchiffrer dans le demi-jour les noms inscrits sur les plaques des portes.

Concentré, il ne remarqua pas immédiatement le sombre ballot qui gisait sur le sol à quelques mètres de lui.

Il avisa le tas de vêtements abandonné au moment où il venait de repérer le nom « J. Metzler » sur une sonnette.

Instinctivement, il sut que quelque chose clochait.

Il s'accroupit lentement et s'aperçut qu'il s'agissait d'un homme pelotonné sur lui-même. Le chapeau déposé négligemment sur l'épais manteau d'hiver cachait en réalité un visage. L'évanoui poussa un gémissement.

Oppenheimer souleva avec précaution le feutre usé. Ses soupçons se confirmèrent.

C'était Reinmann.

— Ça va ?

Ne voyant aucune tache de sang, il tapota la joue du policier.

— Vous m'entendez ? Que s'est-il passé ?

Reinmann ouvrit les yeux.

— Qu'est-ce que vous faites ici ? balbutia-t-il.

— Quelqu'un vous a assommé, expliqua Oppenheimer en l'aidant à s'asseoir.

L'aspirant-inspecteur s'adossa contre le mur et se frotta les tempes.

— C'était Thalheimer ? demanda Oppenheimer. Il vous a tendu un piège ?

— Impossible, maugréa Reinmann. Nous sommes montés jusqu'ici et Metzler m'a annoncé qu'il avait perdu ses clés. Je lui ai proposé d'aller voir le concierge, mais il m'a dit qu'il cachait toujours un double sur le chambranle de la porte. Il a levé le bras et, l'instant d'après, rideau.

Le commissaire ferma les yeux. À présent, tout s'éclairait.

— Il s'est bien joué de nous. Ce prétendu Herr Metzler, c'était en réalité Thalheimer.

38

Dimanche 29 décembre 1946

Cette révélation fit à Oppenheimer l'effet d'une claque. Ils savaient déjà que Thalheimer se sentait extrêmement sûr de lui et qu'il ne reculait devant rien. Oser enlever Suzanne Priel sous le nez de la police demandait des nerfs d'acier. Mais était-il mégalomane au point de se faire passer pour une victime et de venir les narguer au Praesidium ?

— C'est absurde, protesta Reinmann. Il aurait pu se faire arrêter.

— Personne n'a contrôlé l'identité de Metzler. Il n'avait pas de papiers sur lui. En plus, qui aurait pu deviner que Thalheimer oserait se jeter dans la gueule du loup ? Aucun criminel ordinaire n'aurait pris ce risque. Voilà pourquoi il se sent aussi fort.

Oppenheimer s'assit par terre à côté du policier.

— Je pense qu'Irene Klee est de mèche avec lui, poursuivit-il d'un air pensif. Parmi les étudiants, elle est la seule à avoir demandé ce que nous savions sur le tueur. Elle voulait découvrir où en était notre enquête. Mais nous ne lui avons donné aucune information. Elle a certainement prévenu Thalheimer et, quelques heures plus tard, il a surgi du néant. Comme il a enlevé Metzler vendredi, il pouvait aisément se faire passer pour lui. Nous aurions pu le démasquer en convoquant les voisins de Metzler pour une identification. Mais personne n'y a songé. Le vrai Metzler est sans doute enfermé quelque part.

Reinmann n'était pas convaincu.

— Alors, Thalheimer aurait fait ça uniquement pour nous espionner ? s'enquit-il d'un ton sceptique.

Oppenheimer opina.

— Il sait maintenant que nous connaissons son identité. Après l'interrogatoire, il sait aussi que nous avons découvert son mobile et le lien avec le camp de Sachsenhausen. Et Irene Klee lui a sûrement raconté que nous avions obtenu la liste de ses prochaines victimes. De son côté, il a essayé de nous embrouiller en nous expliquant que le tueur était complètement fou et se nommait Azraël. C'était encore une manœuvre de diversion. Comme la mise en scène des cadavres. Il nous donne une foule d'indices que nous tentons ensuite d'interpréter. Ces informations ne nous servent à rien, mais elles nous font perdre un temps précieux.

Il ôta son chapeau et appuya la tête contre le mur.

Après un moment de silence, Reinmann demanda :

— Mais pourquoi nous a-t-il révélé l'endroit où se trouve son refuge ?

— Encore une fausse piste pour nous égarer. Je suis certain que Billhardt ne découvrira rien là-bas. Du moins, aucun otage. Avec ce piège, Thalheimer voulait gagner du temps. Il prévoit probablement de tuer Metzler et les deux filles pendant que nous passons au peigne fin sa fausse planque à Ahrensfelde. Il sait à présent qu'il doit se dépêcher de boucler sa croisade vengeresse avant de disparaître. (Oppenheimer marqua une courte pause.) Mais j'ai une petite idée de l'endroit où il se cache en réalité. Et il se croit tellement rusé qu'il ne se doute certainement pas que nous sommes sur ses talons.

Il se mit debout et aida Reinmann à se relever. Coiffant son feutre, il annonça :

— Je vais rendre visite à la mère d'Irene Klee. Elle habite près des usines Borsig. Le repaire de Thalheimer se trouve également quelque part dans les environs. Si j'arrive à dépister Fräulein Klee, je mettrai aussi la main sur le tueur. (Il donna une tape amicale au policier.) Maintenant, allez vous reposer. Mais veillez à prévenir le commissaire Billhardt. Dites-lui de venir de toute urgence à Tegel. Et d'amener si possible des renforts. Metzler et les deux jeunes femmes courent un grave danger.

— Il ne pourra plus rien nous dire, grommela Billhardt en contemplant le cadavre à ses pieds.

Wenzel et lui avaient fouillé sans résultat la remise, et ils attendaient à présent les techniciens de l'Identification judiciaire.

Les policiers de Marzahn ratissaient la zone autour du bâtiment, mais il y avait peu d'espoir de retrouver les deux otages vivantes.

Billhardt serra le poing. Ils avaient échoué. Suzanne Priel et Elke Giesow étaient vraisemblablement déjà mortes. Tout comme leur ravisseur, qui n'avait pas survécu à son corps à corps avec Metzler. Ils étaient arrivés à la fin de leurs investigations.

Le commissaire avait beau réfléchir, il ne voyait pas ce qu'il aurait pu faire d'autre pour éviter cette impasse.

Il entra encore une fois dans la stalle où Metzler avait été retenu prisonnier. Alors qu'il balayait du regard le compartiment, il se figea. Depuis leur arrivée, il avait l'intuition que quelque chose clochait ici. Il savait maintenant pourquoi.

Un bruit de pas dans la neige boueuse l'arracha à ses pensées.

L'instant d'après, Wenzel fit irruption dans le box.

— Herr Kommissar ?

Billhardt ne réagit pas. Songeur, il murmura :

— Il n'y a pas de poêle. (Puis il se tourna vers son subalterne et fit un geste englobant la stalle.) Metzler nous a dit que son ravisseur lui donnait de la nourriture et du bois de chauffage. Mais je ne vois aucune trace d'un foyer ici. Impossible de faire du feu !

— Ce n'est pas le seul élément incohérent, confirma Wenzel en lui tendant un papier replié. (Billhardt vit qu'il s'agissait d'un document officiel.) On a retrouvé ça à quelques mètres du bâtiment.

Le commissaire prit la carte jaunie et sortit de la remise pour l'étudier à la lumière du jour. Le mot « Certificat » était imprimé en gros caractères. Puis, au-dessous, il était précisé : *Pour les victimes de la législation nationale-socialiste*. C'était une carte OdF, établie à Berlin par le Comité principal des victimes du fascisme.

Intrigué, Billhardt ouvrit le document. À l'intérieur se trouvaient le numéro de la carte, ainsi que le nom et l'adresse du bénéficiaire. Le papier était ramolli et l'encre avait coulé, mais, avec un peu d'imagination, on parvenait à déchiffrer le patronyme inscrit. Metzler.

La carte était sans doute tombée de l'une de ses poches quand Thalheimer l'avait amené ici.

Seul un détail était étrange.

Billhardt retint son souffle. Sur la photo, l'homme ressemblait au cadavre de la remise.

— C'est impossible ! s'exclama-t-il avec stupéfaction.

Il courut à l'intérieur pour vérifier.

Comme il ne fallait plus toucher la dépouille avant l'arrivée du légiste, Billhardt s'agenouilla afin d'examiner le visage blafard.

L'arrière du crâne était couvert de sang séché, et quelques filets brunâtres avaient coulé sur les traits figés du mort. Malgré tout, le front dégarni et les sourcils fins rappelaient fortement le type sur la photo.

Wenzel rejoignit son supérieur.

— Soit ce sont des jumeaux, soit notre macchabée n'est pas Thalheimer, mais Metzler, commenta l'élève policier.

Billhardt se redressa. Une décharge d'adrénaline traversa son corps. Si Thalheimer n'était pas le gars étendu devant eux, les deux otages étaient peut-être encore en vie.

— Avez-vous retrouvé l'Adler Trumpf rouge ?

— Nous avons ratissé toute la zone autour de la remise dans un rayon de deux cents mètres sans la trouver, répondit Wenzel. Aucune voiture non plus dissimulée sur le bord du sentier forestier. En revanche, il y a des traces de pneus jusque devant la porte. Thalheimer s'est garé là quand il est venu déposer Metzler ici. Ou un complice. Qui sait ? En tout cas, cette histoire n'est pas nette.

Le commissaire réfléchit. Thalheimer ou un complice – impossible de savoir qui était le type qu'ils avaient interrogé ce matin au Praesidium, mais ce n'était manifestement pas Metzler.

— Une ruse, conclut-il. Le tueur a laissé ce cadavre ici pour qu'on le croie mort. Ce n'était pas difficile de transformer la remise en fausse planque pour que l'endroit colle au témoignage de ce matin. Il y a des outils à l'intérieur, donc un trou est vite creusé. Et poser quelques fils barbelés, ce n'est pas sorcier. Thalheimer voulait qu'on boucle l'affaire. Mais il a raté son coup. À présent, nous devons dénicher son vrai repaire. Mais nous n'avons plus le droit à l'erreur. Le temps nous est compté.

Billhardt sortit de la remise et se mit à faire les cent pas devant la porte en cogitant. Comment allaient-ils trouver la véritable planque du meurtrier ?

Soudain, il perçut un bruit de moteur. Une voiture apparut entre les arbres et roula au pas vers la remise. Les collègues de l'Identification judiciaire.

Le conducteur s'arrêta dans la clairière. Le moteur tournait encore lorsque les portières du véhicule s'ouvrirent. Trois hommes vêtus de lourds manteaux d'hiver descendirent.

L'un d'eux cria :

— Est-ce que le commissaire Billhardt est ici ?

Le policier manchot s'avança à sa rencontre.

— Qu'y a-t-il ?

L'homme avait des cheveux gris et un visage complètement inexpressif.

— Nous avons reçu un appel juste avant de partir. D'un dénommé Reinmann. Vous le connaissez ?

Billhardt acquiesça d'un air impatient.

— J'espère que vous comprendrez le message, enchaîna le technicien. Il a seulement dit que Metzler n'était pas Metzler, mais un certain Thalheimer. Et il a ajouté qu'Oppenheimer s'était rendu à Tegel pour suivre sa piste.

— Le lac de Tegel ! s'exclama Wenzel, qui s'était approché. Là où le cadavre de Storm a été repêché. Oppenheimer ne s'était pas trompé. C'est là que se cache le tueur.

Avant que Billhardt n'ait le temps de répondre, le collègue de l'Identification demanda :

— Ai-je bien entendu ? Oppenheimer ? L'ancien commissaire ? A-t-il réintégré la Kripo ?

— Pas directement, éluda Billhardt en tendant la carte OdF de Metzler. Tenez. Nous l'avons trouvée ici.

Le technicien prit le certificat non sans lui jeter auparavant un regard réprobateur.

— Vous avez ramassé ça sans mettre de gants ?

— Nous n'avons pas pu faire autrement, lança Billhardt en s'éloignant.

Il fit signe à Wenzel de le suivre et se dirigea vers le sentier forestier.

— À la voiture, vite ! Conduisez-moi au poste de Marzahn. Je dois téléphoner à Reinmann. Ensuite, nous foncerons à Tegel !

Le temps s'était encore dégradé. Du ciel obscur s'étaient mis à tomber les premiers flocons de neige. Au guidon de sa bicyclette, Oppenheimer se demanda s'il devait bifurquer vers la gare de Stettin pour prendre la liaison ferroviaire jusqu'à Tegel, assurée par une vieille locomotive à vapeur. Mais c'était un détour, et personne ne pouvait garantir qu'il réussirait à attraper immédiatement un train. Au lieu de perdre de précieuses minutes à attendre sur un quai venteux, il remonta son écharpe sur son nez pour se protéger du froid et décida d'effectuer le trajet de trois quarts d'heure en vélo.

Durant les derniers kilomètres, la Bernauer Straße longeait le lac de Tegel. Mais la forêt de Jungfernheide était si dense qu'il était impossible d'apercevoir l'étendue d'eau. Puis la route émergeait soudain des bois pour offrir une vue dégagée sur le lac. Le jour déclinait. Sous le crépuscule d'hiver qui peinait à percer les nuages, le paysage s'était teint d'un bleu profond.

Après un grand virage vers l'est, la Bernauer Straße entrait ensuite dans un quartier résidentiel. Grâce aux indications d'Albert Schott, Oppenheimer trouva rapidement le domicile de la mère d'Irene Klee. L'étudiant ne se souvenait plus du numéro de rue, mais il avait précisé qu'on pouvait apercevoir du logement l'usine hydraulique de Tegel, située au bord du lac. Après avoir examiné les sonnettes de deux immeubles, Oppenheimer découvrit le nom recherché.

La porte du bâtiment pouvait s'ouvrir de l'extérieur. Prenant son vélo sur l'épaule, il monta rapidement l'escalier.

Frau Klee était une petite femme aux cheveux bouclés. Elle n'avait que quelques années de plus qu'Oppenheimer, mais sa tenue noire et austère signalait que les meilleurs moments de sa vie appartenaient au passé. Elle ne laissa pas entrer le visiteur, se contentant de le détailler par l'entrebâillement de sa porte.

Préférant taire la vérité, il se fit passer pour un policier qui souhaitait interroger Irene dans le cadre d'une enquête de routine.

Par chance, Frau Klee n'exigea pas de voir l'insigne du prétendu fonctionnaire de police. Au lieu de cela, elle se tritura nerveusement les mains et s'enquit d'un ton inquiet :

— Rien de grave, j'espère ?

— Non, rassurez-vous, je n'ai que quelques questions complémentaires à lui poser, s'empressa de répondre le commissaire. J'enquête sur un camarade d'Irene.

Frau Klee parut rassérénée.

— Mais vous ne l'avez pas vue en venant ici ? Elle vient de partir pour l'embarcadère.

— L'embarcadère ?

— Derrière l'usine hydraulique, il y a un chemin qui longe le lac. C'est facile à trouver. Un peu plus loin se trouve un ponton. À côté, sur la berge, vous verrez plusieurs cabanons. L'un d'eux appartenait à mon défunt mari. Il est peint en vert.

— Votre mari possédait un bateau ?

Frau Klee hocha la tête.

— Oui. Il l'avait baptisé le *Gustave-Adolphe*. D'après un livre de Conrad Meyer qu'il aimait beaucoup.

Oppenheimer se souvenait vaguement de la nouvelle de l'écrivain suisse qui se déroulait pendant la guerre de Trente Ans.

— Il s'agit du *Page de Gustave-Adolphe*, si mes souvenirs sont bons ?

— Exactement. Le *Gustave* est un grand bateau. Mon mari travaillait dans les usines Borsig. Les dernières années, il transportait des passagers d'une rive du lac à l'autre pour mettre un peu de beurre dans les épinards. Mais ensuite, il a été incorporé au Volkssturm et il n'est jamais revenu. J'ai décidé de louer son chaland. Vous savez comme il est difficile de trouver un logement.

— Et qui est votre locataire ?

— Un monsieur célibataire. Il s'appelle Thalheimer. Le pauvre homme était squelettique quand il est arrivé à Berlin. J'ignore ce qui lui est arrivé. Il refuse d'en parler. Irene le sait peut-être, ils s'entendent bien tous les deux. Elle passe beaucoup de temps avec lui.

Oppenheimer sentit les battements de son cœur s'accélérer.

— Mais les autorités ne savent pas que Herr Thalheimer vit sur ce bateau, n'est-ce pas ?

Frau Klee le regarda d'un air coupable.

— Fallait-il que je signale cette location ? Herr Thalheimer dit que c'est inutile. Et puis un bateau n'est pas un logement fixe. D'ailleurs, Herr Thalheimer lève parfois l'ancre pour aller faire une promenade sur le lac.

Oppenheimer acquiesça d'un air rassurant. Il comprenait maintenant pourquoi les collègues de Billhardt n'avaient rien trouvé dans le secteur. Le tueur pouvait déplacer son repaire.

À présent, il devait se hâter de retrouver Irene. C'était elle qui le mènerait à Thalheimer.

— Auriez-vous la gentillesse de garder mon vélo jusqu'à mon retour ?

La veuve jeta un regard avide sur le deux-roues et s'empressa d'opiner. Il n'était guère difficile de deviner ses pensées. Si, pour une raison ou une autre, son interlocuteur ne revenait pas, elle ferait une bonne affaire.

Elle saisit le guidon et tira la bicyclette dans son appartement.

— Des collègues ne devraient pas tarder à arriver, annonça-t-il pour clore la conversation. Ils vont certainement sonner ici. Pourriez-vous leur expliquer que je suis parti à la recherche du bateau de votre mari ?

Frau Klee fit une moue indiquant que c'était un peu trop demander, puis elle se ravisa et lâcha un grognement approbateur.

39

Dimanche 29 décembre 1946

Durant son entretien avec Frau Klee, une vraie tempête de neige s'était levée. Oppenheimer enfonça son chapeau sur sa tête, boutonna le col de son manteau et traversa la rue. Un chemin enneigé menait directement au lac.

Comme il se dirigeait vers la berge, son regard se posa sur une baraque en planches qui se dressait non loin de là. Ses semelles crissèrent lorsqu'il s'immobilisa. Les battants de la porte étaient suffisamment larges pour laisser entrer une voiture. Mû par la curiosité, il s'approcha d'une fenêtre percée dans le mur latéral.

Ce qu'il vit à l'intérieur lui fouetta le sang. Une Adler Trumpf Junior de couleur rouge était garée dans l'abri. Sans nul doute la voiture d'Orminski que le tueur avait volée.

Oppenheimer tendit le cou. Derrière le pare-brise, on avait déposé sur le tableau de bord une vignette marquée d'un « A » majuscule. Le sigle employé pour « *Arztfahrzeug* ». Cette petite plaque, qui appartenait certainement au trafiquant Tetzlaff, permettait au tueur de se faire passer pour un médecin.

Il s'écarta de la fenêtre. La baraque était trop petite pour servir de garage et de cachot. Le meurtrier séquestrait ses otages ailleurs.

La neige tombait depuis plusieurs heures, mais on pouvait encore voir sur le sol des empreintes de pas qui partaient de l'abri en direction du lac. Oppenheimer s'accroupit pour les examiner. Elles étaient trop petites pour des chaussures d'homme. À l'évidence, c'était Irene Klee qui avait garé la voiture ici pendant que Thalheimer semait le trouble au Praesidium.

Oppenheimer devait revoir sa copie. Jusqu'à présent, il avait supposé que le tueur avait sa planque dans l'atelier d'une des nombreuses usines abandonnées qui se trouvaient dans le secteur. Mais c'était probablement faux. Ses genoux craquèrent lorsqu'il se releva pour contempler le lac. Le *Gustave-Adolphe* était le repaire idéal. De cette manière, le meurtrier était mobile et pouvait disparaître rapidement en cas de danger. Le bateau était également une excellente prison.

Thalheimer avait besoin d'un endroit isolé afin de pouvoir torturer ses otages en toute tranquillité. Situé à l'écart de la ville, le lac de Tegel était un lieu paisible. Avec une longueur de plus de quatre kilomètres et une largeur d'un kilomètre et demi, il ne manquait pas de recoins où se cacher. Personne ne pouvait deviner ce qui se passait dans la cale du *Gustave-Adolphe*.

Lorsqu'il jetait l'ancre au milieu de la vaste étendue d'eau, Thalheimer devait se sentir en parfaite sécurité. Il n'avait pas à craindre d'éventuels visiteurs importuns. Et si l'un de ses prisonniers s'échappait, comme cela avait été sûrement le cas de Storm, il pouvait le rattraper en utilisant une chaloupe. Il avait sans doute assommé à coups de rame le fugitif, qui avait ensuite coulé au fond du lac.

Courant novembre, les premiers gels avaient interrompu ses déplacements. La couche de glace qui s'était formée à la surface de l'eau n'était pas encore assez solide pour supporter le poids d'un homme. Mais depuis la vague de froid qui avait touché Berlin mi-décembre, le danger était écarté ; Thalheimer pouvait circuler librement à pied entre la berge et son bateau.

L'ancienne victime s'était transformée en chasseur. Le tueur traquait ses proies dans la métropole avant de les ramener ici en les enfermant dans le coffre de sa voiture. Il semait de fausses pistes et, bien à l'abri dans son bateau, il devait se moquer de la police qui se perdait en conjectures.

C'était une belle théorie. Mais, pour la prouver, Oppenheimer devait découvrir où se cachait le *Gustave-Adolphe*.

Le commissaire marcha d'un pas rapide jusqu'au débarcadère.

À l'heure qu'il était, Reinmann avait certainement prévenu Billhardt. Son vieil ami finirait par rappliquer avec des renforts. En revanche, il n'était pas sûr qu'il arrive à temps.

Si Oppenheimer voulait empêcher la mort des otages, il devait agir seul.

Comme Frau Klee l'avait décrit, plusieurs cabanons bordaient la berge. Ceux-ci auraient eu besoin d'un bon coup de peinture, car leurs couleurs étaient défraîchies. Alignés entre les bâtiments, plusieurs dizaines de canots recouverts de bâches attendaient le printemps.

Oppenheimer ne compta qu'un seul cabanon peint en vert. La cahute de feu Herr Klee était beaucoup plus petite que les autres. En s'approchant, il nota que la porte était fermée à l'aide d'un vieux cadenas rouillé. Thalheimer ne cachait pas ses prisonniers ici ; l'abri semblait inutilisé depuis longtemps.

Le commissaire se dirigea vers le ponton pris dans la glace. Quelques bateaux y étaient amarrés, mais seulement deux d'entre eux étaient suffisamment grands pour accueillir plusieurs otages dans leur cabine.

Faisant grincer les planches de la plate-forme, il alla examiner les embarcations. Aucune d'elles n'était le *Gustave-Adolphe*. Il s'arrêta au bout du débarcadère et scruta le paysage.

Comme il s'en doutait, le bateau de Thalheimer devait se trouver quelque part sur le lac gelé.

À sa droite, une jetée boisée masquait le port et les bâtiments des usines Borsig. Devant lui, il distinguait l'île de Hasselwerder et, derrière celle-ci, la presqu'île de Reiherwerder, où trônait l'imposante Villa Borsig. Après la mort du patriarche Ernst von Borsig en 1933, les héritiers avaient vendu au Troisième Reich le siège de la puissante famille d'industriels. À présent, Reiherwerder appartenait au secteur français, et l'édifice inspiré du château de Sans-Souci servait de résidence au commandant en chef des troupes françaises. Le rideau de neige estompait ses murs ocre et son toit vermillon.

Oppenheimer aspira une grande goulée d'air humide. Aucun signe du *Gustave-Adolphe*. Il s'apprêtait à faire demi-tour lorsqu'il aperçut soudain quelque chose.

À gauche de Hasselwerder, un point noir se déplaçait sur la glace.

Le commissaire plissa les yeux. Il ne pouvait s'agir que d'Irene Klee. La jeune femme marchait à vive allure vers le milieu du lac.

Il descendit les quelques marches du ponton et posa le pied sur la surface gelée. Malgré les températures un peu plus douces des derniers jours, la glace semblait encore assez solide pour supporter son poids.

S'il ne voulait pas perdre la trace de l'étudiante, il n'avait pas le choix. Il devait s'aventurer sur les eaux figées.

Ce n'était pas aussi glissant qu'il l'avait cru. La couche de neige avait durci ; elle était tellement rugueuse qu'elle offrait une certaine adhérence à ses vieilles semelles rapiécées. Après quelques pas hésitants, Oppenheimer osa accélérer l'allure. Malgré tout, il avait le sentiment d'avancer comme un escargot.

Il ne tarda pas à repérer des traces fraîches dans la neige. Irene Klee était bien passée par là. Visiblement, elle avait eu la présence d'esprit de mettre des patins. Ce qui lui permettait de se déplacer très vite. Le commissaire suivit la piste en serrant les dents.

Après quelques dizaines de mètres, il avisa l'objectif de Klee. Elle se dirigeait vers la sombre silhouette d'un chaland pris dans la glace à mi-chemin entre les îles de Hasselwerder et de Lindwerder.

Le *Gustave-Adolphe*. À cause du mauvais temps, le bateau de Thalheimer n'était pas visible de la berge.

Oppenheimer s'efforça de garder son calme. Il devait rester prudent. Lui seul pouvait sauver les otages. S'il tombait et se cassait une jambe, il ne leur serait d'aucune aide. Encore pire : il devait prendre garde de ne pas poser le pied sur une fissure, sinon il passerait à travers la glace et tout serait terminé.

Le moindre son lui paraissait étrangement fort. Le froissement de son manteau, le frottement de ses semelles sur la neige gelée – la surface glacée répercutait tous les bruits. Et, quand il s'arrêtait pour reprendre son souffle, un silence de mort retombait sur le lac.

Oppenheimer marcha environ un kilomètre ; il aurait été bien incapable de dire combien de temps il lui avait fallu pour franchir cette distance. Quand il arriva à proximité du bateau, il régnait la même pénombre crépusculaire que sur la berge.

Mentalement, il nota que la coque du chaland mesurait

une quinzaine de mètres. Il ralentit le pas et s'immobilisa. Aucun bruit ne parvint jusqu'à lui. Rien ne bougeait. Le *Gustave-Adolphe* semblait avoir été abandonné dans son corset de glace. La timonerie était un compartiment en bois pourvu de fenêtres, mais Oppenheimer ne vit personne à l'intérieur. Thalheimer et sa complice Irene Klee devaient se trouver sous le pont.

La coque était percée de trois hublots, situés à un mètre environ au-dessous du bastingage. Pour ne pas être repéré, mieux valait se tenir loin d'eux. Oppenheimer décida de contourner le bateau et s'approcha avec précaution de la proue.

Ôtant son chapeau, il pressa l'oreille contre la carcasse de bois.

Il perçut la voix aiguë d'une femme de l'autre côté de la paroi, sans pouvoir toutefois comprendre ses paroles. Puis une autre voix féminine répondit.

Son sang ne fit qu'un tour. Les deux filles de Weydorf étaient encore en vie ! Le tueur les avait enfermées à l'avant du chaland.

Il fallait agir vite. Oppenheimer aperçut une échelle de corde à quelques mètres de lui. Il grimpa les échelons et jeta un coup d'œil par-dessus le bastingage. Le pont était désert.

Le commissaire monta à bord sans faire de bruit. Il découvrit sur la proue une écoutille qui permettait à l'évidence d'accéder au cachot improvisé du tueur.

Il avança prudemment vers la trappe. Mais à peine avait-il parcouru deux mètres qu'une cascade d'aboiements féroces retentit dans la cale. Des chiens de garde. L'instant d'après, des pas précipités résonnèrent sous le pont. L'alerte était donnée.

Oppenheimer courut jusqu'à l'écoutille et s'efforça de tirer les deux leviers de commande. Malheureusement, malgré les gants, ses doigts étaient trop engourdis par le froid. Il se frotta les mains en lâchant un juron.

Le commissaire réessaya et, cette fois, il parvint à débloquer les leviers, qui basculèrent sur le côté dans un claquement. Saisissant la poignée, il souleva alors l'abattant. Une odeur d'excréments le prit à la gorge.

Il entendit derrière lui un bruit de bottes. Avant qu'il n'ait le temps de se retourner, il vit du coin de l'œil un éclair métallique. Puis un objet dur heurta l'arrière de son crâne.

Oppenheimer sombra dans les ténèbres.

40

Dimanche 29 décembre 1946

Oppenheimer ne fut d'abord que douleur. Les battements saccadés sous son crâne indiquaient clairement qu'il avait repris connaissance. Peu à peu, il retrouva ensuite la maîtrise de son corps.

Des mots parvinrent jusqu'à lui.

— C'est ce que je craignais, murmura une voix profonde. Ils sont à nos trousses. Notre dernière action n'a pas eu l'effet escompté. Nous avons seulement gagné un peu de temps.

Une femme répondit :

— J'ai bien cru que tout était fini quand Metzler a commencé à se rebeller. Heureusement, tu as réussi à fracasser le crâne de ce salaud.

— Je n'ai pas pu faire autrement, fit l'homme. Le cadavre de Metzler aura au moins servi à quelque chose. Il nous a permis d'élaborer une fausse piste. Mais nous devons nous mettre à l'abri. Je m'occupe encore de nos deux prisonnières, et puis rideau ! Dans quelques heures, la flicaille va rappliquer. Celui-là n'était qu'un éclaireur.

Oppenheimer était assez lucide pour suivre la conversation. Il s'agissait certainement de Thalheimer et de Klee. Il pouvait les entendre, mais tous les deux ne se trouvaient pas dans la même pièce que lui.

Manifestement, Metzler était mort. Mais Oppenheimer n'avait aucune idée de ce que le tueur avait pu faire du cadavre.

— Où irons-nous ? demanda Irene Klee.

— Nous passerons à l'Ouest.

Thalheimer avait répondu sans hésitation. Il devait mûrir ce projet depuis longtemps.

— Je sais comment faire, expliqua-t-il. Il faut que nous parvenions jusqu'à Erfurt, qui se trouve non loin de la frontière. Les gardes soviétiques ne laissent passer personne, mais ils ne peuvent pas contrôler toute la région. Les gens du coin connaissent des chemins discrets pour faire passer ceux qui le souhaitent en zone américaine, et c'est une activité très profitable. Si nous avons une monnaie d'échange, ils nous aideront.

Après une courte pause, il ajouta :

— As-tu besoin de beaucoup de temps pour préparer tes affaires ?

— C'est fait. Mes affaires sont prêtes depuis que je te connais. Depuis que nous avons commencé cette histoire. J'ai déjà apporté mes valises ici. Je n'ai pas besoin de retourner chez moi.

Le silence retomba. Oppenheimer essaya d'ouvrir les yeux, mais ses paupières étaient trop collées.

Au même moment, quelqu'un le secoua rudement.

— Hé ! vous.

Encore incapable de parler, il poussa un grognement sonore.

— Réveillez-vous.

La personne avait parlé tout près de son oreille. Puis, de nouveau, on le secoua.

Le commissaire fit un gros effort sur lui-même et réussit à entrouvrir les yeux. Il passa la main sur son visage. Accommodant sa vision, il se rendit compte qu'il était entouré de barreaux. Enfermé comme un animal.

Dans une cage voisine étaient assises deux jeunes femmes échevelées. C'étaient elles qui tiraient son manteau. Malgré la pénombre, il remarqua les noms inscrits sur leurs avant-bras. Les lettres noires détonnaient sur leur peau blanche.

En voyant le visage effrayé des otages, il chercha des paroles rassurantes. Mais rien ne lui vint à l'esprit. Il se trouvait dans la même situation qu'elles. À présent, lui aussi était à la merci de Thalheimer.

Lorsqu'il s'assit, il eut l'impression que sa tête allait exploser. S'adossant contre la paroi de bois derrière lui, il respira profondément pour refouler la douleur.

— Nous devons sortir d'ici, murmura-t-il d'une voix rauque.

Il dut toutefois s'avouer qu'il ne savait absolument pas comment s'y prendre.

— Tout est fermé, déplora l'une des prisonnières d'un ton résigné.

La jeune femme avait une figure poupine et des cheveux très blonds.

— Fräulein Priel et Fräulein Giesow, je présume ?

Après une seconde d'étonnement, les deux otages émirent un petit rire de soulagement. Elles ne s'étaient pas attendues à ce que leur nouveau camarade de cellule connaisse leurs noms.

— Je suis Elke Giesow, dit la blonde avant de désigner son amie. Et voici Suzanne.

Oppenheimer se pencha vers elles.

— Je travaille avec la police, chuchota-t-il. Les collègues savent où nous sommes. Ils vont arriver, mais ça risque de prendre un peu de temps.

Dans la pièce derrière eux retentirent des pas.

Oppenheimer tressaillit lorsque des aboiements éclatèrent, tout proches. Il en conclut que les chiens étaient juste à côté.

Le plancher se remit à grincer. Manifestement, le tueur et sa complice préparaient leur fuite. L'un d'eux parut gravir un escalier.

Quelques instants plus tard, Oppenheimer entendit quelqu'un marcher sur le pont. Les aboiements reprirent, mais plus éloignés cette fois. Les chiens étaient sortis et semblaient s'amuser sur le lac. Un sifflement perçant les rappela.

Près du commissaire, les deux femmes s'agitèrent. Elke Giesow tendit la tête pour essayer de regarder à travers le hublot.

— Tu vois quelque chose ? demanda Suzanne Priel.

— Je crois que c'est la femme. Elle est dehors avec les chiens.

Si Irene Klee avait quitté le bateau, où se trouvait Thalheimer ? Oppenheimer ne tarda pas à avoir la réponse.

Derrière les prisonnières, un guichet pratiqué dans le mur s'ouvrit et un objet métallique tomba dans la cage.

Une clé.

— Il nous libère ! s'écria Priel.

Son amie ramassa fébrilement la clé.

— Je te l'avais dit !

Tremblante d'excitation, Elke Giesow glissa la main à travers les fils barbelés de sa cage. Après quelques tentatives infructueuses, elle parvint à glisser la clé dans le cadenas. La serrure s'ouvrit dans un claquement.

— C'est un piège ! la prévint Oppenheimer.

Le commissaire savait ce qui allait se passer. Thalheimer n'avait nullement l'intention d'épargner ses otages. Au contraire, le tueur préparait le dernier acte de sa vengeance en reconstituant la chasse à l'homme de Weydorf à laquelle il avait miraculeusement réchappé. Les chiens étaient déjà dehors. Il n'avait plus qu'à libérer ses proies pour que la traque commence.

Les deux filles rampèrent hors de leur cage, poussées par leur instinct de survie.

Oppenheimer approcha son visage des barbelés qui cernaient son petit espace. Il devait les retenir à tout prix.

— Nous nous trouvons sur un bateau au milieu du lac de Tegel. Vous n'irez pas loin.

Fräulein Priel se retourna vers lui d'un air désolé.

— Malheureusement, la clé n'ouvre que notre cadenas.

— Ce n'est pas pour moi que j'ai peur ! Jusqu'à présent, votre ravisseur a tué tous ses otages. C'est à votre tour d'y passer !

La jeune femme retint Elke Giesow, qui s'apprêtait à escalader l'échelle métallique menant à l'écoutille.

— Et s'il avait raison ?

La blonde s'arrêta.

— Mais l'homme nous a donné la clé. Nous pouvons partir !

— Non ! l'interpella Oppenheimer. Retournez dans votre cage. Refermez le cadenas et cachez la clé afin que votre ravisseur ne puisse pas vous atteindre. Vous serez en sécurité jusqu'à ce que la police arrive.

Pour quelqu'un qui pensait avoir obtenu sa liberté, l'idée pouvait paraître folle, mais Oppenheimer ne voyait pas d'autre solution. Enveloppées dans de vieilles couvertures, les deux filles restèrent immobiles au pied de l'échelle, ne sachant que faire. Elles devaient prendre une décision absurde.

Au bout de quelques instants, Giesow secoua la tête.

— Je veux sortir d'ici.

Son amie lui saisit le bras.

— Il est de la police, souffla-t-elle en désignant Oppenheimer. Et il connaît nos noms.

Elke Giesow hésita. Mais ses réflexions furent interrompues par un grincement de gonds rouillés.

Sur la droite d'Oppenheimer, la porte de la pièce s'ouvrit, laissant entrer un courant d'air froid.

Une silhouette sombre se dessina dans le clair-obscur. L'intrus avança lentement jusqu'à ce que la faible lueur du hublot éclaire ses traits.

Oppenheimer reconnut aussitôt l'homme aux cheveux blancs hirsutes et aux yeux de jais. Il l'avait interrogé le matin même au Praesidium. À ce moment-là, il ignorait encore à qui il avait affaire.

— Peur de sortir ? demanda Thalheimer aux jeunes femmes.

Son sourire de prédateur fit frissonner Oppenheimer. Le tueur parlait d'une voix douce. Il n'avait pas besoin de crier. Pour donner plus de poids à ses paroles, il sortit un pistolet de la poche de son manteau. Pointant le canon de son arme sur les deux filles, il marcha d'un pas tranquille jusqu'au milieu de la pièce. Manifestement, il semblait savourer la terreur qu'il inspirait à ses otages.

Cramponnées l'une à l'autre, les prisonnières se réfugièrent derrière l'échelle métallique. Giesow jeta un coup d'œil affolé vers leur cage, mais Thalheimer s'était posté de manière à leur couper le chemin.

— Pouvons-nous sortir maintenant ? s'enquit Fräulein Priel d'une voix tremblante. Vous nous l'avez promis.

Thalheimer inclina la tête. La situation paraissait l'amuser.

— Bien sûr, je vous laisse partir.

N'en croyant pas leurs oreilles, les deux amies échangèrent des regards stupéfaits. Seul le pistolet ne cadrait pas avec la réponse du tueur.

— Mais d'abord, déshabillez-vous, ordonna ce dernier.

Les jeunes femmes se figèrent.

— Il fait un froid glacial dehors ! s'insurgea Elke Giesow.

— C'est ma condition. Si vous voulez sortir, ôtez vos vêtements et laissez les couvertures ici. Je vous donne cinq minutes d'avance. Ensuite, je me lancerai à votre poursuite. Si vous courez assez vite, vous réussirez peut-être à m'échapper.

Oppenheimer était sidéré par tant de sang-froid. Sachant que la police ne tarderait pas à débarquer, n'importe quel criminel ordinaire aurait pris le large. Mais rien ne paraissait pouvoir détourner Thalheimer de son jeu perfide. Il tenait absolument à accomplir jusqu'au bout sa propre justice, au risque de se faire prendre. Le dernier acte de sa croisade devait se dérouler exactement comme il l'avait prévu.

Alors que Suzanne Priel semblait tétanisée, Elke Giesow réfléchissait. Le dilemme qui la tiraillait était inscrit sur son visage. La blonde se demandait s'il valait mieux prendre une balle tout de suite ou saisir la chance, si minime soit-elle, de s'en sortir. Thalheimer avait imposé le même choix à Richter et à Dargel. Un choix qui, au fond, n'en était pas un. Même si elle parvenait à échapper au tueur, c'était le froid qui aurait raison d'elle.

— Tant pis ! lâcha finalement Giesow, qui avait pris une décision.

D'un air presque provocant, elle jeta sa couverture

par terre, puis commença à se déshabiller. Trop effrayée pour se faire sa propre opinion, Priel imita son amie. Lentement, elle déboutonna son chemisier.

Oppenheimer ne voulait pas assister à ce triste spectacle sans rien faire. Billhardt et ses hommes étaient certainement en chemin. Il devait trouver un moyen de gagner du temps.

Que se passerait-il si Thalheimer se débarrassait de ses deux dernières prisonnières ? Cesserait-il de tuer après cela ? C'était peu probable. Le meurtrier savourait bien trop le fait d'avoir le contrôle sur ceux qui l'avaient persécuté. Il continuerait de chercher de nouvelles victimes qui, à ses yeux, méritaient la mort. L'assassinat de sa fille et son séjour en camp de concentration avaient déclenché en lui une dangereuse réaction en chaîne. Thalheimer était devenu un monstre. Il ne mettrait jamais un terme à sa série de meurtres.

Même s'il était certainement trop tard, Oppenheimer essaya de faire appel à la conscience de l'ancien déporté.

— Je sais ce qui s'est passé à Weydorf et à Sachsenhausen, lança-t-il. Je sais que tous ceux que vous avez retrouvés étaient des criminels. Ces deux-là aussi. Mais ce que vous projetez de faire n'est pas une solution. J'interviendrai auprès de la police pour qu'elles soient traduites en justice.

Cette proposition laissa Thalheimer de marbre. Le pistolet braqué sur les deux femmes, il suivait le moindre de leurs mouvements.

Oppenheimer décida de changer de stratégie et de distraire le tueur en flattant son orgueil.

— Ne vaudrait-il pas mieux rendre cette affaire publique ? Pour qu'elle reçoive l'attention de tous ? Comprenez-vous ce que je dis ? Tout ceci est bien plus qu'une histoire de vengeance personnelle. Si vous faites les bons choix, vous pourrez changer le monde.

Thalheimer tourna la tête vers lui.

— Votre monde ne m'intéresse plus, répondit-il d'une voix blanche. C'était le cas à une époque, mais c'est terminé.

Elke Giesow avait retiré tous ses habits mais, étonnamment, elle ne donnait pas l'impression d'être nue. Peut-être à cause de son expression de défi et au fait que bras et jambes étaient couverts d'inscriptions à l'encre noire.

Son amie, quant à elle, hésitait à se découvrir entièrement. Comme mû par une force invisible, Thalheimer s'approcha de Suzanne Priel pour déchirer ses sous-vêtements. La jeune femme hurla et tenta de cacher sa poitrine et son pubis.

Du canon de son pistolet, le tueur désigna l'écoutille.

— Je vous laisse cinq minutes d'avance. À partir de maintenant.

En gage de bonne foi, il glissa son arme dans la poche de son manteau. Les deux femmes s'empressèrent alors d'escalader l'échelle sans demander leur reste. Giesow souleva l'abattant de la trappe et se hissa à l'extérieur. Priel la suivit.

Immobile, Thalheimer les regarda disparaître par l'ouverture. On entendit ensuite des bruits de pas sur le pont. L'échelle de corde qu'avait empruntée Oppenheimer claqua contre la coque. Puis le silence revint.

L'ancien déporté consulta sa montre de gousset. Tandis qu'il se dirigeait vers la porte, il parut soudain se souvenir de son autre invité.

Il marqua un temps d'arrêt avant de marcher vers Oppenheimer. Ce dernier sentit les lattes du plancher bouger lorsque le meurtrier se planta devant la cage et baissa les yeux vers lui.

Le commissaire enrageait de ne pas pouvoir se mettre debout afin de traiter d'égal à égal avec son geôlier.

Les deux hommes se jaugèrent quelques instants. Thalheimer ouvrit la bouche pour parler, mais il se ravisa aussitôt.

Se détournant brusquement, il sortit de la pièce et referma la porte derrière lui.

Oppenheimer se retrouva seul.

Billhardt se pencha pour regarder avec humeur à travers le pare-brise. Les flocons de neige semblaient les assaillir de toutes parts.

Au poste de Marzahn, il avait pu s'entretenir par téléphone avec Reinmann. La déduction d'Oppenheimer selon laquelle l'homme qu'ils avaient interrogé le matin même au Praesidium n'était autre que Thalheimer n'avait plus rien de surprenant après la découverte du cadavre de Metzler.

Comme Oppenheimer était déjà sur les traces du tueur, Billhardt et Wenzel étaient partis directement pour Tegel.

En temps normal, il fallait compter moins d'une heure en voiture mais, durant le trajet, le ciel était devenu de plus en plus sombre et une tempête de neige s'était levée. Wenzel s'était vu forcer de rouler au pas lors des derniers kilomètres. Les essuie-glaces balayaient frénétiquement le pare-brise sans grand résultat. Autour d'eux, le paysage urbain avait disparu derrière un rideau blanc mouvant. Dans ces conditions déplorables, ils avaient mis une heure et demie avant d'arriver à destination.

Au bord du lac, Wenzel se gara sur un parking situé près de l'usine hydraulique. Billhardt chargea l'élève policier d'inspecter la berge pendant qu'il se rendait chez la mère d'Irene Klee.

En sortant de la voiture, il enfonça son chapeau jusqu'aux yeux et remonta le col de son manteau. Puis il se dirigea vers le bloc d'immeubles le plus proche. Comme il fendait tête baissée les tourbillons de neige, il faillit heurter de front un passant qui venait en sens inverse.

— Oh, pardon, dit l'homme.

Sa voix était étrangement familière. Relevant le menton, Billhardt reconnut Reinmann, qui les avait précédés.

— Reinmann ! C'est moi ! Êtes-vous déjà passé chez la veuve ?

L'aspirant-inspecteur sourit en découvrant son chef.

— Ah, c'est vous, patron.

D'une main, il plaqua son feutre sur sa tête au moment où une rafale de neige déferlait dans la rue.

— Je reviens de chez Frau Klee. Oppenheimer est ici ! Il cherche un bateau que loue Thalheimer. Le *Gustave-Adolphe*. Le chaland doit se trouver quelque part sur le lac.

Billhardt n'en crut pas ses oreilles.

— Oppenheimer est en train de gambader sur le lac par ce temps ? Il a perdu la boule, ma parole !

— On ne sait pas si les otages sont encore en vie et…

— Je sais, je sais, grommela le commissaire.

Tout à coup, ils entendirent une voix crier :

— Je l'ai trouvé ! Je l'ai trouvé !

Quelques instants plus tard, Wenzel apparut à travers le rideau de flocons.

— Avez-vous retrouvé Oppenheimer ? s'enquit Billhardt.

Wenzel secoua la tête.

— Le véhicule du tueur ! Garé dans une remise juste à côté. Une Adler Trumpf Junior. Rouge.

Reinmann frappa dans ses mains.

— Ce qui veut dire que Thalheimer a fait du bateau sa planque.

Billhardt essuya les flocons de neige qui collaient à son visage, puis il se tourna vers son subalterne.

— Allez au poste de police le plus proche. Nous avons besoin d'hommes pour cerner le lac. Au cas où notre meurtrier essaierait de s'enfuir. (Le manchot désigna du doigt la berge, à peine visible dans la tourmente.) Il faut surtout surveiller la rive occidentale, qui est bordée par la forêt de Tegel. Si Thalheimer parvient à se faufiler dans les bois, nous aurons peu de chances de le retrouver. Et appelez aussi les collègues de Spandau en renfort. Qu'ils se chargent de la rive sud !

Reinmann acquiesça.

— Et vous, que faites-vous ?

Billhardt jeta un regard à son autre adjoint.

— Mon cher Wenzel, je crains que nous n'ayons pas le choix. Nous devons nous aventurer sur le lac. J'ignore comment nous allons retrouver Oppenheimer par ce temps de chien, mais nous ne pouvons pas le laisser tout seul avec le tueur !

Le regard perdu dans le lointain, Wenzel semblait ne pas avoir écouté.

— Ce n'est pas possible, marmonna-t-il soudain. (Du coude, il donna une légère bourrade à Billhardt.) Vous voyez ça, Herr Kommissar ?

Celui-ci regarda dans la direction indiquée par l'apprenti inspecteur. Gêné par les bourrasques de neige, il eut d'abord du mal à s'expliquer l'étrange lueur rougeoyante qu'il distinguait. Quand il comprit ce qui était en train de se passer, il s'écria :

— Malédiction ! Quelque chose brûle en plein milieu du lac !

41

Dimanche 29 décembre 1946

La panique submergea Oppenheimer. Passant les mains à travers les fils barbelés, il saisit les barreaux de sa cage et secoua la porte comme un forcené.

De la fumée s'infiltrait par les fissures de la cloison de bois. À l'évidence, on avait mis le feu au bateau et abandonné le commissaire à son sort.

Oppenheimer savait qu'il avait tout au plus quelques minutes pour sortir du chaland, sinon il brûlerait vif.

Une quinte de toux lui fit lâcher les barreaux. Il plaqua la manche de son manteau sur son visage et essaya de respirer à travers le tissu.

Par l'écoutille restée ouverte, il voyait une épaisse fumée noire se mêler aux rafales de neige.

Soudain, la voix de Thalheimer retentit à l'extérieur.

— Cherchez ! ordonna l'ancien déporté à ses chiens, qui répondirent par des aboiements excités.

Les cinq minutes accordées aux deux filles s'étaient écoulées. Le tueur partait en chasse.

Oppenheimer n'avait aucun mal à imaginer ce qui se passait dehors. Les jeunes femmes paniquées et frigorifiées couraient pieds nus sur la glace, trébuchant sans cesse. Viendrait le moment où, les membres engourdis par le froid, elles auraient de plus en plus de mal à tenir debout. Terrorisées par les aboiements des chiens, elles perdraient tout contrôle d'elles-mêmes. Les animaux les rabattraient facilement vers Thalheimer. Mais que ferait alors le tueur ? Laisserait-il la mort blanche faire son œuvre ou exécuterait-il ses proies immédiatement parce que le temps pressait ?

Tout à coup, Oppenheimer vit quelque chose bouger au-dessus de l'écoutille. Une ombre se glissa par l'ouverture.

Comme ses yeux larmoyaient, il dut battre plusieurs fois des paupières avant de reconnaître la personne qui descendait l'échelle au milieu des nuages de fumée.

C'était Irene Klee. Et elle apportait la mort.

Dans une main, elle tenait une lampe-tempête.

Thalheimer et sa complice avaient mis le feu au bateau afin d'effacer leurs traces. Ils ne pouvaient pas laisser leur dernier otage en vie, parce qu'Oppenheimer avait entendu à travers la cloison leur plan : atteindre Erfurt pour passer ensuite à l'Ouest. Mais, apparemment, le chaland ne brûlait pas assez vite à leur goût. Fräulein Klee était venue accélérer l'incendie en enflammant la proue.

Après avoir posé la lampe sur le sol, elle s'approcha d'une pile de caisses rangées derrière l'échelle. Elle prit à deux mains celle qui se trouvait au sommet et vida son contenu par terre. Oppenheimer vit qu'il s'agissait de copeaux de bois. La matière parfaite pour allumer un feu.

— Attendez ! s'écria-t-il. Voulez-vous vraiment vivre avec un meurtre sur la conscience ? Car ce que vous vous apprêtez à faire est un meurtre. Vous pourriez tout aussi bien me loger une balle dans la tête, ça reviendrait au même !

L'étudiante le toisa froidement.

— Tous ceux qui ne sont pas pour nous sont contre nous.

— Mais je comprends Thalheimer ! riposta Oppenheimer. Je suis conscient de ce qu'il a vécu. Et je connais les crimes dont il a été victime. Je suis moi-même juif, je sais exactement de quoi il retourne !

Irene Klee avait ramassé la lampe pour la lancer sur les copeaux de bois. Mais les paroles du commissaire la firent hésiter.

— Vous êtes juif ? demanda-t-elle d'un air méfiant avant de tousser bruyamment.

Malgré la fumée qui l'enveloppait, Oppenheimer essaya de se concentrer. Il n'avait pas réussi à convaincre Thalheimer. S'il voulait sortir d'ici vivant, il devait trouver les mots justes. C'était sa dernière chance.

— Nous devons arrêter Herr Thalheimer, dit-il lentement. Sinon, il aggravera encore sa faute. Et vous avez malheureusement agi en complicité avec lui. Vous portez aussi une part de responsabilité. En me livrant aux flammes, vous ne valez pas mieux que les criminels que vous pourchassez. Je n'étais pas un kapo, je n'ai trahi personne. Durant des années, j'ai vécu dans la peur d'être arrêté et déporté. Si vous me laissez brûler, Hitler aura quand même fini par me tuer. Et vous, Fräulein Klee, deviendrez malgré vous la complice des nazis. Pourrez-vous vivre avec un tel poids sur la conscience ?

La jeune femme pressa les lèvres de rage. Oppenheimer se demanda s'il n'était pas allé trop loin. Ce qu'il arriva ensuite confirma ses craintes.

Irene Klee brandit la lampe-tempête et la jeta par terre. Le verre se brisa. Aussitôt, les copeaux de bois s'embrasèrent.

Immobile, l'étudiante regarda d'un air fasciné le feu se propager.

Au moment où les flammes commençaient à dévorer les lattes du plancher, elle se détourna. Mais, avant de grimper à l'échelle, elle glissa la main dans la poche de son manteau et lança un petit objet dans la cage d'Oppenheimer.

Le commissaire se pencha pour le ramasser. C'était une clé.

Passant fiévreusement la main à travers les fils barbelés, il parvint à l'introduire dans la serrure. Le cadenas s'ouvrit dans un claquement sec.

Après la chaleur infernale dégagée par le feu, Oppenheimer sentit à peine le froid qui régnait dehors. Il étreignit les vêtements des deux otages et les couvertures qu'il avait récupérés au pied de l'échelle avant de s'échapper. Secoué par une nouvelle quinte de toux, il s'éloigna de l'écoutille. Il reprendrait son souffle plus tard. Pour le moment, il devait quitter le bateau avant que le pont ne s'écroule sous ses pieds.

Grimpant par-dessus le bastingage, il s'empressa de descendre l'échelle de corde qui pendait le long de la coque.

Il sauta sur la glace et regarda autour de lui. Il se trouvait au beau milieu d'un désert blanc. La tempête de neige l'empêchait de voir à plus d'une centaine de mètres.

Irene Klee avait disparu dans la tourmente. Mais Oppenheimer l'entendit soudain siffler à proximité du bateau. Des aboiements lointains retentirent en réponse.

L'étudiante rappelait les chiens. Elle avait décidé d'interrompre la chasse.

À présent, Thalheimer était seul. Avec un peu de chance, il n'avait pas encore rattrapé les deux filles de Weydorf.

Oppenheimer se remit en mouvement. Il ne tarda pas à découvrir une piste dans la neige. Des empreintes de pieds nus à moitié effacées près desquelles se trouvaient des traces de bottes plus fraîches.

Le commissaire suivit ces marques.

Lorsqu'il se retourna après une dizaine de pas, il constata que le bateau entier était devenu la proie des flammes.

Il reprit sa marche. Sans les traces sur le sol, il aurait rapidement perdu le sens de l'orientation sous la tempête. Tandis qu'il continuait de progresser sur la glace, il ne songeait pas au tueur, mais aux deux femmes qui luttaient pour leur vie. Il devait leur apporter aussi vite que possible leurs vêtements, sinon elles ne résisteraient pas longtemps au froid glacial.

Il vit soudain surgir deux ombres au milieu des bourrasques de neige. Les chiens de Thalheimer fonçaient droit vers lui. Avec leurs longues pattes puissantes, les animaux au pelage gris argenté étaient prédestinés à la chasse.

Le commissaire se figea sur place en essayant de maîtriser sa respiration. Son père avait toujours dit que les chiens pouvaient sentir la peur des humains. Il ignorait si c'était vrai, mais il ne voulait pas prendre de risques.

Les chasseurs ralentirent pour examiner Oppenheimer, ne sachant visiblement pas ce qu'ils devaient penser de cet inconnu.

L'un d'eux s'arrêta et se mit à gronder. Retroussant les babines, il montra les crocs. L'autre l'imita.

Homme et bêtes se faisaient face, immobiles. Pour

se protéger des morsures, Oppenheimer n'avait que les vêtements des otages et les vieilles couvertures qu'il portait sous le bras.

Les secondes s'égrenèrent. Puis, de nouveau, un sifflement déchira le silence.

Fräulein Klee rappelait les chiens.

Ceux-ci obéirent. Après avoir lancé un dernier regard méfiant au commissaire, ils s'élancèrent et disparurent dans la tourmente comme ils étaient venus.

Oppenheimer poussa un soupir de soulagement. Il baissa la tête pour retrouver la piste qu'il suivait.

Au bout de quelques minutes, la neige cessa brusquement de tomber. Malgré la pénombre, il put apercevoir la rive orientale du lac.

Deux silhouettes frêles avançaient à sa rencontre.

Il s'agissait des otages de Thalheimer. Incapables de s'orienter dans la tempête, elles avaient certainement repéré l'incendie et s'étaient dirigées vers la lueur rougeoyante sans savoir qu'elles revenaient sur leurs pas.

— Ici ! cria-t-il en leur faisant signe.

Puis il courut vers elles.

La peau des deux femmes était rougie par le froid.

— Vite, mettez ça ! dit-il en leur tendant leurs habits.

Grelottante, la respiration saccadée, Elke Giesow enfila rapidement ses affaires. En revanche, Suzanne Priel avait les membres tellement engourdis qu'elle ne pouvait presque plus bouger.

Oppenheimer ôta son manteau et le mit sur les épaules de la malheureuse. Giesow aida ensuite son amie à s'habiller.

— Où est Thalheimer ? demanda-t-il en s'enveloppant dans l'une des couvertures miteuses.

— Aucune idée, répondit la blonde. Nous ne l'avons pas vu.

Le commissaire promena un regard circulaire sur le lac. Tout autour de l'étendue glacée brillaient des gyrophares bleus. Billhardt était enfin arrivé avec des renforts.

— Marchez plutôt vers la rive ouest, conseilla-t-il aux deux femmes. Thalheimer ne vous cherchera pas de ce côté-là. Dirigez-vous vers un véhicule de police. Des agents viendront sûrement à votre rencontre.

Les adieux furent brefs. Même habillées, Priel et Giesow tremblaient comme des feuilles et voulaient quitter le lac au plus vite.

Oppenheimer les regarda s'éloigner. Puis il resserra les pans de la couverture et contempla la vaste surface gelée.

Où se trouvait Thalheimer ? Le tueur n'avait qu'une toute petite chance de s'en sortir. Il ferait bientôt nuit, et il pouvait espérer gagner la rive à la faveur de l'obscurité. En attendant, il chercherait plutôt à atteindre le milieu du lac pour ne pas se faire repérer.

Le commissaire se remit en marche. Tout en avançant avec précaution, il scrutait la vaste étendue blanche.

Il avait parcouru environ deux cents mètres lorsqu'il aperçut le fugitif. Une silhouette sombre qui se dirigeait vers le sud.

Oppenheimer noua les coins de la couverture sous son menton pour avoir les mains libres. Il accéléra ensuite le pas.

Après une vingtaine de mètres, il avait déjà la bouche sèche et un point de côté. À chaque goulée d'air glacial, il avait l'impression d'avaler des lames de rasoir. Il refusa pourtant de s'arrêter. Rien ne l'empêcherait de rattraper Thalheimer.

Dans la pénombre, les distances étaient difficiles à

évaluer. Il mobilisa ses dernières forces, mais l'écart ne semblait se réduire que très lentement.

Fort heureusement, le tueur finit lui aussi par s'épuiser et ralentit l'allure.

À mesure qu'il se rapprochait, Oppenheimer put entendre les pas de l'ancien déporté et sa respiration rauque. Pour la première fois, il se demanda ce qu'il allait faire quand il l'aurait rejoint. Thalheimer était armé, lui non. Mieux valait peut-être se contenter de suivre son adversaire à bonne distance et alerter ensuite les policiers postés sur la rive.

Plongé dans ses pensées, il ne remarqua pas tout de suite un détail inquiétant. La surface gelée craquait sous ses semelles.

Lorsqu'il s'en aperçut, il s'arrêta en vacillant et examina le sol d'un air soupçonneux. Durant la semaine passée, les températures s'étaient radoucies. Difficile de dire si la couche de glace qui recouvrait le lac était suffisamment solide partout pour supporter le poids d'un homme.

Exténué, il posa les mains sur ses genoux. Tandis qu'il reprenait son souffle, il vit soudain Thalheimer basculer en avant. Un craquement sinistre retentit, suivi du bruit caractéristique d'un corps tombant dans l'eau. La glace s'était rompue sous les pieds du tueur.

Ce dernier essaya de se raccrocher au bord du trou en appelant à l'aide.

Oppenheimer se trouvait à une vingtaine de mètres.

— Tenez bon ! J'arrive ! cria-t-il en progressant prudemment.

Pris de panique, Thalheimer battait désespérément des bras. Il n'avait aucune prise pour se hisser hors de l'eau.

Le commissaire s'arrêta à deux mètres du trou. Il

dénoua en hâte le nœud de sa couverture et l'étendit sur le sol gelé. Il s'allongea ensuite sur la pièce de tissu. En répartissant son poids, il avait peut-être une chance de sauver son adversaire sans passer lui-même à travers la couche de glace.

Après avoir ôté sa ceinture, il la prit par un bout et l'envoya comme une corde vers le meurtrier.

— Attrapez ça !

Peine perdue. Thalheimer était encore trop loin. Il manquait cinquante centimètres pour que le tueur puisse saisir la bande de cuir.

Oppenheimer rampa doucement vers l'avant, puis lança de nouveau sa ceinture.

L'ancien déporté avait du mal à garder la tête hors du trou. Il se débattait toujours, mais ses mouvements devenaient de plus en plus lents. L'onde glaciale paralysait ses muscles. Ses doigts finirent par lâcher le rebord.

Thalheimer poussa un dernier gémissement avant que les flots noirs du lac ne se referment sur lui. Entraîné par le poids de ses habits gorgés d'eau, il sombra dans les profondeurs.

— Thalheimer !

Atterré, Oppenheimer ne cessait de crier le nom du rescapé de Sachsenhausen.

Lorsqu'il se tut, un silence de mort retomba sur le lac. Il resta allongé sur la couverture, la respiration haletante.

À bout de forces, il roula sur le dos et fixa le ciel nébuleux. Il avait mis un terme à la série de meurtres, mais la victoire était amère.

Les yeux rivés sur les nuages obscurs, Oppenheimer sentit remonter à fleur de mémoire toutes les horreurs qu'il refoulait quotidiennement depuis des années.

Comme les autres habitants de l'ancienne capitale du

Reich, il n'avait pu survivre qu'en se réfugiant dans le détachement. À Berlin, on avait l'habitude d'aborder les choses avec un esprit d'à-propos très particulier qui, au fil de la guerre, avait tourné au cynisme.

Il y avait eu tant de morts. Trop de morts.

Michalina, qui avait péri injustement dans un camp de Staline ; Kuhn, l'avocat de Hilde disparu lors d'un bombardement ; le Dr Klein, de la maison juive de la Levetzowstraße, qui s'était soustrait à la déportation en se suicidant ; Thalheimer, le justicier autoproclamé. Ils étaient beaucoup trop nombreux à avoir été arrachés à la vie.

Oppenheimer voulait que tout cela s'arrête enfin.

ÉPILOGUE

Lundi 30 décembre 1946

Lorsque Oppenheimer se réveilla, il était étendu sur un canapé. Surpris, il se redressa et constata qu'il se trouvait dans le salon de Hilde.

Lisa somnolait dans l'un des fauteuils. Elle ouvrit les yeux en entendant son mari bouger.

— Comment vas-tu ? demanda-t-elle. Que s'est-il passé ? Tu étais tellement épuisé hier que Hilde a décidé de te garder ici.

Oppenheimer se souvenait vaguement que Billhardt et Wenzel l'avaient raccompagné la veille au soir jusqu'à la maisonnette de son amie.

Il ne parvint d'abord qu'à émettre un son rauque. Après s'être raclé la gorge, il essaya de rassurer Lisa :

— Tout va bien, ne t'inquiète pas. Les derniers jours ont été fatigants, mais ça arrive souvent à la fin d'une enquête. En tout cas, l'affaire est bouclée. Sommes-nous déjà en janvier ?

— Tu devras encore patienter trente-six heures ! lança une voix familière depuis la cuisine.

Hilde apparut sur le seuil et alla poser sa bouilloire sur le poêle.

— Je me suis permis de vider ta réserve de café.

Sans attendre l'assentiment du commissaire, elle

s'assit à la table du salon et commença à moudre les précieux grains.

Oppenheimer était heureux d'en avoir terminé avec cette enquête, mais il ne pouvait s'empêcher d'éprouver une certaine amertume parce qu'il n'avait pas réussi à sauver Thalheimer.

— Espérons que l'année qui arrive sera meilleure, marmonna-t-il.

— Meilleure que l'année dernière ? ironisa Hilde. Ou celle d'avant ? Ça ne sert à rien de ruminer le passé. Nous sommes au point zéro, il faut faire table rase. Plus rien ne sera comme avant.

— Et c'est peut-être mieux ainsi, commenta Lisa.

L'eau n'était pas encore entrée en ébullition lorsque Hilde termina de moudre le café. Elle poussa le moulin en direction de Lisa et boutonna son manteau.

— Je dois aller avec Theo au marché, annonça-t-elle avant de disparaître dans son ancienne salle de soins.

Elle revint pour déposer deux objets sur la table : une bouteille de Johnnie Walker et une broche.

— C'est pour toi. Le whisky est un cadeau de ce GI que tu as pu disculper. L'insigne t'a été offert par Hüttner. Tu t'es fait deux amis intéressants, on dirait.

Sur cette remarquc, Hilde sortit de la maisonnette.

La bouilloire commença à siffler. Oppenheimer se leva pour préparer le café.

— Hum, elle vaut son pesant d'or, murmura-t-il en examinant la bouteille de scotch. Quant à la broche, j'ai bien envie de la donner à Theo pour compléter sa collection.

L'idée le fit sourire.

— À ce propos, nous devons réfléchir à l'avenir du garçon, observa Lisa.

Oppenheimer but une petite gorgée de café.

— J'ai déjà un plan. Je vais demander à mes collègues du Service de recherche de retrouver sa famille. En attendant, il restera avec nous.

Se penchant en avant, Lisa baissa la voix :

— Tu devrais lui parler. Ce n'est pas bon pour lui d'être constamment en train de faire du troc au marché noir avec Hilde. Il faut l'encourager à devenir un honnête homme, et non un malfrat.

Il acquiesça de la tête. Il était du même avis qu'elle, mais il voulait aborder un sujet plus urgent.

— Serais-tu d'accord que je réintègre la Kripo ?

Lisa ne sembla pas étonnée. Une lueur inquiète passa cependant dans ses yeux. Pareille décision n'était pas anodine car, en retournant dans les rangs de la police, Oppenheimer s'exposait de nouveau au danger. D'un autre côté, il était déjà policier quand ils s'étaient rencontrés et Lisa savait que le métier de commissaire consistait principalement à remplir des tâches administratives.

Au lieu d'une réponse directe, elle rétorqua :

— Au fond, tu as déjà recommencé à mener des investigations.

Oppenheimer haussa les épaules.

— En quelque sorte, oui. On n'échappe pas à sa vocation. On reste celui qu'on est.

À cet instant, la porte s'ouvrit à toute volée. Coiffé de son bonnet à rabats et vêtu d'un épais manteau, Theo fit irruption dans le salon. Il fouilla dans son sac de jute et sortit deux boîtes de conserve.

— Pour vous, dit-il en les posant sur la table devant Oppenheimer.

Comme il s'apprêtait à repartir, Lisa l'interpella :

— Où as-tu trouvé ces conserves ?

— Quelqu'un a volé vos provisions, expliqua

l'orphelin d'un ton désinvolte. J'ai essayé de compenser ça au marché noir.

Puis il ressortit et referma la porte derrière lui.

Oppenheimer et Lisa contemplèrent les boîtes, bouche bée. Du rôti de veau dans une sauce au jus. Il s'agissait de conserves de guerre, puisqu'elles portaient l'estampille de la SS.

Le commissaire fut le premier à recouvrer sa voix.

— Je devrais peut-être attendre un peu avant de parler à Theo.

POSTFACE

L'hiver 1946-1947 est connu en Allemagne sous le nom d'« hiver de la faim ». Les températures arctiques ont touché également d'autres pays ; provoquant d'énormes problèmes d'approvisionnement en vivres et en charbon, elles ont entraîné la mort de centaines de milliers de personnes. La période de gel la plus rigoureuse eut lieu courant janvier 1947. Il a fallu attendre le mois de mars pour voir le froid céder peu à peu le pas au printemps.

Les noms des victimes du camp de Sachsenhausen qui apparaissent dans ce roman sont imaginaires. Le registre mortuaire officiel peut être consulté en ligne sur le site www.stiftung-bg.de/totenbuch/main.php.

Le village de Weydorf n'existe pas lui non plus. Les événements fictifs qui s'y déroulent sont inspirés en partie du massacre de Gardelegen. Durant les derniers mois précédant la fin de la guerre, juste avant l'arrivée de l'Armée rouge, les responsables nazis ont ordonné le transfert de nombreux concentrationnaires vers des camps situés plus à l'ouest. Mais, à cause des voies de chemin de fer endommagées par les bombardements alliés, les derniers convois de détenus n'ont jamais pu atteindre leur destination. Certains ont été contraints de s'arrêter en rase campagne. Ainsi, près de cinq mille prisonniers ont débarqué à proximité de Gardelegen, petite commune de Saxe-Anhalt. Le 13 avril 1945, mille seize prisonniers – malades ou trop faibles pour marcher – ont été conduits de force dans une grange et brûlés vifs par les gardes SS. Les autres ont été obligés – avec la collaboration de la Wehrmacht et du Volkssturm – de poursuivre le trajet à pied, entamant une des dernières marches de la mort.

Les poursuites engagées juste après la guerre contre Erich Mielke pour l'assassinat des deux policiers sur la Bülowplatz n'aboutirent à rien. Le 7 février 1947, le tribunal de Berlin-Mitte délivra un mandat d'arrestation. Pour faire exécuter ce mandat, le procureur général dut se tourner vers la Kommandantur soviétique. Celle-ci exigea de consulter le dossier du prévenu et fit disparaître les preuves à charge. Mielke ne fut pas inquiété. Après la création de la RDA, il participa à la fondation du ministère de la Sécurité d'État, la tristement célèbre Stasi, pour en devenir finalement le chef en 1957. Il resta à ce poste jusqu'au 7 novembre 1989.

Les documents incriminant Mielke ne réapparurent qu'à l'automne 1989. Une nouvelle enquête fut ouverte et, en octobre 1993, on condamna Mielke à six ans de prison pour homicide. En 1995, à cause de problèmes de santé, il bénéficia cependant d'une mise en liberté conditionnelle. La procédure engagée contre lui pour le meurtre de fugitifs sur la frontière interallemande fut également abandonnée en raison de son inaptitude à passer en jugement. Il mourut le 21 mai 2000 à Berlin, sa ville natale.

C'est le traité de Lausanne qui légalise pour la première fois en 1923 le transfert forcé de populations après la guerre gréco-turque. Durant les décennies suivantes, malgré les souffrances endurées par les personnes déplacées, l'homogénéisation ethnique fut considérée comme une recette infaillible pour éviter les conflits avec les minorités. Sous la folie raciste de Hitler, les nazis ont eux aussi procédé en 1939 et 1940 à de grands déplacements de populations en Europe de l'Est. Afin de stabiliser l'Europe après la guerre, les Alliés ont encore eu recours à cette méthode prétendument éprouvée.

Malgré la proximité culturelle, l'intégration des réfugiés de souche allemande s'est avérée extrêmement difficile. Jusque dans les années soixante, les nouveaux arrivants ont été marginalisés, et même ouvertement attaqués. Aux yeux des autochtones, ils étaient des étrangers ; les préjugés racistes et le fossé encore profond à l'époque entre les deux grandes confessions chrétiennes ont fortement entravé la cohabitation. En revanche, en Allemagne de l'Est, l'arrivée des personnes « rapatriées » était officiellement un sujet tabou.

Même si cela a pris du temps, les déplacés et leurs descendants ont fini par trouver une place dans la société. Ce nouveau groupe de population a contribué à briser les anciennes structures sociales et à transformer durablement le visage de l'Allemagne.

Harald Gilbers,
avril 2018

MIXTE
Papier issu de sources responsables
FSC® C003309

10/18, une marque d'Univers Poche,
est un éditeur qui s'engage pour
la préservation de l'environnement
et qui utilise du papier fabriqué à partir
de bois provenant de forêts gérées
de manière responsable.

10/18 – 92 avenue de France, 75013 PARIS

Imprimé en France par CPI

N° d'impression : 3041374
X07789/01